W0303750

Le piège du mensonge

Une étrange disparition

LINDA WINSTEAD JONES

Le piège du mensonge

éditions Harlequin

Titre original : ON DEAN'S WATCH

Traduction française de CLAIRE BARBEZAC

HARLEQUIN®
est une marque déposée par le Groupe Harlequin

BLACK ROSE®
est une marque déposée par Harlequin S.A.

Photos de couverture

Paysage : © MALIKA / GETTY IMAGES
Enfant : © KOHEI HARA / GETTY IMAGES
Femme : © MARCUS LUCONI / GETTY IMAGES

Si vous achetez ce livre privé de tout ou partie de sa couverture, nous vous signalons qu'il est en vente irrégulière. Il est considéré comme « invendu » et l'éditeur comme l'auteur n'ont reçu aucun paiement pour ce livre « détérioré ».

Toute représentation ou reproduction, par quelque procédé que ce soit, constituerait une contrefaçon sanctionnée par les articles 425 et suivants du Code pénal.

© 2003, Linda Winstead Jones. © 2009, Harlequin S.A.

83-85, boulevard Vincent-Auriol 75646 PARIS CEDEX 13.

Service Lectrices — Tél. : 01 45 82 47 47
www.harlequin.fr

ISBN 978-2-2808-0880-4 — ISSN 1950-2753

1

Stupéfaite, Reva s'immobilisa et fixa l'inconnu posté devant sa maison, à demi caché par le vieux chêne. Dans le silence environnant, le martèlement sourd de son cœur prenait le son métallique d'un gong. Elle attendit quelques secondes, mais… Non, décidément, elle n'était pas en train de rêver : cet homme surveillait sa propriété !

En sortant, elle avait laissé la lumière de la cuisine allumée, et il devait penser qu'il y avait quelqu'un à l'intérieur…

Autour d'elle, dans Magnolia Street, tout était pourtant calme. Il était près de 21 heures, et il y avait un bon moment que ce quartier résidentiel était plongé dans l'obscurité. Les réverbères étaient rares et manquaient de puissance, par ici. Mais Reva aurait pu rentrer jusque chez elle les yeux fermés. Elle allait souvent déposer Cooper chez son ami Terrance, et la villa des Hardy était si proche de la sienne qu'elle préférait s'y rendre à pied. D'autant plus que ce soir l'air était doux, chargé des parfums du printemps. Elle avait flâné dans les rues paisibles, savourant cette courte promenade…

Et, sans l'éclat de la lune, elle n'aurait peut-être pas discerné cette haute silhouette dissimulée dans l'ombre de l'arbre.

Durant quelques instants, elle retint son souffle et scruta l'homme. Peu à peu, son cœur recouvrait un rythme normal. En fait, elle ne parvenait pas à se sentir menacée : voyons, dans son impeccable costume de citadin, l'individu n'avait rien d'un tueur en série sur le point d'égorger une passante ! Bizarrement, il ne bougeait pas, lui non plus. Et il ne manifestait aucun signe de nervosité. Une hésitation s'insinua en elle, et elle sentit son estomac se nouer. Elle avait envie de suivre son instinct, qui lui soufflait qu'elle n'avait rien à craindre. Mais celui-ci lui avait déjà joué de mauvais tours, par le passé…

Soudain, l'homme fit volte-face, quitta son observatoire et se dirigea vers la rue.

Tout droit dans sa direction.

Reva réprima un sursaut de frayeur. Elle avait plusieurs solutions, mais il fallait qu'elle fasse son choix tout de suite. Courir vers sa porte. Prendre la fuite. Ou préférer la confrontation.

Mais l'homme leva les yeux vers elle, lui ôtant aussitôt cet arsenal de possibilités. Bon. Il était trop tard pour prendre ses jambes à son cou. De toute façon, elle pourrait toujours hurler pour avertir les voisins, si l'altercation tournait mal.

Tandis qu'un flux d'adrénaline parcourait ses veines, elle se glissa sur le trottoir pour atteindre le tas de branches coupées sous le poirier de Bradford, son voisin. Celui-ci n'avait pas eu le temps de les brûler. La sueur au front, elle se baissa et attrapa une grosse branche, alors que l'homme la rejoignait, ne lui laissant aucune échappatoire.

— Bonsoir, lança-t-il d'une voix détendue, un sourire aux lèvres.

Sa démarche et son intonation l'apaisèrent, mais elle ne lâcha pas la branche pour autant.

— Bonsoir, répliqua-t-elle sèchement. Peut-on savoir ce que vous faites là, à espionner le quartier ?

Elle ne tenait guère à lui préciser qu'il se trouvait devant *sa* maison.

Mais elle n'eut pas plus tôt prononcé ces mots qu'elle vit le sourire de l'homme disparaître pour laisser place à une expression médusée.

— *Espionner* ? répéta-t-il. Oh ! J'imagine de quoi je devais avoir l'air, à cette distance… En fait, je viens de louer un appartement de l'autre côté de la rue. Je suis arrivé il y a une heure, et je voulais seulement faire un tour dans les environs.

Il avança d'un pas et lui tendit la main.

— Je m'appelle Dean Sinclair.

Reva recula. Il pouvait dire la vérité. Oui, peut-être ; ou pas. Elle n'avait pas l'intention de lâcher son bâton pour lui serrer la main, même s'il semblait raisonnable et qu'il portait un costume, une chemise blanche et une cravate. Surtout, elle ne lui dirait pas son nom.

Devant son mouvement de recul, il haussa les sourcils et demanda, méfiant :

— Vous n'allez tout de même pas me frapper avec cette branche ?

Reva le fixa sans répondre. Somerset était une toute

petite ville, comptant à peine plus de deux mille âmes. La circonscription ne connaissait ni le crime ni le délit, à moins de faire entrer dans l'une ou l'autre de ces catégories un vague excès de vitesse ou un carreau cassé par un ballon d'enfant. C'était sans doute ce qui rendait la présence de cet homme devant chez elle, en pleine nuit, particulièrement douteuse.

— Non, si vous ne me donnez aucune raison de le faire, répliqua-t-elle, toujours sur la défensive.

Visiblement peu impressionné, l'homme croisa les bras sur sa poitrine, d'un geste tranquille et naturel. Hum… Mais alors, pourquoi demeurait-elle persuadée qu'il n'y avait rien de *naturel* dans son comportement ?

— Ce quartier est rempli de villas somptueuses, poursuivit-il. Je me promenais en les admirant, tout simplement. Je m'intéresse beaucoup à l'architecture du XIXe siècle.

— Les détails architecturaux se distinguent mieux à la lumière du jour, objecta-t-elle.

— Certes. Mais comme je vous l'ai dit, je viens tout juste d'arriver en ville. J'avais envie de jeter un coup d'œil maintenant. Vous habitez dans le quartier ?

— Non, répondit-elle. Je me promène seulement ici la nuit pour admirer l'architecture.

Un sourire amusé se dessina sur le visage de l'inconnu. Dean Quelque-Chose… S'il n'avait rien d'un criminel en puissance, il n'incarnait pourtant pas l'archétype de l'innocent démuni. D'ailleurs, sous son costume, Reva devinait une musculature remarquable qui, conjuguée à sa haute stature et à son visage carré, n'exprimait guère la douceur… Au contraire de sa voix. Il avait une voix chaude et profonde. Caressante. Elle y avait décelé un léger accent du Sud.

Reva n'était jamais très à l'aise en présence du sexe opposé. Surtout face à ce genre de spécimens vigoureux, dégageant ce mélange d'assurance et de désinvolture. Or, ce Dean Quelque-Chose était effronté et viril, et, malgré tous ses arguments, sa présence à cette heure devant chez elle était totalement déplacée. « L'architecture » ? Mais oui, bien sûr…

— Je m'en vais, annonça-t-il. J'aimerais ajouter que ça a été un plaisir de faire votre connaissance, mais vous ne m'avez même pas dit votre nom…

Un silence suivit. Un silence que Reva se refusa à remplir.

— Et je ne vois pas non plus votre visage, enchaîna-t-il. La visière de votre casquette me le cache entièrement.

Elle sourit. Soudain, elle se félicitait d'avoir enfoncé sur sa tête la casquette des Tennessee Titans de Cooper, en lui souhaitant bonne nuit.

— Mais la prochaine fois que je croiserai une femme en casquette brandissant une grosse branche, soyez certaine que je vous dirai bonjour, conclut-il.

Reva enfonça ses ongles dans la branche et fronça les sourcils. Etait-il en train de flirter avec elle ? Non, impossible…

— Pardon si je vous ai effrayée, ajouta-t-il.

— Non, vous ne m'avez pas effrayée, lâcha-t-elle, glaciale.

Il hocha la tête, dubitatif.

— J'imagine que je ferais mieux de réserver mes visites

de la ville pour la journée. J'ignorais que le couvre-feu était aussi sévère, dans le coin.

— Eh bien maintenant, vous êtes prévenu.

— Oui, m'dame, admit-il, narquois, en s'inclinant. Bonne soirée, m'dame.

Reva ne répondit pas et le regarda s'éloigner. Elle ne le quitta pas des yeux, jusqu'à ce qu'il franchisse le porche d'Evelyn Fisher, de l'autre côté de la rue. Puis elle remarqua une voiture inconnue garée devant la trop grande maison de sa voisine, qui louait parfois le dernier étage pour quelques mois.

Visiblement, sur ce point, il n'avait pas menti…

Poussant un soupir de soulagement, elle rejeta la branche sur le tas de bois et rentra chez elle.

Les filatures ne figuraient pas parmi les activités favorites de Dean Sinclair. Attendre durant des heures, voire des jours ou des semaines, que quelque chose se passe était épuisant. Mais un officier de police fédérale devait en passer par là. C'était inévitable. Malgré une bonne nuit de sommeil, le repérage commençait à lui porter sur les nerfs. Pourtant, son partenaire et lui-même ne se trouvaient dans la petite ville de Somerset, dans le Tennessee, que depuis treize heures. Et Dean avait eu le temps de se reposer, tandis que son compagnon assumait son tour de guet. Il était temps pour lui de prendre la relève, et il quitta sa chambre.

Au moins, leur nouvelle résidence ne les rendrait pas claustrophobes, songea-t-il en traversant le couloir : ils avaient loué l'intégralité du troisième étage d'une villa édifiée en 1820. Les peintures s'écaillaient, le plancher grinçait, les gonds des portes et des fenêtres semblaient sur le point de s'émietter, mais il fallait reconnaître que les lieux ne manquaient pas de charme.

La propriétaire appelait la pièce principale le « salon du dernier étage ». Le mobilier était plus ancien que la dame elle-même, et une odeur de cire d'abeille imprégnait les napperons et les rideaux. Néanmoins, tout était propre et confortable, et, surtout, le restaurant Miss Reva se trouvait juste en face.

Ils disposaient d'une salle de bains, de deux chambres et d'une autre pièce dont ils n'auraient aucune utilité, puisqu'elle donnait de l'autre côté de la maison.

Dès que Dean entra dans le salon, Alan poussa un profond soupir et s'éloigna du télescope à trépied.

— Une personne est entrée dans la maison, ce matin, annonça-t-il en quittant son siège.

— Déjà ?

Il n'était pas encore 8 heures et le restaurant, occupant les trois quarts de la bâtisse, ouvrait seulement à partir de midi.

— Ouais. Mais elle ne ressemblait pas vraiment à Pinchon : cheveux blancs, quarante kilos, un mètre cinquante et quatre-vingt-treize ans au minimum…

Pour toute conclusion, il se mit à bâiller et lui offrit son siège d'un geste.

Dean s'assit aussitôt devant le télescope et fixa la vaste demeure située de l'autre côté de la rue. C'était le domicile de leur cible, Reva Macklin, qui habitait la partie sud de la maison. La jeune femme avait reconverti la majeure partie du bâtiment en restaurant. Depuis leur poste, Alan et Dean avaient une excellente vue sur l'établissement. En revanche, ils ne disposaient que d'une vue partielle sur les locaux d'habitation, que leur cachaient les abondants feuillages printaniers des arbres du jardin.

C'était la raison pour laquelle Dean s'était aventuré de ce côté, la nuit précédente. Hélas, il avait fallu qu'il se fasse surprendre par une habitante du coin armée d'une grosse branche... A ce souvenir, il ne put retenir un sourire. La seule chose qu'il avait pu distinguer, c'était ses jambes.

De longues jambes, admirablement fuselées.

Et sa voix.

Pourtant, ces simples détails étaient parvenus à s'immiscer dans ses rêves. Oui, cette divine paire de jambes et cette voix grave et sensuelle qui lui avait donné la chair de poule, à la seconde où l'inconnue l'avait surpris en train de rôder...

— Tu crois vraiment qu'il va se pointer ici ? demanda Alan en bâillant.

Dean repoussa aussitôt l'image de la femme qui occupait ses pensées, alors qu'il n'avait qu'une seule raison de se trouver ici : se concentrer sur son travail.

Bon sang, comment pouvait-il laisser son esprit vagabonder sur une paire de jambes alors qu'il était en mission ? Il avait un fugitif à retrouver et à remettre sous les verrous...

Eddie Pinchon avait été condamné à perpétuité avant de s'évader de sa prison de Floride, deux jours plus tôt. Il suffisait de jeter un bref coup d'œil au dossier du personnage pour se convaincre qu'il était capable de tout. Il était violent, parfois très rusé, avide d'argent et à la limite de la démence. D'un moment à l'autre, il pouvait passer de la léthargie à une rage meurtrière. C'était bien ce qui s'était produit dans un fast-food, quand il avait voulu se venger d'un dealer de drogue qui venait de le doubler, n'hésitant pas à lui tirer dessus devant des douzaines de clients. Et signant ainsi sa condamnation.

Dean leva les yeux sur la photographie punaisée à côté de la fenêtre. Prise sept ans plus tôt, elle n'était pas de la meilleure qualité, mais il avait gravé dans sa mémoire le joli visage qu'elle représentait. Reva Macklin avait été la petite amie d'Eddie durant pratiquement deux ans, avant qu'il ne soit arrêté. Sur ce vieux cliché, elle souriait, radieuse. Elle avait dix-neuf ans et ses cheveux étaient d'un blond lumineux, platiné. Ses grosses boucles d'oreilles rouges reflétaient peut-être la mode de l'époque, mais elle n'avait pas lésiné sur le maquillage et son chemisier moulant laissait deviner ses formes généreuses, au niveau du décolleté…

C'était indéniable, elle était très jolie. Et même belle, avec ses traits réguliers, ses lèvres pulpeuses et ses grands yeux d'un bleu profond. Mais Dean n'était pas attiré par ce genre de femme. Trop extravertie. Trop soucieuse de son image. Néanmoins, elle n'était pas de celles qu'on oubliait du jour au lendemain. Oui, c'était certain : Eddie ne la laisserait pas derrière lui.

D'autres agents fédéraux travaillaient sur l'affaire, gardant un œil sur les membres de la famille d'Eddie et ses amis. La plupart d'entre eux se trouvaient en Virginie et en Caroline du Nord, où le fugitif avait passé la majeure partie de sa vie. Il serait peut-être assez stupide pour aller rendre une petite visite à sa mère, son cousin, son ancien associé ou ses camarades de boisson. Mais peut-être pas. Il devait se douter que les autorités le traqueraient et attendraient qu'il pointe le bout de son nez. Pourtant… Pourrait-il tourner le dos à cette femme-là ?

— Ouais, lâcha Dean. Il va venir.

Somerset était en outre la cachette parfaite pour un fugitif. En arrivant en ville, Dean et son coéquipier avaient eu l'impression de remonter le temps et de se retrouver dans les années 1940. Personne ne semblait connaître internet, par ici. Aucune des voitures garées dans les rues n'avait moins de dix ou quinze ans, les chaînes du câble n'étaient pas accessibles, et Dean n'avait vu personne utiliser de téléphone portable.

Ils étaient au milieu de nulle part, hors du temps.

Alan poussa un nouveau soupir.

En se dirigeant vers la porte d'un pas lourd, il maugréa :

— Connie déteste tout ça…

Connie était la seconde épouse d'Alan. Sans trop de succès, elle tentait d'empêcher son époux de succomber à son goût excessif pour les sucreries, et Alan reprenait régulièrement un régime strict avant de céder encore à son penchant naturel… Ils étaient mariés depuis six ans et avaient deux enfants, un garçon et une fille. Et dès qu'Alan s'éloignait de chez lui, il ne parlait plus que de sa femme et de sa famille… Au bout de quelques jours, Dean devenait fou à force d'entendre son collègue ressasser ses histoires au sujet de Connie et des enfants. Ces louanges d'un bonheur domestique idyllique lui portaient sur les nerfs.

— Au fait, reprit Alan, que devient, euh... Comment s'appelle-t-elle ? La brune... Penny ? Pansy ?...

— Patsy, répondit sèchement Dean. Je n'en sais rien. Il y a trois mois que je ne l'ai pas vue.

Et de toute façon, pensa-t-il, leur relation était devenue inexistante longtemps avant leur rupture.

— Quoi ? Trois mois, et tu ne m'as rien dit ? s'étonna Alan en dévisageant son compagnon.

Dean s'absorba dans son examen de la rue en contrebas et haussa les épaules.

— Parce qu'il n'y a rien à en dire. Elle m'a planté, c'est tout.

— Ouille...

— Tu ne devrais pas aller te coucher ? suggéra Dean, impatient de mettre un terme à cette conversation.

Peu importait que Patsy ait décidé de rompre avant lui. Leur histoire n'avait aucun intérêt. Elle avait bien fait.

— Oui, j'y vais, admit Alan en s'approchant lentement de lui. Mais tu sais quel est ton problème ?

Dean soupira.

— Non. Mais j'ai comme l'impression que je vais l'apprendre...

— Tu te braques complètement sur ton travail, déclara Alan.

— Toi aussi.

— Non. Plus maintenant. J'adore mon métier, et je n'en changerais pour rien au monde. Mais ne pas savoir le laisser derrière moi à la fin de la journée m'a coûté mon premier mariage. Et aujourd'hui, quand je rentre à la maison, je sais faire la part des choses et poser mon insigne devant la porte. Sinon, il y a belle lurette que Connie aurait plié bagage…

— Bravo. Tu es un saint.

— Je crois que c'est toi, le saint, répliqua Alan, une pointe de sarcasme dans la voix. Tu as développé le complexe du boy-scout. Sauver le monde entier, la veuve et l'orphelin, et le bateau avec… Mais tu ne te demandes jamais quels sont tes besoins profonds ? Tes véritables aspirations ?

— Tu as encore regardé cette émission de psycho à la télé, c'est ça ? s'amusa Dean.

Alan rougit.

— Bon, c'est vrai. Et alors ? Le nouveau psy qu'ils font venir toutes les semaines est brillantissime.

— Va te coucher, répondit Dean en soupirant et en reportant son attention sur la rue, tandis que les pas d'Alan résonnaient sur le plancher.

Bon sang, cette filature serait interminable si son partenaire ne cessait de disséquer sa vie personnelle…

Comme une femme faisait le tour de la maison depuis la partie habitée, il zooma sur elle, mais son visage lui était caché par l'abondant feuillage d'une grosse branche du chêne. Tout ce qu'il discernait, c'était sa jupe jaune virevoltant sur ses genoux avec la brise printanière, et le mouvement de son bras. Enfin, elle avança suffisamment pour qu'il la voie.

Au premier coup d'œil, il fut certain qu'il ne s'agissait pas de Reva Macklin. Ses cheveux étaient d'un blond cendré, presque châtain, attachés en queue-de-cheval. Elle ne portait pas une jupe mais une robe plutôt ample, et très simple. Son maquillage était discret, se résumant peut-être à une touche de mascara... Mais rien n'était moins sûr. Ce ne fut qu'en examinant longuement la forme de son visage que Dean comprit qu'il observait bel et bien Reva Macklin. Oui, c'était elle ! Cette bouche généreuse, ces yeux turquoise, ces pommettes hautes et ce petit menton... Il n'y avait aucun doute ! Le cœur battant, il tenta d'ajuster encore le zoom au plus près. C'était extraordinaire. La métamorphose était complète. La jeune fille exubérante avait cédé la place à une femme gracieuse et élégante, tout en sobriété. En cet instant, Reva Macklin affichait une expression sereine, imperturbable...

Elle n'avait rien perdu de sa beauté, et elle avait encore gagné en féminité, constata-t-il, stupéfait.

Il ne pouvait que s'en frotter les mains : tôt ou tard, Eddie Pinchon allait franchir la frontière du Tennessee. Alan et lui n'avaient plus qu'à attendre.

Comme d'habitude, Reva trouva la cuisine plongée dans le chaos. Une organisation rigoureuse régnait toutefois sous ce désordre apparent, et elle sourit aux deux vieilles dames.

La plupart de ses employées étaient des femmes d'âge mûr. Certes, Tewanda Hardy avait à peine plus de trente ans et Nicole Smith, l'institutrice du jardin d'enfants qui ne travaillait que durant l'été et les congés scolaires, avait à peine vingt-cinq ans ; mais le reste du contingent était d'une autre génération. Serveuses et aides de cuisine avaient les cheveux gris et dépassaient la soixantaine. Et c'était un choix judicieux pour le succès de l'établissement. Non seulement ces dames étaient polyvalentes, mais elles n'avaient pas leurs pareilles pour confectionner des pâtisseries, animer les tablées de touristes, transmettre l'histoire locale et raconter dans les moindres détails la fameuse bataille qui avait eu lieu aux limites de Somerset, en 1863.

— Vous êtes au courant ? demanda Mme Frances en étalant la pâte à biscuits sur une plaque. Evelyn a loué son appartement à deux hommes venus de loin. De Géorgie, je crois.

Au souvenir de sa rencontre avec l'inconnu la nuit précédente, Reva tendit l'oreille.

— Vraiment ? répondit Mme Edna en jetant les épluchures des pommes avec lesquelles elle concoctait une tarte. Ce sont des touristes ?

— Evelyn ne savait pas trop, reprit Mme Frances. Ces deux messieurs n'ont pas vraiment expliqué la raison de leur venue en ville. Mais, au printemps, il y a souvent des touristes qui s'installent à Somerset… Seulement, en général, ils préfèrent l'hôtel. Si vous voulez mon avis, c'est bizarre. Pourtant, je ne crois pas qu'Evelyn louerait son appartement à des étrangers qui ne lui diraient pas pourquoi ils ont décidé de venir chez elle.

— Oh, vous savez, elle a besoin d'argent, répondit Mme Edna en soupirant. Et à votre place, je ne m'inquiéterais pas pour elle : le fusil de son père est rangé sous son lit, et elle sait s'en servir ! Elle ne risque rien.

Reva sourit. Ses employées adoraient se distraire avec les ragots du coin, et la présence soudaine de deux étrangers dans le quartier ne manquerait pas d'attiser les bavardages. Mais elle décida de ne pas mentionner sa propre rencontre avec l'un des deux hommes. Pour sa part, elle n'avait jamais eu pour politique d'alimenter les rumeurs.

— Nous devrions peut-être aller parler à ces messieurs, cet après-midi, suggéra Mme Frances. Juste pour nous assurer que tout est sous contrôle…

Malgré elle, Reva se sentit désolée pour les deux hommes, qui risquaient de regretter d'avoir choisi Magnolia Street s'ils recevaient la visite d'un comité de veuves soupçonneuses, déterminées à obtenir leur biographie complète !

— Oh, ce ne sera peut-être pas utile, observa malicieusement Mme Frances. L'un d'entre eux pourrait rapidement venir faire la cour à Reva. Evelyn a dit qu'ils étaient séduisants, bien que l'un d'eux ait un peu de ventre… Mais ce n'est pas bien méchant. Ça prouve qu'il aime les bonnes choses !

— Oui : probablement parce qu'il est bien nourri par sa femme, objecta Mme Edna.

— Si c'était le cas, il ne viendrait pas s'installer ici avec un ami…

A ces mots, les deux vieilles dames échangèrent un regard lourd de sens et restèrent silencieuses un long moment.

— Vous ne croyez pas que ?…

— Non, sûrement pas, répondit Mme Frances.

— Mais tout de même : deux hommes séduisants qui vivent ensemble et qui ne veulent rien dire sur les raisons de leur venue…

— Quand sont-ils arrivés ? intervint Reva, curieuse de savoir si ce Dean lui avait dit la vérité.

— Hier soir, répondit Mme Frances.

Reva s'esclaffa.

— Alors vous ne croyez pas qu'il vaudrait mieux leur laisser le temps de s'installer, plutôt que d'échafauder des hypothèses invraisemblables à leur sujet ?

— Oui, elle a raison, admit Mme Edna. Et puis… Celui qui n'a pas de ventre pourrait bien venir faire du charme à notre Reva !

— Non, merci, répondit-elle.

Elle n'avait aucun goût pour les hommes du genre de ce Dean. D'ailleurs, elle n'avait aucun goût pour les hommes en général !

— Vous préféreriez celui qui a une petite brioche ? demanda Mme Frances. C'est pour cela que vous refusez de sortir avec le shérif Andrews ? Je sais qu'il vous a sollicitée plusieurs fois, et que vous avez toujours décliné ses invitations. Mais je ne me doutais pas que vous recherchiez un homme bien en chair ! Mon Dieu, il est vrai que le shérif Andrews est bien grand, mais qu'il manque de petits coussinets confortables ! Si vous voulez, nous pourrions le garnir de poignées d'amour en lui faisant livrer des beignets et des plats de…

— Non ! s'écria Reva en riant. S'il vous plaît, non… Voyons, mesdames, ne pourriez-vous pas accepter le fait que je n'ai pas envie que des hommes me « courtisent », comme vous dites ?

Mme Frances fronça les sourcils.

— Ce n'est pas naturel, maugréa-t-elle.

— Moi, j'aimerais avoir un homme à la maison, soupira Mme Edna. Ça me manque, de ne plus pouvoir parler à personne, le soir, depuis que mon John n'est plus là…

— Moi, c'est le sexe qui me manque, avoua Mme Frances à voix basse.

— Eh bien ça ne m'étonne pas, répondit son amie. Ton Billy n'a jamais été très doué pour la conversation…

Les deux vieilles dames éclatèrent de rire, et Reva les quitta pour se rendre de l'autre côté de la cuisine.

Toutes ces femmes s'activant autour d'elle lui avaient transmis leur amour de la vie et des plaisirs simples. Ensemble, elles s'amusaient beaucoup et passaient d'excellents moments. Oh, bien sûr, il y avait ces longues discussions au sujet des meilleurs moyens de soulager l'arthrose, et elles étaient moins rapides que de jeunes serveuses… Mais leurs talents culinaires et leur bonne humeur n'avaient pas de prix.

Même si Reva aurait préféré qu'elles renoncent à vouloir lui trouver un prince charmant. Car, avec ou sans « brioche » et « poignées d'amour », les hommes n'avaient pas de place dans sa vie ! Elle avait définitivement tiré un trait sur les histoires sentimentales et savait envoyer sur les roses le premier Roméo qui frappait à sa porte.

Non, elle n'avait pas besoin d'un homme, et son existence était parfaite telle qu'elle était. Elle avait enfin trouvé le repos. La stabilité. Et elle n'avait pas oublié ce que lui avaient coûté les élans désastreux de son cœur, dans le passé. C'était fini. Elle n'était plus la jeune fille fragile et pleine d'illusions qui avait vu ses rêves lui échapper, la laissant face au plus complet désespoir.

Plus jamais ça.

Jamais !

Il n'aimait pas ça. Non, il n'aimait pas ça du tout !

Les voitures avaient commencé à arriver avant midi. Et la rue entière était pleine des véhicules des clients du restaurant Miss Reva… L'établissement était beaucoup plus populaire que ce qu'il avait imaginé ! A 12 h 45, comme la foule se faisait plus dense, Dean renonça à son plan initial et enfila sa veste. Sa tenue aurait l'air un peu trop formelle, mais, au moins, son arme ne serait pas décelable.

D'un pas vif, il quitta l'appartement et descendit l'escalier, mais sa logeuse lui coupa le chemin en venant se planter devant lui, dès qu'il atteignit le rez-de-chaussée.

— Monsieur Sinclair ! roucoula-t-elle en joignant les mains. Vous allez donc sortir, cet après-midi ?

— Je ne sais pas… Pour le moment, je voudrais aller déjeuner quelque part. Au restaurant d'en face, par exemple…

— Oh ! fit Evelyn Fisher en riant. Mon garçon, vous ne pouvez pas vous présenter chez Miss Reva sans réservation ! Au mieux, vous pourriez obtenir une table pour la semaine prochaine… Les délais sont moins longs qu'en haute saison, en ce moment. Mais je vous conseille de passer au drugstore de Louella Vine, dans le centre-ville : vous n'y trouverez rien de très sophistiqué, mais elle fait de bons sandwichs, et…

Dean fronçait les sourcils, ne prêtant plus attention aux paroles de la vieille dame. *Une semaine* ? Comment un restaurant perdu dans le quartier résidentiel d'une si petite ville pouvait-il rencontrer un tel succès ?

— Vous avez l'air surpris, reprit Mme Fisher en lui attrapant le bras et en l'entraînant vers la fenêtre, face au restaurant et à la file de clients sous le porche. Voyez-vous, quand Reva s'est installée ici, il y a quelques années, elle était déterminée à ce que son restaurant ait du succès. Je ne sais pas trop pourquoi elle a choisi Somerset, mais c'est sans doute lié aux tarifs de l'immobilier, dans le secteur. On ne peut pas dire que les maisons s'arrachent à prix d'or…

— J'imagine, admit Dean.

— La première année, poursuivit-elle, Reva a installé son affaire. Rien de très spectaculaire, au début, mais on pouvait déjà constater que cette femme est un vrai cordon-bleu.

Une expression de fierté détendit soudain tous ses traits, et elle ajouta, ravie :

— C'est alors qu'un critique gastronomique de la région a publié un grand article. Et à partir de là, tout a changé… Depuis, son restaurant est pris d'assaut… Il figure dans plusieurs guides, vous savez ! Et vous ne pouvez pas vous y rendre à moins d'avoir…

— Une réservation, acheva Dean.

Mme Fisher opina du chef et le considéra d'un air désolé.

— Oh, vous pouvez toujours aller leur demander de vous placer sur liste d'attente ! suggéra-t-elle. Et puis, il arrive qu'il leur reste une place, à la dernière minute. N'y comptez pas trop, mais tentez toujours votre chance !

Dean acquiesça. De toute façon, un rapide coup d'œil dans la salle lui suffirait. Si Eddie Pinchon était là, il l'identifierait immédiatement.

Après avoir remercié sa logeuse, il sortit, traversa la rue et alla rejoindre la file d'attente, pensif. En principe, il était impossible de se cacher dans une ville aussi petite que Somerset. Et en même temps… Pourquoi Reva Macklin s'était-elle installée ici ? Avait-elle cherché à se faire oublier de tous ?

Au bout de quelques minutes, la voix d'une vieille dame l'extirpa de ses pensées.

— Bonjour, jeune homme, lança-t-elle en ouvrant un grand livre sur un pupitre. Voulez-vous me donner votre nom ?

— Je n'ai pas de réservation, reconnut Dean, vaguement désarçonné.

Personne ne l'avait appelé « jeune homme » depuis le collège !

La vieille dame le dévisagea avec un étonnement évident avant de se mordre la lèvre.

— Eh bien, c'est ennuyeux, soupira-t-elle. Je crois que j'ai une table disponible pour…

Elle tourna quelques pages avant d'immobiliser son index sur une colonne.

— Mercredi ou vendredi prochain, conclut-elle.

Dean était prêt à refuser poliment et à lui demander

si elle lui permettrait de faire un tour dans la salle pour jeter un coup d'œil au menu…

Le brouhaha des conversations et le cliquetis des fourchettes lui parvenaient de loin, mais il n'apercevait aucune table, depuis l'entrée de l'établissement.

Et soudain, il remarqua une grande ardoise accrochée au mur, à quelques mètres de lui.

— C'est le menu du jour ? s'enquit-il.

— Oui, répondit la vieille dame en souriant. Poivrons farcis et œufs Bénédicte en entrée, poulet grillé et casserole de la mer avec ratatouille fraîche, pommes de terre sautées, purée de maïs ou haricots en plat, tartes aux figues, cerises, chocolat fudge et châtaignes, pommes et abricots aux amandes en dessert. J'ai fait les tartes moi-même, aujourd'hui…

Dean sentit l'eau lui venir à la bouche et soupira.

— Bon. Allons-y pour la semaine prochaine. Mercredi.

La vieille dame sourit avec une satisfaction évidente et tourna encore quelques pages de son livre de réservations.

— Votre nom, s'il vous plaît ?

— Dean Sinclair. Je viens de m'installer de l'autre côté de la rue.

A ces mots, la vieille dame releva la tête et le fixa intensément, le stylo en l'air.

Puis un sourire épanoui apparut sur son visage et une lueur de malice éclaira ses yeux gris.

— Eh bien ! s'exclama-t-elle en l'inscrivant dans le registre, voilà qui devient *très* intéressant !

2

Il y avait longtemps que Reva n'assumait plus le rôle d'animatrice auprès de la grande tablée de touristes venus déguster ses spécialités en écoutant les hauts faits de l'histoire locale. Le rez-de-chaussée du restaurant était réservé à cette activité, tandis que les clients désireux de déjeuner dans le calme étaient installés au premier étage. Reva avait confié à ses employées la mission folklorique et se contentait, pour sa part, de veiller au confort du reste des consommateurs.

Elle venait de discuter avec un jeune couple de passage dans le Tennessee quand elle vit surgir Edna. La vieille dame avait les joues rouges et semblait essoufflée.

— Vous voilà enfin ! s'écria-t-elle. Dieu merci !

D'ordinaire, Reva se trouvait en effet dans son bureau, à cette heure-ci. Mais l'excitation de sa compagne la surprit, et elle haussa les sourcils.

— Que se passe-t-il ?...

— Je suis vraiment navrée d'avoir à vous le demander, mais pourriez-vous me remplacer auprès de la grande tablée ?

Inquiète, Reva s'approcha de la vieille dame et lui prit la main.

— Vous allez bien ?

— Euh... En fait, j'ai une migraine lancinante, répondit Edna. Rien de bien méchant, mais j'aimerais mieux prendre une aspirine et aller faire une sieste.

— Oui, bien sûr, acquiesça Reva en serrant chaleureusement sa main.

Même si elle ne se considérait pas comme une animatrice très douée, elle savait enchaîner tous les postes du matin au soir, six jours sur sept.

— Vous verrez qu'il y a beaucoup de monde, précisa Edna, mais j'ai tout de même réussi à trouver une place à un client de dernière minute. Après tout, il est difficile de refuser un repas à un jeune homme affamé...

Reva considéra la vieille dame avec étonnement : l'établissement n'avait pas pour politique de tasser les convives ayant réservé des semaines à l'avance pour un extra...

— Soyez gentille avec lui, reprit Edna, comme elles descendaient ensemble au rez-de-chaussée. C'est notre nouveau voisin.

Puis, laissant Reva bouche bée, elle disparut vers la sortie.

La jeune femme comprit aussitôt dans quel piège elle était tombée. Seigneur, quand donc ces expertes du complot cesseraient-elles de jouer les entremetteuses avec le premier venu ?

Mais, là, elle n'avait plus le choix... Poussant un profond soupir, elle s'avança vers la grande table où déjeunaient douze convives et reconnut aussitôt quelques habitués :

une famille de trois personnes qui venait de l'Alabama une fois par mois, Sharon Philips et son époux, Doug, accompagnés de leur fils de dix-neuf ans… Et l'homme qu'elle avait surpris la veille devant chez elle.

Dean. Contrairement à tous les autres, il n'était pas concentré sur le contenu de son assiette. Au contraire. Il levait la tête et la fixait obstinément. Pour couronner le tout, le malheureux « jeune homme affamé » avait su trouver la seule place qu'elle aurait préféré ne pas lui voir occuper : celle qui jouxtait la sienne.

A contrecœur, elle prit place près de lui et maudit silencieusement la prétendue migraine d'Edna. Jamais elle ne s'était sentie aussi mal à l'aise…

Elle eut à peine le temps de prier pour qu'il ne la reconnaisse pas. Car à peine fut-elle assise qu'il se tourna vers elle en souriant.

— Bonjour, lança-t-il, un sourire amusé au coin des lèvres.

— Ça alors, Reva ! s'exclama Sharon Philips. Il y a bien longtemps que tu n'es pas venue à cette table !

Emplie de reconnaissance pour l'intervention de sa cliente, Reva sourit et expliqua :

— Je crains que Mme Edna ne puisse assurer son service. Elle a une migraine, et je vais donc tâcher de la remplacer au mieux.

Tandis que Susan venait déposer des plats devant les clients, Reva suggéra à chacun de se présenter et évita soigneusement de croiser le regard de son voisin de gauche. Mais sa présence la déconcentrait, et elle sentait son cœur battre un peu trop vite dans sa poitrine. Une nouvelle fois, il avait revêtu un costume trop élégant pour la circonstance, et elle avait l'impression d'apercevoir ses pectoraux sous sa chemise, en lui adressant de brefs regards de biais. Décidément, il ne passait pas inaperçu… Une sorte d'aura surpuissante émanait de lui, au point qu'elle sentait sa gorge se serrer.

Voyons, de toute façon, il était probablement marié. Un homme de sa trempe, aussi charismatique, ne pouvait être célibataire. Les femmes devaient se jeter sur lui comme une nuée d'abeilles sur un pot de miel. Oui, mais… Elle observa qu'il ne portait pas d'alliance. Bah, ça ne changeait rien.

Elle avait l'intuition qu'il n'était pas tout à fait à son aise, lui non plus. Autour de lui, tout le monde discutait, riait, plaisantait… Et il gardait le silence. S'il n'était pas venu ici pour prendre un peu de bon temps, pourquoi était-il là ?

— Où habitez-vous, monsieur Sinclair ? demanda Sharon quand chacun se fut présenté.

Il releva lentement la tête vers celle qui l'avait interrogé et parut hésiter.

Maintenant qu'elle avait l'occasion de se tourner vers lui et de le dévisager sans retenue, Reva sentait un nœud se former au creux de son estomac. Seigneur, cet homme aurait rendu jaloux quelques stars d'Hollywood ! La mâchoire carrée qu'elle avait remarquée la veille semblait taillée dans le marbre. Tout en exhalant une incroyable virilité, ses traits étaient d'une rare finesse. Une mèche de cheveux bruns lui tombait sur le front, ajoutant à sa séduction. Ce visage sculptural puisait sa force magnétique dans ce regard d'un bleu fascinant, oscillant vers le gris. Naturellement, la nuit précédente, elle n'avait pas pu voir ses yeux…

C'était heureux, songea-t-elle. Car, au-delà de cet hypnotique regard brillant de mille éclats argentés, elle devinait un homme de secret. Ou un homme capable de ravager le cœur d'une femme d'un claquement de doigts. Mais cela n'avait aucune importance, car elle n'était pas assez folle pour tomber sous le charme d'un visage masculin, fût-il hors du commun.

Elle avait retenu la leçon.

— Atlanta, lâcha-t-il après avoir observé une courte pause.

— Ah ? Et que faites-vous à Somerset ? s'enquit un retraité.

Il était évident pour tout le monde que Dean Sinclair n'était pas en vacances.

Une nouvelle fois, il hésita.

— Eh bien, je songe à monter ma propre affaire ici.

Reva le fixa droit dans les yeux.

— Quel genre d'affaire ?

Après tout, ce n'était pas tous les jours que Somerset voyait défiler des hommes en costume prêts à monter leur entreprise…

Il se tourna vers elle, affichant le même sourire que celui qu'il lui avait décoché la veille. Un sourire… irrésistible.

— Je suis une sorte d'homme à tout faire, dans le domaine des réparations, précisa-t-il. Je me suis spécialisé dans la restauration des vieilles bâtisses. Figurez-vous que, depuis toujours, je me passionne pour l'architecture du XIXe siècle.

Reva frémit. Il s'amusait. Ou bien flirtait-il avec elle ? Non, son imagination lui jouait des tours. En tout cas, elle sentait un frisson lui courir le long du dos, et elle avait la gorge sèche.

Ainsi, elle aurait commis une terrible erreur, la veille... Déjà le rouge lui montait aux joues. Il avait suffi qu'il lui décrive son activité pour qu'elle pense à sa rampe d'escalier cassée, aux briques branlantes dans la vieille cheminée de la cuisine, aux deux pièces qu'elle n'avait pas eu le temps d'aménager pour agrandir le restaurant et au plancher défoncé sur le porche arrière de la maison.

— Vraiment ? articula-t-elle avec peine.

— Je ne sais pas encore où je m'installerai, enchaîna-t-il. Pour le moment, mon associé et moi-même avons seulement prévu de passer quelques jours ici pour étudier la question. Et aussi, pour rencontrer les gens et mieux connaître la ville.

Reva s'efforça de retrouver son rôle et sourit.

— Il faudra revenir avec lui, un de ces jours. Je serais enchantée de faire sa connaissance.

Mais son malaise augmentait à chaque seconde, et elle se sentit gagnée par une pénible bouffée de chaleur quand il lui décocha un nouveau sourire ravageur.

Heureusement, l'associé ne pouvait être que « l'homme à la brioche », songea-t-elle. Il serait plus facile à ignorer que ce Dean Sinclair. Et pourtant, quoi qu'il lui en coûtât, et malgré toutes les manigances d'Edna et de Frances, elle saurait garder ses distances.

Elle n'avait pas besoin d'un homme.

Et surtout pas de Dean Sinclair.

— Si j'ai pris... *Quoi* ?

Alan n'était pas encore très bien réveillé, et il s'approcha de la fenêtre devant laquelle Dean se tenait en observation.

— Tu sais bien, des outils : un marteau, des tournevis, peut-être une perceuse...

Dean gardait un œil sur la maison de Mlle Reva, bien que la plupart des clients du restaurant aient déjà quitté les lieux.

Alan secoua la tête.

— Non, je n'ai pas emporté ma boîte à outils ici, répondit-il, avec une once d'ironie dans la voix. Pourquoi ?

— Eh bien... Je suis allé visiter le restaurant, pendant que tu dormais.

— Ah ? C'était bon ?

A la vérité, il y avait des siècles qu'il n'avait pas si bien mangé. Même quand il partait en vacances, sa sœur et ses belles-sœurs ne le gâtaient pas avec de bons petits plats. Aucune d'elles n'était très douée devant un fourneau.

— Formidable, reconnut-il.

Et pas seulement grâce à ces légumes fondants, cette volaille tendre et grillée à souhait et cette extraordinaire tarte aux cerises ! A elle seule, la cuisinière valait le détour.

— Bon... Tant mieux, répondit Alan, étonné. Mais quel est le rapport avec les outils ?

Dean soupira.

— J'ai été obligé de me présenter. Le restaurant organise de grandes tablées de touristes, où tout le monde fait connaissance… Et je n'allais pas leur déclarer : « Salut, je suis lieutenant de la police fédérale et je surveille la propriétaire, au cas où son assassin d'ex-petit ami viendrait faire un tour par ici. »

— Certes, admit Alan. Mais alors, que leur as-tu raconté ?

— Que j'étais entrepreneur et que j'envisageais de monter une enseigne de réparations en tout genre.

Alan s'esclaffa.

— Elle est excellente, celle-là ! Toi, un bricoleur ? Sais-tu seulement à quoi ressemble un marteau ?

— Tu n'es pas drôle, répliqua Dean, vexé.

— Oh que si ! Tu ne sais pas faire la différence entre le radiateur et le réservoir d'huile de ta voiture, et tu n'as jamais touché une tondeuse à gazon de toute ta vie ! Franchement, tu n'es pas un as de la mécanique…

— J'ai été pris de court ! coupa Dean avec humeur. Et la propriétaire, Reva Macklin, était assise juste à côté de moi. Or, c'était elle qui m'avait déjà surpris devant chez elle la nuit dernière.

— Non ! Tu veux dire que « Miss Paire-de-Jambes » est également Reva Macklin ?

— Exactement, soupira-t-il.

Il lui était difficile de chasser de son esprit l'image de la jeune femme assise si près de lui, à la grande table. Non seulement elle était un chef aux talents indéniables, mais elle savait comment intriguer un homme. Il y avait en elle un mélange de fragilité et d'indépendance, de forte personnalité et de féminité extrême… Il se rappelait aussi l'intensité de son superbe regard bleu, son parfum délicat et ses gestes gracieux. Sa peau diaphane…

Ce déjeuner avait été une épreuve. Ils étaient installés si près l'un de l'autre que leurs genoux s'étaient parfois effleurés.

Bon sang, il devait admettre qu'il en avait été troublé. Peut-être davantage encore que par sa prestation. Car elle avait su se montrer amicale et souriante envers chacun, tout en demeurant discrète, ne révélant presque rien sur elle-même. Une vraie professionnelle.

Etonnant, songea-t-il en relevant les yeux vers la photo de la jeune fille de dix-neuf ans aux grosses boucles d'oreilles. Comment cette délurée exubérante avait-elle pu se métamorphoser en chef d'entreprise responsable, tout en devenant l'élégance et la sobriété faites femme ? Peut-être n'y avait-il pas eu de métamorphose. Oui, elle pouvait simplement jouer un rôle et brider sa véritable personnalité en attendant le retour de Pinchon…

Dans ce cas, elle méritait un oscar.

— Et alors ? intervint Alan, l'extirpant de sa rêverie.

— Alors j'ai improvisé ! expliqua-t-il avec un geste d'impuissance. J'ai pensé à mon beau-frère qui fait de l'architecture et rénove de grandes villas victoriennes. Et à Somerset, que trouve-t-on, sinon beaucoup de vieilles maisons abandonnées qui ne demandent qu'à être restaurées pour obtenir un acquéreur ?… Je regrette, mais c'est le premier alibi qui m'a traversé l'esprit ! Au fait, tu es mon associé, dans cette affaire.

— Génial, répondit sombrement Alan.

Comme le silence retombait, Dean ne put s'empêcher de laisser ses pensées vagabonder de plus belle vers Reva Macklin. Ses manières élégantes, son visage angélique et son souci de mettre chacun à l'aise…

Qu'avait-elle pu trouver à un homme comme Eddie Pinchon ? Un homme violent, issu des rues, obnubilé par l'argent ? Avait-elle *réellement* changé, en sept ans ? Dean était passé expert dans l'art de cerner rapidement la personnalité des gens. Et quelque chose lui soufflait que Reva ne trichait pas : elle aimait son métier, c'était évident. Elle avait un don pour établir le contact avec ses clients, et il ne l'imaginait guère claquer la porte de son restaurant du jour au lendemain pour rejoindre Eddie Pinchon et ses petits trafics.

Elle avait bel et bien changé de vie, il en aurait mis sa main au feu…

— Bon, ton histoire pourrait nous arranger, reprit Alan en se caressant le menton. Si tu trouves le moyen de travailler pour elle, tu pourrais poser des micros dans sa maison.

— Nous n'avons aucun mandat pour ça, objecta Dean.

Alan haussa les épaules.

— Tu le ferais de manière officieuse… Uniquement chez elle, pas au restaurant.

— Pas question, trancha Dean avec force. Pas sans autorisation !

— Dean, nous n'avons pas accès à toutes les entrées de la maison, insista son collègue. Pinchon pourrait très bien s'introduire chez Reva Macklin par une fenêtre arrière, ou par une porte de service... Et s'il le fait, nous sommes fichus !

Dean ne pouvait discuter la justesse de cet argument. Mais il avait toujours été pointilleux avec les règlements et ne dérogerait pas à sa déontologie, même si les risques étaient réels.

— Ecoute, donnons-nous un ou deux jours pour y réfléchir. Le restaurant de Mlle Macklin a vraiment beaucoup de succès. Elle n'ira nulle part. Et si Pinchon vient ici, nous le trouverons.

— Hum. Je persiste à croire qu'un micro nous aiderait bien...

Renonçant à convaincre son partenaire, Dean se leva.

— Je vais faire un tour en ville, déclara-t-il.

— Entendu. Tu peux me rapporter de quoi déjeuner ?

Dean acquiesça et sortit.

Il n'avait pas besoin de prendre la voiture pour se rendre dans le centre-ville, situé à un quart d'heure de marche de Magnolia Street...

Heureux de prendre l'air, il savoura sa promenade dans les rues désertes, depuis que les clients du restaurant étaient partis.

Décidément, dans ce trou perdu, il n'y avait pas âme qui vive, même en plein après-midi... Et il eut tôt fait de repérer l'ensemble des commerces de Somerset : une petite épicerie, le drugstore, une boutique de vêtements, un coiffeur... et une quincaillerie.

Une bonne heure plus tard, Dean reprenait le chemin de Magnolia Street, chargé de sacs assez lourds. Il s'était équipé de jeans, de T-shirts, de chaussettes de sport et d'une paire de grosses bottines en guise d'uniforme de bricoleur. Il avait presque dévalisé la quincaillerie pour garnir sa boîte à outils flambant neuve, mais il ne se sentait pas pour autant dans la peau d'un expert des réparations en tout genre… Bon sang, il était désormais le nouvel homme à tout faire de Somerset, et il n'avait jamais touché un tournevis de sa vie !

L'un de ses sacs contenait également des provisions pour Alan. Une dénommée Louella Vine s'était montrée ravie de sa visite et l'avait longuement retenu au drugstore. Sans doute parce que le commerce était plutôt calme, par ici… Et parce qu'il était parti avec des sandwichs, une salade, deux bouteilles de jus de fruits et une douzaine de beignets.

La villa de Mme Fisher n'était plus qu'à une vingtaine de mètres quand il entendit une cavalcade derrière lui. Aussitôt, il pressa le pas, craignant le pire : seuls des enfants pouvaient courir ainsi ! Mais il ne fut pas assez rapide et, bientôt, deux petits garçons se plantèrent devant lui, aussi essoufflés que ravis.

L'un d'eux était blond aux yeux bleus, et le second, qui le dépassait d'une tête, arborait une abondante chevelure brune.

— Salut ! lança le garçon blond en lui barrant le passage. Tu es qui ?

L'enfant plus grand, apparemment plus timide, demeurait

derrière son camarade et fixait Dean comme s'il tombait de la planète Mars.

Ce dernier leur fit les gros yeux.

— On ne vous a pas appris qu'il ne faut pas adresser la parole aux étrangers ?

Le blondinet écarquilla les yeux.

— Pourquoi ? Tu es un méchant ?

Dean soupira.

— Non, dut-il reconnaître.

Aussitôt, l'enfant blond sourit et adressa un clin d'œil complice à son ami. Puis il releva la tête vers Dean et déclara :

— Je m'appelle Cooper. Je connais tous les gens qui habitent dans cette rue ! Sauf toi. Lui, c'est Terrance, ajouta-t-il en désignant son compagnon. C'est mon meilleur ami. On est en CP. L'an dernier, on était encore au jardin d'enfants, et c'est comme ça qu'on est devenus meilleurs amis, mais je le connaissais depuis toujours. Enfin, depuis aussi longtemps que je me rappelle ! Mais cette année, on est plus grands, et on est toujours meilleurs amis.

Ledit Cooper parlait avec cette diction enthousiaste et précipitée si propre aux enfants, et Dean en était déjà épuisé.

— Alors tu habites dans la rue ? insista-t-il, levant vers lui ses grands yeux bleus.

— Ouais, admit Dean.

— Super ! s'exclama l'enfant en sautillant de joie.

Dean ravala un juron. Bon sang, comment allait-il s'en sortir ?

— Cooper, je suis Dean Sinclair et je suis nouveau par

ici, résuma-t-il en tâchant de se montrer patient. Maintenant, rentre chez toi et ne parle plus aux inconnus.

Il allait reprendre son chemin quand l'enfant l'en empêcha une nouvelle fois pour demander, imperturbable :

— Tu as des enfants ?

— Non.

— Oh, dommage… On a besoin d'autres enfants, à Somerset. On a monté une équipe de base-ball, mais elle n'est pas super. On aurait vraiment besoin d'un bon défenseur. Pourquoi tu n'as pas d'enfants ? Tu ne les aimes pas ?

Dean fut sur le point de répliquer que c'était presque sa position, et qu'il ne tolérait les petits d'hommes qu'à la condition qu'ils ne soient pas les siens…

Mais il s'en abstint et haussa les épaules.

— Je n'ai rien contre les enfants, en fait. J'ai une nièce et trois neveux.

— Ah ? Et ils vont venir te voir, un de ces jours ? s'enquit Cooper d'une voix remplie d'espoir.

— Je ne crois pas, non. Et de toute façon, ils sont tous trop jeunes pour jouer au base-ball.

Il revit aussitôt Justin, âgé de deux ans. C'était le fils de sa sœur Shea, et il avait déjà tout d'une vraie terreur. Comme la petite fille de Boone, Miranda, qui n'avait pas encore fêté son premier anniversaire, et que ses parents gâtaient autant qu'ils le pouvaient ! A l'instant où elle était née, la petite avait tenu Boone au doigt et à l'œil. Quant aux jumeaux de Clint, ils n'étaient encore que des nourrissons… Il faudrait patienter un peu pour voir leur caractère se manifester. En attendant, toute la famille s'extasiait sur leurs *ra-vis-sants* minois... N'importe quoi. Comment les gens faisaient-ils pour admirer ces petites boules de chair qui ne savaient que brailler et dormir ?

Après avoir pris les bébés dans ses bras à la clinique, Dean avait prié son frère de ne plus lui présenter ses enfants avant qu'ils n'adoptent une forme humaine. Par conséquent, il n'était pas vraiment un « tonton rigolo et sympa ». Mais le monde devrait continuer à pouponner joyeusement sans lui. Sa position était seulement devenue plus pénible depuis que tous ses frères et sœur avaient mis au monde leur progéniture.

Il revint à la réalité. Ces deux petits garçons l'avaient littéralement piégé. Avec Cooper d'un côté et Terrance de l'autre, il ne pouvait plus faire un pas. Pour ne rien arranger, ce Terrance était en train de lorgner ses sacs...

— Et toi ? reprit Dean en se tournant vers lui. Tu voudrais également qu'il y ait davantage d'enfants à Somerset ?

Contraint de relever les yeux, le garçonnet réfléchit un instant avant de lâcher :

— Non, pas vraiment. J'ai déjà mon meilleur copain, Cooper, et mon deuxième meilleur copain, Johnny. Plus mes deux frères et maman et papa. Ça me suffit.

— Tu as bien raison, répliqua Dean en souriant.

— Mais c'est vrai qu'on a drôlement besoin d'un bon joueur en défense, enchaîna-t-il aussitôt.

Dean profita de leur conversation pour reprendre sa marche, et s'arrêta rapidement devant chez Mme Fisher.

— Bon, conclut-il. C'est ici que j'habite.

— Hé ! Mais c'est la maison de Mme Evelyn ! s'exclama Cooper avant de baisser la voix et de prendre un air entendu : Il ne faut pas que tu manges ses cookies aux raisins.

Dean était sur le point de lui demander pourquoi quand une apparition dans son champ de vision périphérique retint son attention. Il tourna la tête. Reva Macklin ! Elle traversait la rue dans sa direction, et arborait un visage courroucé.

Que se passait-il ? Que voulait-elle ? Sa robe toute simple se soulevait de manière aérienne, révélant ses ravissants mollets…

Sa chevelure d'or cendré était illuminée par le soleil, et il était hypnotisé par sa bouche pulpeuse…

Dangereuse. Elle était très dangereuse. A sa place, un homme en aurait laissé tomber ses sacs sur le sol ; mais Dean savait conserver son sang-froid. Peut-être venait-elle lui demander d'effectuer des réparations chez elle ? Il croisait les doigts pour qu'elle ne lui commande pas des travaux de plomberie… Bah, ce n'était peut-être pas si sorcier ? Et il faudrait bien qu'il s'y mette.

Il sentit son appréhension céder à la stupéfaction quand, au lieu de se planter devant lui, elle fusilla du regard le petit Cooper et croisa ses bras sur sa poitrine.

— Puis-je savoir pour quelle raison tu es aussi en retard ? demanda-t-elle.

L'enfant haussa les épaules.

— J'ai dû rester à l'école après la classe, confessa-t-il.

Reva soupira.

— Qu'est-ce que tu as fait, cette fois ?

— Rien ! Je voulais seulement aider la maîtresse,

plaida l'enfant avec vigueur. Tu sais, elle nous lisait une histoire, et c'était un livre que j'ai déjà lu ! Elle sautait plein de passages, alors j'ai seulement voulu l'aider à tout raconter comme dans le livre !

— Cooper ! s'exclama Reva en levant les yeux au ciel.

— C'était pour l'*aider* ! insista-t-il. Elle racontait tout de travers !

— Et je suis resté aussi, intervint Terrance. Comme ça, Cooper n'est pas rentré tout seul.

Dean n'en revenait pas. Son cœur battait à se rompre, et il fixait alternativement le visage de Cooper et celui de Reva…

Des cheveux blonds. Des yeux bleus. L'enfant était en CP… Il était donc le fils d'Eddie Pinchon !

3

Reva ferma les yeux et secoua tristement la tête.

— Cooper, combien de fois t'ai-je dit de…

— C'est mon nouvel ami, M. Sinclair ! coupa l'enfant, les yeux brillants d'excitation.

Reva savait que son fils avait l'art de changer de sujet au moment opportun. A trois ans, il usait déjà de ce procédé avec talent.

— Il n'a pas d'enfants, et il se sent sûrement très seul ! On pourrait l'inviter à dîner. Ce soir !

Mal à l'aise, Reva évita le regard de Dean Sinclair. Elle ne savait comment éluder la suggestion de Cooper et cherchait une échappatoire.

— Oh, maman ! insista l'enfant. Tu me dis toujours qu'il faut avoir de bonnes manières, et ce serait poli d'inviter M. Sinclair à dîner, non ?

— Je suis certaine que M. Sinclair a déjà des projets pour ce soir, répondit-elle avec calme.

— Je suis sûr que non ! répliqua Cooper en se tournant vers Dean. Vous avez des projets ?

— Euh, eh bien…

— Oh, s'il vous plaît ! supplia Cooper. J'aimerais tellement que vous me parliez de vos neveux et de votre nièce, même s'ils ne peuvent pas jouer au base-ball !

— Je te remercie pour l'invitation, répondit poliment Dean, mais j'ai beaucoup trop mangé, aujourd'hui.

Il releva les yeux vers Reva.

— Mon déjeuner a été excellent.

— Alors tu pourrais juste venir pour le dessert, enchaîna Cooper sans un temps d'hésitation.

— Cooper, arrête d'ennuyer M. Sinclair, intervint Reva.

— Il ne m'ennuie pas, assura Dean en souriant.

A contrecœur, elle lui rendit son sourire et prit le temps de l'observer. Il avait ôté sa veste et sa cravate, et les manches de sa chemise étaient remontées sur ses coudes. Pour la première fois, elle pouvait mesurer son imposante musculature, sa carrure athlétique et la peau nue de ses bras... Pourquoi, mais pourquoi était-elle encore la proie de cette étrange bouffée de chaleur, née au creux de son ventre ? Elle ne connaissait pas cet homme ! Il était très séduisant, certes, mais elle avait croisé quelques hommes non dénués de charme, au cours de ces sept dernières années...

Quand leurs regards se rencontrèrent, elle eut la vague intuition qu'il se posait les mêmes questions qu'elle. Mais cette seconde fut si fugitive qu'elle refusa de lui accorder trop d'attention.

— La tarte était remarquable, lança-t-il, sans cesser de la fixer.

— Oh, nous n'aurons pas de tarte au dîner, ce soir, répondit-elle en rougissant. Vous aimez les fraises ?

Seigneur... Etait-elle victime de son imagination, ou bien cette simple question avait-elle allumé une lueur dangereuse dans son intense regard bleu-gris ?

— Je les adore, répondit-il, sans la quitter des yeux.

— Maman fait les meilleurs crumbles aux fraises du monde entier ! renchérit Cooper.

Reva s'éclaircit la gorge et se tourna vers Cooper et son ami.

— Les enfants, il est temps de rentrer. Ta mère risque de s'inquiéter, Terrance. Et toi, Cooper, dépêche-toi d'aller faire tes devoirs.

— Oui... C'est vrai, maman va être furieuse, chuchota Terrance en échangeant un regard entendu avec Cooper.

Les deux garçonnets se mirent à courir, et Reva poussa un soupir de soulagement.

— La mère de Terrance travaille pour vous ? s'enquit Dean, rompant le silence qui régnait sur Magnolia Street.

Elle acquiesça, regardant son fils claquer la porte de la maison derrière lui.

— Oui, je ne sais pas ce que je ferais, sans elle ! Tewanda Hardy dirige le restaurant avec moi. Au sujet de ce dessert...

— Ne vous sentez pas obligée, coupa Dean. Les enfants ont le don de mettre leurs parents dans des situations impossibles.

Reva retint son souffle un court instant. Il venait de

lui offrir une porte de sortie en or, et elle n'avait qu'à s'y engouffrer pour oublier que cet homme faisait naître en elle des émotions disparues depuis sept longues années. Rien de bon ne sortirait de cette attirance, même si elle était mutuelle. Il lui suffisait de hocher la tête et de traverser la rue, rien d'autre…

Mais, au lieu de saisir cette chance, elle s'entendit répondre :

— Vous serez le bienvenu. Si cela vous fait plaisir, bien sûr.

— Ma foi, souffla-t-il en plongeant son regard dans le sien. Un crumble aux fraises… Qui serait capable de refuser cela ?

Reva ignora le frisson qui lui parcourait la nuque.

— Il faudra tout de même que nous parlions de vos projets, observa-t-elle.

Seigneur, cet homme avait une manière de prononcer le mot « fraises » qui lui retournait les sens ! Décidément, elle n'était pas dans son état normal.

— Voyez-vous, enchaîna-t-elle en s'efforçant de ne rien trahir de sa gêne, mon invitation n'est pas complètement désintéressée, et un bricoleur aurait de quoi s'occuper dans la maison. Alors si jamais vous décidiez de monter votre affaire ici, je pourrais vous confier quelques travaux…

— Si je comprends bien, il s'agit d'un repas d'affaires ?

A ces mots, elle se sentit infiniment soulagée. Voilà. C'était exactement cela. Elle l'invitait uniquement pour lui parler des rénovations nécessaires pour le restaurant !

— A 20 heures, conclut-elle. Et venez avec votre associé, si vous voulez.

Dean fit la grimace.

— Il n'est pas très sociable.

Reva sourit et tourna les talons.

Mais, alors qu'elle parvenait devant chez elle, elle se retourna et constata qu'il n'avait pas bougé d'un millimètre. Il la fixait.

— Oh, j'allais oublier, monsieur Sinclair…

— Dean, s'il vous plaît.

— Dean, répéta-t-elle très vite, tandis que son cœur s'emballait. Quand vous viendrez tout à l'heure, je vous en prie, renoncez au costume.

Bien. Elle était extrêmement séduisante, son parfum était envoûtant et chacun de ses gestes avait une élégance aérienne à vous faire chavirer le cœur… Même s'il devait admettre qu'elle l'attirait, Dean savait assez dominer ses élans pour ne rien entreprendre. Rien ! De toute façon, elle ne l'avait invité que parce qu'elle cherchait désespérément quelqu'un pour assurer deux ou trois réparations…

Malgré toutes les réflexions rationnelles qu'il invoquait, il sentait l'appréhension monter en s'apprêtant à frapper à la porte de Reva.

Mais quand Cooper ouvrit brusquement, un large sourire aux lèvres, son inquiétude tomba d'un coup.

— Entre ! s'écria l'enfant.

Dean jeta un regard curieux tout autour de lui. Il pénétrait en territoire inconnu, puisque Alan et lui ne voyaient rien de la partie habitée de la villa. Et ce qu'il découvrit acheva de le surprendre…

Il régnait ici une atmosphère chaleureuse et simple. Le mobilier était constitué de pièces chinées chez des antiquaires et des brocanteurs, donnant au salon une personnalité unique, empreinte d'un parfum de Sud. Qui n'aurait pas eu envie de choisir un volume dans la grande bibliothèque et de s'installer dans le profond canapé beige pour savourer le confort de ce lieu aux lumières tamisées ?… Quand Reva vint à sa rencontre, Dean dut se contenir pour ne pas lâcher une exclamation de surprise.

Elle avait quitté sa robe jaune pour un jean et un T-shirt rose très simples. Où était donc la petite amie de Pinchon ? Pas ici. Pas dans ce cottage familial où une ravissante jeune femme et un petit garçon souriant l'invitaient à déguster un crumble aux fraises…

— Nous prendrons le dessert dans la cuisine, si cela ne vous dérange pas, précisa-t-elle en lui cédant le passage.

Cooper courut devant et Dean suivit, les arômes des fruits et du café caressant ses narines.

La cuisine était lumineuse et équipée d'un arsenal culinaire moderne, en contraste avec l'ameublement du salon. Dès son entrée, il put constater que tout était prêt : trois assiettes, deux tasses et un verre de lait étaient disposés sur une grande table.

L'enfant alla aussitôt prendre sa place, et Dean s'installa face à Reva. Heureusement, une distance raisonnable les séparait, cette fois ! Il ne risquait plus d'effleurer ses jambes sous la table ou de se trouver aspiré par son regard marine.

A peine fut-il assis que Cooper lança, avec ce phrasé bousculé dont il était coutumier :

— Maman dit que tu répares plein de choses ! Mais lesquelles ? La télécommande de ma voiture électrique est cassée. Tu crois que tu pourrais la réparer ? Et l'année dernière, quand j'étais encore petit, j'ai cassé un de mes soldats préférés... Terrance, lui, il a un dinosaure qui criait, avant. Mais maintenant, il ne fait plus que des drôles de sifflements. Tu crois que tu pourrais arranger ça ?

Dean ouvrait la bouche pour répondre à chaque question, mais Cooper le mitraillait sans s'interrompre.

— Cooper, intervint Reva en souriant. Mange.

Puis elle adressa un regard d'excuses à Dean et prit sa fourchette.

— Bon... Alors, que pensez-vous de Somerset, jusqu'ici ?

— C'est charmant, répondit-il en toute sincérité. Et très différent d'Atlanta.

Reva rit doucement.

— Oui, je vous crois... Mais avant de vous attacher à la ville, il vaudrait mieux que vous connaissiez les désavantages de la vie quotidienne dans une si petite communauté.

— Ah ? Par exemple ? demanda-t-il en savourant la pâte croquante et les fruits gorgés de sucre.

Elle haussa les épaules.

— On ne peut pas se cacher, par ici, observa-t-elle.

A ces mots, Dean sentit son cœur s'arrêter : avait-elle découvert le pot aux roses ?

— Vous voulez dire que les excursions nocturnes sont mal vues ? répliqua-t-il avec un sourire railleur, pour ne rien montrer de son angoisse.

— Oui, admit-elle en souriant.

L'accent détaché de sa voix le rasséréna, et il reprit une bouchée de crumble.

— Mais ce n'est pas tout, enchaîna-t-elle. Si vous éternuez dans votre salle de bains, vous verrez arriver trois personnes vous apportant de la soupe et un sachet de tisane dans l'heure qui suit. Et le soir, vous réalisez que vous avez accumulé une foule d'informations d'importance variable sur tout et n'importe quoi. C'est une des lois du voisinage…

Soudain, Dean eut une révélation : Reva ne pouvait pas savoir qu'Eddie Pinchon s'était évadé. Oui, il en était certain. Si quelqu'un avait eu accès à l'information dans un journal national… les gens auraient parlé d'un assassin en cavale. Mais il était clair que les habitants de Somerset devaient préférer les annonces météo des gazettes locales aux chroniques criminelles du pays.

Et Reva était innocente. Après sept ans, elle avait bâti une nouvelle vie. Il aurait fallu être aveugle ou idiot pour en douter. Elle ignorait que son ex-amant avait fui sa prison de Floride… Bon sang, devait-il la prévenir ?

— C'est quoi, un pulicitère ? s'enquit Cooper en relevant soudain la tête vers sa mère.

Dean échangea un regard ahuri avec elle.

— Un quoi ? demanda Reva.

— Un pulicitère. La maîtresse a dit que c'est ce que je devrais devenir, quand je serai grand. Mais je ne sais pas ce que c'est. Elle a dit aussi que j'avais de la… *pugnacité*, articula-t-il soigneusement. Mais je ne sais pas non plus ce que ça veut dire.

Reva sourit.

— Un publicitaire.

— Ah. Et c'est bien ? J'avais envie de devenir joueur de base-ball ou inspecteur des impôts…

Dean manqua recracher son café et dévisagea l'enfant avec stupeur.

— Quoi ? Inspecteur des impôts ?

— Oui ! s'exclama joyeusement Cooper. Je saurais obliger tous les gens à payer leurs impôts ! Est-ce que ça ressemble à ça, publicitaire ?

— Cooper, soupira Reva, pour le moment, je crois que tu devrais t'en tenir à ton projet de joueur de base-ball. C'est une ambition très saine, pour un enfant de six ans…

— Bon, d'accord, répondit-il, docile.

Cependant, il se remit à interroger Dean avec une ardeur renouvelée, cherchant à savoir s'il savait réparer les vélos, les cerfs-volants, les équipements de sport, les jouets en métal ou en plastique et les trains électriques.

Amusé par la curiosité de l'enfant, Dean répondit au mieux et s'efforça d'ignorer la culpabilité qui le tenaillait. En tout cas, il avait mis dans le mille, avec son mensonge : visiblement, Somerset avait grand besoin d'une entreprise de réparation !

Quand Cooper reporta son intérêt sur sa nièce et ses neveux, Dean se détendit. C'était enfin un sujet de conversation qui n'exigeait de sa part aucune entorse à la vérité !

Mais dès que le petit garçon eut fini son verre de lait, Reva l'envoya se coucher. Puis elle invita Dean à prendre une dernière tasse de café sur le porche, qui faisait office de véranda.

Dean s'installa avec plaisir dans l'un des deux vieux fauteuils à bascule et contempla le ciel. La nuit tombait, et un ruban rose zébrait encore l'horizon, là où le soleil avait disparu.

Le mois de mai était merveilleux, dans le Tennessee. L'air était doux, mais les grandes chaleurs ne viendraient pas avant deux mois.

Sans la présence de Cooper, Reva se sentit soudain gagnée par un élan d'audace.

— Quelle est la vraie raison de votre présence ici ? demanda-t-elle à brûle-pourpoint.

Son hôte parut désarçonné et reposa sa tasse de café sur la table basse.

— Mais… Je vous l'ai dit, commença-t-il. Je…

— Vous ne m'avez révélé qu'une partie de l'histoire, coupa-t-elle d'une voix douce. Et je ne peux pas m'empêcher de me demander comment un homme qui semble tellement plus à l'aise en costume qu'en bleu de travail peut avoir l'idée de devenir le « Monsieur Bricolage » d'une petite ville perdue.

Elle aurait voulu être encore plus directe et lui demander

ce qu'il fuyait… Ou *qui* il fuyait. Mais elle n'avait pas le droit de s'aventurer sur un terrain aussi personnel.

— Vous avez acheté beaucoup d'outils, cet après-midi, reprit-elle après une courte hésitation. Ainsi que des vêtements de travail… Pardonnez ma curiosité, mais comment se fait-il qu'un spécialiste des réparations ne possède pas déjà des marteaux et des tournevis ?

Elle avait arrimé son regard au sien. Mais elle ne discerna aucune trace de culpabilité dans ses intenses yeux gris.

— Je vois que votre avertissement était fondé, répondit-il. J'achète un marteau, et toute la ville le sait dans le quart d'heure qui suit…

— Oui, admit-elle en souriant. C'est un fléau inévitable.

Une part d'elle-même voulait renvoyer Dean Sinclair chez lui sur-le-champ. La dernière chose dont elle avait besoin dans sa vie, c'était d'un homme mystérieux, protégeant jalousement ses secrets.

— Vous n'avez rien à m'expliquer, assura-t-elle. Je ne vous ai interrogé que par curiosité. Mais ça ne me regarde pas.

Il sc balança quelques instants sur le rocking-chair, sans répondre, et elle le regarda se réchauffer les mains sur sa tasse de café. Ce lourd silence n'avait rien de glamour… Alors pourquoi entendait-elle son cœur battre à un rythme frénétique ? Pourquoi avait-elle la gorge nouée et pourquoi était-elle assaillie par une nouvelle bouffée de chaleur ?

— Je n'ai pas toujours été entrepreneur, répondit-il enfin. A vrai dire, je ne me suis tourné vers le métier de réparateur que très récemment. Parce que j'aime l'architecture. Je suppose que j'avais besoin d'une activité moins stressante, d'un train de vie différent.

— Pourquoi ? Que faisiez-vous, auparavant ?

Il fallait qu'elle sache. Si quelque chose devait arriver entre eux — et ce ne serait pas le cas ! —, les secrets du passé ne devaient pas faire obstacle. Non, pas de bombe à retardement, pas de cadavres dans les placards… Jamais elle ne se remettrait d'un second choc.

Terrifiée par le cours que prenaient ses pensées, elle se tourna vers lui. Seigneur, elle se trouvait en présence d'un homme qu'elle connaissait à peine, et elle craignait déjà d'être blessée ?

Il prit son élan et déclara :

— Les forces publiques. J'ai été représentant de la loi durant des années…

Ce n'était pas la réponse qu'elle attendait. Ni celle qu'elle espérait. Oh, non, pas du tout ! Elle se mit à trembler.

Elle retint son souffle durant quelques secondes. Assez discrètement pour qu'il n'en voie rien, bien sûr. Elle s'y entendait, désormais, pour cacher ses émotions. Du moins, certains jours, et face à certaines personnes.

Au bout d'un instant, elle parvint à recouvrer son calme. Après tout, elle n'avait rien à redouter : ni de Dean Sinclair ni de personne.

— Vraiment ? chuchota-t-elle.

— Vraiment, confirma-t-il.

Il avait plongé son regard dans le sien, attendant une réponse plus développée.

— Oui, c'est un métier dangereux, observa-t-elle. Très dangereux.

Les policiers se promenaient armés…

— Oh, le danger n'a jamais été un problème pour moi, assura-t-il.

— Ah ? De quoi s'agissait-il, alors ?

Elle n'ignorait pas que cet échange prenait un tour *très* personnel. Il l'avait espionnée, et elle l'avait menacé avec une grosse branche. Ils ne se connaissaient pas. Qu'étaient-ils en train de faire ?

— Disons que j'avais le sentiment d'une fuite en avant, sans but et sans fin. Dans ce métier, on remporte parfois quelques batailles, mais jamais la guerre. Il faut travailler durant des heures, des jours, des semaines, des mois… Pour finir souvent sur un échec. Et croiser dans la rue des types qu'on a coincés la veille.

— Hum. Je vois. C'est très frustrant…

— En effet. Et le divorce a été brutal.

— Vous êtes divorcé ? demanda-t-elle, avant de regretter aussitôt sa question.

Quelle mouche venait de la piquer ?

Il haussa les sourcils.

— Non, je n'ai jamais été marié, répondit-il. Il s'en est fallu de peu une ou deux fois, mais… J'ai trente-cinq ans, et je suis toujours célibataire. Et vous ?

— Moi… *Quoi* ? demanda-t-elle, cherchant à gagner du temps, tandis que son cœur battait à coups redoublés.

— Vous êtes divorcée ?

— Non, je n'ai jamais été mariée, souffla-t-elle.

Voilà, c'était dit. Il savait qu'elle avait un enfant, et qu'elle ne s'était jamais trouvée devant un autel. Il pouvait prendre ses jambes à son cou, maintenant… Elle était bien placée pour savoir que beaucoup d'hommes étaient choqués par sa situation. Mais elle ne regrettait rien. Au contraire. Elle était heureuse d'avoir élevé son fils seule, et elle faisait de son mieux. Pourtant, elle redoutait de lire dans le regard de Dean Sinclair la pitié ou la condamnation.

Sa réaction fut tout autre. Il lui offrit l'un de ses sourires bien à lui, mi-charmeur, mi-amusé.

— Nous sommes peut-être du côté des plus malins, conclut-il.

Elle lui rendit son sourire.

— Peut-être.

Fermant les yeux un instant, elle inspira la brise fraîche, chargée de senteurs printanières. Elle avait envie de savourer cet instant. Car elle appréciait la compagnie de Dean Sinclair, et elle avait l'intuition que c'était réciproque. Même si rien ne devait naître de tout cela… C'était agréable. Et son esprit s'autorisa à former quelques fantasmes : elle imaginait ce qu'ils seraient, ensemble, si tant d'obstacles ne les séparaient pas.

Car c'était bien le cas.

Et elle était la seule à le savoir.

Quand il se leva pour partir, elle l'imita pour lui prendre la tasse des mains. Et à l'instant où ses doigts effleurèrent les siens, elle sentit un courant électrique passer entre eux. Ce fut aussi bref qu'intense, et elle se hâta de détourner les yeux.

— Merci pour le dessert, murmura-t-il.

— De rien. Quand vous voudrez.

« Revenez demain. Et le jour d'après. Et celui d'après », pensa-t-elle, encore sous le choc de ce contact avec sa peau. Chaude. Veloutée. Masculine…

Lentement, elle releva les yeux vers lui. Et soudain, elle crut qu'il allait l'embrasser. C'était son intention. Elle aurait pu le jurer, et son cœur tambourinait de plus belle dans sa poitrine.

Ses yeux magnétiques étaient rivés sur ses lèvres. Mais il ne bougea pas, et se contenta de lancer d'une voix un peu éraillée :

— Bonne nuit.

Il traversait déjà le jardin quand elle le rappela :

— Dean ! Que faites-vous, demain matin ?

Il haussa les épaules.

— Rien de particulier.

— Alors voulez-vous venir jeter un coup d'œil à ma rampe, qui tient mal ? J'ai vraiment besoin de la faire réparer.

Il sourit.

— Ce sera l'occasion de tester mes nouveaux outils.

L'appartement était plongé dans l'obscurité, et personne n'aurait pu discerner Alan et son télescope, derrière les rideaux.

— Tu sais que tu as l'air ridicule ? s'enquit celui-ci, comme Dean entrait dans la pièce.

— Non, je l'ignorais.

— « Joe le Bricolo »…

Dean baissa les yeux sur son T-shirt et son jean trop

épais, qui portaient cette marque un peu grotesque, en effet. La boutique de Somerset ne proposait pas un choix très varié. Et pour tout dire, il ne pensait plus à sa tenue depuis qu'il avait revu Reva Macklin.

Depuis cette soirée. Un moment inespéré. Le début de quelque chose d'inattendu.

— Ecoute, elle n'a rien à voir dans tout ça, lança-t-il en s'asseyant près de son ami. Je crois que nous devrions lui dire qui nous sommes et pourquoi nous nous trouvons ici, avant de lui demander si Eddie est entré en contact avec elle. Elle peut nous aider.

Alan se tourna lentement vers lui, écarquillant les yeux.

— Tu as perdu la tête ?

— Non, mais…

— Oh, quelque chose de pas net est en train de se passer, par ici ! interrompit Alan en se passant une main dans les cheveux et en le dévisageant avec inquiétude. Tu te rends compte de ce que tu suggères ? Si nous faisions cela, elle pourrait appeler Eddie, qui saurait que nous lui courons après et se dépêcherait de disparaître au Mexique ou Dieu sait où !

— Elle ne ferait jamais ça ! opposa Dean. Elle ne sait pas où est Pinchon. J'en suis sûr.

— Tiens donc. Dean Sinclair, je n'aurais jamais cru ça de toi. Sois réaliste ! Réfléchis ! Tu crois vraiment que, sous prétexte que Reva Macklin est jolie et bonne cuisinière, elle ne peut pas frayer avec un type comme Pinchon ? Qu'est-ce qu'elle t'a fait ?

— Rien du tout !

— On ne dirait pas ! Une jolie femme se met à battre des cils et, soudain, elle devient la déesse de l'innocence !

— Reva n'est plus celle qu'elle était il y a sept ans, insista Dean.

Alan soupira, se leva et alla détacher la photo punaisée au mur pour la lui tendre.

— Voici la femme dont tu es en train de parler, Dean. Elle est venue à Somerset pour se cacher, dans l'espoir que personne ne devine qui elle est réellement. Mais c'est bien elle. Une serveuse de bar à cocktails qui avait dix-neuf ans quand elle a rencontré Pinchon. Une fille qui s'est installée chez lui quinze jours plus tard. Et si elle n'a jamais été poursuivie pour aucun délit, elle a vécu durant deux ans avec un homme qui ne trempait que dans des affaires louches. Elle savait.

Dean sentit son cœur se retourner.

— Elle a changé…

— Les gens ne changent pas, coupa Alan. Tu le sais aussi bien que moi. Reva Macklin a été la compagne de Pinchon durant trop de temps. Et nous savons maintenant qu'ils ont eu un enfant ensemble. S'il l'appelle, elle retombera sous son charme, exactement comme la première fois. Elle le protégera et elle nous le cachera. Elle fera tout ce qu'elle pourra pour s'interposer entre lui et nous.

Dean ne voulait pas le croire. Mais il avait assisté tant de fois à ce scénario…

Et il n'avait pas pour habitude de se laisser tourner la tête par un crumble aux fraises, le mouvement d'une robe et une voix sensuelle. Son professionnalisme était sa raison de vivre, son identité.

— Ecoute, reprit Alan en posant amicalement la main sur son épaule, je comprends ce que tu ressens. Il y a des mois que Patsy t'a abandonné... Prends la voiture, va passer la nuit à Nashville et offre-toi un peu de bon temps. Tu peux être de retour à l'aube, et je te jure que tu verras les choses sous un autre angle. Et plus particulièrement Reva Macklin.

Dean prit la photo des mains d'Alan et l'examina. Oui, c'était elle. Plus jeune, plus insouciante, plus sauvage... Mais c'était Reva. Elle lui avait souri plusieurs fois, aujourd'hui ; mais jamais comme sur ce cliché. Son insouciance s'était envolée. Alors que la fille de la photo rayonnait de joie.

Alan avait peut-être raison. De longs mois de célibat avaient pu voiler son jugement. Et bon sang, elle lui plaisait, oui... Beaucoup.

Très bien. Il renonçait à l'idée de tout lui avouer.

Mais il n'irait pas pour autant à Nashville.

4

Au milieu du brouhaha familier qui emplissait la maison dès le matin, et plus particulièrement du côté des cuisines, Reva percevait aujourd'hui quelques sons qui rompaient avec l'ordinaire. Le coup sporadique du marteau, le craquement du bois et quelques jurons étouffés parvenaient jusqu'à son bureau.

Elle releva la tête de ses papiers, comme Tewanda entrait dans la pièce, un sourire espiègle aux lèvres. Son amie était une ravissante brune, grande et élancée. Elle avait tendance à changer de style tous les six mois et, ces temps-ci, elle était dans une phase très stricte : dans son pantalon noir et son chemisier de secrétaire modèle, elle cachait ses courbes généreuses et jouait un nouveau rôle…

Oui, Tewanda aimait ajouter un soupçon de théâtralité dans sa vie.

— Sais-tu qu'un homme très séduisant est en train de jouer avec la rampe d'escalier, au troisième étage ?

Reva sourit.

— *Jouer* ?

Tewanda acquiesça.

— Les travaux de charpente semblent le déconcerter. Mais je ne doute pas qu'il cache bien d'autres talents…

Lasse des sous-entendus de ses collègues, Reva leva les yeux au ciel et changea de sujet :

— Comment ça se passe, en cuisine ?

— Edna et Judith se disputent au sujet des épices à ajouter au ragoût de veau, et Frances passe son temps à monter et à descendre pour aller reluquer ton fiancé.

— Ce n'est pas mon fiancé ! protesta Reva.

— Il pourrait le devenir, répliqua Tewanda en la fixant droit dans les yeux.

Reva poussa un profond soupir. Sa plus proche collaboratrice semblait connaître un bonheur sans nuage. Elle adorait son mari, et ils avaient conçu trois merveilleux enfants ; le cadet, Terrance, était le meilleur ami de Cooper. Elle ne cachait pas son espoir que Reva connaisse un jour la même vie.

— Il a beaucoup de charme, reprit-elle, mais je me demande pourquoi tu lui as confié ce travail. Il regarde son marteau comme s'il s'agissait d'une équation mathématique.

— Oui, Dean débute dans ce domaine, expliqua Reva. Il faut lui donner sa chance.

A ces mots, Tewanda triompha.

— Tu vois ? Tu le défends déjà ! Eh bien, eh bien… Le shérif Andrews n'aimera pas beaucoup ce nouvel épisode !

— Le shérif n'a aucun commentaire à faire sur ma vie ! s'offusqua Reva.

— Mais il en rêve, observa Tewanda.

Peu désireuse de comparer les mérites respectifs de Dean Sinclair et de Ben Andrews, la jeune femme quitta son bureau et s'arrêta devant son amie.

— Tu ferais mieux d'aller surveiller ce ragoût. J'ai encore beaucoup de fournisseurs à régler, aujourd'hui.

— Très bien, répliqua Tewanda. Ne me dis rien. Mais si tu as besoin que je garde Cooper une nuit à la maison, tu peux compter sur moi. Ce serait l'occasion de séduire ton beau bricoleur en herbe…

— Mais je ne tiens pas du tout à le…

— Stop ! coupa Tewanda en levant la main, le regard brillant de malice. Je suis trop ravie que tu te décides enfin à mettre un terme à ce célibat insensé. Tu as bien fait d'inviter ce M. Sinclair à prendre le dessert chez toi, hier soir… Oh, ne me regarde pas comme ça ! Nous sommes à Somerset, ma belle !

Reva observa un court silence.

— Un crumble et un café. C'est tout. Je te le promets.

— Moui…, conclut son amie en lui décochant un regard lourd, avant de refermer la porte derrière elle.

Reva retourna à son bureau pour terminer ses chèques. Mais les coups de marteau continuèrent à la distraire, et elle finit par poser son stylo. Dean Sinclair était-il aussi peu doué que Tewanda l'affirmait ?

N'y tenant plus, elle quitta son bureau et gravit discrètement l'escalier pour observer sans être vue. Malheureusement, le vieux bois craquait sous ses pieds, et Dean avait choisi ce moment pour interrompre son travail…

Quand elle parvint au troisième étage, elle le trouva tourné vers elle, attendant son arrivée.

— Qui joue les espionnes, maintenant ? s'enquit-il, moqueur.

— Moi, avoua-t-elle, le rouge aux joues.

— Vous n'êtes pas la seule, assura-t-il d'un ton consolateur. D'ordinaire, quand je me retourne, je vois surgir une chevelure grise et frisée.

— Mme Frances, précisa Reva, gênée. Ecoutez… Je voulais seulement vous prévenir que les clients vont bientôt arriver. Vous pouvez prendre une pause jusqu'à cet après-midi.

Il haussa les sourcils.

— Je croyais que le restaurant n'ouvrait qu'à 13 heures ? Il est à peine plus de midi…

— Oui, mais certaines personnes prennent l'apéritif ou jouent avec leurs enfants sur la balancelle du porche. Les coups de marteau brisent un peu l'atmosphère, vous comprenez ?

— Bien sûr. Je suis désolé.

— Non, ne le soyez pas… Ces vieilles maisons sont de véritables caisses de résonance.

Elle croisa son regard et ajouta :

— Quand cet escalier sera sans danger, j'aimerais beaucoup aménager les deux chambres vides du haut. On n'a jamais assez d'espace à offrir à la clientèle…

Dean reposa soigneusement son marteau sur le sol. Trop soigneusement, observa-t-elle. Il ne renvoyait pas l'image d'un bricoleur averti. Son jean et ses bottes étaient trop neufs. Avec son petit logo « Joe le Bricolo », son T-shirt était ridicule.

Et il était rasé d'un peu trop près, pour un travailleur manuel. Quant à ses mains... Il avait des ongles impeccables.

— Vous animez une table, aujourd'hui ? demanda-t-il.

Elle hocha négativement la tête.

— Parfait, répondit-il avec cette voix qui la faisait trembler de la tête aux pieds. Dans ce cas, déjeunez avec moi.

Le cliquetis des fourchettes et l'écho des conversations emplissaient toute la maison quand Reva remonta au troisième étage, vers 13 h 30.

Dean vint vers elle pour prendre les deux assiettes qu'elle portait, et les déposa sur la table de l'une des chambres vides, où attendaient déjà un pichet de thé glacé et deux verres.

Une vague gêne le gagna, mais il s'efforça de la chasser : certes, ils se trouvaient dans une *chambre*, mais il n'y avait pas de lit dans les environs. Seulement une armoire, quelques pots de peinture dans un coin, une vieille méridienne et la table.

C'était l'occasion rêvée d'interroger la jeune femme et de savoir ce qu'elle aurait à dire au sujet de Pinchon. Il aurait préféré une dînette, aussi magique que leur rendez-vous de la veille au soir. Oui, il aurait préféré la voir rire et sentir leur complicité s'épanouir...

Mais il était en mission. Et il fallait qu'il sache.

Il alla chercher deux chaises dans le couloir, et invita Reva à s'installer face à lui devant les deux plats garnis de rôti, de pommes de terre et d'aubergines. Visiblement mal à l'aise, elle s'exécuta, avant qu'un lourd silence ne tombe entre eux.

Ils étaient comme deux adolescents prêts à se retrouver secrètement, pour un premier tête-à-tête…

— Alors, commença Dean, dites-moi : vous êtes dans la restauration depuis longtemps ?

Elle releva les yeux et lui adressa un regard suspicieux avant de paraître se détendre.

— Depuis six ans, répondit-elle. Peu après la naissance de Cooper, j'ai travaillé à Raleigh pour un vieux chef, Donald, dont le restaurant battait de l'aile. Ses deux fils ne semblaient guère partants pour prendre la relève, et il m'a engagée. Le succès venant, je suis devenue son associée, et au moment où il a voulu prendre sa retraite, un an plus tard, nous avons vendu avec un joli bénéfice. C'est ainsi que j'ai pu ouvrir ma propre enseigne.

— Je vois, dit-il en souriant. Mais avant la naissance de Cooper, que faisiez-vous ?

C'était *maintenant*. Il lui offrait une chance de s'expliquer, une fois pour toutes. D'affirmer qu'elle n'était plus la petite amie d'un criminel.

Il ne la connaissait que depuis deux jours. Pourtant, il espérait d'elle des aveux complets. Car, dans son esprit, il n'existait que deux catégories de personnes : les honnêtes et les malhonnêtes. L'entre-deux était pure fiction. Sa sœur

Shea lui reprochait souvent sa rigidité. Mais il préférait se considérer comme un incorruptible.

— Et vous ? interrogea Reva d'une voix distante. Vous avez toujours été flic ?

Il opina du chef.

— Oui.

— C'est ce dont vous avez l'air, observa-t-elle. La manière dont vous marchez, votre regard perçant, vos gestes… Je regrette, Dean, car je sais que vous tentez de changer de vie, mais je ne vous vois pas devenir réparateur professionnel.

Lui non plus, songea-t-il.

— Je peux changer. Les gens *changent*, vous savez. Vraiment. Certaines personnes peuvent laisser une vie entière derrière elles pour en recommencer une nouvelle. Il suffit de le vouloir.

C'était à elle qu'il pensait. Reva avait-elle pris ce nouveau départ pour son fils ? Avait-elle renoncé à une existence instable en devenant mère ? Il en était presque certain.

— Oui, je suppose, admit-elle très bas.

Une nouvelle fois, un silence pénible s'installa entre eux.

— Et… Vous avez toujours voulu devenir flic ? reprit-elle enfin, avec un effort perceptible. Depuis l'enfance ?

— Je ne sais pas. Qui peut dire d'où viennent ses ambitions ?

— C'est juste que… Vous avez l'air si sûr de vous. Je ne l'ai jamais été. A chaque moment de ma vie, je me suis demandé si j'agissais bien, et j'ai été dans le doute.

Mais vous, vous renvoyez l'image d'un homme qui n'a jamais commis d'erreur.

— Tout le monde fait des erreurs, opposa-t-il.

— Peut-être, murmura-t-elle en faisant errer sa fourchette au-dessus de ses pommes de terre. Mais vous ne m'avez toujours rien dit de vous, Dean Sinclair. Vous savez comment je suis devenue restauratrice, et moi, j'ignore tout de votre vie…

— Je n'aime pas parler de moi, répliqua-t-il. Et j'aimerais vous connaître. Savoir d'où vous venez, ce que vous aimez, ce que vous attendez de la vie. Parlez-moi de Reva Macklin. Je veux *tout* savoir.

Une minute plus tôt, elle souriait encore. Mais, soudain, elle était devenue livide.

— Il n'y a pas grand-chose à en dire, lâcha-t-elle. Que pensez-vous de ce rôti ? Vous ne le trouvez pas trop épicé ?

— Il est très bien, rétorqua-t-il brusquement. Tout est formidable. J'aimerais seulement pouvoir me représenter un peu mieux votre vie et ce que vous aimez. Par exemple, lisez-vous les journaux ? Etes-vous intéressée par les grands événements du pays et les faits divers ? Quel genre de programmes regardez-vous à la télévision ?

— Mais je… Je ne m'intéresse pas beaucoup à tout ça, non, et…

— Pas du tout ? Vous voulez me faire croire que vous vivez exclusivement dans la bulle de Somerset, hors de toute information concernant le pays ou le reste du monde ? Vous ne vous connectez jamais sur internet, ne serait-ce que pour consulter les nouvelles critiques culinaires ou vérifier que votre restaurant est bien noté ?

— Non, lâcha-t-elle, tremblante.

— S'il vous plaît, Reva, expliquez-moi ce que…

Sans lui permettre de poursuivre, elle se leva et se tint droite comme un piquet, devant lui.

— Je devrais retourner auprès des clients, conclut-elle.

Puis, sans lui accorder un regard, elle tourna les talons et posa sa main sur la poignée de la porte.

— Attendez… Je suis navré, reprit Dean en se levant à son tour. Je n'aurais pas dû…

— Finissez de déjeuner, coupa-t-elle. Je vous verrai plus tard.

Dean serra les poings. Elle avait voulu paraître calme, mais son pas précipité dans l'escalier trahissait sa panique.

En parvenant au rez-de-chaussée, Reva sentit ses tempes bourdonner. Une minute de plus, et elle aurait peut-être fait un malaise…

Seigneur, comment avait-elle pu perdre ainsi la tête ? Il n'y avait pas de place sous son toit pour un homme ! Elle le savait depuis qu'elle s'était installée ici ! Et si elle fréquentait Dean Sinclair, la question tant redoutée finirait par jaillir, ouvrant la terrible boîte de Pandore :

« Qui est le père de Cooper ? »

Tewanda avait raison : elle était une très mauvaise menteuse. Garder un secret était une chose, mais raconter n'importe quoi sous un feu de questions n'était décidément pas sa spécialité. Comment aurait-elle pu dire la vérité ?

Le père de Cooper était en prison pour meurtre ! Il était condamné à perpétuité. Mais Eddie était un être aux multiples personnalités… Sinon, comment aurait-il pu se révéler adorable et plein d'égards avant de se transformer en démon lunatique l'instant d'après ?

Hélas, Reva avait trop longtemps ignoré cette ambivalence, chez lui.

De retour à l'appartement, Dean attendait la réaction d'Alan, après lui avoir rapporté l'incident du déjeuner. Naturellement, il n'eut aucun plaisir à entendre son verdict :

— Elle n'aurait pas pris la fuite si elle n'avait rien à se reprocher.

Dean soupira. Il ne pouvait qu'admettre le bon sens de cette réflexion. Un innocent ne fuyait jamais. D'où venait la peur de Reva ?

Car elle avait eu peur.

Si seulement il ne l'appréciait pas autant…

Dès le premier soir, quand il avait admiré ses jambes, elle s'était insinuée dans ses pensées pour y rester. Il avait eu désespérément besoin de la voir, d'être près d'elle, et il avait perçu la force de l'attirance qu'elle exerçait sur lui.

Mais Alan devait avoir raison : au fond, il avait besoin d'une bonne partie de jambes en l'air. Pas de risquer sa carrière. Surtout pour une femme qui pouvait être enfoncée jusqu'au cou dans la sale histoire qui les avait conduits à Somerset.

Et, de toute façon, il ne voulait pas d'une femme dans sa vie à longue échéance. Celle-ci avait un enfant, ce qui n'arrangeait rien. Durant toute sa jeunesse, il avait pris soin de sa famille : maintenant que ses frères et sa sœur menaient leur propre existence, il voulait seulement la paix.

Alors pourquoi était-il hanté par l'urgence de courir vers Reva et de lui faire dire toute la vérité ? Pourquoi se sentait-il si coupable de ne pas lui révéler la vraie raison de sa présence en face de chez elle ?

Elle ne lui faisait pas confiance. Certes, ils se connaissaient peu, mais… Il avait *besoin* qu'elle lui fasse confiance !

S'il jetait un coup d'œil en arrière, il voyait sa vie composée de blanc, et d'un peu de noir. Celle de Reva semblait un dégradé de gris, aussi mouvant qu'un marécage…

Toutes ses belles certitudes commençaient à fondre. Et si elle attendait le retour de Pinchon ? Si celui-ci l'avait appelée pour l'avertir qu'il viendrait dès qu'il le pourrait ? Etait-il seulement *possible* qu'elle ignore qu'il s'était évadé ? D'accord, Somerset boudait internet et les grands journaux nationaux… Mais bon sang, CNN et de nombreuses autres chaînes avaient diffusé le portrait d'Eddie, lors de son évasion ! Cette femme n'était tout de même pas complètement coupée du reste du monde !

Des coups furent frappés à la porte, et il échangea un regard paniqué avec Alan. Sans hésiter, son compagnon jeta une couverture sur le télescope. Mais le trépied demeurait visible, aussi resta-t-il posté devant, tandis que Dean allait ouvrir.

— Bonjour messieurs, lança gaiement Mme Fisher en entrant, chargée d'un plateau. Il fait bien chaud, aujourd'hui ! J'ai pensé qu'un rafraîchissement et quelques cookies aux raisins vous feraient du bien.

— C'est vraiment très gentil à vous, répondit Dean en se rappelant soudain l'avertissement de Cooper.

Alan approuva d'un hochement de tête, sans bouger d'un millimètre.

Comme la vieille dame le dévisageait d'un air suspicieux, Dean sentit la sueur lui perler au front. Si elle découvrait la nature de leurs activités, ils étaient perdus. Car même en lui arrachant la promesse de garder le silence, il ne faisait aucun doute qu'ils n'empêcheraient pas cette commère de répandre la rumeur comme une traînée de poudre.

Evelyn Fisher reporta son attention sur lui et sourit.

— Oh, c'est la moindre des choses, assura-t-elle en souriant.

Dean lui rendit son sourire et tenta de la conduire vers la porte.

— Mille mercis, vraiment. Nous descendrons le plateau dans la cuisine dès que nous aurons terminé. Je n'aime vraiment pas l'idée de vous faire gravir ces trois étages !

Résistant à ses efforts, elle demeura collée sur place.

— Oh, ça ne me dérange pas… Le docteur me dit toujours que monter l'escalier est un bon exercice pour moi. Et j'adore cuisiner ! C'est un plaisir de faire des gâteaux pour deux hommes vigoureux. Mon défunt mari adorait mes cookies aux raisins !

— … Et je suis certain que ce sera également notre cas, lâcha Dean en l'escortant vers la sortie.

Heureusement, elle le laissa lui prendre le bras et obtempéra. Mais, au moment où il allait fermer la porte, elle passa la tête dans l'embrasure et ajouta :

— Vous savez, la clôture du jardin aurait grand besoin d'une petite réparation. Les portes sortent des gonds, et plusieurs planches sont tombées. Il faudrait la repeindre, aussi.

Soulagé d'avoir compris la raison de sa visite impromptue, Dean hocha la tête.

— Et puisque vous travaillez maintenant chez Miss Reva, je me disais que vous pourriez peut-être vous charger de ça ? J'imagine que vous avez décidé d'implanter votre société en ville, finalement !

Elle lorgna vers Alan et enchaîna d'un ton malicieux :

— Vous ne sortez pas beaucoup. C'est dommage, quand on est bel homme, d'être aussi timide !

— Oui, c'est une malédiction, répondit Alan d'un ton imperturbable.

— Oh, certainement. Bien… Alors si vous avez besoin de vous occuper, vous pourriez commencer à réparer la clôture dès cet après-midi ?…

Dean se hâta de refermer la porte et s'y adossa, pour regarder Alan se diriger vers le plateau.

— Tu aurais vraiment pu choisir un autre métier que réparateur, lâcha-t-il en attrapant un cookie.

— Non, attends ! intervint Dean. Cooper a dit de…

Mais, déjà, Alan avait croqué dans le biscuit et affichait une terrible grimace, tout en mastiquant.

— … ne pas manger ses cookies aux raisins, acheva-t-il.

— Quelle horreur ! En principe, les cookies ne doivent-ils pas contenir au moins un peu de sucre ? Pouah !

Il jeta le biscuit entamé dans l'assiette et se remplit un verre de limonade pour en avaler une longue gorgée.

— Je parie que c'est avec ça qu'elle a tué son mari, conclut-il, toujours grimaçant.

Dean sourit, mais un mouvement derrière la fenêtre attira son attention, et il s'approcha pour voir Reva Macklin faire le tour de son jardin et rentrer chez elle. La plupart des clients étaient partis, maintenant.

Seule une petite fille et ses parents restaient sur le porche.

Reva était une femme de sang-froid, et elle savait se dominer songea-t-il. Oui, elle avait du cran… et de l'allure.

Sa longue jupe lui cachait ses merveilleuses jambes, mais il aimait admirer la manière dont sa chevelure lâchée dansait sur ses épaules, soulevée par la brise.

Néanmoins, il rêvait de revoir de près cette extraordinaire paire de jambes…

Si elle se retournait dans sa direction, il saurait que tout n'était pas perdu. Que ses mensonges ne cachaient pas les drames et la complicité criminelle qu'il redoutait. Que sa discrétion et sa timidité expliquaient tout. Que sa télévision était en panne depuis des mois, qu'elle ne savait rien de l'évasion de Pinchon, qu'elle était blanche comme neige.

Oui, si elle se retournait maintenant, ce serait un signe.

Un signe de son innocence…

La jeune femme leva les yeux vers un arbre dont les plus hautes branches étaient cassées. Puis elle reprit sa marche.

Sans se retourner.

5

Durant de très longues années, Reva avait réussi à se satisfaire de son célibat. Elle pourrait donc ignorer la manière dont son corps — et seulement son corps — réagissait à la présence de Dean Sinclair. Ce serait encore plus efficace si elle l'évitait.

Oui, c'était simple. Elle se le répétait depuis cinq jours, mais, si elle était honnête, elle devait constater que ses belles résolutions n'étaient pas suivies d'effet. Pourtant, elle avait confié à son embarrassant ouvrier les travaux les plus farfelus, pour demeurer loin de lui. Dès qu'elle devait se trouver au restaurant, elle l'envoyait chez elle, et inversement. Et la veille, il était resté toute la matinée dans le jardin, hors de sa vue, à couper les branches d'un vieux cerisier abîmé par la tempête. Il finirait cette besogne la semaine suivante.

Aussi l'avait-elle peu croisé. Mais, hélas, c'était tout de même arrivé, et chaque fois elle avait refusé ses invitations à déjeuner, à dîner ou à prendre un verre sous tous les prétextes : elle avait du travail, devait aller faire des courses ou aider Cooper avec ses devoirs…

Il finirait par comprendre et cesserait de la solliciter.

Mais c'était dimanche, et elle n'avait aucune raison de s'inquiéter à son sujet. Depuis son arrivée à Somerset, Reva adorait la pause dominicale. La ville comptait trois églises — ce qui était beaucoup, pour une si modeste communauté. Mais le dimanche matin, dans chacune des nefs, tous les bancs étaient complets. Les gens avaient pour habitude de se retrouver pour un pique-nique ou une tombola, après l'office. Le climat était amical, à la fois joyeux et tranquille. Ici, personne n'interrompait une conversation pour décrocher son portable, l'accès à internet était inexistant, les enfants ne passaient pas leurs journées devant la télévision, et la vie sociale n'en prenait que plus d'importance.

C'était ce qu'elle avait toujours recherché. Dans sa jeunesse, elle n'avait guère connu la paix. Après la mort de son beau-père, sa mère avait disparu du jour au lendemain, sans laisser de traces. Elle avait alors fait la connaissance d'Eddie. Il l'avait rendue pleinement heureuse, en lui offrant l'amour et la stabilité dont elle manquait tant. Et elle était tombée follement amoureuse de lui.

Le soir de leur rencontre, elle travaillait dans un bar à cocktails. Ce n'était pas précisément l'emploi de ses rêves, mais c'était ce qu'elle avait trouvé de mieux, à l'époque. Une nuit, Eddie était entré avec son sourire ravageur et ses yeux bleus… Ils avaient longuement discuté. Puis il lui avait laissé un pourboire magistral et l'avait appelée à sa table, quand la clientèle s'était clairsemée. Cette nuit-là, en quelques heures, elle avait cru avoir enfin rencontré l'âme sœur, un homme qui la comprenait et désirait la combler. Et au bout d'une quinzaine de jours de promesses formelles et de serments tacites, il l'avait convaincue de vivre avec lui.

La crédulité de Reva était alors à peine concevable. Elle buvait toutes les paroles d'Eddie et l'aurait suivi jusqu'au bout du monde. Bientôt, il avait insisté pour qu'elle quitte son travail de serveuse. Sans hésiter, elle l'avait fait, persuadée qu'il la voulait pour lui seul, et qu'il ne supportait pas ces journées passées loin d'elle. A ses yeux, c'était une preuve d'amour. Eddie ne cessait de répéter qu'un jour ou l'autre ils se marieraient. Avec quelques mots tendres et des regards adorateurs, il lui avait dépeint la vie qu'ils mèneraient ensemble, en tant que mari et femme, avant de concevoir une famille, de trouver une maison, un jardin, et d'adopter un chien…

Mais la réalité s'était révélée très différente de ce tableau. Durant deux ans, Eddie l'avait nourrie de mensonges, la maintenant dans la plus complète ignorance au sujet de ses véritables activités. Rétrospectivement, Reva songeait qu'à sa place une autre fille aurait vite deviné comment Eddie gagnait sa vie. Oui, elle avait eu des étoiles dans les yeux et s'était laissé aveugler par ses sentiments. Car elle était hantée par la peur. La peur de perdre celui qu'elle aimait et la seule stabilité qu'elle ait jamais connue. Et au moment où elle avait réalisé avec horreur qui était Eddie Pinchon, il était trop tard. Il avait alors juré de ne jamais lui permettre de le quitter.

C'était sa conception de l'amour ! En fait, il ne l'avait jamais aimée.

Elle avait été sa chose, sa propriété.

Cette expérience avait fait mûrir Reva. Le choc avait été infiniment douloureux, mais elle en était sortie dessillée, sans illusions. Elle s'était alors promis de ne plus jamais tomber dans le même piège. Et chaque fois qu'elle croiserait Dean, il faudrait qu'elle se le rappelle.

A la sortie de l'église, Cooper partit devant elle en courant, en direction de la maison, suivi de ses camarades. L'air était frais, et le printemps avait épanoui les massifs de fleurs des allées.

Reva savoura ce moment de calme et de sérénité. Elle tentait de se concentrer sur son avenir : Cooper. L'enfant allait continuer à grandir au sein de cette adorable petite ville et ne saurait jamais qui était son père. Il avait des amis et des voisins qui l'aimaient et le respectaient. Sa mère lui offrait tout l'amour qu'elle n'avait jamais reçu, et il pourrait devenir joueur de base-ball, inspecteur des impôts ou publicitaire : ce qu'il voudrait.

Il ne souffrirait pas de la terrible erreur qui entachait son passé.

Un courant d'air froid lui parcourut la nuque, et elle frissonna. Elle avait dit à Dean que personne ne pouvait garder indéfiniment un secret à Somerset. Et pourtant, elle conservait jalousement le sien : un gros, un scandaleux secret. Mais elle était prête à tout pour que personne ne sache qu'Eddie Pinchon était le père de Cooper.

Dean était retourné dans le jardin de Reva, avec une échelle et une scie. Couper toutes ces branches malades ou abîmées était enfin un travail à sa portée ! Il n'avait pas à s'y connaître en électricité, en plomberie ou en mécanique.

La tâche n'en était pas moins pénible… Il se contorsionnait en tous sens et la journée était si chaude qu'il suait à grosses gouttes. N'y tenant plus, il retira son T-shirt et continua à travailler torse nu.

La semaine progressait au même rythme que la précédente. Reva lui donnait les consignes et disparaissait aussitôt, évitant de croiser son regard. Il bénéficiait d'un grand avantage en travaillant pour le meilleur restaurant du comté, voire de tout le Tennessee, mais désormais c'était toujours l'une des employées de Reva qui lui portait son déjeuner. Tout ce clan de vieilles dames semblait enchanté de lui garnir l'estomac.

Quant à la plus proche amie de la propriétaire des lieux, Tewanda, elle se contentait de hocher la tête d'un air désolé et de murmurer quelques paroles incompréhensibles quand elle le croisait.

Durant la matinée, il avait abattu beaucoup de travail. Puis, dès l'arrivée de la clientèle, il avait pris sa pause. L'une des vieilles dames lui ayant fait observer que le bruit de la scie électrique n'était pas la musique favorite des clients, il avait décidé de rester dehors pour déjeuner avant de se remettre à scier l'arbre.

Bon, l'activité physique n'était sans doute pas son fort… Mais dans ces circonstances, elle était bienvenue. Elle avait le mérite d'écarter de son esprit l'objet de ses obsessions. Comme il descendait l'échelle pour jeter une branche sur le tas, il aperçut Alan, qui traversait la rue dans sa direction, son portable à la main.

Etonné, il débrancha la scie et lui sourit.

— Qu'est-ce qu'il y a encore ? J'ai l'air aussi ridicule que toi, c'est ça ?

— Non. Davantage, répondit Alan en secouant son portable. Qu'as-tu fait de ton téléphone ? Je cherche à te joindre depuis un moment.

— Oh !

Dean dirigea son regard sur la boîte à outils posée dans l'herbe.

— Je l'ai rangé là-dedans, expliqua-t-il en montrant la caisse du doigt. Et avec le bruit de la scie… Qu'est-ce qui se passe ?

— Nous partons d'ici, révéla Alan avec un sourire soulagé. Dieu merci ! Cette mission aura été la plus bizarre et la moins fructueuse de ma vie… Adieu Somerset. Et sans regret !

Dean haussa les sourcils.

— Ils ont attrapé Pinchon ?

Alan secoua la tête et s'approcha, baissant la voix :

— Non. Mais il a été repéré la nuit dernière chez son cousin, en Caroline du Nord. Quand la police est entrée, il était déjà parti. Toutefois, le cousin a été très bavard. Nous savons désormais où va Eddie, et ce qu'il a en tête.

Il jeta un coup d'œil fatigué vers la grande maison et ajouta :

— Il n'a même pas mentionné Reva Macklin.

Dean poussa un profond soupir. C'était donc presque fini. Mais pas tout à fait.

— Pars en éclaireur, lança-t-il. Je vais rester ici jusqu'à ce que Pinchon ait été mis sous les verrous.

Alan hocha encore la tête en signe de dénégation.

— Nous devons rejoindre les autres en Caroline du Nord dès ce soir. Eddie a rendez-vous avec l'un de ses vieux confrères, selon son cousin.

— Un rendez-vous qu'il choisira peut-être de ne pas honorer, objecta Dean. Maintenant, il se doute que son cousin a parlé. Il est évident qu'il changera ses plans.

— Ce n'est pas le problème, mon vieux. Notre mission ici est suspendue. Fin de l'histoire.

Non.

Non ! Rien n'était fini, bon sang !

Tout son être se révoltait à la pensée d'abandonner Reva. Ils n'avaient rien réglé. Il ne savait pas l'essentiel. Et il ne supportait pas cette distance glacée entre eux !

Au fond de lui, il savait qu'il aurait dû se sentir soulagé d'avoir la meilleure raison du monde de déguerpir. Mais il ne l'était pas.

— Je vais rester ici, déclara-t-il, déterminé. Sur mes congés.

Alan le dévisagea avec insistance, observa un long silence et finit par lâcher :

— J'aurais dû te conduire moi-même à Nashville…

— Ma décision n'a rien à voir avec le rythme de ma vie sexuelle !

— Bien sûr que si.

— J'ai l'intuition qu'il n'est pas exclu qu'Eddie pointe son nez ici, c'est tout.

Alan fronça les sourcils.

— Et alors, tu suis ta sainte intuition et tu prends des vacances pour protéger une…

— Ne le dis pas, coupa Dean, sachant ce qui allait suivre.

Alan passa l'une de ses larges mains sur son front bombé et soutint son regard.

Dean appréciait son coéquipier. Ils étaient différents, mais ils avaient une totale confiance l'un en l'autre. Sans hésiter, il aurait remis sa vie entre les mains d'Alan.

— Très bien, conclut ce dernier, vaincu. Je te tiendrai informé de la traque de Pinchon, et toi… Sois prudent.

— Je suis *toujours* prudent, répondit Dean en souriant.

— C'est ce que je croyais aussi, dit Alan en s'éloignant. Mais, maintenant, je n'en suis plus aussi sûr.

Reva était prête à rentrer chez elle, mais Dean se trouvait toujours dans le jardin, à empiler les branches coupées. Elle aurait pu sortir et le croiser brièvement, mais… Il avait ôté son T-shirt, et elle redoutait de se trouver trop près de son large torse. Il lui était déjà bien assez difficile de ne pas se coller à la fenêtre pour admirer le dessin de ses pectoraux ! Non, elle ne pouvait pas aller lui parler *maintenant.*

Immobile devant les fourneaux, elle le regarda soulever plusieurs branches, et observa le mouvement souple de ses muscles.

— Jolie vue, n'est-ce pas ? observa Tewanda en se postant derrière elle.

Reva sursauta et haussa les épaules.

— Non. C'est répugnant.

— Mais oui, bien sûr… Et tu ne crois pas qu'il serait aimable d'offrir à ce pauvre travailleur un bon thé glacé ? Ça te donnerait l'occasion d'admirer sa musculature de plus près.

Incapable de réprimer un frémissement à cette idée, Reva détourna les yeux de la fenêtre.

— Non, lâcha-t-elle.

Tewanda croisa les bras et soupira.

— Qu'allons-nous faire de toi ? Il est évident que tu apprécies cet homme. Et pourtant, depuis plus d'une semaine, tu agis comme s'il avait la peste. Je reconnais que ce n'est pas entièrement ta faute : il ne devrait pas te laisser une seconde de répit, et se traîner à tes pieds jusqu'à ce que tu le laisses te faire sauvagement l'amour sur ton bureau.

Reva retourna à son amie un regard stupéfait.

— Sur… Sur mon bureau ?!

— Où tu voudras, répliqua la jeune femme en levant les yeux au ciel.

Reva resta silencieuse un instant avant d'énoncer d'une voix claire :

— Je ne veux pas d'une relation avec un homme. Ni avec Dean ni avec personne.

A peine avait-elle prononcé ces paroles qu'elle discerna une lueur affectueuse et pleine de compassion dans le regard de Tewanda. Son amie n'était pas sotte. Elle avait deviné que Reva gardait ses distances avec les hommes parce que le père de Cooper avait détruit son cœur, sa confiance et ses espoirs. Elles avaient brièvement évoqué le sujet, quelques années plus tôt. Reva n'avait donné aucun détail, et Tewanda s'était gardée de l'interroger.

Parce qu'elle était une vraie amie.

Changeant de sujet, Tewanda sourit et s'enquit :

— Pique-nique dimanche, après l'église ?

— Oui. Je n'ai pas oublié, acquiesça Reva, reconnaissante.

— Tu comptes apporter des victuailles, cette fois ?

— Je ne sais pas.

Tewanda pointa son index sur elle et fronça les sourcils.

— Tu as intérêt. La dernière fois, j'ai croisé deux ou trois personnes très choquées de ce que le meilleur restaurant de la ville n'offre même pas une gaufre !

A contrecœur, Reva hocha la tête en signe d'assentiment. Elle n'aimait pas cuisiner le dimanche. C'était son jour de repos. Mais elle aimait encore moins décevoir les habitants de Somerset.

— Et puis, j'aurais l'air de quoi, si ma meilleure amie restait dans son coin alors que j'organise la collecte municipale ? enchaîna Tewanda. Tu sais que je…

— Bon, d'accord, d'accord. Je remplirai un grand panier de pique-nique.

— Nous avons besoin de ce nouveau toit pour le gymnase, insista son amie. Chaque dollar compte. Et la dernière fois que tu as apporté de quoi manger, nous avons obtenu vingt-cinq dollars en une heure !

Reva soupira et regarda son amie remplir un grand verre de thé glacé.

— J'emmène Cooper avec moi, conclut Tewanda.

Terrance et lui doivent préparer un exposé. Tu veux qu'il passe la nuit à la maison ?

— Non, répondit Reva. Je viendrai le chercher plus tard. A quelle heure ?

— Eh bien, après le dîner. Tu es la bienvenue, si tu as envie de te joindre à nous.

— C'est gentil, mais pas ce soir. J'ai encore de la paperasse à classer. Je profiterai d'une soirée au calme pour finir tout ça.

Tewanda acquiesça, compréhensive.

— Dans ce cas, viens chercher Cooper vers 8 heures.

— Parfait.

Son amie lui mit d'autorité le verre dans les mains et lança d'un ton déterminé :

— Va le lui porter. Après tout, il appartient à la propriétaire des lieux de veiller à ce que ses employés ne fassent pas un malaise par déshydratation… Que diraient les voisins ?

6

A 18 h 30, Cooper téléphona pour demander d'une voix suppliante s'il pouvait passer la nuit chez son ami.

— Maman, s'il te plaîîît…

Il n'avait pas terminé son exposé et voulait profiter de la fin de la journée pour jouer au base-ball sous la houlette de Charles, le mari de Tewanda.

Reva soupira. Charles entraînait plusieurs équipes, et accordait une attention toute particulière aux minimes. Terrance et Cooper attendaient toujours les séances d'entraînement avec impatience, et en revenaient fous de joie.

Elle ne pouvait tout de même pas priver son fils de ce plaisir parce qu'elle n'avait pas envie de rester seule ce soir…

— D'accord, répondit-elle.

Dès qu'elle eut raccroché, elle alla chercher des affaires de rechange et un duvet pour l'enfant. Puis elle sortit et prit la direction de la maison des Hardy.

En traversant la rue, elle ne put s'empêcher de jeter un regard à la villa d'Evelyn Fisher. Et elle observa que la voiture de Dean et de son mystérieux associé avait disparu.

Sans doute étaient-ils partis dîner en ville…

A moins qu'ils ne soient partis… pour de bon ?

Durant une fraction de seconde, elle sentit son cœur cesser de battre. Avait-elle vu Dean pour la dernière fois, aujourd'hui ? Et pourtant, s'il avait quitté Somerset, elle ne pouvait que s'en féliciter…

Malgré elle, elle songea aux discours que lui tenait Tewanda depuis dix jours. Loin de baisser les bras, son amie lui rappelait quotidiennement que Dean était l'homme idéal, le chevalier qu'elle avait trop longtemps attendu, le providentiel amant dont elle avait *besoin*. C'était épuisant.

Et ridicule.

Elle n'avait besoin de personne. Mais, sourde à ses protestations, Tewanda était allée jusqu'à suggérer qu'elle se contente d'une aventure fugitive avec Dean. Une relation sans attaches, sans avenir. Uniquement pour le plaisir…

Ce n'était pas seulement ridicule, mais aussi impossible. Elle était incapable de détacher le sexe des sentiments. C'était d'ailleurs pourquoi Eddie avait été le seul homme de sa vie — le premier et le dernier. Mais, à bien y réfléchir, c'était peut-être ainsi qu'elle avait mis son cœur à rude épreuve. En se donnant entièrement à Eddie, elle s'était placée dans une position de totale vulnérabilité. Et sa trahison l'avait brisée.

Sans Cooper, elle n'y aurait peut-être pas survécu…

Mais ce souvenir l'encourageait à ne pas s'engager une nouvelle fois dans une voie aussi dangereuse.

Jamais !

Précisément parce que Dean lui plaisait beaucoup. Il avait le pouvoir de la faire tomber follement amoureuse de lui.

Aussi s'était-elle contentée de déposer le verre de thé glacé sur sa caisse à outils, un peu plus tôt dans l'après-midi. Et, dès que leurs regards s'étaient croisés, elle avait pris la fuite.

Elle avait bien fait, songea-t-elle. Il n'y avait pas d'autre solution.

Alan était parti avec la voiture et le télescope, laissant Dean livré à lui-même, dans la vieille maison d'Evelyn Fisher.

Oh, la solitude n'était pas un problème pour lui, mais, sans le télescope, il ne savait comment s'occuper. Machinalement, il retourna vers la fenêtre et contempla la rue, calme et déserte.

Les heures défilèrent, sans qu'il ne bouge de son poste d'observation, et sans qu'un battement d'ailes ne trouble le silence nocturne.

Il était près de 23 heures quand son portable se mit à vibrer.

— Bonsoir Alan, dit-il en décrochant, après avoir reconnu le numéro. Tu es arrivé sur place ?

— Oui. Mais nous avons manqué Pinchon, lâcha son ami d'un ton découragé. Tu avais raison. Il se sera douté que son cousin a parlé, et aura renoncé à retrouver son vieil acolyte. Dieu sait où il se trouve, à l'heure qu'il est…

— Que comptes-tu faire, alors ? Revenir ici ?

Alan parut hésiter.

— Si tu as besoin de moi, oui. Mais, franchement, je crois que ma présence serait plus productive ici, avec les autres.

Dean soupira.

— Très bien. Ne bouge pas, et tiens-moi informé de la suite.

— Tu peux compter sur moi, conclut Alan en raccrochant.

Dean lui était reconnaissant de ne pas lui avoir fait encore observer que rester à Somerset était une mauvaise idée. Pour sa part, il était loin d'en être convaincu.

Mais la journée avait été longue, et tous ses muscles accusaient la fatigue. Il n'avait aperçu Reva qu'une seule fois aujourd'hui, quand elle était venue lui porter un rafraîchissement. En personne ! Il en avait été surpris. Et, à l'instant où elle avait levé les yeux vers lui avant de s'enfuir, il avait compris.

Ce qu'elle redoutait tant n'appartenait pas au passé, mais au présent. Tout comme lui, elle avait perçu cette extraordinaire attirance entre eux. Et cette attirance l'encombrait.

Plus le temps passait, et plus Dean était persuadé que Reva Macklin n'était pas une menteuse. A dix-neuf ans, elle s'était laissé entraîner malgré elle dans un bourbier qui ne correspondait en rien à ses valeurs et à ses ambitions…

Bon sang…

Il se retourna. Non, il n'avait pas rêvé, pensa-t-il en se plaquant contre la fenêtre, retenant son souffle. Là : encore ! Pour la seconde fois, le halo d'une lampe torche éclairait l'une des pièces du restaurant, entièrement plongé dans l'obscurité.

Et personne ne savait où Pinchon se trouvait !

Il attrapa vivement son arme sur la table et la glissa dans le holster de sa ceinture, avant de quitter l'appartement à pas de loup.

Dans l'escalier, il tenta de descendre le plus vite possible, tout en évitant de faire craquer le bois. Ce n'était vraiment pas le moment de réveiller Mme Fisher et de la laisser allumer toute la maison, pendant que l'intrus d'en face se croyait à l'abri !

Le cœur battant, il parvint à sortir de la villa sans bruit et traversa la rue en rasant les murs, le regard braqué sur la fenêtre derrière laquelle il avait vu la lampe torche.

Dans Magnolia Street, tout était calme.

Avec la souplesse d'un félin, il se glissa jusqu'à la porte d'entrée du restaurant, pour la trouver solidement verrouillée. Aussi se dépêcha-t-il de faire le tour de la maison pour passer par le porche de derrière. Dès qu'il s'aperçut que la porte sud était entrouverte, il sortit son arme, l'oreille à l'affût. L'adrénaline fusait dans ses veines de manière familière, mais il ne connaissait pas la panique. Passant dans chaque pièce du rez-de-chaussée, il guetta un mouvement.

Mais, à l'évidence, l'intrus n'était pas ici.

Ces vieilles maisons possédaient une vie bien à elles.

Des craquements pouvaient surgir à toute heure du jour ou de la nuit, inexpliqués. Et quand Dean en perçut un à l'étage du dessus, il fut saisi d'un doute. Etait-ce un soupir de l'antique structure, ou la preuve de la présence de quelqu'un ?

Sans hésiter, il gravit l'escalier, prenant soin de poser ses pieds bien à plat sur le plancher. L'intrus ne l'entendrait pas.

L'intrus… Ce ne pouvait être qu'Eddie Pinchon. Dean avait vérifié par lui-même : les articles consacrés à Miss Reva se consultaient en ligne, sur internet. Pinchon n'aurait eu aucune difficulté à localiser son ancienne petite amie.

Bien que l'idée lui déplût au plus haut point, Dean était bien obligé de reconsidérer les suggestions d'Alan. Eddie avait-il prévenu Reva de son évasion depuis des jours ? Etaient-ils ensemble, en ce moment même, à l'étage ?

En traversant le long couloir desservant nombre de pièces vides et aménagées, il perçut un nouveau craquement et s'arrêta devant une porte. C'était ici. Quelqu'un se cachait !

Il cala son arme au creux de ses reins et ouvrit la porte à toute volée pour se jeter aussitôt sur la silhouette immobile, face à lui.

Avec aisance, il serra les poignets de l'inconnu pour lui faire lâcher un éventuel revolver… Mais, quand les cris résonnèrent dans la nuit, stridents et plaintifs, il sentit son cœur battre à se rompre.

Reva !

Aussitôt, il relâcha son emprise et saisit la jeune femme

par les épaules. Paniquée, elle continuait à hurler et à se débattre.

— Reva, Reva... C'est moi, Dean ! Calmez-vous ! supplia-t-il.

Un hoquet de stupeur fit mourir un dernier cri sur ses lèvres, et elle s'immobilisa enfin.

Il était encore pressé contre elle, et elle ne pouvait ignorer l'ardeur de son désir... Bon sang, il avait lui-même senti ses seins se plaquer contre son torse, et il lui était impossible de réprimer son excitation !

Son souffle saccadé lui caressait les lèvres...

Ils restèrent ainsi, l'un contre l'autre, durant un instant qui lui parut durer une éternité. Enfin, Reva se redressa et murmura :

— Mais... Qu'est-ce que vous faites ici ?!

— J'ai cru que quelqu'un s'était introduit chez vous, avoua-t-il.

Contre sa main, le pouls de la jeune femme battait encore frénétiquement.

— J'ai entendu un bruit, expliqua-t-elle en s'écartant. Dans la cuisine. J'ai pensé que c'était encore l'un des chats de Mme Gibson qui était entré par la fenêtre. Je voulais le chasser.

Un chat ?

Il fronça les sourcils.

— Où est votre lampe torche ?

— Je n'en ai pas, répondit-elle. Je n'ai pas besoin d'une lampe pour faire le tour de la maison. Je la connais par cœur.

— Donc, insista-t-il, vous n'avez pas allumé une seule fois la lumière ?

Reprenant progressivement son calme, Reva soupira :

— Non. Ma voisine du côté sud, Mme Logan, a le sommeil léger. Et si je lui disais que je cherche un chat dans le restaurant fermé, en pleine nuit, vous imaginez les rumeurs qui circuleraient dès le lendemain… Tout le monde penserait que des rats se sont installés ici.

Les rumeurs. Les bavardages. Les voisins. C'était donc tout ce qu'elle avait en tête ! Elle protégeait la réputation de son restaurant comme une lionne veillant sur sa portée. Etait-ce aussi par peur des commérages qu'elle le tenait à distance ? Etait-ce uniquement *pour ça* qu'elle le repoussait ?

Il ferma les yeux et prit une longue inspiration.

Mauvais réflexe.

Car, même à cette distance, son parfum délicat le torturait et décuplait son excitation. Aucune femme n'avait jamais éveillé un tel désir chez lui. Aucune femme n'avait hanté nuit et jour chacune de ses pensées. Mais Reva était parvenue à accomplir ce prodige.

Et il ne savait plus comment lutter contre son envie de l'embrasser. Ici. Passionnément.

Lâchant un juron entre ses dents, il s'écarta à son tour et invita la jeune femme à redescendre avec lui au rez-de-chaussée, sans faire de bruit.

Après une longue et patiente exploration des lieux, Dean se décida à allumer la lumière de la cuisine et se tourna vers elle.

Un instant plus tard, un bruit de pas résonnait au loin…

L'intrus avait pris la fuite.

Eblouie, Reva clignait des yeux et tremblait. Le haut de son pyjama était légèrement transparent. Dean apercevait la forme de ses seins… Et le bas était très court, comme un caleçon, lui offrant une vue de rêve sur ses jambes nues. Des jambes décidément sublimes, dont il parvenait mal à détacher son regard.

Visiblement gênée, elle recula d'un pas, passant dans la pénombre. Mais un rayon de lune illuminait sa chevelure, donnant envie à Dean d'en savourer la texture soyeuse…

Elle releva la tête vers lui et murmura :

— Quelqu'un se trouvait dans mon restaurant.

— Oui, approuva-t-il.

Mais probablement pas Eddie Pinchon, qui aurait tiré un ou deux coups de feu avant de vider les lieux.

— Il y a déjà eu des cambriolages, dans le quartier ? interrogea-t-il. Du vandalisme ? Des vols ?

Elle secoua tristement la tête.

— Non.

Il prit unc longue inspiration.

— Bon. Demain, nous appellerons le shérif, et vous déposerez plainte pour violation de domicile. De mon côté, je poserai des verrous sur toutes les portes. Et cette nuit… Je vais rester ici, au restaurant, juste au cas où…

— Vous avez une arme, coupa soudain la jeune femme en tremblant.

Elle semblait si fragile, tout à coup. Elle se recroquevillait sur elle-même, comme si le plafond allait lui tomber sur la tête.

— Oui, admit-il.

— Je hais les armes, répliqua-t-elle en lui adressant un regard noir.

Dean avait insisté pour l'escorter jusqu'à la partie d'habitation de la maison. Il lui avait reproché d'avoir laissé la porte arrière du restaurant ouverte, et elle avait tenté de lui expliquer que personne ne se barricadait à Somerset. Mais il était demeuré inflexible et entendait poser des verrous sur toutes les portes de service dès le lendemain.

Elle baissa les yeux sur le revolver rangé dans son holster et frissonna. Il y avait longtemps qu'elle n'avait pas été si près de l'un de ces engins. Certes, Ben Andrews était armé, lui aussi… Mais son arme était entièrement dissimulée sous son épais holster de cuir, ne laissant rien deviner de la crosse. Alors qu'elle apercevait le métal du canon contre les hanches de Dean.

Il ne pouvait imaginer le malaise qui était le sien. Elle en avait la nausée. Mais il fallait qu'elle se domine, qu'elle ne craque pas devant lui.

Pas avant qu'il ne soit parti.

— Je vais bien, affirma-t-elle, comme ils s'installaient dans le salon. Vous pouvez me laisser, maintenant.

Dean fronça les sourcils et la dévisagea longuement.

— Vous êtes pâle comme un linge. Vous n'avez pas l'air bien du tout…

Incapable de détacher son regard de l'arme, Reva sentit les images atroces percer les profondeurs de sa mémoire. Le sourire d'Eddie, quand il avait placé le canon de son revolver dans sa bouche… Il riait, même. C'était un jeu, pour lui. Et elle, elle était terrifiée. A ce moment-là, elle savait qu'une nouvelle vie grandissait en elle et qu'elle n'en parlerait jamais à Eddie. S'il n'avait pas pitié d'elle, comment aurait-il pu manifester le moindre scrupule à l'égard d'un bébé ?

Dean était en train de lui parler, mais elle n'écoutait pas.

— Partez, répéta-t-elle en repoussant loin d'elle cette scène nauséabonde. Vous ne pouvez pas rester ici.

Il murmura quelque chose qu'elle n'entendit pas non plus.

— Vous avez un revolver, conclut-elle.

— Ah, le revolver vous effraie. Ce n'est rien.

Sans hésiter, il se leva, alla vers la cuisine et posa son arme sur le réfrigérateur avant de revenir s'asseoir près d'elle, sur le canapé.

— C'est réglé, annonça-t-il en souriant. Là où il est, il ne vous fera aucun mal… Et de toute façon, je sais m'en servir : vous n'avez rien à craindre.

Malgré elle, elle répliqua d'un ton acide :

— Ah non ? Quelqu'un vous en a-t-il déjà mis un dans la bouche ?

Elle regretta aussitôt ce mouvement impulsif et détourna les yeux. Mais c'était trop tard. Dean lui avait pris les mains, et elle discerna un mélange de rage et de passion dans son regard d'orage.

— Quand ? demanda-t-il, les dents serrées. Qui ? Qui vous a fait ça ?

Se dégageant de ses mains, elle secoua la tête.

— Rentrez chez vous, Dean. Oubliez ce que je viens de dire.

— Et comment dois-je m'y prendre pour oublier une chose pareille ? répliqua-t-il avec douceur, en caressant doucement son front.

Une onde de chaleur la parcourut.

Leur attirance était évidente, puissante, indéniable…

Et elle sentait qu'il avait envie d'elle.

— Très bien. Si vous refusez de partir, embrassez-moi, lâcha-t-elle dans un souffle.

Elle n'eut pas le temps de ravaler ces mots, de les regretter ou de prendre la fuite. Tandis que son cœur battait follement et qu'une myriade de frissons couraient sur sa peau, Dean s'était penché sur ses lèvres pour y presser les siennes.

Fermant les yeux, elle s'abandonna à la douceur de son baiser. Son parfum masculin la grisait. Tout son corps irradiait, et elle savourait le goût de sa bouche exigeante et tendre. Dès qu'il l'attira vers lui et qu'elle sentit ses bras puissants se poser sur elle, elle fut la proie d'un vertige inouï. Elle était à l'abri, protégée ; et c'était la première fois qu'elle faisait l'expérience de cette sensation merveilleuse.

Ses lèvres étaient caressantes et passionnées, et jamais Eddie ne l'avait embrassée ainsi.

Quand il la renversa sur le canapé et qu'elle sentit son large torse sur ses seins durcis par le désir, elle soupira :

— Cooper n'est pas là…

— Je sais.

S'écartant légèrement, elle haussa les sourcils :

— Comment cela ?

— J'ai vu Tewanda partir avec les deux enfants, cet après-midi. Et plus tard, vous êtes sortie avec un sac de sport, et vous êtes rentrée chez vous les mains vides. J'en ai conclu que Cooper restait chez son ami pour la nuit.

— Eh bien ! Vous êtes très observateur…

— C'est mon métier. Je suis flic, vous vous rappelez ? Je suis payé pour observer.

Un frisson glacé s'insinua dans son dos, et elle se redressa péniblement. La gorge nouée, elle demanda :

— Mais… Un flic à la retraite, non ?

Il soupira.

— Non, pas à la retraite, avoua-t-il d'une voix hésitante. En congé.

Seigneur… Si elle devait perdre la tête pour un homme, fallait-il qu'il s'agisse d'un policier ? Les policiers posaient beaucoup trop de questions. Et ils exigeaient des réponses. Ils ne renonçaient jamais.

Mais ce qu'elle venait de ressentir dans ses bras…

— Vous pouvez passer la nuit ici, murmura-t-elle d'une voix étranglée. Je ne veux pas rester seule.

Comment ces mots avaient-ils pu franchir l'enceinte de sa bouche ? Elle n'en avait aucune idée. Elle savait seulement que jamais elle n'avait été en proie à une telle confusion. Le revolver dans la cuisine la terrifiait. Le métier de Dean la terrifiait. Les erreurs qu'elle avait commises dans le passé, et dont les traces demeuraient *ici*, dans cette maison, la terrifiaient.

Mais, dès que Dean posait les yeux sur elle, son cœur chavirait. Elle avait envie de connaître encore ce sentiment de protection entre ses bras…

— Je vais rester avec vous, répondit-il très bas.

7

Un rayon de soleil dirigé droit sur elle éveilla Reva, au matin. Ainsi qu'une douleur musculaire dans la nuque… Plus étrange, encore, elle était blottie contre quelque chose de chaud et de ferme. Ouvrant les yeux, elle découvrit avec horreur qu'elle avait passé toute la nuit sur le canapé, dans les bras de Dean !

— Oh, non, murmura-t-elle en se dégageant.

Son mouvement le réveilla, et il battit des cils avant d'articuler d'une voix ensommeillée :

— Hmm… « Oh, non » quoi ?

— Oh, non : vous êtes là : expliqua-t-elle, affolée, en passant un plaid sur ses épaules.

Puis elle alla tirer les rideaux, empêchant le soleil de baigner entièrement la pièce.

Comme elle se retournait vers lui, elle sentit son cœur se serrer. Dean Sinclair était charmant, au réveil. Ses cheveux décoiffés lui donnaient l'air d'un adolescent. Sa barbe naissante ajoutait à son charme ravageur, et elle sentait encore sur elle le parfum de sa peau.

— Il faut que vous partiez, annonça-t-elle de but en blanc.

Alors qu'il s'étirait, une douleur aiguë lui étreignit la poitrine. Oh, que n'aurait-elle pas donné pour courir se blottir contre lui, pour qu'il l'embrasse, pour que le temps s'arrête et qu'ils ne se séparent jamais !...

Mais cet homme avait déjà éveillé en elle des sentiments d'une intensité terrifiante. Et elle n'aurait pas la force de soutenir son regard déçu, le jour où elle devrait *tout* lui dire. Le jour où il ferait déjà partie de sa vie, et où son élan vers lui serait devenu irréversible. Mieux valait souffrir maintenant, avant de connaître le pire.

A son tour, il se leva et vint doucement vers elle, la fixant droit dans les yeux. Immobile, elle retint son souffle et crut qu'il allait l'embrasser.

— Vous ne pouvez pas sortir par le porche, lança-t-elle en reculant, d'un mouvement nerveux. Mme Logan vous verrait. Et du côté du restaurant, les cuisines donnent sur la véranda où les Bodline prennent déjà leur café.

Visiblement irrité, Dean fronça les sourcils.

— Alors, que voulez-vous que je fasse ? Que je me jette par une fenêtre ?

— Oh oui, ce serait parfait ! s'exclama-t-elle en lui adressant un regard suppliant. La fenêtre de la chambre de Cooper est entièrement cachée par les arbres. Personne ne vous verrait en descendre !

— Je plaisantais, répliqua-t-il sèchement.

— S'il vous plaît...

Dean secoua la tête et poussa un long soupir avant de planter son regard dans le sien.

— Il ne s'est rien passé entre nous, cette nuit, observa-t-il. Alors pourquoi prenez-vous cet air coupable ?

— Ce que nous dirions n'aurait aucune valeur... Si quelqu'un vous voit sortir d'ici à cette heure-ci...

— Je vois : que penseraient les voisins ?

— Exactement, admit-elle, soulagée.

Il demeura silencieux, sans cesser de soutenir son regard. Puis il l'attira brusquement vers lui et l'embrassa.

Brièvement. A peine une caresse de ses lèvres sur les siennes... Mais elle sentit son sang bouillir dans ses veines et une boule de feu se former dans son bas-ventre.

— La prochaine fois que je passerai la nuit ici, déclara-t-il en se reculant, je ne dormirai pas sur le canapé, et nous aurons réellement quelque chose à cacher au matin.

Entre les battements précipités de son cœur, Reva balbutia :

— Mais... Nous ne pouvons pas...

— Vous savez que nous partageons le même désir. J'ai envie de vous, Reva. Mais je ne vous veux pas effrayée ni bouleversée. Je veux vous faire l'amour quand je serai seul à occuper vos pensées. Quand vous ne serez plus perturbée par la peur ou par le passé.

Il leva la main pour dessiner du bout de l'index le contour de son visage, et elle frissonna.

— Et lorsque ce moment viendra, enchaîna-t-il, je vous promets que les frissons que je vous donnerai n'auront rien de commun avec ceux que vous avez connus cette nuit.

— Je ne vous demanderai plus rien, insista-t-elle, le souffle court. Je vous l'ai dit, cela ne se reproduira pas.

— Si, conclut-il en tournant les talons pour passer dans la cuisine.

Il reprenait son arme. Cet horrible revolver.

Un instant plus tard, il reparut et se dirigea vers l'escalier.

— Quelle chambre est celle de Cooper ?

— La deuxième porte à gauche, murmura-t-elle, encore troublée par l'intensité de son regard, de sa voix et de ses mots qui la faisaient chanceler.

Incapable d'esquisser un mouvement, elle demeura pétrifiée sur place une longue minute, avant de monter l'escalier à son tour et de pousser la porte de la chambre de Cooper.

Le cœur battant, elle s'approcha de la fenêtre ouverte et eut tout juste le temps de voir Dean sauter de l'arbre, d'un mouvement souple et précis.

Puis il s'éloigna vers la rue. De cette démarche à la fois sûre et désinvolte…

Oui, Dean Sinclair était un homme fascinant. A tous les égards. La vivacité de son intelligence n'était pas moins impressionnante que sa musculature.

Une combinaison fatale.

Dean se faufila discrètement dans la rue, jetant des coups d'œil de tous côtés, au cas où des joggeurs ou des promeneurs passeraient au moment inopportun. Des enfants sur la route de l'école, ou l'une des employées de Reva… Il ne courait véritablement un risque qu'au moment de traverser la rue.

Une ou deux fois, il se demanda pourquoi diable il se laissait entraîner dans cette stupide mascarade. Bon sang, il avait trente-cinq ans ! Et il n'avait rien à cacher.

Ce qui prouvait une nouvelle fois qu'il était prêt à des compromissions inouïes, pour Reva.

Il était déjà au pied de l'escalier de la maison de Mme Fisher quand celle-ci surgit de la cuisine et se posta devant lui, un large sourire aux lèvres.

— Bonjour ! lança-t-elle avant de le dévisager avec stupeur. Oh, vous avez l'air de tomber du lit… Y a-t-il encore un problème avec l'arrivée d'eau chaude ?

— Non, répondit-il en souriant, tirant sur son T-shirt pour cacher son holster. J'avais seulement envie d'avaler une tasse de café avant de passer sous la douche. L'odeur m'a réveillé, et je n'ai pas pu y résister !

La vieille dame sourit et l'invita à la suivre dans la cuisine.

Dean se dirigea tout droit vers la cafetière et se remplit une tasse, avant de repasser devant sa logeuse et de conclure :

— Merci infiniment ! Je remonte tout de suite, car je sens que je ne résisterai pas à vos délicieux cookies, ce matin !

Laissant Mme Fisher rosir sous le compliment, il se hâta de remonter chez lui.

Une fois dans l'appartement, il s'écroula sur une chaise et poussa un soupir de soulagement : l'honneur de Reva était sauf !

Du moins pour le moment. Car il entendait bien tenir la promesse qu'il lui avait faite avant de partir. Cette nuit passée auprès d'elle l'avait rendu fou de désir, et il sentait encore le parfum de sa chevelure de miel sur son T-shirt…

Prenant son portable sur la table, il s'assura qu'Alan n'avait pas cherché à le joindre durant son absence. Puis, ne trouvant aucun message, il composa le numéro de Clint.

Son frère décrocha dès la deuxième sonnerie.

— Dean ! s'exclama-t-il joyeusement. Qu'est-ce qui peut t'avoir tiré du lit à une heure pareille ? Tout va bien ?

— Oui, tout va bien, assura-t-il. Mais, euh… Pourrais-tu me rendre un service ?

Reva se glissa dans le restaurant avant l'arrivée de ses employées, et ne tarda pas à découvrir les preuves de l'intrusion de la veille : les tommettes de la cuisine étaient jonchées de bris de verre.

Elle alla chercher une pelle et une balayette pour tout faire disparaître. Si l'une ou l'autre de ces dames s'inquiétaient au sujet de la fenêtre, elle répondrait qu'un enfant l'avait cassée avec une balle.

En faisant le tour de la cuisine, elle découvrit d'autres détails suspects : par exemple, un vase qui n'était pas à sa place, et des livres de cuisine sortis de l'étagère… Mais Mme Frances en était peut-être responsable ? Elle passait son temps à chercher de nouvelles recettes, et il lui arrivait d'emporter l'un des gros volumes chez elle, le soir, pour tenter une nouvelle expérience culinaire…

En fait, il n'y avait aucune raison d'affoler Tewanda pour

rien, songea-t-elle en replaçant le vase sur la cheminée. Ni le shérif. De plus, si elle portait plainte, Dean serait amené à faire une déposition, lui aussi, et sa présence chez elle en pleine nuit serait connue de tous…

Vraiment, il était inutile de créer autant de bruits autour d'un si petit incident. Car c'était bien ce que c'était, jugea-t-elle en jetant un dernier coup d'œil dans la cuisine, avant de hausser les épaules et de monter dans son bureau.

Dean avait attendu que tous les clients aient quitté le restaurant pour commencer à poser des verrous sur les portes. Durant tout l'après-midi, tout en accomplissant son travail, il guetta avec impatience l'arrivée du shérif, sursautant chaque fois qu'une voiture passait dans Magnolia Street. Au début, il songea que Reva aurait prié l'officier de ne passer qu'après la fermeture du restaurant et prit son mal en patience. Mais, lorsqu'il réalisa que les employées rentraient chez elles et qu'il était près de 17 heures, il fronça les sourcils et se décida à aller voir la jeune femme, qui n'avait pas fait une apparition durant la journée : avait-elle recommencé à l'éviter ?

Dans la cuisine, il ne trouva que Mme Edna, prête à prendre congé, elle aussi. La vieille dame lui offrit un rafraîchissement, mais ne fit aucun commentaire au sujet de l'intrusion nocturne.

Alors, Dean comprit…

Sans hésiter, il monta au bureau de Reva, traversant les longs couloirs de cette maison désormais si familière. Il ne chercha nullement à étouffer le bruit de ses pas dans l'escalier : Reva serait avertie de son arrivée.

Un instant plus tard, il frappait à la porte, et la jeune femme levait vers lui un regard faussement désinvolte.

— Coucou, lança-t-elle.

— Coucou. Vous n'avez pas appelé le shérif ? s'enquit-il, préférant aller droit au but.

Aussitôt, il la vit s'enfoncer dans son fauteuil et soupirer. C'était étrange : elle n'avait plus rien de la femme à la fois vulnérable et emplie de désir qu'il avait tenue dans ses bras la nuit précédente. Derrière les piles de dossiers de son bureau, elle semblait plutôt dans la peau d'une femme d'affaires entièrement vouée à son travail.

D'autant plus que, derrière le masque serein qu'elle affichait, il percevait une certaine froideur.

— Non, en effet, admit-elle d'un ton détaché. J'ai pensé que ce n'était pas nécessaire.

— Ah non ? Quelqu'un s'est introduit dans le restaurant en pleine nuit ! répliqua-t-il sèchement.

— Certes, mais rien n'a été volé, reprit-elle avec flegme. Il s'agit probablement de gosses qui jouaient avec une lampe torche… Je ne vois pas la nécessité de prévenir le shérif et de perdre du temps à remplir des papiers.

Dean la dévisagea en silence et s'approcha lentement d'elle pour planter son regard dans le sien.

— Dites-moi… J'ai entendu dire que le shérif vous fait les yeux doux ?

Cette réflexion fit légèrement craquer l'armure de la jeune femme, dont les joues rosirent sensiblement.

— Où avez-vous entendu cela ? opposa-t-elle.

— Vous le savez mieux que moi : les rumeurs ont raison de tous les secrets, par ici.

Elle se mordit la lèvre.

— Il n'y a aucun secret dans cette histoire, et je peux vous assurer qu'il n'y a rien non plus entre le shérif Andrews et moi.

Comme elle pâlissait, Dean soupira.

— Je ne veux pas vous effrayer, Reva. J'essaie seulement de comprendre.

Bon sang... Il était venu à Somerset sur un ordre officiel. Et jamais il n'aurait pris le risque de passer une nuit avec une femme qu'il était chargé de surveiller. Son métier était trop important. Plus important que tout le reste. Mais la situation était différente, et s'il avait pris ce congé c'était bien pour ne pas se trouver face à un dilemme : désormais, rien ne lui interdisait de faire l'amour à Reva, et il entendait également veiller à sa protection. Il assumait cette initiative à ses propres risques.

Plaquant ses deux mains sur le bureau, il se pencha et décocha à la jeune femme un regard de braise.

— Voulez-vous dîner avec moi, ce soir ?

Visiblement surprise par cette invitation, elle manqua sursauter et protesta vivement :

— Non ! Euh, je veux dire... J'ai d'autres projets.

— Ah ? Lesquels ?

— Ça ne vous regarde pas.

— Bon... Et si nous prenions seulement le dessert ensemble, suggéra-t-il, sans se départir de son sourire.

Avec force, elle secoua négativement la tête.

— Monsieur Sinclair, je...

— *Monsieur Sinclair* ? Quand diable suis-je redevenu « monsieur Sinclair » ? s'offusqua-t-il.

Elle ne répondit pas, mais releva lentement les yeux vers lui.

— Quand allez-vous rentrer chez vous ? demanda-t-elle enfin.

— Je n'ai pas encore pris de décision.

— Mais vous allez bien quitter Somerset ? insista-t-elle.

— Oui.

Comme son visage se détendait, il lança, acide :

— On est impatiente de se débarrasser de moi ?

Elle n'eut pas le temps de répondre. Le bruit du moteur d'un 4x4 s'arrêtant dans la rue détourna leur attention, et Dean vit le véhicule vert sombre s'arrêter juste devant la maison d'Evelyn Fisher.

Une seconde plus tard, le moteur était coupé et la portière avant claquait.

Depuis la fenêtre du bureau de Reva, Dean avait une vue entièrement dégagée sur Magnolia Street. Aussi passa-t-il une main dans ses cheveux avant de lâcher entre ses dents :

— Manquait plus que ça…

— Qui est-ce ? s'enquit Reva en lui adressant un regard interrogateur.

Dean alla ouvrir la porte.

— Mon frère, souffla-t-il.

Et, laissant la jeune femme sur cette information, il dévala l'escalier, traversa la rue et alla à la rencontre de

Clint, occupé à sortir les bébés et d'énormes sacs de la voiture.

— Qu'est-ce que tu fais là ?

Clint se retourna, un large sourire aux lèvres.

— C'était la première fois que tu m'appelais pour me demander un service ! J'ai voulu faire les choses dignement.

Dean leva les yeux au ciel.

— Je t'avais dit de m'envoyer ça par transport express…

Son frère haussa les épaules.

— Le ranch n'est qu'à deux heures de route, tu sais ! Ce n'était pas un problème pour moi. Et pour ne rien te cacher, quand mon grand frère me téléphone à l'aube pour que je lui expédie des préservatifs, je deviens un peu curieux…

— La curiosité n'est pas ta plus grande qualité, rétorqua-t-il sèchement.

— Oh, ce n'est pas la seule raison de ma présence ici ! poursuivit son frère, imperturbable. Zane et Riley avaient envie de voir leur oncle Dean. N'est-ce pas, les garçons ?

Endormis dans les bras de leur père et âgés de quelques semaines, les nourrissons ne risquaient pas de le contredire, songea Dean, agacé.

— Où est Mary ? s'enquit-il en promenant un regard perdu autour de lui.

— Un malheureux n'a rien trouvé de mieux que de se faire assassiner dans le comté de Jackson, expliqua Clint. Elle travaille, la pauvre.

— Et toi, tu joues les baby-sitters ?

— Exactement.

Mais le regard de Clint se fixa soudain derrière l'épaule de Dean, avant de s'allumer d'une lueur malicieuse.

— Tiens, tiens…, murmura-t-il.

Dean se retourna pour se trouver nez à nez avec Reva.

Oh, bon sang, pourquoi avait-elle choisi *ce moment précis* pour cesser de le fuir ? Il n'aurait rien demandé d'autre que de la savoir claquemurée dans son bureau ! Et il n'aimait pas du tout l'expression fascinée qu'elle arborait en fixant les jumeaux de Clint.

— Bonjour, lança Clint.

— Bonjour, répondit-elle en cherchant le regard de Dean, attendant visiblement qu'il se charge des présentations.

Non sans répugnance, il s'exécuta, tout en songeant que rien de bon ne sortirait de cette rencontre familiale.

— Quel âge ont-ils ? demanda-t-elle en s'approchant délicatement des bébés.

— Deux mois, dit Clint, un soupçon de fierté dans la voix.

— Oh, qu'ils sont beaux ! S'agit-il de vrais jumeaux ?

— Oui. Voulez-vous en porter un ?

Comme la jeune femme acquiesçait avec empressement, Clint lui mit Zane dans les bras, et elle sourit en le berçant doucement.

— C'est Zane, l'aîné, enchaîna Clint. Il a cinq minutes de plus que son frère.

— Oh, il est adorable ! s'exclama-t-elle, avant de lever un regard attendri vers Dean et d'ajouter : Ils sont magnifiques, n'est-ce pas ?

Dean haussa les épaules.

— Je suppose, lâcha-t-il.

— Vous *supposez* ? répéta Reva, visiblement choquée, avant de se remettre à sourire tendrement à Zane. Oh, il n'y a rien de plus merveilleux au monde qu'un bébé !

— Tiens, prends-le, intervint Clint en plaçant d'autorité Riley dans les bras de Dean, pour poser ses deux sacs emplis de couches, de vêtements, de biberons et d'une panoplie complète de puériculture.

Puis, avant que Dean n'ait eu le temps de lui rendre le bébé, il fit le tour de la voiture et ouvrit le coffre.

— Je t'ai apporté, euh… Ce que tu m'as demandé, précisa-t-il.

— De quoi s'agit-il ? demanda Reva.

— Ça peut attendre, répondit Dean, affolé.

Riley se réveillait, et il craignait qu'il ne se mette à pleurer. Mais il y avait pire : quand son frère sortit un énorme carton du coffre, une vision d'apocalypse s'imposa à son esprit. Bon sang, si Clint glissait, que le carton craquait et que Reva voyait tomber des centaines de préservatifs sur le pavé… Son frère avait-il perdu la tête ? Combien de boîtes de préservatifs ce carton pouvait-il contenir ? Ah, la plaisanterie était excellente ! « Faire les choses dignement »…

Heureusement pour Dean, Clint était un homme habile, et il se dirigea vers la maison d'un pas assuré avant de se retourner vers lui :

— Où dois-je ranger ça ?

— Troisième étage, lança Dean, le rouge au front.

Clint opina du chef et disparut dans la maison d'Evelyn Fisher.

Dean reporta son attention sur Reva, qui susurrait des paroles incompréhensibles au bébé. Pourquoi cette scène le mettait-il si mal à l'aise ? La jeune femme aurait été visiblement comblée par une seconde maternité… Et jamais elle n'avait présenté un visage aussi rayonnant. Il en était profondément troublé.

Non qu'il ait pensé une seule seconde à partager sa vie avec Reva ! Enfin, peut-être l'idée lui avait-elle traversé l'esprit. Brièvement. Mais il ne pouvait pas devenir père de famille. Et il devait bien constater que, tandis que les obstacles se dressaient, de plus en plus nombreux, entre la jeune femme et lui-même, son désir ne se faisait que plus impérieux.

Cette situation était inédite, dangereuse et incontrôlable…

La porte d'entrée claqua derrière eux, interrompant le cours de ses réflexions, et Dean vit Clint reparaître, précédé de Mme Fisher.

Celle-ci joignit les mains et s'écria :

— Oh ! Des bébés ! Et si jeunes !

— Pourrais-je utiliser votre cuisine pour réchauffer les biberons ? demanda Clint à la vieille dame, qui, admirant Zane, roucoulait en cœur avec Reva.

— Bien sûr ! Entrez tous, j'ai aussi des cookies aux raisins pour tout le monde !

Dean sourit en regardant son frère : au moins, il allait être vengé !

Tandis qu'ils se dirigeaient vers la cuisine, Clint le prit à part, laissant Mme Fisher et Reva à sage distance.

— Où est ta voiture ? lui demanda-t-il à voix basse.

— Alan l'a reprise. Je suis en congé, ici.

Clint parut surpris.

— Ah ? Pourquoi ?

— Ce serait trop long à expliquer, soupira Dean.

— Hum. Je vois, répondit son frère en se retournant vers la cuisine avant d'esquisser un sourire narquois. Peux-tu au moins me dire pourquoi tu n'es pas toi-même allé chercher des préservatifs à la pharmacie ?

Gêné, Dean détourna les yeux.

— C'est compliqué. Ici, tout se sait en un clin d'œil.

— Et alors ? Tu es un adulte. Tu n'as pas à avoir honte d'acheter une simple boîte de…

— Ce n'est pas *ma* réputation qui m'inquiète, coupa Dean.

Il laissa un court silence peser entre eux, et Clint finit par hocher la tête.

— Aaah… Je vois. Eh bien, tu es un vrai gentleman. Mais, sans voiture, tu ne pouvais pas non plus aller plus loin que Somerset… Tout s'explique. Tu es coincé ici, et je n'aimerais pas être à ta place. On se croirait revenus quarante ans en arrière ! Dis-moi, est-ce que les fermiers font venir leur maïs dans des chariots à bœufs, pour le marché du dimanche ?

— Très drôle, rétorqua froidement Dean.

Son frère poussa un profond soupir et lança :

— Ecoute, tu ne peux pas rester sans véhicule, congé ou non. Je vais demander à Mary de passer nous prendre en fin de journée, et tu garderas le 4x4.

— C'est vraiment gentil, Clint, mais il n'en est pas question…

— Taratata ! coupa son frère. Ne proteste pas, c'est très simple ! Mary prendra une voiture de fonction pour quelques jours, voilà tout. Et après tout ce que tu as fait pour moi, je suis plus qu'heureux d'avoir enfin l'occasion de te rendre service.

Un moment plus tard, Clint tendait l'un des biberons à Reva.

— Ça vous ennuierait, de… ?

— Pas du tout, répondit-elle en serrant Riley, qui agita tous ses membres à la vue du biberon et se jeta sur la tétine avec voracité.

De son côté, Dean allait rendre Zane à son frère quand Mme Fisher lui mit le deuxième biberon dans les mains et plaida :

— Vous ne voulez pas essayer de le faire vous-même, pendant que ce jeune homme se restaure un peu, après cette longue route ?

Dean jeta un coup d'œil sur l'assiette de cookies et offrit son plus large sourire à sa logeuse.

— Volontiers !

Tandis que Zane acceptait avec une satisfaction évidente la tétine qu'il posait sur ses lèvres, il jeta un coup d'œil vers Clint, qui venait de poser son verre de jus de fruits et croquait dans un biscuit.

— Alors, que dites-vous de mes cookies ? s'enquit fièrement Mme Fisher.

Déconfit, Dean contempla le sourire imperturbable de son frère.

— Franchement, ils manquent de sucre, répondit-il en se tournant vers la vieille dame.

Celle-ci parut déstabilisée.

— Ah bon ? Vous le pensez vraiment ?

Clint confirma d'un hochement de tête et reprit une minuscule bouchée.

— Et vous y mettez des amandes ? interrogea-t-il.

Mme Fisher acquiesça.

— Eh bien il y en a beaucoup trop, reprit Clint. Divisez la quantité par deux ou préférez la vanille, qui se marie mieux avec les raisins.

Médusé, Dean fixait son frère, qui s'en aperçut bientôt et lui rendit son regard.

— Ne me fais pas ces yeux-là… Je suis honnête, c'est tout ! J'espère que je ne vous vexe pas, madame, ajouta-t-il en se tournant vers Mme Fisher. Ma femme prend des leçons de cuisine, et il m'arrive de l'accompagner. Quand elle se lance dans une nouvelle recette, elle me demande d'être parfaitement honnête… Et c'est ce que mon grand frère m'a toujours enseigné, lui aussi.

Ignorant la pique de son cadet, Dean attendit la réaction de sa logeuse, qui semblait accuser le choc.

Mais elle finit par hocher la tête et sourit à Clint.

— Vous avez sûrement raison. Mon défunt époux

adorait ces cookies, mais je dois reconnaître que je ne les ai jamais beaucoup appréciés moi-même.

Mal à l'aise, Reva gardait le silence et suivait avec attention les échanges entre les deux frères. La présence de ces deux bébés lui faisait battre le cœur, et elle était bien plus troublée de faire la connaissance de la famille de Dean qu'elle n'aurait voulu l'admettre. Un nouveau lien se tissait entre eux.

Mais ce petit discours sur l'honnêteté lui nouait l'estomac. Que penserait Dean s'il savait qu'elle lui cachait tant de choses ?

8

Les enfants de cinq et six ans composant l'équipe des Somerset Tigers n'étaient pas assez nombreux : dès qu'ils se trouvèrent face aux poussins de Cross City, ils rencontrèrent bien des difficultés à défendre leur terrain, et plus encore à marquer des points.

Sur la tribune du petit stade municipal, Reva fixait toute son attention sur Cooper. Sans perdre une seconde de match, elle retenait son souffle et notait les efforts désespérés de l'enfant. Il n'avait rien d'un athlète ! Mais cela n'avait aucune importance. Il s'amusait. Même à cette distance, elle voyait son visage s'animer d'une joie unique lorsqu'il participait à une action, et il lui adressait parfois des signaux enthousiastes…

Apparemment. Car elle comprit que ces signaux ne lui étaient pas destinés. Stupéfaite, elle tourna les yeux vers l'entrée des tribunes et découvrit Dean, qui descendait les marches. Il levait les bras en direction de Cooper, en signe d'encouragement.

Seigneur…

Elle avait pourtant essayé de l'éviter, aujourd'hui ! La

soirée de la veille l'avait déstabilisée. Elle n'avait guère eu le temps d'échanger plus de quelques mots avec Mary, l'épouse de Clint, mais elle avait tout de suite apprécié le naturel de la jeune femme. La manière dont Clint avait accueilli sa femme ne lui avait pas échappé non plus : dès qu'elle avait garé sa voiture dans Magnolia Street, il s'était précipité à sa rencontre pour l'embrasser tendrement.

Comme Tewanda et Charles, ce jeune couple semblait avoir trouvé le bonheur parfait.

Elle ignora son pincement au cœur, tandis que Dean venait s'installer près d'elle, sur le banc métallique. Non sans répugnance, elle le laissa faire : il était difficile de lui demander de s'asseoir plus loin. Et de toute façon, qu'y aurait-elle gagné ? Dès qu'elle le voyait, elle perdait toute contenance, et il devenait le seul objet de son attention. Quelques mètres de plus ou de moins n'y changeraient rien.

— Que faites-vous ici ? s'enquit-elle en s'efforçant de conserver un ton neutre.

— Cooper m'a demandé de venir le regarder jouer, expliqua-t-il avec simplicité.

Dès qu'il se mit à observer le terrain, Reva regretta de ne plus pouvoir l'imiter. Comment pourrait-elle se concentrer sur le match, maintenant ? Ce moment de paix était gâché. Elle percevait un peu trop distinctement la chaleur de son corps et l'aura charismatique qu'il dégageait.

Durant la nuit, elle avait été assaillie d'images perturbantes… Comme celle de Dean plongeant son regard de braise dans le sien avant de l'embrasser avec passion. Oui, depuis qu'ils avaient admis à haute voix l'existence de ce désir commun, elle n'était plus la même. Il hantait son esprit, tout comme ses émotions. Au matin, elle s'était même surprise à caresser longuement le dossier du canapé, en se rappelant comment elle y avait dormi au creux de l'épaule de Dean.

Seigneur, c'était si bon, de se blottir contre lui ! Elle ne *pouvait* pas l'ignorer. Et toutes ses forces la quittaient peu à peu…

— Votre famille est très sympathique, observa-t-elle pour amorcer une conversation inoffensive.

Il répondit par un sourire sarcastique, et elle sentit sa nervosité augmenter. Néanmoins, elle s'efforça de rire.

— Votre réaction n'est pas très flatteuse pour eux !

— Vous ne connaissez pas *toute* ma famille, opposa-t-il. Oui, nous avons l'air normal au premier abord, mais, croyez-moi, ma famille est tout sauf normale.

— J'ai pourtant eu l'impression que vous vous entendiez très bien avec Clint… Ce doit être agréable, d'avoir des frères et sœurs. Sont-ils tous mariés ?

— Oui. Je suis le seul à ne pas avoir sauté le pas.

Reva se détendit et s'adossa à la barrière métallique du banc.

— C'est une chance, d'avoir une famille, déclara-t-elle. Pour ma part, j'aurais rêvé d'avoir des frères et sœurs.

— Vous êtes fille unique ?

Elle acquiesça.

— Hélas, oui. Et Cooper et moi n'avons d'autre famille que nous-mêmes. Mais nous nous débrouillons très bien. Et puis, toutes les familles ne sont pas aussi chaleureuses que la vôtre.

Surtout pas la sienne, songea-t-elle tristement.

— Cooper a beaucoup de chance, répondit-il en observant le terrain. Vous êtes une mère formidable.

Le compliment la touchait. Mais n'était-ce pas qu'une formule de politesse ? Elle soupira.

— Il m'arrive d'en douter, parfois, avoua-t-elle.

— Je crois que toutes les mères sont dans le même cas, dit-il avec gentillesse, sans cesser de suivre le jeu. C'est difficile, d'élever seul un enfant.

— Oui, et il m'arrive de me sentir coupable de ne pas offrir à mon fils le cadre traditionnel idéal, avec un père et une mère débordants d'amour.

Il haussa les épaules et prit un air songeur.

— C'est une illusion. Avoir deux parents ne garantit pas une enfance plus heureuse. J'ai grandi auprès d'un père et d'une mère qui ne m'ont jamais accordé un regard. Mon père consacrait tout son temps à son travail, et il n'est jamais venu assister à un match, ni pour moi ni pour mes frères.

Il se tourna soudain vers elle et ajouta :

— Ils ne cachent pas leur manque d'intérêt pour nous. Savez-vous qu'ils n'ont toujours pas vu les jumeaux de Clint ? Ils sont à la retraite, et ils n'ont pas encore trouvé le temps de rencontrer leurs petits-fils de deux mois. Finalement, Clint et Mary iront eux-mêmes chez eux, mais je sais que mes parents n'attendent guère ce moment avec impatience : ils détestent que les enfants dérangent tout, dans une maison.

Stupéfaite, Reva l'écoutait, ne sachant comment exprimer ce qu'elle ressentait.

— C'est lamentable, finit-elle par lâcher.

— Oui, approuva-t-il, reportant son attention sur le terrain.

Mais elle était incapable d'en faire autant et admirait encore la force que dégageait cet homme. Il lui inspirait de l'admiration, et une infinie tendresse. Comme si le désir qui la consumait n'était pas déjà assez encombrant !

Ainsi, il avait été délaissé, lui aussi…

Vicky Lee Macklin, la mère de Reva, n'avait jamais non plus manifesté beaucoup d'affection à sa fille. Dès sa naissance, elle avait cherché un homme pour remplacer son père biologique. Reva avait grandi auprès d'un beau-père qui se souciait d'elle comme d'une guigne. Et dès qu'il était mort, sa mère était partie pour la Californie, en quête d'un nouveau compagnon. Reva ne l'avait jamais revue.

Bien sûr, elle ne pouvait rien changer au passé… Mais durant de nombreuses années, et parfois encore aujourd'hui, elle rêvait d'un frère ou d'une sœur dont elle se sentirait proche.

— Bon, vos parents n'étaient pas Charles et Caroline Ingalls, admit-elle. Mais vous avez au moins deux frères et une sœur avec lesquels vous vous entendez bien ! C'est une bonne chose.

— Oui, concéda-t-il.

— Et ils ont tous des enfants ?

— Oh oui, on peut dire que la famille est en pleine expansion.

— Sauf de votre côté, observa-t-elle.

Mais elle regretta aussitôt cette témérité. Ne venait-elle

pas de franchir la ligne jaune qu'elle protégeait elle-même si farouchement ?

— Excusez-moi, ce ne sont pas mes affaires, reprit-elle plus bas.

Il poussa un profond soupir et se tourna vers elle.

— Qu'arriverait-il si j'avais des enfants, et que je réalisais soudain que je ne suis pas un meilleur père que le mien ? Le risque est trop grand.

Reva frémit. Il avait déjà tourné la tête. Mais la sobriété de ces quelques mots en disait long. Elle avait perçu une profonde détresse dans sa voix ; aussi ne put-elle s'empêcher de poser la main sur la sienne. Dean Sinclair avait aussi ses zones d'ombre, ses démons. Comme elle. Et elle se sentait plus proche de lui que jamais. A l'instant où il entrelaça doucement ses doigts aux siens, elle sentit son cœur se serrer et une étrange chaleur l'envahir.

Ils gardèrent le silence, et elle se laissa habiter par cette nouvelle et troublante intimité.

Une maladresse de Cooper interrompit cet instant à la fois magique et tendu : Dean bondit de son siège et se retourna vers elle en désignant l'enfant du doigt.

— Regardez ! Votre fils porte son gant à l'envers…

Elle s'esclaffa avec lui, tandis que Charles rappelait son équipe pour la mi-temps. Postée derrière son mari, de l'autre côté du stade, Tewanda se leva et l'aperçut avec Dean. Aussitôt, elle lui adressa un sourire complice. Comme elle se sentait rougir, Reva se retourna machinalement et vit alors surgir un nouveau spectateur : Ben Andrews. Affolée, elle le regarda descendre les tribunes, dans sa direction.

Et quand il s'assit près d'elle, elle se rendit compte qu'elle était encadrée par deux hommes armés. Deux policiers.

Dean fronça les sourcils. Evelyn Fisher lui avait révélé que le shérif faisait la cour à Reva. Il lui avait été facile, hélas, de concevoir quelques images déplaisantes mettant en scène Reva au bras de l'homme de loi aux cheveux grisonnants.

Juste avant de s'installer dans Magnolia Street, Alan et Dean avaient rendu visite à Ben Andrews. La police fédérale se devait de coopérer avec les représentants locaux lorsqu'elle travaillait sur leur terrain. Andrews connaissait donc les raisons de la présence de Dean à Somerset ; mais il lui était interdit de divulguer cette information confidentielle.

— Shérif, voici Dean Sinclair, déclara Reva d'un ton crispé. Dean, je vous présente Ben Andrews.

Les deux hommes échangèrent une brève poignée de main.

Ravi de faire votre connaissance, lança le shérif en toisant Dean d'un regard étrange. J'ai beaucoup entendu parler de vous.

Dean n'en doutait pas. Il se contenta de répondre par un sourire forcé et, suivant le regard de Reva, observa le holster de son confrère, situé du côté de la jeune femme.

— Qu'est-ce qui vous amène au match le plus suivi de l'année, shérif ? s'enquit-il en souriant.

— Appelez-moi Ben. Et je crois que vous le savez déjà… *Dean*, n'est-ce pas ?

— C'est ça, confirma Dean d'une voix glaciale.

— Eh bien, Dean, reprit le shérif en le toisant un peu trop intensément, j'avais envie d'assister à un match de base-ball, mais aussi de voir Cooper et Reva. Il y a trop longtemps que je n'ai pas eu la chance de croiser la meilleure cuisinière de tout le pays.

— Oh, voyons, Ben, souffla Reva en rougissant.

— Je ne dis que la vérité, Reva, répondit-il en lui souriant. J'ai d'ailleurs tenté de vous joindre durant toute la semaine… Tewanda vous a-t-elle transmis mes messages ?

— Euh, oui, admit Reva très vite, je regrette de ne pas avoir eu le temps de vous rappeler. J'ai été très occupée, ces derniers jours.

Le shérif adressa un regard en coin à Dean et reprit :

— J'imagine.

Il hésita un court instant avant d'ajouter :

— Il y aura un bal, pour le gala de charité de Cross City, samedi soir. Je suis tenu d'y assister, et je me demandais si vous accepteriez de m'accompagner.

— Je suis navrée, mais je ne peux pas, répondit-elle en secouant la tête. J'ai, euh, des projets.

— Ah ? Lesquels ?

Dean se mordit la lèvre. Il connaissait désormais assez bien Reva pour savoir que son emploi du temps était strictement organisé. Et plein. Elle travaillait beaucoup, et s'occupait de son fils tout le reste du temps. Tous ceux qui la côtoyaient le savaient. Le shérif aurait dû faire partie du nombre.

Il s'éclaircit la gorge et intervint :

— Elle a rendez-vous avec moi.

Reva se tourna vivement vers lui et le fusilla du regard.

— Rendez-vous ? répéta Ben Andrews en blêmissant.

— Eh bien, euh… Oui, c'est le terme qui convient, lança Reva en affichant un sourire gêné. Dean viendra dîner à la maison avec Cooper et moi.

Hum. Elle était habile, songea Dean. En incluant Cooper dans ce rendez-vous, elle le vidait de sa dimension ambiguë, laissant ainsi au shérif une autre chance de l'inviter plus tard. Malgré lui, il sentit un élan de jalousie lui étreindre la gorge.

— Je vois, lâcha Andrews, les dents serrées, avant de se lever.

Il se tourna vers Dean et conclut :

— Sinclair, il faudra que nous ayons une conversation, vous et moi, un de ces jours.

Dean sourit.

— Quand vous voudrez, assura-t-il.

Sur le chemin du retour, Reva contenait difficilement le bonheur dont son cœur débordait. Ils revenaient chez eux, *tous les trois*.

Comme une famille.

Elle se sentait aussi légère qu'une plume portée par la

brise, en écoutant Cooper et Dean échanger leurs avis sur le match.

Le soleil s'était déjà couché, et leurs ombres s'allongeaient sur les trottoirs. Dean avait enfoncé une casquette de base-ball sur la tête, et expliquait en quoi le port du gant était déterminant. Cooper levait vers lui de grands yeux avides de conseils virils. Tout en cheminant derrière eux, elle se réjouissait de leur rendez-vous à venir. Bien sûr, Dean s'était contenté de ruser pour lui fournir un argument imparable, quand Ben Andrews l'avait invitée au gala. Mais, à la vérité, elle lui en était reconnaissante. La ténacité du shérif l'embarrassait, et elle se savait plus comment le contraindre à garder ses distances. Il était charmant, certes, mais il ne lui plaisait pas. Et elle n'avait aucune envie de continuer à le lui faire comprendre aussi gentiment que possible durant les années à venir.

— Maman ! s'écria Cooper en se retournant joyeusement vers elle, ce week-end, M. Sinclair va m'apprendre à rattraper les balles !

— Mais… Tu sais déjà le faire, observa-t-elle.

— Non, non : il va m'apprendre à le faire comme un vrai joueur. Il a déjà joué comme ailier gauche !

Reva sourit à son fils.

— Chéri, M. Sinclair a certainement mieux à faire que…

— Non, pas du tout, coupa Dean.

Après s'être contentée de hocher la tête, elle poursuivit sa marche, tout en songeant qu'elle souffrirait, quand elle verrait Dean et Cooper jouer, tels un père et son fils. En même temps, comment pouvait-elle s'opposer à ce projet inoffensif ?

Dès qu'ils approchèrent, l'enfant partit vers chez lui comme une fusée, et Reva s'arrêta avec Dean devant la maison d'Evelyn.

— Comment va-t-il rentrer ? interrogea-t-il en fixant Cooper. Il a sa propre clé ?

— Non, mais la porte de la cuisine est toujours ouverte, précisa-t-elle.

— Quoi ?

Il planta son regard dans le sien et Reva haussa les épaules devant son expression de reproche.

— Je vous l'ai déjà dit : personne ne ferme sa porte à clé, à Somerset.

— C'est absurde ! Comment voulez-vous être en sécurité si vous ne fermez pas ?

Elle soupira.

— Les portes du restaurant étaient fermées, et ça n'a pas empêché un intrus de s'y introduire…

— Vous n'êtes pas assez prudente, insista-t-il.

— Nous ne sommes pas à Atlanta, Dean, reprit-elle. Ici, les gens placent une clé sous leur paillasson pour que les voisins puissent entrer en cas de souci.

— Et vous aussi ? éructa-t-il. Vous laissez une clé sous le paillasson ?

— Naturellement. Venez voir, suggéra-t-elle.

Dean la suivit, visiblement découragé. Dès qu'ils parvinrent sur le porche sud, elle lui désigna la clé sous le paillasson.

— Si quelqu'un était déterminé à s'introduire chez

moi avec de mauvaises intentions, rien ne pourrait l'en empêcher, enchaîna-t-elle. Il casserait un carreau, par exemple. Je n'ai pas envie de vivre dans une forteresse.

— Je comprends, admit-il, mais vous pourriez au moins vous équiper d'un système de sécurité.

A ces mots, elle se mit à rire.

— Une alarme ? A Somerset ?

Il poussa un profond soupir, et elle reprit en riant :

— Allons, rassurez-vous. Et vous n'avez pas besoin de m'escorter jusqu'à l'intérieur, je vous l'assure.

— Très bien. Mais permettez-moi au moins de faire le tour de la maison avant de rentrer chez moi.

Ces mots la firent frissonner, mais elle le suivit dans le jardin, jusqu'à ce qu'ils se trouvent sous l'arbre que Dean avait élagué.

Là, elle contempla le tas de branches coupées de manière inégales et se retourna vers lui.

— Vous ne quitterez pas votre métier de flic pour devenir réparateur, n'est-ce pas ?

— Nous avons déjà eu cette discussion avant-hier.

Oui, il avait raison… Mais cette question la hantait.

— Vous êtes policier jusqu'au bout des ongles, observa-t-elle. Je ne vous imagine pas heureux dans n'importe quelle autre profession.

— Mais le temps que je passe ici me rend heureux, je vous assure, dit-il.

— Je vous crois. Pourtant, vous repartirez.

— Oui.

Elle serra les poings. N'était-ce pas ce qu'elle avait souhaité de toutes ses forces ? Qu'il parte ? Elle ne voulait plus aimer un homme, plus jamais. Et celui-ci se promenait avec une arme, faisait face à des criminels et avait accès à des informations enfouies depuis de nombreuses années…

Qu'arriverait-il s'il apprenait le nom du père de Cooper ? Ou pire encore, s'il savait ce qu'elle cachait chez elle ?

— C'est vraiment très gentil à vous de passer un peu de temps avec Cooper, dit-elle en posant une main sur la poignée de la porte. Mais… Je ne veux pas qu'il s'imagine que vous allez rester. S'il vous plaît, ne le mettez pas à la merci d'une terrible désillusion. Il en aurait le cœur brisé.

Il lui lança un long regard, comme s'il lui reprochait de ne pas l'inviter à entrer maintenant.

— Et vous ? demanda-t-il d'une voix rauque. Et votre cœur ?

— Mon cœur n'est pas en danger, affirma-t-elle.

Et c'était la vérité : il y avait bien longtemps qu'il était en miettes.

Dean gravit l'escalier de son appartement le plus discrètement possible. Il n'avait pas envie d'entendre Mme Fisher lui répéter qu'il avait des neveux « a-do-ra-bles » et un frère aussi « beau garçon » que lui.

Mais il ne croisa pas la vieille dame ; en revanche, dès qu'il parvint dans le salon, il discerna une manche de veste kaki dans l'un des fauteuils.

Bon, heureusement, il avait caché ce satané carton de préservatifs…

— Je n'ai pas vu votre véhicule dans la rue, lança-t-il en refermant la porte derrière lui.

— Non. Je l'ai garé plus loin, et j'ai marché jusqu'ici, répondit le shérif. Pour que nous ayons une petite discussion en privé, vous et moi.

Dean alluma la lampe du buffet et s'installa face à son visiteur.

— Eh bien je vous écoute.

L'homme le toisa longuement, une expression indéchiffrable sur le visage.

— Reva sait-elle pourquoi vous êtes ici ? interrogea-t-il.

Hum. Il avait décidé d'aller droit au but ! songea Dean.

— Non, admit-il.

— Alors je pourrais vous mettre dehors, et je me fiche bien de ce qu'en penserait le FBI !

— Vous pouvez essayer, rétorqua Dean sans hausser un sourcil.

Ben Andrews se leva, fit le tour de la pièce et se dirigea vers le mur avant de s'arrêter devant le cliché punaisé de Reva.

— C'est vraiment elle ?

Il prit la photo et l'examina attentivement.

Dean se sentit mal à l'aise : ce document ne devait en aucun cas circuler dans les rues de Somerset.

— Ce cliché est la propriété de la police fédérale, shérif. Il est aussi confidentiel que le motif de ma mission ici.

— Je n'avais pas l'intention de le transmettre aux journaux du Tennessee, riposta Andrews.

Il remit la photo à sa place et décocha un nouveau regard insistant à Dean.

— De même que je ne vais pas révéler à qui que ce soit qui vous êtes, et ce que vous faites ici. Cette affaire blesserait Reva, et je ne le supporterais pas… Mais je ne vous laisserai pas non plus rester là pour abuser de sa confiance.

— Je n'abuse personne de rien, shérif.

— Espérons-le. Et il vaudrait mieux que ça ne change pas, reprit Andrews en se dirigeant vers la porte.

Mais il se retourna pour ajouter :

— Quand on regarde une femme comme vous regardez Reva Macklin, mieux vaut ne pas lui mentir.

— Vous connaissez ma position, plaida Dean. Je n'ai pas le choix.

— Bien sûr que si. On a toujours le choix, Sinclair. Vous comme moi. Et… Je pourrais lui dire la vérité. Lui apprendre que vous la prenez pour la complice potentielle de ce petit malfrat qu'elle a connu il y a des années.

— Tout ce que mon collègue et moi-même vous avons révélé de cette traque est confidentiel.

— Certes. Mais comme je viens de vous le dire, tout homme est toujours face à un choix, conclut le shérif en ouvrant la porte. Et si vous ne le lui dites pas, Sinclair, c'est moi qui le ferai.

9

— Alors, lança Mme Edna d'une voix joyeuse, quelles douceurs allez-vous concocter à ce charmant jeune homme, demain soir ?

Reva venait tout juste d'entrer dans la cuisine, en ce vendredi matin. Décidément, ses employées ne lui accordaient aucun répit !

— Co… Comment ? balbutia-t-elle, stupéfaite.

— Oh, voyons ! Ce très séduisant garçon qui répare des tas de choses ici… Il paraît que vous allez lui faire la cuisine, demain !

Son regard pétillait de malice.

— Un vrai rendez-vous… C'est excitant, non ? insista-t-elle.

C'était incroyable. La vitesse à laquelle se répandaient les nouvelles dépassait l'entendement, songea Reva.

— Qui vous a dit ça ?

— Oh ! Lisa Carlton était au match, hier, et elle vous a entendue parler d'un dîner samedi soir, alors que vous étiez courtisée par deux gentlemen. Elle en a parlé à sa sœur Constance au téléphone, vous savez, celle qui organise les menus du pique-nique, dimanche, et naturellement Constance l'a répété à…

— J'en ai assez entendu, coupa Reva, découragée.

Si elle prétendait que c'était faux, le shérif risquait d'en être averti, et elle se retrouverait à la case départ avant que midi n'ait sonné.

— Alors ? Qu'allez-vous lui préparer ? reprit Mme Edna.

— Mais… Je n'y ai pas encore réfléchi, avoua Reva.

— Comment ? Pas encore ? répéta la vieille dame en prenant un air horrifié. Voyons, ma chère, Dean a mangé ici plusieurs fois, et il est très important qu'il vérifie par lui-même que vous êtes une excellente cuisinière ! Vous devez accorder à ce menu tout l'intérêt qui s'impose !

— Très bien. Je n'y manquerai pas, acquiesça-t-elle.

Elle ferait peut-être des croque-monsieur et de la soupe en boîte. Mais elle n'avait pas l'intention de sortir le grand jeu pour impressionner son hôte.

De toute façon, elle avait eu assez de jugeote pour inclure Cooper à ce repas, qui n'aurait rien d'un tête-à-tête romantique.

Comme la porte s'ouvrait derrière elle à la volée, elle sursauta et vit entrer Tewanda. La jeune femme arborait un sourire réjoui.

— Il paraît que je vais faire du baby-sitting, demain soir ? lança-t-elle d'une voix taquine.

— Pas du tout ! riposta vivement Reva.

— Oh, si ! contre-attaqua Tewanda en souriant à Mme Edna. J'ai déjà averti Cooper qu'il viendrait passer la nuit à la maison. Charles va préparer des pizzas pour les garçons, et j'ai réservé plusieurs films au vidéoclub.

— Non, non, ce n'est pas nécessaire, plaida Reva en suivant son amie, qui prenait la direction du cellier à légumes.

— Il n'y a rien de plus nécessaire, au contraire, répliqua-t-elle. Ce sera ton premier rendez-vous digne de ce titre depuis que je te connais, et Cooper n'a pas besoin de jouer les chaperons.

— Il ne s'agit pas d'un rendez-vous ! Je... J'invite seulement un voisin. Enfin, un ami.

— Tiens, tiens, c'est ton ami, maintenant ! s'exclama Tewanda en lui décochant un regard lourd de sous-entendus. Et que comptes-tu porter pour l'occasion ?

— Quelle occasion ? Il ne s'agit pas d'un rendez-vous galant !

Tewanda revint sans mot dire vers la cuisine et alla discuter du plat du jour avec Mme Edna. Sans prêter attention à ce qu'elles disaient, Reva traversa la grande pièce d'un pas furieux et se dirigea vers son bureau en lançant une dernière fois :

— Il ne s'agit pas d'un rendez-vous galant !

Laissant échapper la pire bordée de jurons de sa vie, Dean jeta violemment son pinceau de colle à terre et s'assit à même le sol, à bout de patience.

L'après-midi touchait à sa fin et tout était raté. Il n'était pas fait pour ça. Ni pour devenir l'admirateur d'un groupe de vieilles dames aux cheveux blancs, ni pour réparer ou installer quoi que ce soit.

La tâche que lui avait confiée Reva cet après-midi n'avait pourtant rien de sorcier, en apparence : il était censé poser du papier peint sur les murs de l'une des pièces du dernier étage du restaurant. Mais le papier faisait des plis s'il ne le brossait pas, et se déplaçait en biais quand il le brossait ! Des taches de colle apparaissaient au travers, et des mauvais raccords se formaient entre les différents lés. C'était à devenir fou !

Pourtant, il adorait cette vieille maison et aurait voulu aider Reva à lui rendre toute sa magnificence. En fait, plus il passait de temps entre ces murs anciens et plus il songeait à acheter lui-même une villa, un jour.

A condition de ne pas avoir à poser lui-même du papier peint.

Comme des pas familiers résonnaient dans l'escalier, il cessa de jurer entre ses dents et se redressa.

— Dean ? appela Reva en parvenant sur le palier.

— Je suis là, confirma-t-il en décollant une bande de papier de son T-shirt.

— Qu'est-ce qui ne va pas ? demanda-t-elle en ouvrant la porte. Je vous ai entendu…

Elle s'arrêta sur le seuil et promena un regard stupéfait sur le désordre qui régnait dans la pièce.

Dean sentit une chaleur gênante gagner son bas-ventre dès qu'il aperçut sa poitrine ronde moulée dans une robe à fleurs.

Elle avait décidément une manière de s'habiller qui lui rappelait les actrices des films des années quarante.

Il y avait aussi sa ravissante chevelure de miel, si lisse, se terminant en boucles qui dansaient sur ses joues.

Et son sourire si tendre…

— Ce n'est pas drôle, lança-t-il.

— Oh, si.

Loin de se sentir vexé, Dean était gagné par un élan irrépressible. Il aimait tant la voir sourire ainsi ! En fait, il aurait fallu qu'elle ne cesse jamais d'arborer ce sourire plein de gaieté, si enfantin, si simple. Qu'elle demeure une Reva heureuse et amusée.

— Vous pouvez me donner un coup de main, si vous voulez, enchaîna-t-il.

Elle fit quelques pas dans la pièce, et un rayon de soleil révéla les courbes de ses jambes à travers sa robe.

— Hum. Que voulez-vous que je fasse ? demanda-t-elle.

Dean avait bien des réponses à offrir à cette question naïve. Mais il s'efforça de brider son désir et suggéra :

— Tenez le papier bien en place vers le bas pendant que je cale la section du haut. Avec un peu de chance, je pourrai le mettre bord à bord, cette fois.

Elle hocha la tête et s'agenouilla devant lui. Il se concentra sur la bande de papier, pour ne pas baisser les yeux vers elle et admirer sa longue chevelure soyeuse…

Mais il percevait sa présence. La chaleur de son corps.

Durant une longue minute, ils ne prononcèrent pas un mot. Reva gardait ses deux mains plaquées sur la bande, et Dean maintenait fermement la partie supérieure.

Dans sa position, il bénéficiait d'une vue plongeante sur

le décolleté de la jeune femme et sentait de douloureux picotements arpenter son pantalon.

Enfin, ils reculèrent, et Dean brossa la bande d'un geste vif, pour constater qu'ils avaient réussi.

— Je vais vous laisser, maintenant, murmura-t-elle en se redressant.

Mais elle demeurait immobile, le regard plongé dans le sien.

N'y tenant plus, il l'attira brusquement à lui et pressa les lèvres contre les siennes. Elle n'en parut pas étonnée et ne fit pas un geste pour se défendre. Au contraire, elle s'abandonna à son étreinte passionnée, et il l'embrassa avec une fièvre renouvelée, savourant la douceur de ses lèvres.

Lorsqu'il se recula, il s'attendit à ce que la jeune femme fasse volte-face, comme à son habitude.

Mais elle restait contre lui et lui souriait.

Et ses yeux d'un bleu profond s'étaient allumés d'une flamme qui l'embrasait, lui aussi.

— Pourquoi vous arrêter ? murmura-t-elle d'une voix caressante. Nous étions en si bon chemin…

Elle savait ce qu'elle voulait. Et elle ne reculerait plus, songea Reva. Dean Sinclair était policier, et il quitterait bientôt Somerset. Mais jamais un homme ne lui avait fait battre le cœur de cette manière. Elle avait envie de lui. Depuis des semaines, elle luttait contre cette attirance surpuissante, et elle n'en avait plus la force.

Elle rendait les armes.

— Il n'y a personne dans la maison ? demanda-t-il très bas, visiblement surpris par son invitation.

— Non, personne.

— Cooper ?

— Il est à son entraînement pour deux bonnes heures encore…

Elle avait à peine prononcé ces mots qu'il s'empara encore de sa bouche avec une voracité et une sensualité qui lui donnèrent le vertige.

En un éclair, elle sentit les mains de Dean s'insinuer sous sa robe et courir sur ses cuisses. De délicieux frissons l'électrisèrent, et elle glissa son bras autour de la nuque de son compagnon, s'agrippant fermement à lui, savourant cette caresse brûlante. Bientôt, elle sentit ses doigts défaire fiévreusement les boutons de sa robe et, le souffle court, elle le vit contempler sa poitrine d'un regard embrasé…

Tremblante de désir, elle eut à peine le temps de songer qu'elle était en train de rompre un mode de vie pleinement assumé. Pour lui. *Jamais* elle n'avait ressenti cette urgence, jamais elle n'avait cru possible qu'un brasier enflamme ainsi son corps.

Et malgré tous ses efforts, malgré cette part d'elle-même qui lui criait qu'elle s'abandonnait à un homme qui allait bientôt disparaître de sa vie, elle aimait sentir la langue de Dean s'enrouler sur la sienne, et goûter la saveur de son souffle frais et ensorcelant.

Sans même qu'elle perçoive ce qui se passait, il fit glisser sa robe sur ses chevilles et caressa voluptueusement ses seins galbés de dentelle. Renversant la tête en arrière, elle gémit et s'agrippa à ses larges épaules.

La boule de chaleur qui s'était formée en elle avait tout d'un volcan. Son sang pulsait à ses tempes, et elle se redressa pour le contraindre à enlever son T-shirt. Un fin duvet noir parsemait ses pectoraux impeccablement dessinés, et elle gémit quand ses seins s'écrasèrent sur sa peau ferme et fraîche.

Ivre de désir, elle se laissa submerger par le vertige. Un vertige exquis, qui faisait monter des ondes de vibrations intenses dans tous ses membres. De toute son âme, elle voulait s'abandonner à son étreinte, connaître le goût de sa peau, sentir la force de ses bras se refermant sur elle, faire l'amour avec lui… Dean s'était emparé de ses sens, et elle déposait les armes, tout simplement parce qu'elle ne savait par quel moyen lutter contre un tel désir.

— Tu as un… ? murmura-t-elle d'une voix affaiblie.

— Oui, dit-il en sortant un petit carré de sa poche.

A bout de souffle, il s'était reculé pour la contempler de son intense regard bleu-gris, où brillait une lueur indéchiffrable.

Captivée par son corps, enivrée par son souffle et brûlante de désir, elle était incapable d'articuler un son.

— Si tu savais combien j'aime tes jambes, articula-t-il d'un ton rauque. Tu as des jambes divines. Je les ai remarquées dès le premier soir…

Il aventura les doigts le long de ses cuisses en feu et se mit à la caresser langoureusement. Perdue dans le désir abyssal qui l'entraînait, elle se cambra pour fermer les yeux et savourer la brûlante caresse dont il la gratifiait.

Son parfum la grisait, et elle avait l'impression de ne plus rien entendre que le battement conjugué de leurs deux cœurs…

Il l'embrassait voracement, et des ondes électriques fusaient en elle chaque fois qu'il effleurait sa poitrine. Il pressait son bas-ventre contre ses hanches, et l'intensité de son excitation redoublait son ardeur. Un brasier s'était allumé en elle, et rien ne pourrait l'éteindre. Lorsqu'il dégrafa son soutien-gorge pour poser ses lèvres sur l'une de ses aréoles dardées, elle manqua perdre connaissance ; le contact faisait jaillir en elle des ondes d'une violence insoutenable.

— Viens, souffla-t-elle en l'entraînant sur la grande méridienne dans le coin de la pièce.

Elle ne savait plus rien, sinon qu'elle avait follement envie de lui — besoin de lui, de ses mains sur elle, de son corps collé au sien.

Elle parvenait à peine à respirer. Sa gorge était sèche, et son corps en feu. Les pointes de ses seins étaient dures, et il les caressa encore du bout des doigts en un mouvement circulaire, faisant ainsi jaillir un gémissement de ses lèvres. Les sillons de feu qu'il traçait sur sa peau allaient la rendre folle. La tête renversée, le souffle court, elle se laissait transpercer par des ondes de plaisir quand il interrompit brutalement sa caresse pour glisser une main dans la culotte qui cachait encore son bas-ventre.

— Oh !… s'exclama-t-elle, surprise, avant de savourer cette brûlure enivrante et de fermer les yeux.

Gémissante, elle s'abandonnait à ses mouvements habiles, infiniment voluptueux. Il ne lui laissait pas le temps de reprendre ses esprits, et ses mains parcouraient son corps avec une telle intensité qu'elle avait l'impression de sombrer dans un puits sans fond.

Personne ne l'avait jamais caressée ainsi. Elle ne pouvait que retenir son souffle en se laissant emporter par ce courant de passion et de feu qui fuyait dans ses veines.

Même si cela ne devait durer qu'une seconde de plus, en ce moment, elle était à lui. Entièrement. Il lui révélait des sensations inconnues, qu'elle voulait explorer avec lui encore et encore…

— Viens, chuchota-t-elle.

Après toutes ces années, elle renonçait à la peur. Non, ce moment ne l'effrayait pas. Elle enroula doucement ses jambes autour de lui et lui sourit.

Il la couvrit d'un regard sombre avant de caresser la peau satinée de ses cuisses, de glisser sur elle et de la pénétrer d'un coup de reins.

Reva poussa un long soupir de plaisir et resserra ses bras autour de lui, l'invitant à s'enfoncer plus profondément. Ivre de désir, elle ondula à son rythme.

C'était comme si le corps de Dean s'accordait parfaitement au sien, comme s'ils étaient faits l'un pour l'autre, tant le plaisir était facile, évident. Oui, elle en était certaine, en arrimant son regard au sien : ce n'était pas seulement du sexe… Ils faisaient l'amour.

Le tumulte de leurs deux cœurs battant la même cadence devenait assourdissant. Leur plaisir semblait ne jamais pouvoir s'arrêter, montant d'un cran à chaque va-et-vient.

Enfin, elle se laissa chavirer et franchit avec lui la dernière marche vers la jouissance.

Ils restèrent serrés l'un contre l'autre un long moment. Trempés de sueur et le souffle court, ils ne bougeaient pas, et Reva fermait les yeux, savourant encore la force des sensations que Dean venait de lui faire connaître.

Du bout des doigts, elle caressa son torse, les muscles de ses bras et ses pectoraux… Il était tout ce qu'une femme pouvait rêver chez un homme, corps et âme. Et elle en avait le cœur renversé.

— Je… Je n'avais pas prévu tout ça, lâcha-t-il enfin.

Glissant une main dans ses cheveux, elle le caressa doucement et sourit.

— Moi non plus, répondit-elle.

— Dis-moi que tu ne le regrettes pas, dit-il en plongeant son regard dans le sien.

— Je ne le regrette pas.

Il effleura ses lèvres d'un baiser.

— Reva, je n'ai pas pour habitude de perdre le contrôle d'une situation, reprit-il. Mais je te jure qu'il a suffi d'un baiser pour que j'oublie tout…

Passant ses deux bras autour de son cou, elle l'embrassa avec langueur et se colla contre lui. Elle percevait les battements de son cœur et songeait avec terreur que si elle était la seule à être littéralement emportée par leur relation, elle n'y survivrait pas.

Mais quelque chose lui disait qu'elle n'était pas la seule.

Qu'elle ne l'était plus.

Que tout avait changé.

— Dis-moi que tu ne le regrettes pas, souffla-t-elle.

Dean caressa le contour de ses seins du bout des doigts, et elle frissonna. Puis il lui offrit l'un de ses sourires qui lui faisait chavirer le cœur et murmura :

— Chérie, crois-moi, je ne regrette rien.

10

Dans son appartement plongé dans l'obscurité, Dean fixait la rue tranquille, en contrebas. Il avait mal à la tête, et son estomac était noué. En cet instant, n'aurait-il pas dû se trouver en face, et tenir Reva dans ses bras ?

Hélas, Cooper était rentré.

Et Dean savait que sa place était ici.

Il lui était déjà arrivé de commettre des erreurs au cours de sa vie, mais celle-ci dépassait tout. C'était impardonnable. Jamais il n'aurait dû faire l'amour à Reva sans lui révéler qui il était.

Mais tout s'était enchaîné trop vite, et pas une seconde il n'avait pensé aux mensonges qui les séparaient, tandis qu'il l'embrassait comme un fou. Comment aurait-il pu s'y prendre ? Fallait-il qu'il s'interrompe et qu'il lance : « Au fait, j'ai oublié de te parler de ton ex et de préciser que c'est à cause de lui que je suis venu ici… » ?

C'était une très mauvaise excuse, et il ne l'ignorait pas. Reva méritait de savoir entre quels bras elle s'était abandonnée. Mais il…

Comme son portable vibrait, il l'attrapa et décrocha en soupirant.

— C'est toi, Alan ?

— Oui. Qu'est-ce que tu as ? Un problème ? s'enquit son coéquipier.

— Non, non, rien. Et toi, tu as du neuf ?

— Pas vraiment, soupira-t-il. Pinchon court toujours. Nous ne savons pas grand-chose, sinon qu'il reste dans la région. Et toi, don Juan, tu profites bien de tes vacances ?

— Ça va, répondit Dean en serrant les dents.

Alan s'esclaffa.

— Tu n'es pas très convaincant ! Reva a-t-elle parlé de son ex ?

— Non, elle n'en a pas dit un mot, lâcha Dean, alors que son mal de tête devenait lancinant.

Mais le fait qu'elle n'ait jamais prononcé le nom de cet homme allait dans le sens de son innocence. Si elle avait su qu'il s'était échappé, n'aurait-elle pas tout fait pour protéger son fils ? Laisserait-elle sa clé sous son paillasson et ses portes sans verrous ? Non, bien sûr. Elle ne savait rien.

Sauf si elle l'attendait pour fuir avec lui et Cooper, ce qu'il se refusait à croire.

Il soupira. Dès le lendemain soir, il lui dirait la vérité. Toute l'ignoble vérité. Elle allait lui préparer un bon repas, Cooper passerait la nuit chez son petit camarade, ils seraient seuls, avec la nuit entière devant eux… Mais au lieu de la soirée romantique qui s'offrait à eux, ils s'enfonceraient dans la plus terrible des conversations.

— Je te rappelle dès qu'il y a du nouveau, conclut son collègue.

— Oui, merci. A bientôt, Alan, dit-il en raccrochant.

Cette magnifique soirée, entièrement gâchée… Il en avait la nausée. Mais, cette fois, il n'avait pas le droit de reculer.

La vivacité de Cooper étonnait Dean. Le petit avait un don pour enregistrer les informations à une vitesse déroutante. Son intelligence lui paraissait dépasser de loin celle des enfants de son âge — mais que connaissait-il aux enfants, après tout ? Surtout, Cooper était déterminé à progresser et manifestait autant de détermination que d'enthousiasme.

Dean lança la balle de base-ball avec force. Celle-ci décrivit un parfait arc de cercle avant de tomber à quelques mètres de Cooper, qui courut à toutes jambes vers elle.

— C'est bien ! cria Dean. Mais reste concentré sur la balle !

L'enfant acquiesça d'un hochement de tête en allant la ramasser dans l'herbe, et Dean ôta sa casquette pour se passer une main dans les cheveux. Cet entraînement dans le jardin de Reva l'avait épuisé. Mais Cooper avait accompli de réels progrès. Sa position était plus précise, ses gestes mieux coordonnés.

Au fond, il avait seulement besoin de se trouver face à de bons joueurs et de s'entraîner plus souvent.

— Que dirais-tu d'une petite pause ? suggéra-t-il, comme l'enfant se remettait en position.

— Je ne suis pas fatigué, déclara Cooper. Et je sens que je vais toutes les rattraper, cette fois !

— Je te crois… Mais seulement quelques minutes : tu n'as pas soif ?

— Si, admit-il. J'ai envie d'un verre de limonade.

— Et moi, j'avalerais volontiers un bon café. Viens.

Ils montèrent ensemble les marches du porche, et Dean sourit en baissant les yeux sur les joues rosies et la chevelure en bataille de l'enfant. Soudain, celui-ci leva vers lui un regard grave.

— La caféine est une drogue, révéla-t-il.

— Vraiment ?

— Oui, confirma Cooper en affichant une expression sérieuse. C'est le shérif Andrews qui nous l'a dit, le jour où il est venu dans la classe pour nous parler de ça. Tu es à la cro ?

— Tu veux dire « accro » ? fit Dean en riant. Oui, probablement ! Sans mon café du matin, je ne suis bon à rien. Mais je ne crois pas que ce soit aussi terrible que tu l'imagines… Et puis, mon cœur se porte bien ! Je fais du jogging.

— Maman refuse de me donner des sodas qui contiennent de la caféine, reprit Cooper.

— Elle a bien raison.

Un large sourire éclaira le visage de l'enfant.

— Mais elle me laisse manger des bonbons, le mercredi ! A condition que je ne finisse pas tout le paquet et que je me brosse bien les dents. Mamaaaaaan ! cria-t-il en poussant la porte. Tu veux bien que M. Dean entre avec moi ?

— Non ! s'exclama une voix féminine depuis le fond de la maison.

— Mais maman, M. Dean a besoin d'un café ! Il est à la cro !

Un rire leur répondit.

— Bon, très bien ! Je vais préparer un café à « M. Dean » !

— Et moi, je veux de la limonade ! précisa Cooper en franchissant le seuil de l'entrée, laissant Dean s'installer dans un fauteuil à bascule du porche, face au soleil.

Il ferma les yeux et savoura ce moment. Jamais il n'aurait pensé s'amuser ainsi avec un gosse de six ans ! Il n'avait pas vu le temps passer.

En attendant son retour et l'arrivée de Reva, il se demanda pourquoi celle-ci avait refusé de le laisser entrer. Au milieu de toutes les explications qui surgissaient dans son esprit, il en préférait une en particulier : peut-être avait-elle commencé à préparer la maison, pour leur dîner du soir.

A se faire belle pour lui.

L'image était excitante en diable…

Mais c'était un peu naïf de sa part. En vérité, elle cachait quelque chose. Et la question était : quoi ? Le fait qu'elle n'ait jamais mis un terme à sa relation avec Pinchon, et qu'elle attende impatiemment de le retrouver ?

Il n'eut pas le temps de poursuivre sa réflexion. Cooper jaillit, un verre de limonade à la main, suivi de Reva qui déposa une tasse de café devant lui.

— Et voilà, lança-t-elle en souriant.

— Merci, dit-il en jetant un coup d'œil discret vers la femme qui lui avait fait oublier sa conscience professionnelle.

Elle avait relevé ses cheveux en queue-de-cheval et enfilé un ravissant T-shirt rose sur un jean moulant ses jambes de rêve.

— De rien, murmura-t-elle en lui adressant un long regard.

Un regard à la fois complice et mystérieux…

Puis elle rentra dans la maison.

Cooper but une longe gorgée de limonade et posa son verre, levant vers lui de grands yeux brillants.

— L'année prochaine, Charles voudrait aussi nous apprendre à jouer au basket. Si tu es toujours là, tu pourrais m'entraîner ?

Mal à l'aise, Dean s'enfonça dans le fauteuil.

— Non, je ne serai pas là, l'année prochaine.

— Oh !… Tant pis. De toute façon, il y aura au moins l'entraînement de la semaine avec Charles, mais… En général, les autres garçons sont aussi entraînés par leur père.

Il posa son verre, s'essuya la bouche et ajouta :

— Mon père est mort. C'est arrivé avant ma naissance.

Dean manqua en recracher son café. L'enfant avait prononcé ces mots d'une voix neutre, comme s'il délivrait une information factuelle…

Mais cette révélation changeait tout. Jamais Reva

n'aurait fait croire à son fils que son père était mort, si elle avait eu l'intention de revivre avec lui !

— Je suis désolé, dit-il.

— Oui, moi aussi, soupira Cooper. Parfois, j'aimerais bien en trouver un autre, comme Jimmy Lee, qui a un beau-père depuis un an. Mais maman dit qu'on n'a pas besoin d'un papa à la maison.

Hésitant sur la réponse adéquate, Dean réfléchit un instant avant de déclarer :

— Tu as une maman formidable à elle toute seule.

Aussitôt, Cooper plongea son grand regard bleu dans celui de Dean et demanda :

— Tu penses vraiment qu'elle est *formidable* ?

— Oui, bien sûr, assura-t-il en se hâtant de terminer son café.

Car il fallait interrompre cette conversation. Vite. Avant que Cooper ne suggère qu'il épouse sa mère, avant qu'il ne lui demande de devenir son beau-père…

— Bon, allons-y ! lança-t-il en se relevant. Nous n'avons pas toute la journée, et je tiens à ce que tu sois devenu le meilleur joueur de Somerset d'ici une heure !

Cooper sauta joyeusement à bas de son siège, ramassa son gant et le fit sauter dans l'air tiède.

Le cœur de Reva vacillait sans cesse entre excitation et appréhension. Tandis que les paniers de volaille farcis cuisaient dans le four, elle courait frénétiquement d'un placard à un autre, espérant tomber sur un vêtement fabuleux qu'elle aurait oublié depuis des lustres. Quelque chose de sexy, qui éveille immédiatement l'attention de Dean…

Elle voulait l'entendre siffler d'admiration à l'instant où elle lui ouvrirait la porte. Quel genre de tenue pouvait donc provoquer cette réaction chez Dean Sinclair ?

En fin de compte, elle regrettait de ne pas avoir emprunté la robe de soie rouge de Tewanda…

En jetant un regard consterné sur le contenu de ses armoires, elle songea à l'époque où elle collectionnait les jupes trop courtes et les tops glamour. Ses cheveux étaient décolorés, et elle ressemblait à une vraie bimbo. Une idée d'Eddie. C'était lui qui avait insisté pour qu'elle troque ses jeans et ses sweat-shirts pour ces vêtements de pin-up. Et elle avait cédé. Sans doute parce que sa mère s'habillait aussi de cette manière, et qu'elle était parvenue à la conclusion que c'était un sacrifice nécessaire pour plaire à l'homme de sa vie.

Alors qu'était-elle en train de faire ?… Dean l'appréciait telle qu'elle était ! Elle n'avait pas besoin de se déguiser pour l'impressionner ! Certes, elle avait envie de se sentir belle, ce soir. Cela ne signifiait pas qu'elle devait prétendre être autre chose que ce qu'elle était.

Cette époque était révolue.

Aussi opta-t-elle pour sa petite robe noire très simple, une paire d'escarpins assez hauts et un ravissant collier de perles offert par Tewanda. Après avoir posé le tout sur son lit, elle retourna dans la cuisine ; elle ne s'habillerait qu'au moment où les plats seraient cuits et la table dressée. D'ailleurs, elle avait encore du temps devant elle, mais, maintenant que la question de la tenue était réglée, elle savait qu'elle ne céderait pas à la panique au dernier moment.

En parvenant au rez-de-chaussée, elle jeta un coup d'œil par la fenêtre et vit Cooper rattraper une balle que Dean lui lançait. Ce n'était pas la première fois que son fils accomplissait ce prodige, aujourd'hui. Pourtant, l'enfant se mit à sautiller avec joie en lançant de bruyants « Youpi ! ».

Et aussitôt, Dean se mit à rire. A cause des arbres, elle ne pouvait apercevoir son visage, mais elle avait l'étrange intuition qu'il ne riait pas souvent de cette manière…

Si elle avait été libre de formuler cette prière, elle aurait supplié Dean de rester à Somerset. Et si elle avait pu songer revivre avec un homme, elle n'aurait voulu personne d'autre que lui. Il était solide. Ancré dans la réalité. Fiable. Merveilleux avec Cooper…

Il y avait aussi la manière dont elle se sentait fondre dès qu'il posait les yeux sur elle. Les frissons qui la parcouraient au simple contact de sa peau sur la sienne lui garantissaient qu'elle serait toujours heureuse auprès de lui.

Malheureusement, une vie sexuelle réussie et une attirance puissante et réciproque ne suffisaient pas à un couple.

La confiance reposait sur le partage de la vérité.

Et elle ne pouvait pas se livrer à Dean Sinclair.

La soirée à venir était donc tout ce qu'ils posséderaient jamais. Aucun avenir n'était envisageable.

D'ici à quelques jours, Dean repartirait pour Atlanta.

Il faudrait donc qu'elle puise en elle la force de savourer

cette nuit unique avant d'oublier, dès le lendemain, l'homme qui avait bouleversé sa vie.

La nuit tombait quand Dean traversa Magnolia Street et le jardin de Reva pour s'arrêter sur le porche. Après une douche chaude et un rasage soigné, il avait enfilé une chemise blanche et un pantalon de coton bleu marine : les seuls vêtements de loisir qu'il avait mis dans sa valise, en partant pour Somerset.

Mme Fisher l'avait attendu au pied de l'escalier, visiblement très intéressée par ce rendez-vous. Sans prêter attention à ses protestations, elle lui avait mis un bouquet de roses jaunes dans les mains, expliquant qu'elle les avait elle-même cueillies dans son jardin avant d'en ôter toutes les épines.

Le cœur battant, Dean frappa à la porte.

Le moment de vérité était venu.

Peut-être que Reva comprendrait. De toute son âme, il priait pour qu'elle y parvienne.

Mais bon sang, comment allait-il s'y prendre ?

« Il faut que je te dise quelque chose d'important, que j'aurais dû te révéler il y a un moment… Je ne suis pas un simple flic. Je suis lieutenant de police fédérale, et je ne suis venu ici que pour te surveiller. Au fait, saurais-tu où Eddie Pinchon se planque ? »

Non, elle ne comprendrait pas.

N'importe qui à sa place sentirait le sol se dérober sous ses pieds.

Elle allait le tuer. C'était certain. Il y aurait des cris,

des larmes, peut-être une gifle… Et elle le chasserait en lui hurlant de ne plus jamais se présenter devant elle.

Elle interdirait à Cooper de lui parler, et il ne lui resterait qu'à rejoindre Alan en Caroline du Nord.

Mais, dès que la porte s'ouvrit devant lui et qu'il la vit, un grand vide se fit dans son cerveau, et il laissa échapper un sifflet admiratif.

Reva sourit.

— Tu es juste à l'heure.

Comme elle lui cédait le passage, il lui tendit les roses et, fasciné, contempla sa silhouette. Elle était à tomber… Ses cheveux soyeux dansaient librement sur ses épaules, sa robe soulignait la finesse de sa taille et ses escarpins mettaient davantage en valeur le galbe parfait de ses jambes.

Dire qu'il allait tout gâcher…

— Reva, lança-t-il, il faut que je te…

Il ne put aller plus loin. Posant les roses sur une commode, elle venait de se hisser sur la pointe des pieds pour effleurer sa bouche d'un baiser de bienvenue… Un baiser tendre, délicieux, qui le stoppa tout net dans son élan.

— Je vais les mettre dans un vase, murmura-t-elle enfin en s'éloignant vers la cuisine. Le dîner est presque prêt.

— Ça sent bon, répondit-il, la gorge nouée, en allant s'effondrer dans le canapé.

Elle avait dressé la table ici, observa-t-il. Pas dans la cuisine, où ils avaient dégusté le crumble avec Cooper quelques jours plus tôt. Leur relation avait évolué, depuis.

Ce soir, elle avait mis les petits plats dans les grands,

sorti la porcelaine et les verres en cristal, ainsi que l'argenterie.

Médusé, il se leva pour faire le tour de la table, avant de repérer un superbe gâteau au chocolat au glacis impeccable sur une desserte.

Bon sang.

Il n'avait pas le droit de faire ça.

Non, il ne pouvait pas gâcher une soirée qu'elle avait si soigneusement préparée.

Il lui dirait tout, bien sûr.

Mais il devrait attendre la fin du repas.

11

Glissant sa main dans celle de Dean, Reva entraîna son hôte vers le canapé en refusant poliment qu'il l'aide à débarrasser la table.

— Nous prendrons le dessert et le café plus tard, déclara-t-elle, un accent langoureux dans la voix.

Il acquiesça. En silence, encore une fois. Elle fronça les sourcils. Elle avait le sentiment qu'il avait apprécié sa cuisine, mais... Au cours du repas, il lui avait paru un peu distrait. Voire absent. Peut-être parce que, comme elle, il aurait voulu profiter de leur tête-à-tête dans un lit, plutôt que devant des paniers de volaille et des légumes confits ?

Sans mot dire, elle s'installa près de lui.

— C'était vraiment délicieux, répéta-t-il pour la centième fois.

Mais il ne souriait pas. Et elle ne discernait aucune flamme dans son regard sombre.

— Merci, souffla-t-elle en repoussant une mèche de cheveux.

Etait-il nerveux ? Pour sa part, elle l'était. Malgré ses

efforts pour le cacher, elle ne songeait qu'à ce qui allait suivre. Dean lui avait rappelé ce qu'était la passion. Et elle comprenait désormais qu'elle avait enfoui trop profondément en elle des émotions qui ne demandaient qu'à s'épanouir.

— Reva, j'ai quelque chose à te dire, lâcha-t-il.

Elle sentit une vague inquiétude la gagner. Elle n'aimait pas la manière dont il prononçait ces mots, pourtant très simples.

— Quand je suis venu ici…

Incapable de refréner son élan, elle se pressa contre lui et l'embrassa. Elle avait besoin de sentir qu'il en avait envie, lui aussi. Et quand elle perçut son excitation et qu'il lui rendit passionnément son baiser, elle se laissa submerger par une vague de bonheur.

Pourtant, il se recula et reprit, arrimant son regard au sien :

— Ecoute…

— Non, coupa-t-elle en caressant sa joue de ses doigts fiévreux. Pas de confessions, Dean. Ni de secrets. Ne me dis pas les tiens, et je tairai les miens.

— Mais…

— Tu as changé d'avis ? Tu veux t'installer à Somerset ?

— Non, mais…

— Non, bien sûr que non, chuchota-t-elle, ignorant le pincement qu'elle ressentait au cœur. Tu n'es pas fait pour une ville comme celle-ci. Trop petite, trop coupée du monde. Tu finirais par devenir fou. Et ce soir est une parenthèse unique dans une relation qui n'a aucun lendemain. Nous n'aurons rien d'autre.

— Reva, je ne veux pas te blesser…

— Ce ne sera pas le cas, assura-t-elle. Tu ne le peux pas.

Non, personne ne pourrait plus jamais la blesser. Et elle n'offrirait cette opportunité à aucun homme.

— Tout ce que je te demande, c'est de me permettre de me sentir femme entre tes bras, Dean. Il y a si longtemps que j'avais oublié ce que c'est… Et j'en ai besoin. Je t'en prie, ne gâche pas notre nuit avec des aveux inutiles au sujet des raisons qui te retiennent de vivre ici. Si tu cherchais autre chose qu'un moment unique, tu ne serais pas là ce soir, et moi non plus… Rendons cette nuit inoubliable. Rien d'autre. Ne nous perdons pas dans…

Cette fois, ce fut lui qui l'interrompit par un baiser fiévreux. Le souffle court, elle laissa son cœur s'emballer tandis qu'un brasier s'allumait en elle. Le corps de Dean se pressait contre le sien, impérieux, exigeant, et il l'enlaçait si étroitement qu'elle avait l'impression d'une harmonie parfaite : leurs courbes s'épousaient mutuellement, avec une facilité déconcertante.

Il dévorait ses lèvres avec une ardeur égale à la sienne, et elle laissa échapper un soupir de plaisir quand il caressa voluptueusement ses seins, à travers la mince étoffe de sa robe.

— Pas de canapé, cette fois, murmura-t-il en se levant, avant de la soulever dans ses bras et de se diriger vers l'escalier, pour la porter jusque dans la chambre.

Reva fermait les yeux, laissant son cœur recouvrer un rythme apaisé. Dans cette chambre dont aucun homme n'avait franchi le seuil avant Dean Sinclair, elle se sentait infiniment heureuse. Parce que sa tête reposait au creux de l'épaule de Dean, qu'ils étaient nus et enlacés et qu'elle venait de connaître le plaisir le plus intense de toute sa vie.

Elle savoura encore la magie de ce moment durant de longues minutes, avant de soupirer :

— Il faut que tu partes…

Il s'étira mollement, se redressa sur l'oreiller et lui adressa un regard étonné.

— Pourquoi ?

— Parce que les gens nous observent, expliqua-t-elle. Evelyn attend probablement ton retour en espérant un récit détaillé, et il est assez tard pour que nous ayons dîné, regardé un film et échangé quelques baisers.

— Seulement quelques baisers ? dit-il, amusé, avant de rouler sur elle et de lécher délicatement l'un de ses seins.

Elle frémit. Déjà, le désir revenait en elle… Comment était-ce possible ? Ils venaient de faire l'amour !

— Je ne veux pas partir, reprit-il en caressant doucement ses hanches.

— Oh, mais il n'est pas question que tu restes chez Evelyn ! Tu peux revenir plus tard. Je vais laisser la fenêtre de Cooper ouverte, pour toi. Après tout, tu es policier : tu dois avoir l'habitude de ce genre de petits défis…

Il resta silencieux. Durant un moment, elle eut même l'impression qu'il avait cessé de respirer.

Enfin, il lâcha d'une voix abattue :

— Je ne suis pas exactement policier. Du moins, pas dans le sens où tu l'entends.

— Mais tu m'as dit que…

— Je t'ai dit que j'étais dans les forces publiques. Je suis lieutenant magistrat de police fédérale.

— Oh ! fit-elle.

Elle n'avait aucune idée de ce que cela pouvait bien signifier.

— Mais alors, que fais-tu, exactement ? reprit-elle, déconcertée.

— Je travaille pour l'unité d'appréhension des repris de justice. Mon service se charge aussi de la protection des témoins et des affaires de sécurité relevant de la cour fédérale, entre autres choses.

Tous ces détails demeuraient abstraits pour Reva.

— Des repris de justice, répéta-t-elle. Tu veux dire que tu pourchasses des fugitifs ?

— Oui, c'est une manière de voir les choses.

Elle sourit et caressa son visage. Ce visage qui lui plaisait tant. En fait, il la fascinait ; elle ne se lassait pas de le contempler.

— Je parie que tu es très bon dans ton travail, reprit-elle.

— D'ordinaire, c'est possible, oui, répondit-il d'une voix légèrement altérée.

— Mais j'imagine à quel point ton métier est stressant, et je comprends que tu aies pris des vacances.

— En fait, avant de venir ici, il y avait des années que je n'avais pas pris de congé.

— Dans ce cas, il ne tient qu'à nous de le rendre mémorable, rétorqua-t-elle, un sourire espiègle aux lèvres.

Puis elle se lova de nouveau contre lui. Oh, elle n'avait pas envie qu'il parte, même pour quelques minutes !

— Allons, dépêche-toi de te rhabiller, lança-t-elle en se redressant. Dès que tous ceux qui nous observent t'auront vu traverser la rue et rentrer chez toi, tu seras libre de revenir, et nous aurons une bonne partie de la nuit devant nous.

— Tu veux vraiment que je me hisse jusqu'à la fenêtre de Cooper ? demanda-t-il.

— Oui. C'est la meilleure solution. Tu iras bavarder un moment avec Evelyn pendant que je téléphonerai à Tewanda pour lui affirmer que tu es un homme charmant et bien élevé. Et après… Nous serons vraiment seuls.

Il ne paraissait guère convaincu.

— J'ai trente-cinq ans, et je ne me suis jamais infiltré en pleine nuit par une fenêtre pour faire l'amour à une femme ! s'offusqua-t-il.

Elle prit une mine boudeuse et croisa les bras sur sa poitrine.

— Tu n'es pas obligé de revenir, si tu n'en as pas envie… Je me contenterai de rester dans mon lit et de lire le journal avant de m'endormir, ajouta-t-elle en attrapant le *Somerset Sentinel* sur sa table de chevet.

— Qu'est-ce que c'est que ça ? demanda-t-il en examinant les pages du journal avec intérêt.

— La gazette locale, expliqua-t-elle en haussant les épaules. Un hebdomadaire. Je le reçois tous les mardis.

Il fronça les sourcils devant la une, consacrée à une infraction à la chasse au daim.

— Tu ne lis jamais les journaux nationaux ? interrogea-t-il.

— Non.

Il resta silencieux un court instant.

— Mais alors… Comment te tiens-tu informée de l'actualité ? Tu regardes les chaînes d'informations à la télé ?

— Non. La télé n'est pas branchée sur l'antenne du toit. Je préfère que Cooper regarde des cassettes de dessins animés sur le magnétoscope. Et de toute façon, l'antenne ne me permet de recevoir que les chaînes nationales et celle de Cross City. Nous n'avons pas le câble.

— Tu n'écoutes même pas les informations à la radio ?

Devant son expression ahurie, elle sourit et susurra :

— Voilà une bien étrange conversation, alors que nous sommes tous les deux nus dans un lit…

— Je suis seulement curieux, répondit-il.

Oui. Et c'était bien là le problème, songea-t-elle. Jusqu'à quel point pouvait-elle faire confiance à Dean Sinclair ? Ils étaient convenus de ne pas partager leurs secrets… Et elle préférait s'en tenir à cette résolution.

— Parfois, les gens s'installent dans de très petites villes pour fuir le monde, avoua-t-elle très bas. Suivre les actualités me déprime. Il y a des années que je ne m'y intéresse plus. Je ne veux pas savoir ce qui se passe ailleurs. Et quand quelque chose de vraiment important se produit, je suis alertée par les gens qui m'entourent.

— Mais tu te caches, observa-t-il.

— Oui.

— De quoi ?

Elle soupira et prit sa main dans la sienne avant de la porter à ses lèvres pour l'embrasser.

— Dean… Cette nuit ne doit pas être ternie par des confessions inutiles. Tu te rappelles notre pacte ?

— Et demain ? opposa-t-il.

— Il n'y a pas de demain, murmura-t-elle en l'embrassant avec volupté.

Elle savoura le goût de sa langue se mêlant à la sienne et glissa fiévreusement une main dans ses cheveux avant de conclure :

— Il n'y a que cette nuit.

Dean traversa la rue déserte en résistant à la tentation de courir : plus vite il serait rentré chez lui, et plus vite il pourrait revenir chez Reva.

Mais il fallait que les voisins le voient arpenter le bitume d'un pas tranquille, comme un homme venant de passer une bonne soirée. Cette comédie lui portait sur les nerfs !

Hélas, comme l'avait observé Reva, c'était la meilleure solution. L'air nocturne était frais, et il frissonna. Ce qu'il avait ressenti en lui faisant l'amour pour la deuxième fois l'avait terrifié.

Si la situation avait été différente, s'il ne lui avait pas tant menti, s'il n'était pas certain d'avoir déjà tout gâché… Reva Macklin était la première femme qu'il avait envie de voir s'installer durablement dans sa vie. Encore une semaine plus tôt, il aurait juré sur tous les saints que jamais il ne voudrait enchaîner son destin à celui d'une femme, aussi sublime et fascinante soit-elle ! Parce que rien au monde ne pouvait avoir plus d'importance à ses yeux que son métier. Et parce que le spectacle familial que lui imposaient ses frères et sa sœur l'exaspérait. Ce n'était pas sa tasse de thé…

Mais Reva était intervenue.

Et malgré sa résolution de tout lui dire avant le dîner, il rentrait chez lui comme il en était sorti : dans la peau d'un imposteur.

Il parvenait devant la maison de Mme Fisher quand il sentit son portable vibrer dans sa poche.

— Salut, Alan, lança-t-il. Comment vas-tu ?

— Très bien, vieux. Nous avons du neuf ! Nous savons enfin pourquoi Pinchon ne bouge pas du secteur depuis tout ce temps.

— Vraiment ?

— Oui, reprit son coéquipier. Il semblerait qu'avant d'être arrêté il ait réussi un gros coup : il a raflé un quart de million de dollars. Or l'argent a disparu, et Pinchon le cherche. C'est la raison pour laquelle il rend visite à tous les truands qu'il a fréquentés, au lieu de prendre le large.

— Hum. Dans ce cas, vous ne devriez pas avoir de mal à lui mettre la main dessus, observa Dean.

— J'espère bien. Mais, depuis l'incident du cousin, il se méfie. Le bonhomme est rusé…

Dean ferma les yeux. Les parfums du printemps caressaient ses narines, et il était maintenant à l'abri du vent, sur le perron de Mme Fisher.

— Alan… Il faut que je te dise : Reva ne sait pas que Pinchon s'est évadé.

Son collègue s'esclaffa.

— Oui, j'imagine que c'est ce qu'elle veut te faire croire !

— Fais-moi confiance, c'est évident : elle ne lit jamais les journaux, elle n'a ni la télé ni internet, et elle déteste les actualités. Elle ne cherche rien d'autre que l'isolement, et c'est aussi pour cette raison qu'elle s'est installée à Somerset.

Un bref silence pesa sur la ligne.

— En admettant que ce soit exact, reprit enfin Alan, si tu apprenais à la jolie dame que Pinchon s'est évadé, je te parie cent dollars qu'elle disparaîtrait dans les deux jours.

— C'est possible. Il lui a certainement fait peur, autrefois, et elle ne risquerait pas une rencontre entre Eddie et son fils.

— Ce n'est pas ce que je voulais dire, reprit Alan. Puisque Pinchon ne parvient pas à remettre la main sur son magot, il y a une chance pour qu'elle l'ait récupéré et dépensé. Comment a-t-elle fait, pour ouvrir son restaurant ?

A ces mots, Dean sentit son sang se glacer dans ses veines.

— Non, opposa-t-il avec force, non, c'est impossible ! Je lui ai appris ce soir que j'étais officier de police fédérale, et elle n'a pas bronché.

— Lui as-tu également avoué ce qui t'avait amené à Somerset ?

Dean sentit son cœur se soulever.

— Non, reconnut-il.

— Eh bien, crois-moi, elle risque de faire davantage que « broncher », quand elle le saura.

Il serra les poings. Bien sûr, Alan avait raison. Et pourtant…

— Elle n'a pas l'argent, affirma-t-il. J'en suis sûr. Et elle n'attend pas l'arrivée d'Eddie pour le lui rendre. Elle est innocente.

Son confrère s'éclaircit la voix avant de demander :

— Tu couches avec elle ?

— Pas en ce moment précis.

Dean écarta le téléphone de son oreille pour ne pas être assourdi par la bordée de jurons que lâchait Alan. Enfin, celui-ci soupira et conclut :

— Je reviens te chercher dès demain après-midi. Il faut que tu quittes cette ville.

— Non.

— Je ne vais pas rester assis dans mon coin pendant que tu mets ta carrière en jeu pour cette femme !

— Ce n'est pas ce que je suis en train de faire, opposa-t-il.

— Tu joues avec le feu, Dean, observa Alan.

Dean le savait.

— J'imagine que l'un de nos agents est en train d'éplucher les relevés de compte de Reva, reprit-il.

— En effet. Cela prendra encore quelques jours. D'ici là, sois très prudent. Tu m'entends ?

— Oui. Je serai prudent, promit-il avant de raccrocher.

C'était le comble. Personne n'avait jugé nécessaire de lui recommander la prudence, jusqu'à cette affaire.

Mais il avait franchi la ligne rouge. Et il n'avait aucune intention de faire machine arrière.

12

La nuit avait été courte. Mais au lieu de fonctionner au radar dans sa cuisine, Reva avait chantonné et joyeusement rempli le grand panier de pique-nique qui serait vendu aux enchères pour la collecte de charité. A ce moment-là, elle se sentait encore sur un petit nuage.

Bien sûr, elle aurait préféré se réveiller dans les bras de Dean. Il était parti au petit matin, avant l'aurore, passant une nouvelle fois par la fenêtre de Cooper.

Ainsi, personne ne saurait jamais qu'elle venait de vivre la nuit la plus intense de toute son existence. La plus merveilleuse. La plus…

Oh, pourquoi fallait-il que la vie soit si compliquée ? Elle s'était préparée à ce moment. Cent fois, elle s'était répété que Dean rentrerait chez lui, à Atlanta, et qu'elle devrait l'oublier pour reprendre le cours paisible de sa vie à Somerset…

Mais elle savait maintenant qu'elle allait souffrir. Et qu'elle n'oublierait *jamais* Dean. Ni leur complicité, ni leurs baisers, ni cette alchimie parfaite de leurs corps.

En pénétrant dans l'église, elle serra la main de Cooper

dans la sienne et traversa la travée centrale, saluant tous ses voisins. Près du banc où elle aimait s'installer, un peu en retrait, elle aperçut Louella Vine, qui lui adressait un signe de tête plutôt froid. Reva lui répondit par un sourire et s'assit sur le banc avec Cooper, tout en se demandant pourquoi cette femme semblait la détester. Certes, en théorie, elles étaient concurrentes : mais l'activité du drugstore de Louella était si différente de celle de son restaurant qu'elles ne risquaient pas de se disputer la clientèle…

Le service allait commencer quand un pas masculin résonna derrière elle. Stupéfaite, elle vit Dean approcher et s'installer près d'elle, à sa gauche. Il était plus élégant que tous les hommes réunis ici, dans son costume gris, sa chemise bleue et sa cravate rayée.

Dès qu'il l'aperçut, Cooper lui sourit et lui adressa un joyeux signe de main.

Mortifiée, Reva se mordit la lèvre et murmura :

— Tu ne peux pas rester ici.

Elle avait parlé si bas que personne ne pouvait l'avoir entendue. Pas même Dean, qui avait cependant compris en lisant sur ses lèvres.

— Pourquoi ? s'enquit-il avec une invraisemblable tranquillité.

Seigneur ! Inviter un homme à dîner était une chose… Mais se présenter ensemble à l'office avait une tout autre signification ! Maintenant, il serait impossible de contenir la rumeur !

— Que fais-tu ici ? reprit-elle en s'efforçant de masquer sa panique.

Il sourit.

— J'ai appris qu'il y aurait un pique-nique et une collecte… C'était tentant.

Elle secoua la tête et se leva, comme la congrégation entonnait le premier hymne.

— Rentre chez toi, lâcha-t-elle.

— Trop tard, répliqua-t-il, comme le chœur s'élevait.

En fait, il aurait dû se trouver dans son lit, en train de dormir. Si Mme Fisher n'avait pas mentionné ce pique-nique au moment où il descendait prendre son café, il serait remonté aussitôt pour rattraper les heures de sommeil perdues. Mais l'image de ces longues tables couvertes de poulets rôtis, de pâtés et de gâteaux concoctés avec amour par des ménagères désireuses d'aider la municipalité lui avait mis l'eau à la bouche. Et puis…

Quand il avait quitté Reva, vers 4 heures du matin, elle rayonnait de cette aura bien particulière, après l'amour. Il avait également voulu s'assurer que cette petite flamme brillait toujours dans son regard. Et malgré le mouvement de recul de la jeune femme à son arrivée, il avait été heureux de constater que c'était bien le cas. Leur nuit leur avait légué le même mélange d'épuisement et de ravissement.

S'il n'avait pas déjà complètement perdu la tête, il aurait appelé Alan avant de donner congé à Mme Fisher et de fuir en Caroline du Nord.

Sa relation avec Reva était condamnée. Dès qu'elle

saurait pourquoi il était venu à Somerset, elle le chasserait de sa vie. Fin de la partie.

Mais il n'avait pas la tête sur les épaules, aujourd'hui.

Et dès qu'ils sortirent de l'église pour gagner la grande aire de repos où les exposants présentaient leurs spécialités, il se dirigea vers une table réservée aux gâteaux. Il reconnut tout de suite l'assiette à fleurs remplie de cookies que Mme Fisher avait posée sur la table de la cuisine, au matin.

Relevant les yeux vers l'un des organisateurs de la collecte, il s'enquit :

— Combien pour ces cookies ?

— Quelle quantité ?

— Toute l'assiette.

L'homme lui décocha un regard étonné et lui indiqua le prix, tandis que Dean sortait son portefeuille. Puis, son sac empli de cookies à la main, il partit à la recherche de Reva et de Cooper.

Une petite aire de jeux était édifiée près de l'église. Elle était modeste, ne comprenant que deux balançoires, un bac à sable et quelques chevaux mécaniques. Dean ne fut pas surpris d'y retrouver la jeune femme et son fils, qui jouait avec quelques amis.

— Un cookie ? proposa-t-il en s'approchant d'elle.

Reva se retourna vivement vers lui, lui décochant un regard noir.

— Qu'est-ce que tu fais ici ? Va-t'en !

Dean l'ignora et croqua dans le biscuit, non sans appréhension. Mais Mme Fisher avait suivi les conseils de Clint :

non seulement les cookies n'étaient pas immangeables, mais… En fait, ils étaient délicieux !

— Pourquoi devrais-je partir ? reprit-il en mastiquant avec plaisir. La moitié de la ville est ici ! Je me suis bien tenu à l'église, et je n'ai rien fait de répréhensible, que je sache !

— Les gens vont parler, chuchota-t-elle d'un ton glacial.

— Et alors ? Laisse-les faire. Que pourraient-ils bien dire ?

Reva lui tourna le dos pour regarder Cooper, qui chahutait bruyamment avec ses camarades.

Puis elle releva vers lui un regard suppliant et expliqua :

— Ils vont dire qu'un homme ne s'assied pas près d'une femme à l'église, à moins d'avoir des intentions particulières.

— Des intentions ? répéta Dean, incapable de se retenir de rire.

— Je suis sérieuse, enchaîna-t-elle en rougissant. Rentre chez toi avant que… Avant que le processus ne devienne irréversible.

Il était prêt à argumenter quand le shérif les rejoignit, se postant auprès de la jeune femme. Dean sentit la sueur lui perler au front. L'homme lui avait donné un avertissement… Il n'était pas question qu'il le laisse seul avec Reva.

Ouvrant son sac en papier, il offrit son plus large sourire à Ben Andrews et proposa :

— Un cookie ?

C'était comme si elle venait de courir un marathon : son cœur battait la chamade, sa température était montée d'un cran et elle ne sentait plus ses jambes. Reva lutta contre l'impulsion de rentrer chez elle en courant. Tewanda ne lui pardonnerait jamais cette défection, et Cooper ne comprendrait pas qu'elle le prive de ce moment…

Si seulement Dean n'était pas follement séduisant dans ce costume ! Si seulement elle pouvait échapper à son regard magnétique, qui atomisait toutes ses forces et lui rappelait qu'elle était une autre femme, en sa présence.

Une femme vivante. Vibrante. Entièrement sous son charme.

Mais la situation devenait très dangereuse. Dean ne lui avait-il pas révélé qu'il travaillait pour la police fédérale ? Jamais elle ne pourrait vivre auprès d'un homme qui risquait de mettre à jour son secret et sa honte.

Comme l'un des volontaires appelait tous ceux qui présentaient un panier de pique-nique complet, elle se dirigea vers sa table et attendit son tour.

Les enchères défilèrent. Enfin, le panier de Louella Vine atteignit vingt-cinq dollars : le plus haut prix de la vente ! Reva l'applaudit chaleureusement et écouta le vendeur décrire le contenu de son propre panier : salade de poulet et de pomme de terre, pâté de campagne, fruits frais et citrons confits.

Tewanda sourit et se posta près du meneur des enchères. Mais, avant même qu'elle n'ait eu le temps de suggérer un prix de départ, le shérif Andrews hurla :

— Trente dollars !

— Quarante, renchérit Dean d'un ton calme.

Dans la foule, des murmures s'élevèrent. Reva ferma les yeux. C'était le bouquet !

— Cinquante ! reprit Ben Andrews de sa voix de stentor.

— Un instant ! intervint Dean en jetant un coup d'œil au contenu de son portefeuille.

Puis il leva une liasse de billets et cria :

— Soixante-dix-sept dollars, et je construirai en outre un fort pour l'aire de jeux des enfants !

A ces mots, Cooper et ses amis se mirent à sautiller de joie et à lancer des « Youpi ! » qui mirent fin aux enchères.

Le visage sombre, Ben Andrews s'éloigna, tandis que Tewanda donnait le panier à Dean.

Reva prit la main de Cooper et l'entraîna sans plus attendre vers la route. Il y avait très longtemps qu'elle n'avait pas été aussi en colère. Comment avait-il osé ? De quel droit ? Il l'avait embarrassée en public, et jamais, *jamais* elle ne lui pardonnerait cette scène !

— On rentre à la maison, chéri, expliqua-t-elle, comme Cooper la mitraillait de questions, après ce départ subit.

— Oh nooooon ! plaida-t-il. S'il te plaît, maman... Terrance devait me montrer un nouveau jeu, et...

— Chéri, vous avez passé toute la soirée d'hier ensemble, et vous avez eu le temps de jouer ce matin. Je regrette, mais il est temps de rentrer.

Furieuse, elle vit Dean venir vers eux, alors qu'ils quittaient le terrain de l'église.

— Vous n'allez tout de même pas me laisser manger

seul ! lança-t-il. Il y en a au moins pour quatre, dans ce…

Reva lâcha la main de Cooper et répliqua avec rage :

— Ce n'est pas mon problème.

Elle le fusilla du regard. Et l'expression d'innocence qu'arborait Dean redoubla sa fureur. Elle en tremblait de tous ses membres.

— Mais je ne pourrai jamais avaler…

— Nous ne déjeunerons pas avec toi ! coupa-t-elle en reprenant la main de Cooper.

— Ouh… Attends une seconde. Tu es vraiment furieuse ?

— Tu as bien fait de choisir l'investigation, Sherlock ! rétorqua-t-elle, acide.

— Mais je n'ai rien fait d'autre qu'acheter un simple pa…

— Tu n'as rien fait d'autre que de *me* donner en spectacle ! cria-t-elle. Les gens parleront encore de cette histoire durant des années ! Tu n'as aucune idée de ce que tu as fait !

— Mais maman, il va nous construire un fort ! intervint Cooper. Monsieur Dean, tu veux bien en faire un grand, avec des rondins de bois, une échelle, un pont et un toit pour qu'on puisse s'asseoir dessus ?

— Bien sûr, acquiesça-t-il en souriant.

— Je ne crois pas, répliqua-t-elle. N'importe quelle structure édifiée par Dean Sinclair s'écroulerait en deux secondes.

— Ouille, fit Dean en grimaçant.

— Et si tu veux vraiment te lancer dans ce genre de

travaux, il vaudra mieux prévenir l'hôpital et faire venir quelques ambulances sur place, enchaîna-t-elle, ivre de rage.

— Merci de cette précision. Je me sens déjà mieux, répondit-il, ironique.

Oh, ce sourire... Tout le problème était là ! Dean lui paraissait plus irrésistible de jour en jour, et chaque heure passée en sa présence la mettait davantage en danger. Savait-il seulement à quel point il avait bouleversé sa vie ? Pouvait-il deviner ce qu'elle ressentait pour lui ? Les larmes aux yeux, elle reprit d'un ton accusateur :

— Pourquoi a-t-il fallu que tu débarques ici ? Tout allait très bien, avant ton arrivée ! Mais tu as tout mis sens dessus dessous et...

— Tiens, lança Dean en donnant le panier à Cooper. Retourne sur l'aire de pique-nique et garde-nous une table. Ne mange pas les cookies et les citrons confits avant que nous ne commencions à déjeuner, d'accord ? Nous viendrons te rejoindre dans cinq minutes.

Cooper leva un regard interrogateur vers sa mère. Reva hocha la tête en signe d'assentiment et le regarda courir vers les tables.

Dès que l'enfant disparut, Dean reprit :

— Si je comprends bien, tes reproches n'ont rien à voir avec cette histoire de panier, ni même avec ma présence à l'église.

Reva baissa la tête. Son cœur battait trop vite, et un gong résonnait dans sa tête.

— Tout cela... Tout cela n'est pas bien, Dean, lâcha-t-elle en soupirant.

— Hum. En fait, tu ne veux pas que je reste.

— Mais… Tu avais affirmé que…

— De quoi as-tu peur, Reva ? coupa-t-il.

Un courant d'air glacé lui parcourut la nuque. Comment aurait-elle pu le lui expliquer ?

— J'ai peur de t'apprécier un peu trop, lâcha-t-elle, presque malgré elle.

Depuis le début, elle savait qu'il quitterait Somerset. Elle s'était même saisie de cet argument pour justifier à ses propres yeux une liaison passagère avec lui. Mais elle était incapable d'entretenir une « liaison passagère ». Jamais elle n'avait ressenti le besoin de s'offrir une passade. C'était hors de sa nature, voilà tout. Durant six ans, elle était demeurée loin des hommes, sans en souffrir. Et si Dean Sinclair était parvenu à éveiller en elle un désir aussi puissant, c'était évidemment parce qu'elle nourrissait un sentiment profond pour lui.

Comment supporterait-elle de le voir quitter Somerset ? Elle ne s'en remettrait pas.

Elle était déjà tombée amoureuse de lui.

Et peut-être le meilleur moyen de l'éloigner consistait-il à lui révéler une petite part de la vérité.

— Ecoute, Dean, je ne peux pas m'engager avec un homme qui se promène avec un revolver. Tu sais très bien quel effet me font ces engins.

— Mais tu savais avant la nuit dernière que j'avais un revolver, opposa-t-il. Et tu ne m'as pas vraiment poussé dehors… De plus, un jour, tu réaliseras sans doute que ce ne sont pas les armes qui sont dangereuses, mais seulement ceux qui les possèdent. Je ne suis ni un dément ni un paranoïaque. J'ai une arme sur moi parce que mon métier l'exige. Et je sais m'en servir. Tu n'as rien à craindre.

Oh, il n'avait pas besoin de lui préciser qu'elle ne devait pas redouter ses mains, songea-t-elle en baissant les yeux dessus. Ces mains qu'elle aimait tant sentir sur son corps…

— Il y a plus que ça, précisa-t-elle d'un ton hésitant. Il y a des choses que tu ignores.

— Alors, parle-moi.

Elle soupira. Si seulement c'était si simple !

— J'y songerai, conclut-elle.

Ils étaient installés à la table la plus proche de l'aire de jeux ; un choix de Cooper. Bientôt, Terrance les rejoignit en déclarant que leur déjeuner paraissait plus appétissant que le sien. Dean sourit aux deux garçons et contempla Reva. Dans sa robe de coton bleue, elle était la fraîcheur incarnée.

Répondant au feu de questions des enfants, il expliqua la manière dont il envisageait de bâtir le fort. Il reçut également beaucoup de requêtes et comprit que son chef-d'œuvre ne devrait pas sembler moins imposant que l'église elle-même.

Enfin, après le dessert, Cooper et Terrance demandèrent l'autorisation de retourner dans l'aire de jeux, et Dean se tourna vers la jeune femme.

— Bon. Nous sommes seuls. Je t'écoute, maintenant, dit-il avec douceur.

Elle lança un coup d'œil inquiet en direction de son fils et soupira.

— Tu ne m'as jamais interrogée, au sujet du père de Cooper.

Il aurait voulu répliquer qu'il considérait que cela ne le regardait pas, mais il aurait encore menti. Aussi haussa-t-il les épaules, gêné.

— Je pensais que tu en parlerais au moment où tu le souhaiterais.

— Dean, tu n'aurais pas dû rester aussi longtemps ici. En fait, tu devrais déjà être reparti…

— C'est vrai, admit-il.

Mais il planta son regard dans le sien, l'invitant à revenir à leur conversation.

— Il n'y a eu aucun homme dans ma vie depuis la naissance de Cooper, lâcha-t-elle très bas. Sauf toi.

Dean n'aurait pas été plus surpris si elle lui avait annoncé qu'elle croyait que la Terre était plate.

— Quoi ? Tu plaisantes ! Ton fils a six ans !

Mais elle soutint son regard sans sourciller.

— Oui, six ans, approuva-t-elle. Ça ne m'a pas paru si long. J'ai consacré tout mon temps à travailler et à essayer d'être une bonne mère. Et puis… La seule chose qui m'importe vraiment, c'est de donner à mon fils l'enfance que je n'ai pas eue. Il n'aura jamais faim. Personne ne lui répétera qu'il est trop stupide pour parvenir à quoi que ce soit dans la vie. Les gens ne se moqueront pas de lui dans son dos.

Il frémit, réalisant que ces quelques images cachaient toute une enfance ponctuée d'humiliations et de douleur.

L'idée que Reva ait souffert de la méchanceté ou de l'indifférence de son entourage lui était insupportable.

Il déglutit péniblement et afficha un pâle sourire.

— D'après tout ce que j'observe, tu offres une vie idéale à Cooper. La meilleure possible.

— Si les gens apprenaient qui est le père de Cooper, sa vie ne serait plus idéale, tu peux me croire, répliqua-t-elle, un soupçon d'amertume dans la voix. Et c'est pour cette raison que je ne peux pas me permettre de faire entrer un homme dans ma vie pour plus longtemps que… ce que nous avons connu cette nuit. Je n'ai pas l'intention de te révéler mes secrets, Dean, et je ne peux pas non plus m'engager avec toi sur la base d'un mensonge. Quel choix me reste-t-il ?

— Moi aussi, j'ai des secrets, confessa-t-il.

— Pas comme le mien, souffla-t-elle. Et je te jure qu'à l'époque, si j'avais su que…

Elle s'interrompit, fermant les yeux pour retenir une larme.

Mais au moment où il tendait la main pour lui caresser la joue, elle releva fièrement la tête et enchaîna :

— Je pensais qu'il me serait facile de coucher avec toi et de te voir partir. Je ne peux pas me permettre mieux que ça. Mais je n'ai pas réalisé que ce serait si dur.

Incapable de rester si loin d'elle, il fit le tour de la table et vint s'asseoir près d'elle, sur le banc.

— Reva, tu peux compter sur moi pour garder tes secrets, et rien de ce que tu pourrais dire ne me ferait changer de sentiments pour toi ou pour Cooper. Le passé est le passé. Il a beaucoup moins d'importance à mes yeux que tu ne sembles le croire.

Elle secoua la tête.

— Je ne peux pas…

Comme elle baissait encore la tête, il prit son visage dans les mains et effleura ses lèvres d'un baiser, tout en lui caressant les cheveux. Il espérait qu'aucun regard n'était dirigé vers eux mais, au fond, cela lui était égal.

A son grand étonnement, elle se laissa faire, et il approfondit son baiser avant de la serrer contre lui.

Levant ses grands yeux bleus vers lui, elle murmura :

— Je t'en prie, dis-moi que tu ne vas pas rester ici.

— Je ne resterai pas.

Elle hocha la tête, visiblement soulagée.

Sur le chemin du retour, Reva sentait encore son cœur battre lourdement dans sa poitrine. Elle n'avait pas anticipé tant d'émotions, tant d'aveux. Il fallait que Dean s'en aille. Mais, quand elle le regardait marcher devant elle, avec Cooper sur les épaules, elle sentait son âme se déchirer. L'enfant était en train de lui raconter l'une de ses histoires favorites, *Elton l'éléphant se rend en ville*.

— Et alors, Elton entra dans un magasin de bonbons, mais il était trop gros, et les boules de gomme se mirent à tomber de tous les côtés, et alors il alla dans un magasin de jouets pour acheter un jeu, mais les rayons étaient trop petits et les ballons roulaient partout, et alors…

Dean écoutait attentivement, émettant ici ou là un

commentaire sur les aventures d'Elton et ne manifestant aucune impatience sous le flux des interminables « et alors ». Parfois, il échangeait un coup d'œil complice avec elle, et Reva sentait son cœur se serrer davantage.

Ils étaient en train de vivre l'un de ces moments dont elle rêvait. Mais le provisoire ne faisait pas partie du rêve. Elle avait besoin de définitif.

— Oh, zut… J'ai oublié l'épisode juste avant la fin ! s'exclama soudain Cooper. Et je ne peux pas te dire la fin si on saute un passage ! Tu sais ce qui est arrivé à Elton après le cirque ?

— Non, admit Dean.

— Oh, non ! J'espérais que tu le saurais ! Tu n'as jamais lu *Elton l'éléphant se rend en ville*, quand tu étais petit ?

— Eh non. Désolé.

— Bon, alors je vais aller chercher mon livre pour finir l'histoire, conclut Cooper en sautant sur le sol pour courir vers la maison de Reva.

Ils étaient déjà arrivés. Dean se tourna vers elle.

— Merci pour ce déjeuner.

— Tu n'as pas à me remercier. Tu as payé pour ça !

— Et c'était un excellent investissement…

Elle sourit, et ils firent quelques pas sur le trottoir, derrière le restaurant. Dean désigna soudain une fenêtre donnant sur le jardin de la partie privée de la maison.

— Je n'ai pas eu l'occasion de te le dire plus tôt, mais j'ai remarqué que cette fenêtre était ouverte, ce matin, quand je suis sorti. Il faut que tu dises à tes employées de fermer derrière elles.

A ces mots, Reva s'immobilisa. Elle avait *elle-même* fermé les fenêtres du restaurant, la veille !

— Oh, non ! Tu penses que celui qui s'est introduit chez moi la semaine dernière est revenu ?

— Je n'en sais rien. Mais tu ne crois pas qu'il serait temps de revoir ta position au sujet d'un système d'alarme ?

— Peut-être, concéda-t-elle, abattue. C'est très onéreux, mais si c'est nécessaire… A propos d'argent, comment vas-tu faire, maintenant que tu as dépensé tout ton liquide pour le pique-nique ?

Il haussa les épaules et sourit.

— Il y a un guichet de retrait en ville. Je m'y rendrai demain matin, à l'ouverture.

— Je n'aime pas l'idée que tu te retrouves sans le sou après nous avoir donnés en spectacle, reprit-elle, un accent de reproche dans la voix.

— Tu te soucies beaucoup trop du point de vue des voisins, soupira-t-il.

Il avait raison, pensa-t-elle. Mais c'était le prix à payer pour que Cooper vive une enfance paisible.

— Je paie toujours mes employées le vendredi, dit-elle en relevant les yeux vers lui. Mais si tu veux, je peux te faire un chèque tout de suite.

Il fronça les sourcils.

— Un chèque pour quoi ?

Elle sourit.

— Elagage de l'arbre, restauration de la rampe, décapage des murs et pose de papier peint dans la pièce du haut… La liste est longue.

— Quoi ? Oh non, tu n'as pas à me payer pour *ça*, rétorqua-t-il en lui décochant un regard presque horrifié.

Amusée, elle se retint de rire et répliqua :

— Bien sûr que si ! Tu auras ta paie vendredi, comme tout le monde. Et ne discute pas.

— Non, non, je…

Elle croisa les bras sur la poitrine et lui décocha un regard autoritaire.

Dean soupira.

— Tu as vraiment une tête de bois.

— Et toi, tu travailles pour moi : tu n'as pas à discuter.

— Bien, m'dame. Mais à une condition : invite-moi à dîner ce soir. Tu ne laisserais pas le bienfaiteur de la collecte d'aujourd'hui passer sa soirée du dimanche l'estomac vide parce qu'il n'a plus un dollar pour s'offrir un sandwich…

13

Dean se retrouvait dans la cuisine, avec Reva et Cooper. Il s'étonnait de découvrir à quel point il appréciait ces repas à trois… Son bien-être commençait même à l'effrayer. L'enfant le faisait rire, et il adorait l'entendre discourir follement sur ses livres, ses jouets et ses amis, avec ce débit ininterrompu qui n'appartenait qu'à lui. Dès son arrivée, il avait eu le privilège d'entendre la fin de l'histoire d'Elton, et ils échangeaient maintenant toutes sortes de blagues et de devinettes.

Ils finissaient le dessert quand le téléphone sonna. Reva disparut pour répondre.

Lorsqu'elle revint, le sourire qu'elle avait affiché durant toute la soirée s'était évanoui. Dean sentit son sang bouillir. Etait-ce Eddie ? L'avait-il appelée, en espérant reprendre sa relation avec elle, comme si les sept longues années écoulées depuis son arrestation avaient glissé sur Reva ?

Il ne savait pas qu'elle avait changé et qu'elle avait donné naissance à son fils. Et il ignorait également que Dean ne le laisserait pas la lui prendre !

— Cooper, je crois qu'il est l'heure de ranger tes livres et de monter te coucher, suggéra-t-elle.

— Mais maman ! protesta-t-il, je n'ai pas encore raconté à Dean mon histoire *préférée* !

Dean sentit une étrange émotion l'envahir. En l'espace de quelques jours, il était passé de « monsieur Sinclair » à « monsieur Dean », puis à « Dean », tout simplement. L'enfant l'avait intégré à sa vie. Et cela aussi, c'était effrayant.

— Non, Cooper. Tout de suite, dit Reva en faisant les gros yeux.

Cooper devait savoir qu'il était inutile d'argumenter : il prit ses livres et monta sans discuter, après les avoir embrassés, sa mère et lui.

Dès que ses pas résonnèrent dans l'escalier, Dean se tourna vers Reva et demanda :

— Qui était-ce, au téléphone ?

— Tewanda, répondit-elle sombrement.

Une vague de soulagement le gagna.

— Ah… Qu'est-ce qui ne va pas ?

Elle lui adressa un long regard et soupira en retombant sur son siège pour secouer tristement la tête.

— J'aurais dû me douter que ça arriverait, murmura-t-elle.

— Reva ! protesta-t-il avec force. Dis-moi ce qui te met dans cet état !

Elle releva lentement la tête vers lui.

— Quelqu'un t'a vu grimper par la fenêtre de Cooper. Ou en descendre quand tu es reparti à l'aube. Demain matin, toute la ville saura que tu as passé la nuit ici.

— C'est impossible, protesta-t-il en fronçant les sourcils. Cette fenêtre est entièrement cachée par les arbres. Personne ne peut avoir…

Il s'interrompit et réfléchit une seconde.

— Qui a lancé ce bruit ?

— Je n'en sais rien, répliqua-t-elle avec humeur. Quelle importance ?

— Au contraire, c'est déterminant. La seule manière de me surprendre en train d'entrer ou de sortir de la chambre de Cooper, c'était de se tenir au niveau de la fenêtre du rez-de-chaussée que j'ai trouvée ouverte : celle du restaurant. La personne qui m'a vu s'était donc introduite chez toi par effraction.

Elle porta une main à ses lèvres.

— Oh… Tu le crois vraiment ?

— Oui. C'est certain.

Reva n'en était pas convaincue, mais elle devait admettre que cette piste méritait d'être creusée. Aussi rappela-t-elle Tewanda pour lui demander le nom de la personne qui lui avait livré cette information.

Après deux autres coups de fil, au cours desquels elle dut réprimer les battements de son cœur et se forcer à rire, elle apprit enfin l'identité du bavard.

Dean se contenta de hocher la tête et de sourire quand elle lui transmit son nom. Visiblement, il n'était pas plus étonné qu'elle. Il lui promit de régler l'affaire dès le lendemain matin, mais ne parut guère inquiété par la rumeur qui se répandait déjà.

Comme s'il n'y accordait aucun intérêt, il l'attira vers lui et l'enveloppa de ses bras.

— Comment peux-tu rester si calme ? demanda-t-elle en tremblant.

— Bon, deux ou trois personnes savent que j'ai passé la nuit ici, observa-t-il. Et alors ? Nous sommes des adultes, Reva. Ce qui se passe à l'intérieur d'une maison ne concerne que ceux qui s'y trouvent.

— Oui, je sais, mais…

— Tu mérites de vivre ta vie, coupa-t-il en plongeant son intense regard dans le sien. Une vie pleine et entière, dans laquelle tu ne te limiterais pas à incarner une super-maman.

Une part d'elle-même voulait le croire. Car, au fond, Dean avait raison. Ce qui leur était arrivé leur appartenait et ne regardait qu'eux.

A la vérité, il y avait tant d'années qu'elle s'efforçait de paraître parfaite aux yeux de tous qu'elle s'était elle-même un peu perdue en chemin. La scène qu'elle avait faite à Dean après l'église lui paraissait maintenant ridicule. Oui, elle en avait honte. Elle ne s'était souciée que des apparences et du qu'en-dira-t-on, alors qu'elle avait aimé cette journée passée auprès de lui. Elle en avait savouré chaque seconde, chaque minute. Et elle s'était sentie heureuse.

Etait-il possible qu'elle complique tout ? Dean lui avait pourtant affirmé qu'il ne redoutait pas son passé…

Oui, mais…

Il y avait le sale cadeau qu'Eddie lui avait abandonné. Ce cadeau empoisonné qui la séparait de Dean, maintenant et à jamais. Cet encombrant héritage dont elle ne pouvait parler à personne…

Il se pencha sur elle pour l'embrasser, interrompant le cours de ses réflexions. Et son baiser fut bref. Beaucoup trop bref.

— La prochaine fois que Cooper sera chez son ami, je viendrai passer la nuit ici, et je rentrerai par la porte, déclara-t-il. Je n'ai pas honte de ce qui me rend heureux, dans la vie.

Comme si elle venait de recevoir un direct à l'estomac, elle le dévisagea avec un mélange d'espoir et de crainte.

— Tu veux dire que… Tu te sens heureux ? souffla-t-elle.

Il hésita. Son visage se ferma soudain, avant qu'elle ne discerne une lueur indéfinissable dans ses yeux bleu-gris.

Son cœur avait cessé de battre. Elle attendait sa réponse comme s'il s'agissait du moment le plus crucial de sa vie. Et c'était le cas. Un monde s'ouvrait à elle, en cet instant.

— Oui, dit-il.

Dean écouta encore Alan lui exposer la situation. Il sentait l'adrénaline fuser dans ses veines.

Deux jours ! Il y avait deux jours que ses collègues avaient perdu la trace de Pinchon… Le fugitif avait donc largement eu le temps de gagner Somerset.

Il raccrocha en toute hâte et prépara un sac contenant le strict nécessaire. Il faisait nuit noire, et il avait quitté Reva quelques heures plus tôt. Tant pis. Il allait la rejoindre. Même si la jeune femme refusait de lui accorder une place trop importante dans sa vie, il ne pouvait pas la laisser sans défense face à Pinchon.

Jurant entre ses dents, il se maudit de ne pas avoir trouvé le courage de lui dire plus tôt la vérité. Désormais, il y était acculé : pour la convaincre de le laisser passer la nuit chez elle, il devrait tout lui dire. Tout en bouclant son sac, il formulait mentalement les phrases qui allaient bouleverser à jamais leur relation.

Il en avait la nausée.

Posant son revolver sur une pile de vêtements, il songea que si c'était nécessaire il parviendrait à le camoufler durant le reste de ses jours, pour ne pas effrayer Reva…

Le reste de ses jours ? Mais où avait-il la tête ? Dès qu'il aurait parlé, il pourrait dire adieu à tout ce qu'il avait bâti avec Reva Macklin ! Et il…

Des pas dans l'escalier retinrent son attention, et il se redressa pour observer la porte.

Personne ne frappa.

Médusé, il vit Reva entrer et demeurer immobile, sur le seuil. Et à l'instant où il discerna une ombre massive derrière elle, il sut qui l'avait accompagnée jusqu'ici.

— Est-ce que c'est vrai ? demanda-t-elle d'une voix qu'il ne reconnut pas.

Une voix venue d'ailleurs.

Elle était livide. Et elle tremblait de tous ses membres.

Le shérif entra à son tour et se posta près d'elle.

— Je ne sais pas ce qu'il t'a dit exactement, répondit-il. Mais sache que…

— Il m'a dit que tu étais venu ici pour m'espionner,

répliqua-t-elle en lui décochant un regard mêlant l'incrédulité à l'effroi.

Comme s'il n'était plus qu'un étranger pour elle. Jamais elle ne l'avait regardé ainsi.

Réprimant le frisson qui l'agitait, il plongea son regard dans le sien et murmura :

— Reva, je peux t'expliquer…

Elle s'esclaffa et leva les yeux au ciel avant de secouer la tête. Une larme venait de rouler sur sa joue, et elle l'essuya d'un geste rageur.

— Je crois que je mérite vraiment un prix ! s'exclama-t-elle. J'ai une malchance infernale, avec les hommes. Je ne crois pas qu'il soit possible de faire pire !

Le fait qu'elle le place au même niveau qu'Eddie Pinchon le blessait. Mais il pouvait difficilement lui en vouloir de voir les choses sous cet angle.

Comme elle s'approchait de lui, il reconnut la colère et la douleur qu'exprimaient ses magnifiques yeux bleus, d'ordinaire si lumineux…

Le shérif la suivit, très calme.

— Et qu'espérais-tu trouver ? enchaîna-t-elle. J'imagine que je t'ai déçu. Ma vie est assez ennuyeuse. Heureusement, tu t'es arrangé pour l'épicer un peu…

— Que lui avez-vous dit, exactement ? demanda Dean en se tournant vers Ben Andrews.

— Je n'ai pas pu aller très loin.

Au moins, il ne semblait pas très fier de lui, constata Dean. Il fixait le parquet, et ses joues étaient rouges.

— Je regrette, reprit-il de sa grosse voix. Je n'ai pas

voulu la blesser, mais… Je ne pouvais pas me contenter de vous laisser continuer ainsi. Elle a le droit de savoir.

Le pire, c'est qu'il avait raison, songea Dean avec douleur. Au fond, ce malheureux shérif n'était même pas à blâmer… Tout était sa faute. Mais, en cet instant, la présence d'Andrews lui était intolérable.

— Sortez, ordonna-t-il. Laissez-nous seuls.

Le shérif se tourna vers Reva.

— Je peux attendre en bas, suggéra-t-il. Pour vous escorter quand vous voudrez rentrer chez vous.

— Merci, mais j'y parviendrai seule, répliqua-t-elle.

A contrecœur, il quitta la pièce, non sans avoir lancé un regard hésitant derrière lui.

La porte se referma. Ils étaient seuls. Reva avait relevé les yeux sur le mur et fixait sa photographie.

— Non, ne touche pas à…, commença Dean.

Trop tard. Elle avait décroché le cliché et le contemplait, une expression écœurée sur le visage.

— Dire que j'avais si peur que tu découvres mon passé, murmura-t-elle en détachant chacun de ses mots. Et durant *tout ce temps*, tu savais…

Sa voix était à peine audible. Comme enfouie sous une douleur que Dean percevait parfaitement, et qui lui déchirait le cœur.

Il alla vers elle, mais elle recula aussitôt en frissonnant et l'avertit :

— Ne t'approche pas de moi.

Puis elle reporta son attention sur la photo et esquissa un sourire amer.

— Si c'est la femme que tu es venu trouver à Somerset,

tu t'es donné beaucoup de mal pour rien, lâcha-t-elle. Elle est morte le jour de la naissance de Cooper.

— Reva, si tu savais combien je regrette…

— Oui, c'est ça. Que comptais-tu trouver à Magnolia Street, Dean Sinclair ? Je n'ai plus aucun contact avec les gens que j'ai connus avant la naissance de mon fils.

— Chérie, je…

— Ne m'appelle plus jamais « chérie », dit-elle en remettant le cliché à sa place.

Il sentait un grand vide se creuser en lui. Non, il n'y aurait plus de Reva chérie… Plus de baisers, plus de sourires, plus d'étreintes sur le canapé.

— Reva, Eddie Pinchon s'est évadé de prison il y a deux semaines et trois jours. Alan et moi sommes venus ici parce que nous pensions qu'il était possible que…

Il n'eut pas la possibilité de finir sa phrase : Reva était devenue pâle comme un linge. Avant qu'il n'ait esquissé un geste, elle se rua vers la porte et s'enfuit dans l'escalier.

Courant à sa poursuite, il parvint à la rattraper au moment où elle franchissait le seuil de la maison de Mme Fisher.

— Attends ! cria-t-il.

— Non ! J'ai laissé Cooper à la maison. Il faut que je le sorte du lit et que nous quittions la ville dès ce soir. Eddie ne nous trouvera pas. Il n'était pas censé sortir de prison !

Elle était en proie à une telle panique qu'il ne chercha pas à la stopper. Il resta derrière elle et la suivit jusque dans la maison.

— Reva, je peux te protéger.

— Oh oui ! s'esclaffa-t-elle. Tu as fait du beau travail dans ce domaine, jusqu'à maintenant !

Elle se précipita dans l'escalier, traversa le couloir à toutes jambes et ouvrit la porte de la chambre de Cooper.

Le souffle court, elle s'approcha lentement de son lit et le regarda dormir. Dean resta dans l'embrasure de la porte. Ses tempes bourdonnaient. Son cœur battait lourdement. Mais, devant le sommeil profond de son enfant, la jeune femme se sentait visiblement soulagée, et il en était apaisé, lui aussi.

Elle demeura près de Cooper une longue minute avant de retourner dans le couloir, de fermer la porte derrière elle et de s'y adosser en s'affaissant sur le sol.

Dean demeurait devant elle. Immobile.

Relevant les yeux vers lui, elle demanda d'un ton acide :

— Tu t'es bien moqué de moi, n'est-ce pas ?

— Non, répondit-il en s'agenouillant devant elle, plongeant son regard grave dans le sien. Jamais.

Elle lui adressa un regard vide, qui l'atteignit une nouvelle fois comme une flèche en plein cœur.

— Alors quoi ? Tu en avais assez d'attendre que quelque chose arrive, et tu t'es dit que tu allais me séduire pour passer le temps ?

— Bon sang, Reva ! Ce n'est pas ça !

— Ne me parle pas comme si c'était moi qui étais à blâmer ! se défendit-elle. J'ai peut-être des secrets et je ne prétends pas être parfaite. Mais je ne t'ai jamais menti.

— Oh, Reva, je te demande pardon, plaida-t-il,

submergé par la culpabilité. Cent fois, j'ai été sur le point de tout te dire !

— Et pourquoi ne l'as-tu pas fait ?

Il serra les dents.

— Parce que je craignais que tu ne me regardes exactement de la manière dont tu le fais maintenant.

Durant une fraction de seconde, il crut voir se fissurer le mur qu'elle avait établi entre eux. Mais elle se redressa d'un mouvement sec et lâcha :

— Je n'ai pas de temps à consacrer à ça. Je ne peux plus rester ici.

— Il n'est pas certain qu'Eddie cherchera à te retrouver, argua-t-il. Jusqu'à maintenant, il n'a…

— Il viendra ici, coupa-t-elle. Tôt ou tard, il viendra ici.

— Pourquoi ? Tu crois que quelqu'un lui a parlé de Cooper ?

Elle lui retourna un regard désespéré avant de lui faire signe de la suivre dans le dressing. Intrigué, il obtempéra et la vit bientôt vider le contenu entier d'un placard. Puis elle descella une étagère, révélant un double-fond dont elle extirpa un vieux sac de voyage couvert de poussière.

Elle le jeta sur le sol et le défia du regard.

— Vas-y, ouvre-le. Allons, officier Sinclair ! Faites votre travail !

Sans cesser de la fixer, Dean s'accroupit pour ouvrir le sac. Il prit tout son temps. Car il savait déjà ce qu'il contenait. Et il ne fut pas surpris de trouver des liasses de billets, qui ne pouvaient correspondre qu'aux fameux deux cent cinquante mille dollars.

— C'est pour ça que tu es venu, toi aussi, n'est-ce pas ? interrogea-t-elle. Tu peux compter. Tout y est.

— Non, répondit-il en s'éloignant du sac et en s'asseyant sur le sol. Je ne suis pas venu pour ça. J'ignorais l'existence de cet argent jusqu'à hier. D'où vient-il ?

Reva secoua la tête et s'effondra sur le sol à son tour.

— Je n'en sais rien. Quand j'ai appris qu'Eddie avait suivi un type en Floride et qu'il l'avait tué avant d'être arrêté, je me suis enfuie. C'était enfin ma chance de retrouver ma liberté. J'ai fait ma valise et j'ai roulé durant des jours, avec la camionnette. C'est seulement au bout d'une bonne semaine que j'ai découvert le sac, caché sous un pneu de secours. Ce sac m'a terrifiée. Je ne savais pas ce que je devais en faire. Je n'osais pas le rendre à la police, de peur d'être accusée de complicité. Je ne voulais pas non plus prendre le risque de l'enterrer quelque part et d'être vue. Je savais que c'était de l'argent sale. Deux cent cinquante mille dollars appartenant à Eddie, ça ne pouvait être que de l'argent sale. J'ai eu si peur… J'étais enceinte, j'étais seule, et Eddie m'avait déjà empêchée de le quitter. Je n'ai pas besoin de te dire comment.

Il approuva d'un hochement de tête et frémit rétrospectivement : dire que cette ordure avait osé lui enfoncer un revolver dans la bouche…

— J'aurais voulu changer d'identité, mais je ne savais pas comment m'y prendre, enchaîna-t-elle. Alors, après la naissance de Cooper, j'ai travaillé dans le restaurant de Donald, et puis je suis venue ici. Je pensais que les amis d'Eddie ne me retrouveraient jamais. Quant à Eddie, il était supposé passer le reste de ses jours en prison… Je comptais sur la chance. Mais la chance a tourné.

Dean avait pris les choses en main. Reva avait compris qu'elle était trop près de la crise de nerfs pour réfléchir de manière rationnelle. Et le calme et la détermination de Dean étaient précieux, dans cette situation.

Ils venaient de conduire Cooper chez Tewanda. Son amie avait accepté de le garder pour la nuit chez elle, sans poser de questions : c'était ça, une amie. Et Reva débordait de reconnaissance à son égard.

Pour fuir Somerset, elle avait besoin d'argent ; aussi devrait-elle se rendre à la banque dès le lendemain matin. Elle ne toucherait jamais à l'argent d'Eddie. Il la dégoûtait. Sans compter que si Eddie et ses amis étaient à la recherche de leur butin, elle risquait gros… Il n'hésiterait pas à lui tirer une balle dans la tête si un seul dollar manquait.

Passant une main dans les cheveux, elle s'efforça de se calmer. Dean la reconduisait en voiture chez elle. Ils n'avaient pas échangé un mot depuis qu'ils avaient déposé Cooper. Reva se tourna vers lui : il n'avait rien d'un as du bricolage. Et il ne vivrait jamais dans une ville comme Somerset. Pourquoi était-elle encore hantée par ces questions, maintenant qu'elle avait découvert qui il était et pourquoi il était venu ici ?

Elle en avait eu le cœur brisé.

— Va préparer ton sac, conseilla-t-il en arrêtant la voiture devant la maison.

— Je le ferai demain, avant de partir pour la banque.

— Non. Il n'est pas question que tu passes la nuit chez toi. C'est trop dangereux. Tu dormiras dans mon appartement, chez Mme Fisher.

Elle le dévisagea avec stupeur.

— Quoi ? Mais je…

— Il est un peu tard pour s'inquiéter de ce que penseront les gens, coupa-t-il. Tu as besoin d'une bonne nuit de sommeil, Reva, et tu ne l'obtiendras pas en restant chez toi.

Elle se tut. Ils étaient seuls et, dans quelques heures, elle allait quitter Somerset. Plus jamais elle ne reverrait Dean Sinclair. A moins qu'il ne décide de l'arrêter pour recel et de la mettre sous les verrous. Et alors, que deviendrait Cooper ?

Elle soupira.

— Pourquoi ne m'as-tu pas dit la vérité dès le début ? Si j'avais su qu'Eddie s'était évadé, j'aurais placé Cooper en lieu sûr beaucoup plus tôt. J'aurais pu débloquer les sommes liquides dont j'avais besoin, et tout aurait été plus simple. Mais tu as préféré ne rien me dire…

Comme des larmes lui montaient aux yeux, elle baissa la tête.

— Reva, je ne te connaissais pas quand je suis arrivé ici, expliqua-t-il d'une voix émaillée de regrets. Il m'était impossible de deviner que tu n'étais plus liée à Eddie. Je n'avais pas le droit de prendre le risque de tout te révéler. Et quand j'ai été certain que tu étais absolument innocente, il était trop tard. J'avais peur de te perdre en te disant toute la vérité.

Prenant une profonde inspiration, elle releva vers lui un regard accusateur.

— Et quand tu travailles sur un dossier, tu séduis toujours tes suspects pour te convaincre qu'ils n'ont rien à se reprocher ?

— Non, rétorqua-t-il sèchement.

— Oh ! Alors c'est un traitement de faveur ! Quelle chance j'ai eue !

Un silence pénible pesa dans l'habitacle avant qu'elle n'ajoute :

— Je rentre chez moi. Je ne vais nulle part avec toi.

— Oui, admit-il en plongeant son regard dans le sien : tu ne vas nulle part avec moi. Mais tu vas passer la nuit chez Mme Fisher pendant que je dormirai chez toi.

14

Reva s'efforçait de ne pas tourner les yeux vers Dean, tandis qu'ils traversaient le centre-ville d'un pas aussi désinvolte que possible. Ils avaient tous les deux besoin de se rendre à la banque, et Dean avait refusé de la laisser s'y rendre seule. Elle n'avait pas envie de se battre sur ce sujet. Elle était lasse. Après une nuit fort peu reposante, elle voulait en finir avec cette histoire et quitter Somerset le plus tôt possible.

— Tu as pu dormir, cette nuit ? s'enquit-elle en observant les yeux cernés de son compagnon.

— Non.

Elle maudit son cœur, qui réagissait à cette simple réponse. Après tout, cela aurait dû lui être égal, qu'il ait dormi ou non ! Dean était un menteur. Il l'avait menée en bateau durant des semaines. Elle aurait voulu le haïr.

Mais elle était loin d'y parvenir.

— Alors viens faire une sieste à la maison cet après-midi, suggéra-t-elle. Quand j'aurai quitté la ville avec Cooper.

Il soupira et lui adressa un bref regard en coin. Oh, elle n'aimait pas du tout ce regard…

— A propos de ce départ…, commença-t-il.

— Tu n'as pas l'intention de me contraindre à rester, n'est-ce pas ? demanda-t-elle, paniquée.

— Non. Mais j'ai beaucoup réfléchi à ta situation, cette nuit, et j'ai passé en revue toutes les options. Je crois qu'il vaudrait mieux que tu restes à Somerset.

Stupéfaite, elle s'immobilisa.

— Quoi ? Tu plaisantes ?

— Non. Reva, nous avons maintenant la certitude qu'Eddie viendra ici. Et que penses-tu qu'il fera, quand il trouvera la maison vide ? Oh, évidemment, s'il commence par frapper au restaurant, il me sera facile de l'arrêter. Mais il n'est pas stupide. Il ira d'abord se renseigner auprès des voisins, pour savoir si tu vis seule et connaître tes horaires… et il apprendra alors que tu es partie. Dans ce cas, sois certaine qu'il partira à ta recherche. La poursuite pourrait être longue. Tu as vraiment envie de passer des semaines ou des mois sur les routes, comme une fugitive, et d'imposer cette vie infernale à ton fils ?

Un courant d'air glacial venait de l'envahir. Jamais elle n'avait imaginé ce scénario catastrophe.

— Alors que proposes-tu ? demanda-t-elle, perdue.

— Cooper peut rester chez les Hardy. Tu dormiras chez Mme Fisher, et je resterai chez toi jusqu'à ce qu'Eddie pointe son nez ici.

L'idée que Dean se trouve face à un Eddie prêt à tout et enragé à l'idée de récupérer son argent ne plaisait guère à Reva.

— Je ne suis pas sûre que ce soit une bonne idée, Dean.

A sa surprise, il la prit par les épaules et plongea son regard dans le sien.

— Tu veux rester prisonnière de ton passé toute ta vie, Reva ?

Elle se mordit la lèvre. Non, ce n'était pas ce qu'elle voulait ! Il y avait déjà sept ans qu'elle se cachait. Mais aujourd'hui, elle avait peur, et elle se sentait démunie. Dean l'avait trahie. Elle était seule. Eddie était capable de tout. Et elle était passible de graves poursuites, à cause de cet ignoble sac d'argent. Quel avenir pouvait-elle espérer ? De toute façon, Dean n'y figurerait pas…

— J'y penserai, murmura-t-elle.

— Bonne idée, répliqua-t-il froidement en poussant la porte du drugstore de Louella Vine.

Reva se garda de lui faire observer qu'ils devaient passer à la banque avant. La démarche qu'ils allaient accomplir était également une priorité. Car c'était Louella, qui avait lancé la rumeur après avoir vu Dean passer par la fenêtre de Cooper. C'était donc elle qui était entrée par effraction dans le restaurant.

Au bar, Dean commanda un café. De son côté, elle était incapable d'avaler quoi que ce soit. Evelyn, qui s'était montrée étrangement silencieuse au sujet de l'échange de domiciles, avait présenté à Reva au matin un petit déjeuner complet — œufs au bacon, pancakes, bagels, jus d'orange, café… et cookies aux raisins. Mais elle y avait à peine touché. Son estomac restait noué.

Comme Louella rendait sa monnaie à Dean, celui-ci se pencha sur le bar et demanda :

— Dites-moi, que cherchiez-vous, samedi soir ?

— Je… Je ne comprends pas, balbutia la grosse femme en rougissant.

— Je crois que si, insista-t-il avec calme. Vous vous êtes introduite dans le restaurant de Reva dans la nuit de samedi, et vous cherchiez quelque chose. Je me demande simplement de quoi il s'agissait.

— C'est ridicule, riposta Louella en retournant vers sa caisse.

Dean fit aussitôt le tour du comptoir et la rejoignit.

— Je crois que vous avez trouvé le moyen d'éviter de casser un carreau, cette fois, enchaîna-t-il. N'auriez-vous pas glissé une carte de crédit sous le loquet de la fenêtre pour le décoincer ? Ensuite, il vous aura été facile de rentrer…

— Vous ne pouvez pas le prouver ! s'insurgea Louella.

— Bien sûr que si. Puisque vous m'avez vu descendre par la fenêtre de la chambre de Cooper et que vous avez été assez imprudente pour le raconter partout… Or, personne d'autre qu'un intrus ne pouvait me surprendre.

— Alors vous l'admettez ! triompha-t-elle, un sourire aux lèvres ! Vous avez passé la nuit chez Reva !

— Et vous, vous venez de vous trahir, répliqua-t-il.

— Sortez d'ici.

— Pas avant que vous ne m'ayez dit ce que vous cherchiez au restaurant. Sinon, c'est le shérif qui vous conduira au poste afin de régler cette histoire.

Louella demeura silencieuse et se fit soudain toute petite derrière son comptoir. Puis elle se tourna vers Reva.

— Je voulais seulement la recette de votre tarte au chocolat fondant ! lança-t-elle.

Visiblement abasourdi, Dean la dévisagea avec stupéfaction.

— Quoi ? Vous avez fait tout ça pour une recette de cuisine ?

La grosse femme haussa les épaules.

— J'en ai assez d'entendre parler à longueur de journée de la fa-bu-leu-se tarte de Miss Reva. J'ai pensé que si j'en vendais moi-même, je gagnerais quelques clients.

— Mais pourquoi ne me l'avez-vous pas demandée ? intervint Reva. Je vous l'aurais donnée avec plaisir. Mes recettes ne sont pas des secrets d'Etat, et celle-ci figurera de toute façon dans un livre de cuisine qui sera publié l'an prochain !... Et pourquoi me détestez-vous ?

Louella lui lança un regard mauvais.

— C'est facile, pour vous ! répliqua-t-elle. Vous avez votre restaurant bien chic, des articles dans les magazines, un agenda qui affiche complet toute l'année... Alors que moi, je dois me battre constamment pour que ce drugstore reste ouvert ! C'est injuste.

Dean leva les yeux au ciel, lâcha quelques jurons et saisit le bras de Reva.

— Partons, dit-il.

— Non, une minute.

Elle se pencha sur le bar et fixa Louella droit dans les yeux.

— Moi aussi, je me bats, expliqua-t-elle. Les deux

premières années ont été très dures pour mon restaurant, et j'étais seule. Et même si je connais un certain succès aujourd'hui, rien n'est jamais acquis : il faut sans cesse travailler, rénover les lieux, payer les factures, se renouveler et fidéliser la clientèle. La vie est dure pour tout le monde, Louella !

— Tout ce que je voulais, c'était votre recette, répéta la grosse femme en détournant les yeux.

— Vous l'aurez. Passez au restaurant cet après-midi, et je vous en donnerai une copie, conclut Reva en suivant Dean vers la porte.

Dès qu'ils furent sortis, il lui prit le bras et demanda :

— Ça a vraiment été très dur pour toi, quand tu as monté le restaurant ?

— Oui.

— Et tu n'as jamais pensé à puiser dans cette réserve que tu conservais dans un placard ?

Elle soupira.

— Bien sûr, que j'y ai pensé. Mais je ne l'aurais jamais fait. Je ne voulais pas que la meilleure part de ma vie soit liée aux sales trafics d'Eddie. Tu trouveras peut-être que c'est idiot, mais…

— Pas du tout. Et je ne suis pas surpris non plus.

Elle lui retourna un regard torve.

— Tu ne me connais pas assez pour prétendre ça.

— Je suis certain que si.

Dean avait finalement décidé de faire une sieste pendant le déjeuner. Reva serait entourée de ses employées et des clients, et le shérif venait au restaurant, aujourd'hui : elle ne risquait rien.

Il s'étonnait encore que la jeune femme ait accepté de rester à Somerset. Mais il savait pourquoi : elle préférait se mettre en danger plutôt que de bouleverser la vie de Cooper.

Après deux nuits blanches consécutives, deux heures de sommeil seraient les bienvenues. S'il parvenait à s'endormir… Car la veille, dans le lit de Reva, il n'avait pas fermé l'œil. Les accusations de la jeune femme l'avaient torturé. Il avait commis la plus grave erreur de sa vie, en ne lui révélant pas plus tôt la nature de sa mission. Désormais, elle le détestait. A ses yeux, il ne valait pas mieux que Pinchon…

Il ne lui restait plus qu'à faire son métier : la protéger. Protéger la courageuse jeune femme dont la seule et unique bêtise avait été de tomber amoureuse d'un mauvais garçon, au sortir d'une jeunesse traumatisante. Après quoi, elle avait mené une vie exemplaire, dédaignant une fortune dont elle avait pourtant désespérément besoin pour monter son restaurant et offrir à son fils la meilleure éducation possible, tout son amour et la chaleur d'une petite communauté.

Il parvint enfin à s'endormir et ne s'éveilla que bien plus tard, en percevant un bruit non loin de la chambre de Reva.

D'un geste vif, il attrapa son revolver et se redressa, constatant avec horreur que le réveil affichait 16 h 15. Bon sang, il avait dormi tout ce temps ?

Il se leva et passa dans le couloir, rasant le mur.

Quand Reva apparut devant lui et qu'elle sursauta à la vue de son arme, il recula d'un pas et poussa un soupir de soulagement.

— Pourquoi te faufiles-tu ici sans faire de bruit ? demanda-t-il d'un ton de reproche.

— J'avais besoin de prendre des vêtements pour Cooper, et je croyais que tu dormais.

— Où est Andrews ?

— En bas, sur le porche.

Dean soupira et suivit la jeune femme dans la chambre de l'enfant. Il tenait enfin une chance de s'expliquer.

— Reva, je n'ai jamais voulu te blesser, dit-il en la regardant ranger les T-shirts de son fils dans un sac.

Elle haussa les épaules.

— Dis plutôt que tu pensais que la bimbo de ta photo n'était pas capable d'avoir des sentiments. Mais j'en ai. Et même à l'époque, j'en avais.

— Tu dois comprendre que j'étais en mission et que je ne savais rien de toi… Comment aurais-je pu deviner ce qui allait arriver entre nous ?

Elle s'esclaffa.

— C'est moi qui aurais dû deviner qui tu étais. Longtemps après que j'ai quitté Eddie, j'ai cru que tous les hommes lui ressemblaient. Il m'a menti dès notre première rencontre. Il a prétendu être quelqu'un qu'il n'était pas pour obtenir ce qu'il voulait. Il m'a fallu des années pour apprendre à différencier les menteurs des hommes honnêtes. Mais j'étais tout de même coincée. Car un homme honnête aurait pris ses jambes à son cou, dès que je lui aurais révélé l'identité du père de Cooper. Alors je suis condamnée au célibat, ou aux menteurs...

— Reva, reprit-il en s'approchant doucement, je te présente toutes mes excuses. Je n'aurais pas...

— Garde tes distances ! lança-t-elle en lui décochant un regard noir. Et tes excuses aussi. Elles n'ont aucune valeur. Ce ne sont que des mots, pour toi. Pour te donner bonne conscience.

Bon sang, ne comprenait-elle pas que sa conscience le torturait sans relâche ?

— Dommage que tu ne sois pas un vrai bricoleur, conclut-elle en passant devant lui, son sac à la main, avant de quitter la pièce.

Il la suivit. C'était tout ce qu'il pouvait faire : veiller sur elle et s'assurer qu'elle ne courait aucun danger.

Le reste était définitivement perdu.

15

Les deux jours qui suivirent inaugurèrent une routine plutôt désagréable. Reva dormait chez Evelyn, et Dean chez elle. Cooper, qui restait chez les Hardy, commençait à poser beaucoup de questions. Mais, au retour de l'école, il passait l'après-midi avec elle. Elle n'aurait pas pu se passer de son fils toute la journée. Dormir loin de lui était déjà un crève-cœur.

Les enfants étaient escortés par Charles, le shérif ou l'un des hommes de celui-ci, sur le chemin de l'école, à l'aller comme au retour. Dean avait insisté. Ce n'était qu'une précaution, assurait-il, mais elle en était tout de même soulagée. Et pour le moment, Terrance et Cooper n'avaient pas eu le temps de devenir soupçonneux à ce sujet.

Reva était, elle aussi, très encadrée. Dean et Ben se relayaient pour assurer sa sécurité. Le premier avait tendance à demeurer assez loin d'elle, tandis que l'autre ne la quittait pas d'une semelle et l'abreuvait de compliments.

Parfois, elle songeait que la fuite ne pouvait pas être

pire que cette situation. Si elle n'avait eu à se soucier que d'elle-même, elle n'aurait pas hésité à quitter la ville. Mais elle ne pouvait pas imposer à Cooper les sacrifices d'une errance sans but.

Il ne lui restait plus qu'à prier pour que les agents fédéraux dépêchés en Caroline du Nord mettent enfin la main sur Eddie, avant qu'il ne vienne ici. Mais elle savait aussi que cette aventure pouvait durer des jours, des semaines ou des mois.

Voire des années, si Dean décidait de la dénoncer, au sujet de l'argent caché. La perspective était intolérable. Et elle n'avait pas seulement peur pour elle. Elle devait assurer l'avenir de son fils.

Poussant un long soupir, elle jeta un coup d'œil sur son bureau impeccablement rangé. La journée était terminée. En cuisine, Mme Frances et Tewanda s'apprêtaient à rentrer. Elle avait achevé de faire les comptes et revu toutes les factures : elle pouvait également partir.

Des bruits lui parvenaient depuis le couloir. Dean remplaçait quelques lattes de parquet, et il avait fini de repeindre les plinthes de la pièce vide, au-dessus.

Elle frissonna en se rappelant comment ils avaient fait l'amour pour la première fois, au dernier étage… Non. Comment ils avaient *couché* ensemble. L'amour n'avait jamais eu de place dans leur histoire.

Elle sortit.

Dean releva les yeux et s'étonna de voir Reva se diriger vers lui d'un pas déterminé. Il y avait des jours qu'ils n'échangeaient plus un mot.

Il posa son pot d'enduit sur le sol et s'essuya les mains sur son T-shirt ; encore un modèle de « Joe le Bricolo », dans lequel il se sentait ridicule.

— Tout va bien ? demanda-t-il avant qu'elle n'ait atteint l'escalier.

— Non, répondit-elle. Il faut que je sache, Dean… Tu vas me faire envoyer en prison ?

Eberlué, il secoua négativement la tête.

— Ça ne figure pas dans mes projets, non.

— Mais l'argent…

— Tu n'as été impliquée dans aucun délit, ni aucun crime. C'était une erreur de cacher cet argent, c'est vrai, mais, dans la mesure où tu n'y as pas touché non plus, même le procureur aurait du mal à monter un dossier contre toi.

Cette déclaration ne parut guère la rassurer.

— Tu veux dire qu'il ne dépend pas de toi que je sois poursuivie ou non ?

Il hésita.

— Eh bien, non… Pas si l'affaire remonte au procureur de Caroline du Nord ou à un procureur fédéral.

— Mais… Je n'étais pas la même personne, à l'époque, plaida-t-elle d'une voix altérée par l'émotion.

Dean le savait. Elle était enceinte, terrifiée, et désireuse de mettre le plus de distance possible entre elle et les histoires d'Eddie Pinchon.

— Et j'ignorais dans quels trafics Eddie était impliqué,

ajouta-t-elle. Je tiens à ce que tu le saches. Il m'avait dit qu'il était dans la vente en gros.

Elle lui lança un long regard et conclut tristement :

— Si jamais je rencontre un autre homme, j'exigerai qu'il me fournisse un certificat de travail, avant de dîner avec lui.

Dean ne put réprimer un sourire amer.

— Je ne suis pas comme lui, précisa-t-il.

— Ah non ?

— Non. Et je t'ai avoué très tôt que je travaillais comme représentant de la loi.

Elle haussa les épaules.

— Qu'est-ce que tu insinues ? Que j'aurais dû deviner qu'Eddie se livrait à des trafics ? J'ai fini par le découvrir. Mais il était trop tard.

— Il n'est jamais trop tard.

— Tu sais ce qui est arrivé, quand j'ai voulu m'enfuir ? demanda-t-elle, un accent désespéré dans la voix.

Il soupira.

— Le flingue.

— Exactement : le flingue, confirma-t-elle.

Dean se releva, lui prit doucement la main et l'attira très lentement contre lui. Si lentement qu'elle se laissa faire, sans résister.

— Je ne supporte pas de te savoir terrifiée par cet homme, murmura-t-il. Ou par quoi que ce soit.

— Mais tu n'y peux rien, rétorqua-t-elle dans un souffle.

— Si, tu verras… Bien que je regrette aussi de ne pas

être un vrai bricoleur, avoua-t-il. Pour la première fois de ma vie, j'aimerais être quelqu'un d'autre que…

— Tais-toi, dit-elle en posant son index sur ses lèvres. Ne le dis pas.

Les yeux dans les yeux, ils restèrent silencieux un long moment avant qu'elle ne se recule pour lui adresser un sourire empreint de tristesse.

— Mais je ne peux pas, conclut-il en baissant la tête. Mon métier est une partie de moi, comme mes bras et mes jambes… Je ne pourrai jamais changer ça. Pourtant, je regrette de ne pas t'avoir expliqué pourquoi j'étais venu à Somerset. J'aurais dû le faire, je le sais. J'ai été lâche, et…

Ses derniers mots moururent sur ses lèvres, comme elle se hissait sur la pointe des pieds pour l'embrasser.

Bouleversé, il la serra dans ses bras et l'étreignit avec passion, savourant le contact de sa chevelure soyeuse entre ses doigts, son parfum enivrant, la chaleur de ses seins contre son torse et le goût frais de sa bouche pulpeuse…

Dean suivit la jeune femme dans l'escalier. Ce baiser lui avait tourné les sens. Juste au moment où il pensait que tout était fini entre eux, elle lui avait rendu un peu de la magie qu'ils avaient connue. Et il débordait de gratitude.

Mais il devait rester concentré sur sa mission. Eddie finirait bien par venir ici… Quand ? Ils n'allaient tout de même pas jouer cette comédie indéfiniment. Dean était toujours officiellement en vacances, mais s'il téléphonait à son bureau et qu'il parlait de l'argent, son congé prendrait fin aussitôt. Il pouvait reporter cette échéance d'un jour ou deux, mais il faudrait bien qu'il finisse par appeler Alan pour lui expliquer qu'Eddie cherchait bel et bien Reva. D'une manière ou d'une autre, il devrait trouver un moyen d'évoquer sa découverte sans compromettre la jeune femme.

Dean Sinclair en train de louvoyer avec le règlement… Décidément, cette mission le menait très loin de son ordinaire.

Cooper et Terrance jaillirent dans la maison avec leur exubérance coutumière, suivis par le shérif. Dès que celui-ci repéra Dean, il hocha la tête et ressortit : les enfants et Reva étaient sous sa responsabilité à présent.

— Bonjour ! lança joyeusement Cooper. Le shérif a encore fait le chemin avec nous, aujourd'hui ! Mais il a dit qu'il n'aurait pas le temps de boire un verre de limonade, parce qu'il devait rattraper des méchants ou quelque chose comme ça. Et il a parlé à la classe, ce matin ! Cette fois, c'était au sujet des inconnus qu'on ne doit pas suivre dans la rue.

— Mais on le savait déjà, observa Terrance.

— Ouais, confirma Cooper.

— Venez prendre le goûter dans la cuisine, suggéra Reva en invitant les enfants à la précéder.

Les enfants ne se le firent pas dire deux fois et disparurent en courant.

— Leur arrive-t-il de marcher ? s'enquit Dean d'un ton narquois.

— Non, jamais, répondit-elle, amusée.

Mais, au lieu de rejoindre les enfants, elle s'adossa au mur et fixa Dean avec insistance, comme si elle hésitait à poser une question.

— J'aimerais que tu me dises quelque chose, chuchota-t-elle. Je n'ai jamais pu parler de ça à personne, et tu es le seul qui puisse me répondre. J'adore Cooper, et j'ai fait de mon mieux pour devenir une bonne mère et l'éduquer convenablement.

— C'est un euphémisme. Tu as remarquablement réussi.

— Comment le savoir ? murmura-t-elle. Cooper est aussi le fils d'Eddie. Il partage son sang. Et même… Il lui ressemble. Et j'ai peur que…

Elle cherchait visiblement ses mots, et Dean sourit en s'approchant d'elle.

— Cooper ne deviendra pas comme son père, affirma-t-il.

— Comment en être sûr ? insista-t-elle.

— Il est aussi ton fils, Reva. Et il y a autre chose. J'ai étudié le dossier de Pinchon. Il avait quatre ans quand son père est mort, et, un an plus tard, sa mère s'est remariée avec un homme qui l'a battu quotidiennement. C'est d'ailleurs son beau-père qui l'a contraint à se lancer dans de petits trafics de drogue dès l'âge de douze ans. Eddie Pinchon a très mal tourné, Reva. Mais il n'est pas né mauvais. Il n'y a aucun phénomène génétique dans son histoire. Les garanties n'existent pas dans la vie mais, avec une mère qui lui donne tant d'amour et la personnalité qu'il s'est déjà construite, Cooper a toutes les chances de connaître une vie heureuse. Grâce à toi, Reva.

— Tu dis tout ça uniquement pour que je me sente mieux ? demanda-t-elle en levant vers lui un regard inquiet.

— Non. Plus de mensonges entre nous. Jamais.

Elle soupira.

— Cette promesse arrive un peu tard, non ?

— Tu le crois vraiment ?

Comme elle gardait le silence, il s'approcha doucement.

C'était trop tard pour lui. Reva était la femme de sa vie. La seule pour laquelle il ait jamais ressenti des sentiments d'une telle force.

Sa peur de la vie familiale et de l'engagement lui avait coûté la plus importante relation de sa vie. Car il l'aimait.

Reva n'était pas la femme de ses rêves, puisqu'il n'avait jamais rêvé d'aimer une femme et de vivre avec elle ; mais elle était sa révélation. Celle qui avait changé le cœur de Dean Sinclair. Celle qu'il aurait voulu chérir et protéger durant le restant de ses jours. En cet instant, il brûlait de la prendre dans ses bras et de lui dire tout ça.

Mais si elle avait été dans les mêmes dispositions que lui, encore quelques jours plus tôt, c'était fini.

Il l'avait blessée et déçue.

Et il n'aurait pas de seconde chance.

— Reva, tu n'as pas à assumer tout cela seule. Il y a des hommes fiables et honnêtes, dans le vaste monde.

Des hommes qui ne te mentiraient jamais. Et l'un d'eux saura t'aimer comme tu le mérites.

Il aurait voulu être cet homme-là. Mais il avait laissé passer sa chance. Et il voulait que Reva trouve le bonheur. Aussi poursuivit-il :

— L'homme qui te convient ne portera jamais de jugement sur le père de Cooper ou sur ton passé. Ta culpabilité t'a aveuglée. Crois-moi.

— Et où suis-je censée trouver cette perle rare ?

« Ici », avait-il envie de hurler. « C'est moi, personne d'autre ! »

Mais la porte d'entrée s'ouvrit brutalement, et Dean se retourna pour voir entrer un homme coiffé d'une casquette de base-ball. Dès que l'inconnu leva les yeux vers eux, Reva s'agrippa à son T-shirt et laissa échapper un cri étouffé.

— Salut, ma cocotte, lança Eddie en souriant. Je t'ai manqué ?

Elle avait pensé qu'en se retrouvant en sa présence elle s'effondrerait sur le sol. Mais il n'en fut rien. Un flux d'adrénaline la foudroya sur place, tandis qu'Eddie reportait son attention sur Dean.

Il retira sa casquette, révélant ses cheveux coupés très court. Sept ans plus tôt, il les portait longs, mais la prison ne l'avait pas laissé choisir sa coupe favorite. Sa moustache et sa barbe en pointe étaient nouvelles. Il avait maigri, aussi. Mais c'était bien lui : Eddie.

— Qu'est-ce que tu fais ici ? demanda-t-elle d'une voix d'outre-tombe qui la surprit elle-même.

— Tu le sais très bien.

Son large sourire s'évanouit.

— Il m'a fallu un moment pour comprendre où il était passé, mais puisque personne ne l'avait, j'ai pensé qu'il fallait bien qu'il soit quelque part.

« Il ». Pas « mon argent » ou « mon fric ». Eddie était prudent, à cause de Dean.

— Vous êtes qui ? interrogea-t-il en fixant Dean.

— C'est mon homme à tout faire, intervint Reva. Il fait des réparations.

— Tiens donc, l'homme à tout faire, répéta Eddie, amusé. Et j'imagine que vous faites vraiment *tout* ?

Dean avança d'un pas, et Eddie passa aussitôt sa main dans son dos. Naturellement, il était armé. Reva sentit son cœur s'emballer.

— Tu ne veux pas nous laisser, le bricolo ? lança Eddie. La petite dame et moi, nous avons des choses importantes à nous dire.

Dean avança encore.

— Je ne crois pas, répondit-il avec calme.

Plaquée contre le mur, Reva distinguait une forme sous le T-shirt de Dean, là où devait se trouver son holster.

Les deux hommes bougèrent si vite, et avec des gestes si précis qu'elle ne vit rien d'autre qu'une succession de taches sombres entre ses battements de cils. Mais une fraction de seconde plus tard, sa vision était nette : ils se tenaient tous deux dans le hall d'entrée, à pointer leur arme l'un sur l'autre.

Elle sentit sa gorge devenir très sèche et des larmes lui piquer les yeux.

— Reva, lança Dean d'une voix toujours très calme, tu as encore quelques employées en cuisine. Pourquoi n'irais-tu pas leur dire de rentrer chez elles ? Demande-leur de sortir par la porte de service.

— Tu donnes beaucoup d'ordres, pour un homme à tout faire, observa Eddie, tandis qu'elle reculait d'un pas. Et tu es beaucoup trop à l'aise avec une arme.

Dean attendit qu'elle se soit engouffrée dans le couloir pour lui crier :

— Reva, sors aussi avec tout le monde !

— Je ne te le conseille pas ! hurla Eddie. Si tu n'es pas revenue dans une minute, je tire sur ton petit ami !

Ignorant les sifflements et les bourdonnements de son cerveau, Reva courut jusque dans la cuisine. Mme Frances, Tewanda et les deux garçons avaient entendu des éclats de voix, sans comprendre la teneur de la discussion : Dieu merci, la cuisine était trop éloignée du hall… Elle les vit seulement hausser les sourcils quand elle surgit dans la pièce, hors d'haleine.

— Nous avons un petit problème à l'entrée, expliqua-t-elle en s'efforçant de maîtriser le débit de sa voix. Et je vous serais reconnaissante de partir tout de suite, par le jardin.

— Maman, s'enquit Cooper, qu'est-ce que…

— Chéri, pars avec Tewanda ! Je viendrai te chercher plus tard.

— Mais pourquoi ?

Oh, elle n'avait pas le temps de trouver un prétexte !

Eddie avait parlé d'*une* minute. Ensuite, il tirerait. Elle savait ce dont il était capable ! Dean était armé, certes, mais Eddie pouvait tout de même tirer le premier !

— Ne discute pas, obéis ! lança-t-elle.

Dès que les deux femmes et les enfants furent sortis, elle fit demi-tour pour traverser le couloir en courant. Si elle perdait Dean, elle ne s'en remettrait jamais… Et il fallait qu'elle garde son calme ! Mais comment diable devait-elle s'y prendre ?

Dean avait raison. Une arme n'était dangereuse qu'entre les mains d'un homme dangereux. Dean n'utiliserait jamais la sienne comme Eddie l'avait fait — et comme il pouvait encore le faire. Son revolver n'était ni un symbole de pouvoir ni un instrument de torture. Seulement un bouclier.

Quand elle parvint dans le hall, le cœur battant toujours à un rythme terrifiant, elle trouva les deux hommes dans la même position : face à face, l'arme au poing, à trois mètres l'un de l'autre.

— Je t'avais dit de partir, fit Dean d'un ton de reproche.

— Elle n'a peut-être pas très envie que je te tire dessus, l'homme à tout faire, répliqua Eddie.

Reva fixait le revolver d'Eddie. Ses tempes bourdonnaient, mais elle n'avait pas l'intention de se laisser déborder par la terreur ou la panique. Ses oreilles avaient cessé de siffler, et elle saurait se retenir de crier.

Mais elle avait peur. Cette arme était pointée sur Dean, et le doigt d'Eddie serrait la gâchette.

— Tu ne le feras pas, annonça Dean en plongeant son regard dans celui d'Eddie.

Celui-ci s'esclaffa.

— Pourquoi pas ? Qu'as-tu de si spécial ?

Dean sourit.

— Je suis le seul à savoir où se trouve ton argent.

16

Il ne pouvait pas se permettre de quitter Pinchon des yeux une seule seconde. Pas même pour jeter un coup d'œil en direction de Reva et s'assurer qu'elle tenait le coup. A quelques pas derrière lui, la jeune femme se tenait dans un angle beaucoup trop sensible.

— Sors d'ici, Reva, répéta-t-il. Va-t'en.

— Mais il va te tuer ! protesta-t-elle en avançant d'un pas vers lui.

— Pas s'il veut récupérer son argent. N'est-ce pas, Eddie ?

— Dean… Qu'est-ce que tu as fait ? demanda-t-elle d'une voix terrifiée.

Bon sang, il fallait qu'elle s'écarte. Il s'efforça de s'interposer entre elle et Pinchon ; mais la jeune femme ne cessait pas de bouger, comme si elle voulait servir elle-même de bouclier et le protéger. C'était de la folie.

— J'ai caché le sac, expliqua-t-il. Personne d'autre que moi ne sait où il est… Et je crois que cela me donne la place du maître des opérations.

Eddie ne souriait plus du tout.

— Tu mens, lâcha-t-il. Elle sait où il est.

Sans cesser de pointer son arme sur Dean, il se retourna vers Reva.

— Non, elle n'en sait rien, affirma Dean. Je l'ai déplacé, il y a deux jours.

Il l'avait caché dans son appartement, chez Mme Fisher, au fond de la pièce qu'Alan et lui n'avaient jamais utilisée.

La respiration d'Eddie se faisait plus bruyante de minute en minute. Dean savait qu'il n'avait pas le choix : il était obligé de le croire sur parole.

— Y a intérêt à ce que je retrouve toute la somme, maugréa-t-il entre ses dents. Parce que Reva, je te jure que si tu as investi le moindre dollar dans ce stupide restaurant…

— Je n'ai rien dépensé, répondit-elle.

Eddie la croyait ; Dean en eut la certitude quand les traits de l'homme se détendirent, révélant son soulagement. Un instant plus tard, il arborait de nouveau son sourire satisfait.

— C'est bien… Ça, c'est ma cocotte. Tu as toujours été fine, toi. Tu ne veux pas lâcher ce crétin et revenir avec moi ?

Elle secoua vigoureusement la tête.

— Non.

— Tu pourrais emmener le gosse, si tu veux, insista-t-il.

Il avait à peine prononcé ces mots que Reva vacilla sur ses jambes et devint pâle comme un linge.

— Mais… Quel gosse ? balbutia-t-elle.

Décidément, elle était la plus mauvaise menteuse que

Dean ait jamais vue et entendue. Tout la trahissait : sa voix, ses hésitations, et son visage soudain vidé de tout son sang.

Eddie devait partager ce point de vue et se mit à rire.

— Arrête… Tu te souviens de ce vieux Levy ? Figure-toi que je suis tombé sur lui la semaine dernière, alors que je cherchais mon fric. Il m'a dit qu'il t'avait vue bosser dans un restaurant à Raleigh, il y a quatre ou cinq ans. Et à l'époque, quelqu'un lui a dit que tu avais un bébé. Vu que ça remonte à un bon moment… ce ne serait pas mon gosse, par hasard ?

Elle ouvrit la bouche pour répondre, mais Dean fut plus rapide :

— Non, c'est le mien.

Et il n'avait pas le sentiment de mentir. En quelques semaines, Cooper était devenu plus proche de lui qu'il ne le serait jamais de son père biologique. Il lui arrivait déjà de se passer la main dans les cheveux, exactement comme lui.

— Eh ben, observa Eddie en décochant un regard narquois à Reva. Tu n'as pas perdu de temps.

— Et alors ? intervint Dean. Vous n'étiez pas là.

Eddie toisa Dean d'un long regard avant de se tourner de nouveau vers Reva.

— Aucune importance. Je suis revenu, maintenant. Allez, Reva. Viens avec moi, et prends ton gosse si tu veux. En fait, ce serait même une bonne idée. Les flics me cherchent, et voyager en famille me ferait une bonne couverture.

— Elle n'ira nulle part avec vous, rétorqua Dean. Reva, dépêche-toi de sortir. Passe par la cuisine.

Il n'y avait plus d'autre issue, avec Eddie bloquant l'entrée principale du restaurant.

— Je ne te laisserai pas seul avec lui, opposa-t-elle. Donne-lui son argent et allons-nous-en.

— Ouais, le bricoleur, rends-moi mon fric.

Eddie changea soudain de tactique, prenant Dean de court : ne pouvant le tuer avant qu'il ne lui ait rendu le sac, il préféra une autre cible et pointa son revolver sur Reva.

— Et dis-moi, enchaîna-t-il, comment se fait-il qu'un homme à tout faire se balade avec un colt 38 ?

Ses yeux se fixèrent un instant sur l'arme, avant de revenir sur Dean.

— C'est un modèle des Feds. Tu n'es pas un bricoleur.

Il haussa les épaules.

— Bah, ça ne change rien, du moment que je récupère mon blé.

Dean n'avait aucune intention de laisser Pinchon repartir, avec ou sans l'argent. Mais l'urgence était ailleurs : il fallait à tout prix que Reva soit à l'abri avant que les coups de feu ne soient tirés. Car il y en aurait. Il en était certain.

— Personne n'ira nulle part tant que l'arme sera pointée sur Reva, déclara-t-il. C'est clair ?

Mais Eddie hocha négativement la tête.

— Les petits jeux sont terminés. J'en ai assez de t'entendre me parler comme si j'étais ton larbin. Pour qui te prends-tu ? Je vais te montrer qui est le boss, ici. Je pourrais tuer Reva où je veux, après lui avoir fait subir un sale moment... Elle n'a jamais supporté la douleur. Tu ne me crois pas ? ajouta-t-il en agitant son doigt sur la gâchette, braquant son arme sur l'épaule de la jeune femme.

Dean ne doutait pas de sa détermination. Eddie avait déjà tué... Juste avant qu'il ne tire, il se jeta sur la jeune femme pour la faire tomber au sol, tandis que le coup partait et que la balle le touchait au bras avant de se ficher dans le mur. Ignorant la brûlure, il se laissa porter par ses réflexes. Couvrant le corps de Reva du sien, il tira à son tour, avant qu'Eddie n'ait eu le temps de répéter son geste. Sa balle toucha l'homme en pleine poitrine, et il s'écroula, face contre terre.

Dean bondit alors sur lui pour lui arracher son arme des mains, avant de le retourner pour prendre son pouls.

Pinchon était mort.

— Tu es blessé ! s'écria Reva, affolée, en posant délicatement sa main sur son bras en sang.

— Pas vraiment. Mais il faut que tu appelles...

Sans l'écouter, elle se jeta contre lui et se mit à pleurer à chaudes larmes, tout en lui caressant le visage et en plongeant son regard embué dans le sien.

— J'ai eu si peur ! Pendant une seconde, j'ai cru que tu étais mort, et que...

Des pas résonnaient dans le couloir, et ils se tournèrent d'un même mouvement.

— Hum. Je viens de rater un moment d'action, lança le shérif en apparaissant devant eux.

— Tewanda ? demanda Dean.

— Oui, acquiesça Ben Andrews. J'étais presque arrivé à Cross City, quand elle m'a appelé.

Reva se tourna alors vers lui et s'enquit en tremblant :

— Cooper ?

— Il va bien. J'ai dit à Tewanda de garder les enfants chez elle et de ne pas les autoriser à sortir avant que je ne la contacte…

Il balaya la pièce du regard et poussa un soupir.

— Je suppose qu'il vaut mieux que je ne touche à rien et que je laisse vos collègues de la Fédérale examiner tout ça ?

— Oui, ce serait une bonne chose, admit Dean.

— On dirait que vous avez besoin d'un médecin…

— Non, ça ira, assura-t-il. La balle m'a touché, mais elle s'est logée dans le mur.

— Non ! s'écria Reva avant de se tourner vers le shérif pour le prendre à témoin. Il dit qu'il n'a rien, mais il saigne beaucoup ! Veillez à faire venir un médecin tout de suite. Ou ordonnez-lui de se rendre à l'hôpital. Ça relève de votre juridiction, n'est-ce pas ? Vous pouvez le contraindre à se rendre à l'hôpital de Cross City, si vous l'exigez. Il n'est pas question qu'il se fasse un bandage tout seul et qu'il avale une aspirine. Il a besoin d'une assistance médicale !

Dean plaça un doigt sous le menton de Reva et plongea son regard dans le sien, tout en souriant.

— Je viens de découvrir d'où vient le débit de ton fils, murmura-t-il, moqueur.

— Je me mets à jacasser uniquement quand je suis nerveuse, rétorqua-t-elle en rougissant. *Très* nerveuse.

— Entendu, je vais appeler le Dr Fredericks, dit le shérif avant de se tourner vers Dean. Je suppose qu'il vous était impossible de ne pas tuer cet homme…

— Il venait de tenter de tirer sur Reva et allait recommencer, expliqua Dean.

— Dans ce cas, ce tir était parfaitement justifié, admit Ben Andrews.

Reva se blottit encore contre Dean en prenant soin de ne pas toucher son bras blessé, et frissonna en baissant les yeux sur le cadavre d'Eddie.

— Tu avais raison, murmura-t-elle. Tu ne seras jamais un bricoleur. Et tu ne peux pas savoir à quel point j'en suis heureuse.

Reva monta l'escalier d'Evelyn et entra dans l'appartement pour trouver Dean allongé sur son lit, le bras bandé. Le médecin était passé une heure plus tôt, de même que nombre d'officiers de police.

— Qu'est-ce qu'il y a, là-dedans ? demanda-t-il en désignant le bol qu'elle portait.

— Du bouillon de poule, dit-elle en le posant sur la table de chevet. J'ai aussi des cookies aux raisins d'Evelyn et une infusion concoctée par Mme Frances et qui, selon elle, guérit tous les maux de la terre. Et puis…

Elle sortit un livre de son sac et sourit en brandissant *Elton l'éléphant se rend en ville*.

— J'ai dit à Cooper que tu étais souffrant, et il a tenu à ce que tu aies de quoi te divertir.

Dean se redressa pour prendre l'album, mais elle l'en empêcha.

— Non, ne bouge pas. Il faut que tu te reposes.

— Je vais bien, assura-t-il. Et toi ?

— Moi aussi. Ce n'est pas moi qui ai reçu une balle !

— Je ne parle pas de ça, répondit-il.

Reva s'assit sur le bord du lit. Elle avait envie d'être ici. Près de lui. Mais, dès qu'elle s'approcha, il se pencha pour attraper son revolver et le repousser plus loin.

— Désolé, dit-il. J'aurais dû le ranger dans un placard.

— Non, fit-elle en le lui prenant des mains pour le poser sur la table de chevet. Ce n'est pas nécessaire.

— Tu en es sûre ?

Elle acquiesça en souriant.

Le revolver était le cadet de ses soucis. Elle n'en avait plus peur, avec Dean auprès d'elle. Mais, dans quelques heures, il serait parti. Peut-être même dès le lendemain matin. Elle avait toujours su que Dean Sinclair quitterait Somerset ; alors pourquoi avait-elle si mal ?

Elle l'aimait. Elle avait cru protéger son cœur derrière une forteresse imprenable, mais Dean s'y était tout de même infiltré. Et il n'était pas le genre d'homme qu'une femme oubliait facilement.

Tout aveu serait inutile. Il n'y avait rien à dire, aucun avenir à envisager. Elle ne connaissait aucune formule magique pour faire que Dean Sinclair reste dans cette ville. Et de toute façon, elle n'aurait pas voulu la connaître : il n'était pas fait pour Somerset, et elle préférait le savoir heureux loin d'elle plutôt que malheureux à son côté.

Il ne leur restait que ces quelques instants.

— Dean… J'ai envie de toi. Fais-moi l'amour, dit-elle en relevant les yeux pour arrimer son regard au sien. Je veux que mon dernier souvenir de toi reste ici, dans cette pièce. Et que nous nous épargnions un dernier adieu dans la rue.

Sur ces mots, elle défit le Zip de sa robe avant de l'ôter et de la faire glisser sur le sol. Puis, d'un geste langoureux, elle défit sa chemise, sans cesser de le contempler et de lui sourire.

Enfin, elle lui retira son pantalon et découvrit l'ardeur de son excitation.

Troublée par la force de son désir, elle se leva et ouvrit la porte du placard pour y chercher un préservatif.

— Je… Je peux tout t'expliquer, déclara-t-il d'un ton anxieux, tandis qu'elle s'agenouillait devant un immense carton contenant des dizaines et des dizaines de boîtes de préservatifs.

— Tu n'as rien à expliquer, répondit-elle en souriant. Je me rappelle très bien le jour où ton frère a porté ce carton chez toi…

Une blague entre frères. Ce n'était rien d'autre que cela, et elle retourna bien vite vers l'homme qui l'attendait sur son lit, plus séduisant que jamais.

Elle aimait le voir nu, exhibant son désir pour elle. Dean avait un corps de dieu de l'Olympe. Et elle était follement amoureuse de lui.

Aussi avait-elle l'intention de faire durer ce moment très longtemps.

Pour que la douleur qui serait bientôt la sienne trouve un peu d'apaisement, dans le souvenir de leur dernière étreinte.

Les rues de Somerset paraissaient bien différentes du jour de son arrivée, trois semaines plus tôt. Dean gonfla ses poumons de l'air printanier. Alan l'avait rejoint la veille, dans la nuit, accompagné d'une équipe scientifique chargée d'effectuer des relevés chez Reva.

Après quoi, ils étaient tous repartis, et Dean avait sombré dans un profond sommeil.

Il n'avait pas parlé de l'argent à ses collègues et avait exigé de Reva qu'elle garde également le silence sur le sujet. Désormais, cet argent était son problème. Pour les autorités, il n'avait jamais existé : quelques malfrats avaient prétendus que Pinchon recherchait un butin. Ça n'allait pas plus loin, et l'affaire pouvait être enterrée là.

Tout en entassant ses affaires, dans le 4x4 de Clint, Dean gardait les yeux fixés sur le restaurant de Reva.

La jeune femme avait voulu éviter des adieux en plein jour. Elle avait eu raison. Jamais il n'oublierait la manière dont ils avaient fait l'amour, la veille. Avec une tendresse infinie. Avec une émotion intense et partagée.

Ensemble, ils avaient connu le meilleur. Mais c'était fini.

Il venait de refermer le coffre et allait s'installer au

volant, quand l'écho d'une cavalcade bien familière résonna derrière lui.

— Tu t'en vas ? demanda Cooper en s'arrêtant devant lui, tout essoufflé.

— Oui. Mes vacances sont terminées.

— Oh.

Devant le petit visage décomposé de l'enfant, Dean sentit son cœur se tordre.

— Je pensais que tu voudrais peut-être rester ici, enchaîna-t-il. Tu sais, je peux t'aider à trouver un travail ! M. Keller a toujours besoin de quelqu'un, au grand magasin. Et je parie que maman te donnerait du travail au restaurant, si tu le lui demandais. Et tu pourrais aussi travailler avec le shérif…

— C'est gentil, mais j'ai déjà un travail, répondit-il en lançant une couverture sur le sac d'argent, calé sous la banquette arrière.

— Mais tu avais promis de bâtir un fort pour notre aire de jeux, protesta Cooper d'une voix tremblante.

— J'enverrai de l'argent pour que ce soit fait. La municipalité pourra confier ce travail à un…

— Mais je voulais t'aider ! Tu te souviens ? On a plein d'idées, pour le fort, avec Terrance !

— Je le préciserai dans ma lettre avec le chèque, assura Dean.

Il se sentait mal. Très mal. Et il voulait partir avant d'être perçu comme un ignoble lâcheur… Si c'était encore possible.

Il était sur le point de se hisser sur son siège quand Cooper se mit à pleurer et supplia :

— Mais je serais sage, je le promets !

Aussitôt, Dean descendit et s'agenouilla devant l'enfant.

Il était si jeune. Ses grands yeux exprimaient l'incompréhension et le chagrin. Et Dean sentait toutes ses forces le quitter.

— Cooper, tu es *déjà* sage, observa-t-il en s'efforçant de sourire.

— Et je peux parler moins, quand tu es là, poursuivit le petit. Maman me dit souvent que je parle trop, mais je ne peux pas m'en empêcher. Mais si ça t'embête, je t'assure que je peux me taire !

— Non, ce n'est pas ce que je veux. J'adore t'écouter parler, Cooper. Et je ne m'en vais pas parce que tu parles trop ! Je m'en vais parce que je dois retrouver mon travail et rentrer chez moi.

Visiblement peu convaincu, l'enfant fit la moue et demeura immobile.

— Et si j'avais un fils, je voudrais qu'il soit exactement comme toi, ajouta Dean.

— Vraiment ?

— Vraiment.

— Alors tu pourrais revenir pour d'autres vacances ? Comme ça, tu réparerais le dinosaure de Terrance ?

— Peut-être, répondit-il, embarrassé.

Il se redressa et sourit encore à l'enfant.

— Allons, rentre chez toi, maintenant. Et dis à ta maman…

Il hésita.

Elle avait refusé les adieux.

Pas de pathos.

— Dis-lui que je la remercie, conclut-il.

— Tu pourrais venir avec moi pour le lui dire toi-même, opposa Cooper. Elle est réveillée. Elle a attrapé un rhume des foins. C'est pour ça qu'elle a les yeux rouges et qu'elle se mouche tout le temps. Mais si tu bois du jus d'orange, tu ne l'attraperas pas ! Et puis… Il y a du café !

— Je regrette, mais je ne peux pas, assura Dean. Il faut que j'y aille.

Cooper acquiesça et recula de quelques pas, sans le perdre des yeux.

Et même au moment où Dean s'engagea dans la rue au volant du véhicule, il resta sur place. Jetant un coup d'œil dans le rétroviseur pour regarder l'enfant une dernière fois, Dean espéra qu'il se mettrait très vite à courir vers chez lui.

Mais Cooper ne bougea pas.

Il resta longtemps sur le trottoir, devant les élégantes villas de Magnolia Street, tandis que le 4x4 rejoignait la route quittant Somerset.

17

Le mois de juin était arrivé, chaud et humide. Cooper avait de longs mois de vacances devant lui, et le restaurant ne désemplissait pas. Un reporter d'Atlanta consacra un article à Miss Reva, et les appels de clients se multiplièrent dans les jours qui suivirent. La saison serait excellente.

Aussi Reva se décida-t-elle à recruter quelqu'un pour terminer le travail dans les pièces du haut et agrandir au plus vite l'établissement. Chaque matin, elle était déterminée à décrocher son téléphone pour appeler l'agence de travail temporaire. Et chaque matin, elle y renonçait. Le souvenir de Dean était encore trop vif.

Il lui avait donné de bien étranges nouvelles. Un jour, elle avait reçu la copie d'un article d'un journal d'Atlanta, qui n'avait rien à voir avec la rubrique culinaire : l'auteur de l'entrefilet signalait simplement une généreuse et anonyme donation faite à l'ordre d'un centre de désintoxication du cœur de la ville.

Quelques jours plus tard, Ben Andrews avait frappé à sa porte, arborant son plus beau sourire. Un sourire qu'il avait également trouvé la force d'afficher le jour où elle avait refusé son invitation à dîner. Il avait fini par comprendre : jamais elle ne pourrait lui offrir mieux que son amitié. Mais ce jour-là, sans une trace d'amertume, il avait amplement loué les mérites de Dean Sinclair, qui venait d'obtenir de la police fédérale qu'elle octroie des moyens plus importants au petit poste de Cross City.

Et aujourd'hui, Reva recevait encore un courrier de Dean, accompagné d'une note manuscrite :

« J'ai poursuivi jusqu'au bout mon enquête. Aucune réclamation n'a jamais été enregistrée pour cet argent, et il est donc impossible de le rendre à qui de droit. Tu avais raison. Il s'agit d'argent sale. Et c'est peut-être le seul bienfait qu'Eddie aura laissé derrière lui, s'il est utilisé à bon escient. Comme tu le sais, j'en ai déjà consacré une bonne part à des œuvres qui le méritent et qui en feront bon usage. Mais je pense que ce qui reste revient à Cooper, et qu'il aura besoin de cette réserve lorsqu'il fera ses études supérieures. Aussi ai-je ouvert un compte d'épargne à son nom. Penses-y. Ne refuse pas avant d'y avoir réfléchi. »

Les documents bancaires, libellés au nom de Cooper, étaient joints à l'envoi.

Reva sentit un sanglot l'étrangler. Dean lui manquait. Terriblement. Bien davantage qu'elle ne l'aurait imaginé. Oh, bien sûr, elle s'était doutée que ce serait difficile !

Mais, chaque nuit, elle rêvait de lui et, chaque jour, elle croyait voir un visage lui rappelant celui de l'homme qui avait bouleversé sa vie.

En dépit de sa douleur, jamais elle n'avait regretté d'avoir connu Dean Sinclair. Il lui avait rendu au centuple ce qu'elle croyait avoir définitivement perdu des années plus tôt : son cœur de femme.

— Maman ! cria Cooper en surgissant dans son bureau, tel un boulet.

Son visage était rouge, et il était à bout de souffle.

— Viens voir !

Puis, sans autre explication, il dévala l'escalier. Reva se leva lentement, étonnée. Il n'était pas 11 heures, et les clients n'arriveraient pas avant un long moment. Pourtant, la maison fourmillait d'activités, et ses employées préparaient fiévreusement le menu copieux du samedi midi.

Mme Edna était très excitée par la venue d'un groupe de douze personnes. Une famille au grand complet : les Taggert, qui avaient insisté pour que la propriétaire de Miss Reva assume elle-même l'animation.

Comme Cooper sortait de la maison, Reva le suivit d'un pas nonchalant. Elle n'était pas pressée. Elle aimait jeter un regard sur l'arbre que Dean avait élagué, en descendant les marches du porche.

— Allez, maman ! Dépêche-toi ! Il y a encore du chemin !

Surprise, elle rejoignit l'enfant, qui se dirigeait vers le centre-ville.

— Mais où m'emmènes-tu, Cooper ?

— Tu vas voir !

Elle soupira. Sur le trottoir qui longeait l'aile sud de l'église, elle repéra un gros camion noir et deux voitures. Celles-ci étaient étrangères à Somerset : la première était immatriculée en Alabama, la seconde en Géorgie.

Et quand Cooper lui prit la main pour contourner l'église et gagner l'aire de jeux, elle découvrit un autre camion.

Des cris d'enfants retinrent son attention, et elle se tourna vers le bac à sable pour y trouver un petit garçon aux cheveux noirs, une fillette blonde et deux bébés... Des jumeaux ! Portant machinalement une main à sa poitrine, elle vit alors Mary s'avancer vers elle.

Puis un homme souriant la rejoignit : Clint !

Et enfin, derrière eux...

Dean.

— Désolé de te surprendre, Reva, lança-t-il.

— Nous sommes seulement venus pour la construction du fort, précisa Clint. Crois-moi : Dean n'a aucune autre raison d'être ici !

Reva lui sourit. Il avait les yeux brillants de malice et adressait maintenant une moue moqueuse vers son aîné.

Elle prit une longue inspiration, espérant que son cœur cesserait de battre aussi vite. Puis elle releva les yeux vers Dean.

Comme son frère, il portait un T-shirt et un jean sur des boots... Mais il ne s'agissait pas d'un T-shirt « Joe le bricolo ». Ni d'un jean de toile épaisse réservé aux maçons et aux plombiers ; et il semblait aussi à son aise que dans un costume.

— Qu'est-ce que tu fais ici ?

C'était une question stupide. Mais les mots lui avaient échappé, et elle se sentait toute vide en plongeant son regard dans ces extraordinaires yeux bleu-gris qui hantaient ses nuits depuis cinq longues semaines.

Vide et effrayée.

Où trouverait-elle la force de le voir partir une seconde fois ?

— J'honore ma promesse du jour de la collecte, répondit-il d'un ton détaché.

— Oui, je vois ça…

Il sourit et désigna d'un ample mouvement de la main les nombreuses personnes qui l'entouraient.

— Tu connais déjà Clint et Mary, déclara-t-il. Mais permets-moi de te présenter mon beau-frère, Nick : c'est lui qui est en train de monter les murs du fort. Et le drôle de garçon aux cheveux en broussaille, là-bas, c'est mon autre frère, Boone. Quant à la jeune femme qui se tient près de Mary, c'est ma sœur, Shea, et le petit garçon aux cheveux noirs qui joue dans le bac à sable est son fils, Justin. Et là, c'est Jayne.

Il pointait l'index sur une jeune femme assise sur le banc, que la fillette venait de rejoindre.

— C'est la femme de Boone, et leur fille, Miranda.

En dépit du choc, Reva s'efforçait d'enregistrer tous ces noms.

— Eh bien ! Tu es venu avec toute la famille, alors…

— Oui.

— Dans l'intention de bâtir ce fameux fort…

Il la fixa longuement et demeura silencieux.

— Entre autres choses, oui, répondit-il enfin.

Elle sondait son regard, désarçonnée, quand il l'attira

vers lui pour l'embrasser. Simplement. Devant tous ses frères et sœur.

Puis il se recula et sortit une photographie de sa poche pour la lui tendre d'un air grave.

Intriguée, elle baissa les yeux sur le cliché. Il représentait une maison de style victorien, exactement semblable à la sienne. A un détail près : celle-ci était équipée d'une terrasse courant tout le long de la façade, au niveau du premier étage. Le toit de l'aile secondaire, correspondant à la partie habitée de sa propre villa, avait besoin d'une bonne restauration. Mais le bâtiment était superbe.

— Cette maison se trouve en bordure d'Atlanta, précisa-t-il.

— Ah ? Elle est charmante, répondit-elle, un peu déconcertée.

— Je l'ai achetée, reprit-il.

— Vraiment ?

Son cœur s'était mis à battre un peu plus fort, et elle cherchait le sens de cette démarche. Pourquoi Dean avait-il acheté une maison aussi vaste pour lui seul ? Etait-il possible que… ? Voyons, elle s'emballait. Il était simplement en train de lui faire comprendre que jamais il ne viendrait s'établir à Somerset. Comme si elle ne le savait pas depuis longtemps.

— Et j'ai déjà commencé sa restauration, dit-il.

Elle sourit.

— Alors tu as l'intention de devenir un as du bricolage, finalement ?

— Oui, à mes heures perdues, acquiesça-t-il. Mais tu sais que je n'aurais pas pu vivre ici…

— Oui, je le sais, approuva-t-elle.

— J'aime mon métier, renchérit-il. Je ne peux pas y renoncer uniquement parce que mon cœur s'est déchiré, le jour où j'ai quitté Somerset.

Comme elle levait vers lui un regard stupéfait, il prit sa main dans la sienne et la serra.

— Mais cette maison est à deux heures d'ici, enchaîna-t-il d'une voix légèrement altérée par l'émotion. Nous pourrions revenir à Somerset tous les week-ends. Tu confierais la gérance du restaurant à Tewanda, et tu en ouvrirais un autre sur place…

Reva bondit pour se jeter dans ses bras et l'embrasser avec passion. Enfin, elle sentait la saveur de ses lèvres fraîches sur les siennes… Elle rêvait de cet instant depuis si longtemps ! Dean lui avait terriblement manqué.

Dès qu'elle se recula, il poursuivit d'un ton exalté :

— Et les écoles du secteur sont excellentes. Il y a aussi un club de foot dont les équipes jouent régulièrement au niveau national.

Passant ses deux bras autour de son cou, elle s'esclaffa.

— C'est une précision utile ! J'hésitais, mais si l'équipe de foot est bien classée, ça change tout !

— Reva, je ne veux pas te contraindre… Mais si tu disais oui, je te promets que je ferai tout pour te rendre la vie facile, et je…

— Ce sera très simple, assura-t-elle en laissant ses larmes couler sur ses joues.

— Je t'aime, chuchota-t-il.

— Moi aussi, je t'aime, Dean…

— Alors épouse-moi !

— Oui.

D'un geste fiévreux, il plongea une main dans sa poche et en ressortit un écrin de velours contenant une bague de fiançailles.

Bouche bée, Reva contempla le magnifique solitaire sur l'anneau d'or blanc. C'était un bijou ancien, somptueux de finesse et d'élégance.

Et quand il le glissa lentement à son annulaire… elle sentit son cœur déborder de bonheur : il lui allait parfaitement !

— Il faut tout de même que je précise que je risque d'avoir besoin de ton aide pour poser le papier peint, dit-il en déposant un baiser d'une infinie douceur sur sa main.

Eclatant de rire, elle se jeta encore dans ses bras, et ils s'embrassèrent avec une émotion égale à leur joie.

Puis elle se retourna vers le bac à sable.

— Tu as eu besoin d'emmener toute ta famille pour me demander en mariage ? s'enquit-elle, taquine.

— Oui, c'était indispensable. Je préférais que tu saches dans quoi tu allais t'engager… Les Sinclair sont des gens encombrants !

— Je crois que je saurai m'en accommoder, déclara-t-elle en riant, au moment où les cloches de l'église sonnaient. Oh, non ! Il faut que je retourne au restaurant ! Nous avons une grosse réservation, et je suis censée animer la tablée des…

— Des Taggert, compléta-t-il pour elle, en désignant sa sœur. Son nom de femme mariée est « Taggert ».

Fronçant les sourcils, Reva se mit à compter : les hommes, les femmes, les enfants…

— J'ai oublié quelqu'un ? demanda-t-elle. Vous n'êtes que onze !

— Et Cooper ? répondit Dean. Il a besoin de faire connaissance avec ses cousins, tu ne crois pas ?

Reva sentit son cœur déborder d'amour. Dean avait inclus Cooper dans son projet, bien avant de savoir si elle accepterait de l'épouser.

— Sais-tu que tu es le meilleur des hommes ? murmura-t-elle en se lovant contre lui.

— Non, Reva, dit-il en l'enveloppant de ses bras puissants. Je suis un homme tout court, bon et mauvais. J'ai commis des erreurs, et il est probable que j'en commette encore.

— Mais ton cœur est au bon endroit. Et il le sera toujours.

Balayant l'aire de jeux du regard, Reva songea qu'elle allait enfin avoir la grande famille dont elle avait rêvé. Des belles-sœurs et des beaux-frères, des nièces et des neveux…

— Viens, dit-il en lui prenant la main. Allons te présenter convenablement à tout le monde.

— Mais… J'aurais voulu me changer ! répliqua-t-elle, affolée. Je ne suis pas maquillée, et mes cheveux sont… Oh, Dean, et s'ils ne m'aiment pas ?

— Ah ! Ils t'aimeront, sois-en certaine. Toi, tout comme Cooper.

— Mais tu n'en sais rien, et…

— Moi je t'aime, coupa-t-il. Et fais-moi confiance, ils t'aimeront aussi. C'est toi qui risques de te lasser de voir tous ces chenapans débarquer régulièrement pour faire main basse sur tes pâtisseries… Mais si tu es si inquiète, je sais comment remporter définitivement l'adhésion des enfants et des adultes.

Une lueur espiègle brillait dans son regard, et elle demanda :

— Ah ? Quelle est ta méthode, mon héros ?

— Au cas où tu ne l'aurais pas remarqué, les Sinclair souffrent d'une prépondérance de garçons, expliqua-t-il. Jayne a très peur que Miranda n'ait aucune cousine avec qui jouer. Et je me disais que Cooper aimerait sans doute aussi avoir une petite sœur…

A ces mots, elle sentit son cœur bondir de joie.

— Qu'en dis-tu ? conclut-il.

Trop émue pour articuler un son, elle se contenta de hocher la tête et de serrer plus fort sa main dans la sienne.

— Ah, j'ai oublié de te dire qu'il y a un autre détail qui te permettra de gagner le cœur de tous les membres de ma famille, reprit-il.

— Lequel ?

Dean sourit en l'attirant vers l'aire de jeux.

— C'est toi qui prépares le repas de Thanksgiving, cette année.

Elle éclata de rire.

— Thanksgiving ? Dans cinq mois ? Tu as beaucoup d'avance dans ton planning !

— Oui, c'est vrai, reconnut-il en l'embrassant. Ça t'ennuie ?

Reva prit une longue inspiration et regarda Cooper, qui jouait déjà avec sa nouvelle famille. *Leur* nouvelle famille.

— Au contraire, souffla-t-elle.

GAYLE WILSON

Une étrange disparition

éditions Harlequin

Titre original : UNDER SURVEILLANCE.

Traduction française de CAROLE PAUWELS

© 2003, Mona Gay Thomas. © 2009, Harlequin S.A.

83/85 boulevard Vincent-Auriol 75646 PARIS CEDEX 13.
Service Lectrices — Tél. : 01 45 82 47 47
www.harlequin.fr

Prologue

— Encore une mission de surveillance, remarqua John Edmonds avec une grimace.

Assis de l'autre côté du bureau, Cabot releva la tête, et tous les deux s'affrontèrent du regard, chacun exprimant une volonté farouche.

— C'est votre domaine de compétence.

— Entre autres, répliqua John qui fulminait sous son masque impassible.

S'il était vrai qu'il avait travaillé pendant plusieurs années pour l'Agence nationale de sécurité, il possédait bien d'autres aptitudes que son nouvel employeur ne pouvait pas ignorer.

— C'est de surveillance que j'ai besoin sur cette affaire, déclara Cabot avant de reporter son attention sur les documents qu'il lisait quand John était entré.

Ses dossiers étaient remplis avec soin et toujours à jour — sans doute une réminiscence de son passé de directeur adjoint de la CIA —, et ses équipiers, soumis à un débriefing systématique à la fin de chaque mission.

A dire vrai, le fonctionnement de l'agence Phœnix,

bien qu'il s'agisse d'une organisation privée, s'apparentait grandement à celui de l'équipe de sécurité externe qu'avait dirigée Griff Cabot.

John n'avait pas fait partie de cette équipe, et il s'était souvent demandé si le problème venait de là.

Dès qu'il avait eu connaissance des activités de l'agence Phœnix, une prestigieuse agence de détectives s'adressant à une clientèle triée sur le volet, il avait envoyé sa candidature à Cabot.

Très vite, on lui avait confié des missions intéressantes, mais son goût du risque et sa propension à désobéir aux ordres avaient fini par avoir raison de la patience de son supérieur.

La sanction n'avait pas tardé à tomber, et John s'était retrouvé relégué à des tâches subalternes.

Une punition méritée — il était le premier à l'admettre —, à condition qu'elle ne s'éternise pas.

Malheureusement, Cabot semblait prendre un malin plaisir à lui confier des affaires sans intérêt.

— Ce petit jeu va durer encore longtemps ? demanda John.

Cabot lui jeta un bref coup d'œil, mais ne répondit pas.

— Si vous voulez que je démissionne, dites-le !

— Ce n'est pas ce que je veux.

— Pardonnez-moi ma stupidité, mais que voulez-vous, alors ?

— Je cherche simplement à déterminer si vous êtes capable de suivre les ordres. Surtout ceux que vous n'appréciez pas.

— Vous savez très bien que notre client serait mort si je n'étais pas intervenu ! s'exclama-t-il.

— Donc, pour vous, la fin justifie les moyens.

— Dans certaines situations, oui.

Cabot le toisa avec sévérité.

— Ce n'est pas comme ça que cette agence fonctionne. Je suis responsable des gens qui travaillent pour moi, et quand j'envoie quelqu'un sur le terrain, je veux être sûr que mes ordres seront suivis.

Il y eut un silence lourd de rancœur et d'incompréhension, puis il reprit :

— Ça n'a rien de personnel, je vous assure.

— Ce n'est pas l'impression que j'en ai, répliqua John d'un ton sec.

Un muscle joua dans les mâchoires de Cabot. Croisant les mains sur son bureau, il posa son regard aigu sur lui.

— Je vous ai donné une chance, mais ça ne se reproduira pas. Si vous vouliez mettre un terme à notre collaboration, je le comprendrais.

Durant ces dernières semaines, John avait plusieurs fois songé à démissionner mais, maintenant qu'on lui laissait le choix, il s'apercevait qu'il n'était pas prêt à renoncer.

— Je n'ai aucune envie de partir, dit-il en soutenant le regard de son chef.

Après un autre silence, Cabot fouilla dans la pile de dossiers posée près de lui et en prit un, qu'il fit glisser sur la table en acajou parfaitement lustrée.

— Il s'agit de surveillance, mais c'est assez différent de ce que vous avez fait jusqu'à présent. Ça devrait vous plaire.

— De quoi s'agit-il ?

John ignora délibérément le dossier. Il en apprenait plus en écoutant les brèves présentations de Cabot qu'en lisant les comptes rendus de la première à la dernière page. Il attendit donc la suite, en essayant de tempérer l'excitation que les paroles sibyllines de son supérieur avaient fait naître en lui.

« Il s'agit de surveillance, mais c'est assez différent de ce que vous avez fait jusqu'à présent. »

Il ne pouvait espérer mieux. Tout changement dans sa routine était une amélioration.

— Un nom est apparu là où on ne l'attendait pas, expliqua Cabot, l'air toujours aussi mystérieux. Tout ce que vous aurez à faire, c'est de fouiner discrètement ici et là.

Son regard chercha le sien, et il insista :

— *Très* discrètement. Je ne tiens pas à alarmer les suspects éventuels. Il s'agit d'une organisation hautement respectée.

Il prononça un nom. John laissa échapper un sifflement de surprise.

— Exactement, ponctua Cabot avec un petit sourire. Je suppose que vous avez un smoking.

John n'en avait pas, mais il n'était pas question qu'il l'avoue à son supérieur, lequel, en parfait mondain qu'il était, en possédait probablement une dizaine.

— Bien sûr, assura-t-il tout en se demandant comment s'en procurer un rapidement.

— Dans ce cas, je suggère que vous commenciez par l'invitation jointe au dossier.

Il sortit le bristol crème de l'enveloppe et lut l'invitation gravée en élégants caractères à l'anglaise.

— Autant vous prévenir tout de suite, c'est assez huppé.

Il devait en savoir quelque chose, songea John non sans un soupçon d'amertume. Son employeur, né avec une cuillère en argent dans la bouche, était sans cesse convié à ce genre d'événements.

— Ça vous donnera l'occasion de mettre un pied dans la place. Naturellement, je compte sur vous pour faire preuve de tact.

John hocha la tête.

— Et que dois-je chercher, exactement ?

— A vous de me le dire.

Cabot posa les coudes sur son bureau et se pencha en avant.

— Comme vous le savez, nous fonctionnons sur le principe du bouche à oreille, et nous assurons à nos clients la plus grande discrétion. La personne qui a sollicité notre aide soupçonne des malversations au sein de cette organisation. Pour le moment, elle ne dispose d'aucun élément concret susceptible d'appuyer ses dires, et elle compte sur nous pour trouver les preuves qui manquent.

— Bien.

John se leva et récupéra le dossier. Il allait sortir quand son supérieur reprit la parole.

— Au fait, il y aura aussi une vente aux enchères. Faites attention à vos gestes. Je ne suis pas sûr que notre budget nous permette la moindre excentricité.

John se retourna.

— Qu'y a-t-il à vendre ?

— Des robes de stars, je crois.

Baissant les yeux sur les documents posés devant lui, Cabot ajouta, pince-sans-rire :

— Vous devriez pouvoir résister à la tentation. Je doute qu'il y ait quelque chose à votre taille.

1

Les visages étaient noyés dans l'obscurité, derrière le puissant faisceau des spots dirigés sur le podium.

Debout devant le pupitre équipé d'un micro, Kelly Lockett attendit un moment que les applaudissements s'estompent, puis elle leva la main pour demander le silence, comme si elle avait fait cela toute sa vie.

En réalité, elle avait toujours évité comme la peste ces mondanités. C'était le genre de choses que Chad adorait, et elle l'avait laissé s'en occuper avec un grand soulagement.

Par chance, il s'était révélé extrêmement doué.

Tellement doué qu'elle redoutait de ne pas être à la hauteur.

— Au nom de mon frère…

Elle n'eut pas le temps de finir sa phrase. Les applaudissements reprirent de plus belle, tandis que les invités se levaient les uns après les autres.

Les larmes aux yeux devant cet hommage spontané, elle se mordit la lèvre, fermement décidée à ne pas pleurer maintenant. Les larmes étaient réservées à la sphère privée, et elle n'avait aucune intention de livrer son deuil en pâture aux journalistes présents.

Sans chercher à couvrir le brouhaha, elle attendit que le calme revienne. L'on n'entendit bientôt plus que le bruit des chaises des gens qui se rasseyaient.

Maintenant que ses yeux s'étaient habitués à l'obscurité, Kelly parvenait à identifier certaines des personnes assises aux tables les plus proches du podium.

Elle s'était efforcée d'échanger quelques mots avec chacun, et, même si elle redoutait ce moment, elle se mêlerait de nouveau aux invités après la vente aux enchères.

Ce talent-là aussi, c'était Chad qui le possédait : faire en sorte que les gens aient le sentiment d'être les bienvenus, qu'ils aient envie de participer et se sentent concernés.

— Merci, dit-elle avec sincérité.

Quelles que soient les raisons pour lesquelles elle était présente ce soir, son frère méritait amplement ces ovations.

— Comme je vous le disais, je suis heureuse, au nom de mon frère, de vous accueillir à la huitième soirée caritative de la fondation Lockett. Vous savez tous que Chad consacrait beaucoup de temps et d'énergie à soutenir différentes causes. L'idée de créer cette fondation qui porte le nom de notre famille était la sienne, et lui-même choisissait personnellement les œuvres qui bénéficient chaque année de votre générosité. Merci à tous de nous aider à poursuivre ce qu'il avait entrepris.

Il y eut une nouvelle salve d'applaudissements, plus mécanique que la précédente. Consciente que la première était un hommage à son frère, de la part de ses amis et collègues, Kelly ne s'en offusqua pas.

— Comme vous le savez, nous vous proposons ce soir une vente aux enchères très spéciale, et je voudrais remercier une fois de plus les généreux donateurs.

Elle marqua une pause, ainsi que l'indiquait sa fiche, pour permettre une nouvelle fois aux invités d'applaudir, puis elle désigna les vitrines qui renfermaient les robes mises en vente.

— Tous les modèles que nous vous proposons sont exceptionnels, mais j'ai pour ma part une préférence pour la robe bustier noire ayant appartenu à la princesse Diana. J'ai même songé à casser ma tirelire. Malheureusement, elle n'est pas tout à fait à ma taille… Je suis beaucoup trop grande !

Elle était beaucoup trop petite, au contraire, et il y eut quelques rires polis à sa plaisanterie, comme sa fiche le signalait entre parenthèses.

— Toutes ces robes sont des œuvres originales créées pour des stars ou des personnalités de premier plan. Comme vous vous en doutez, il était impossible de les retoucher. C'est pourquoi, nous avons fait réaliser des copies pour nos mannequins… et pour moi-même.

S'écartant du pupitre, elle se dirigea vers l'allée qui prolongeait le podium jusqu'au milieu de la salle, tandis qu'un animateur prenait le relais au micro.

— Il faut voir le vêtement porté pour en comprendre la magie. Telle est la devise des grands couturiers, expliqua l'homme d'une voix snob et maniérée. Nous avons donc organisé à votre attention un défilé exceptionnel…

Avec une profonde inspiration, Kelly s'avança sur l'allée, imitant la démarche d'un mannequin professionnel. Elle portait une magnifique robe de soirée rouge. Le chœur des « oh ! » qui s'élevaient sur son passage lui montra que ses conseillers ne s'étaient pas trompés sur le choix de la robe.

— Mlle Lockett porte la copie d'un modèle de Givenchy, créé spécialement pour Audrey Hepburn dans le film *Funny Face,* poursuivait l'animateur. Je suis sûr que vous vous rappelez tous la scène où Mlle Hepburn descend les marches du Louvre vêtue de cette robe.

Conformément à ce qui était prévu, Kelly avait atteint l'extrémité de l'allée. Devant elle se trouvaient six marches qui débouchaient sur la piste de danse. Levant les mains à hauteur d'épaules afin de présenter l'étole de soie rouge assortie à la robe de soirée, elle descendit lentement les marches.

On lui avait recommandé de repérer quelques personnes dans la foule, et de sourire ou de hocher la tête. Elle scrutait donc les visages, cherchant quelqu'un de familier, quand son regard fut soudain attiré par un profil masculin d'une rare beauté.

Au même moment, l'homme tourna la tête, et leurs regards se croisèrent.

Elle n'aurait pu dire de quelle couleur étaient ses yeux. Tout ce qu'elle savait, c'est qu'il émanait de lui quelque chose de sombre et de dangereux.

Et de terriblement excitant.

Alors qu'elle dépassait la table où il était assis, suivant le chemin que tous les mannequins emprunteraient afin de permettre aux invités de voir les robes de plus près, elle dut faire un effort pour ne pas lui jeter un dernier regard.

Longtemps après qu'elle eut regagné les coulisses, le souvenir de l'inconnu continua de la hanter. Un étrange courant était passé entre eux. Un courant fulgurant, inattendu et exigeant, qui lui avait donné l'envie de se jeter dans ses bras.

Or, ce genre d'élan ne lui ressemblait absolument pas.

Il était un peu plus de 2 heures du matin quand Kelly réussit enfin à s'esquiver par une porte de service.

Chad ne se serait pas privé de se moquer d'elle en la voyant fuir. Cela lui ressemblait bien de filer à l'anglaise ! lui aurait-il dit.

Sauf qu'elle n'avait pas à se sentir coupable, songea-t-elle tout en regardant défiler les étages sur le panneau lumineux de l'ascenseur. Elle avait fait assaut d'amabilités auprès des donateurs, puis avait attendu que la plupart des invités soient partis pour s'éclipser. Elle avait rempli son devoir, payé son tribut.

Et à présent, elle rentrait chez elle.

Elle n'avait pas revu l'inconnu. Peut-être parce qu'elle s'était interdit de chercher son visage dans la foule, pour une raison inconnue. De toute façon, cela n'aurait rien changé. Elle n'aurait sans doute pas été capable de le reconnaître.

Ce qui s'était passé n'était qu'un de ces incidents

bizarres qui se produisent de temps en temps, comme de croiser les yeux d'un homme séduisant dans le taxi voisin du vôtre, alors que vous attendez au feu rouge. Ou dans un ascenseur. Ou au restaurant... Cela ne voulait absolument rien dire.

Et c'était mieux ainsi, décida-t-elle.

En ce moment, elle ne pouvait se permettre aucune distraction. Or elle devinait qu'il était le genre d'homme à exiger une attention de tous les instants.

Les portes de l'ascenseur s'ouvrirent, et elle sortit dans le parking souterrain. Contre toute attente, le gardien ne se montra pas en l'entendant arriver.

Saisie par l'humidité glacée du parking après l'atmosphère surchauffée de la salle de vente, elle resserra son étole autour d'elle avec un frisson et se dirigea vers la cabine du gardien. Le cliquètement de ses talons résonnait étrangement dans le silence.

Quand elle arriva à la hauteur de la cabine, elle constata qu'il n'y avait personne. Peut-être devrait-elle signaler ce problème au conseil d'administration, lorsqu'ils se réuniraient pour faire le point sur la soirée. Leurs invités étaient des personnes réputées, et il fallait leur assurer une certaine protection, quelle que soit l'heure.

Sa voiture, ou plutôt celle de Chad, était garée à l'étage supérieur, et la perspective de gravir la rampe perchée sur ses sandales à hauts talons ne l'enchantait guère, d'autant que les fines lanières commençaient à la meurtrir.

D'un autre côté, elle n'avait pas très envie de marcher pieds nus sur le ciment sale...

Une main appuyée au mur, elle se baissa et resserra

la bride sur sa cheville. Puis elle releva la tête de façon à estimer la distance qu'elle avait encore à parcourir.

C'est alors qu'elle crut apercevoir une ombre entre les voitures.

Un rat ? La ville en était infestée.

Ou un chat errant ?

Malgré son désir de trouver une explication logique et rassurante à ce mouvement, elle sentit un frisson courir le long de sa colonne vertébrale, et elle eut la chair de poule.

Elle tourna la tête vers la cabine du gardien, oasis de lumière dans cet océan d'obscurité, puis de nouveau vers l'endroit où était garée sa voiture.

Mieux valait retourner à l'ascenseur, décida-t-elle.

Cette fois, elle ferait ce qu'elle aurait dû faire la première fois : elle demanderait à quelqu'un de l'accompagner. C'était de la folie de s'aventurer seule dans un parking en pleine nuit.

Elle fit demi-tour. Et son sang se glaça.

Trois hommes étaient groupés devant l'ascenseur.

Ou plutôt trois adolescents, corrigea-t-elle, tandis que son regard passait nerveusement de l'un à l'autre. Leur jeunesse n'avait rien de rassurant, compte tenu de leur allure. D'ailleurs, l'un d'entre eux affichait un sourire ouvertement menaçant.

Comme en réponse à un signal invisible, ils se mirent à avancer vers elle.

Une brusque poussée d'adrénaline la traversa, en même temps que se réveillait son instinct de survie.

L'affrontement ou la fuite.

Un vrai dilemme puisqu'ils bloquaient la seule issue.

Soulevant le rabat de sa pochette de soirée, elle y prit sa clé de voiture, puis jeta son sac dans leur direction. Si leur intention était de la voler, autant leur faciliter la tâche. Peut-être même aurait-elle le temps de courir jusqu'à sa voiture, pendant qu'ils fouilleraient son sac.

Si un autre l'attendait là-haut, elle aviserait à ce moment-là. Mieux valait tenter sa chance, plutôt que d'essayer de forcer le barrage formé par ces trois-là pour atteindre l'ascenseur.

Un instant, elle songea à ôter ses chaussures, mais les voyous avaient accéléré l'allure et se rapprochaient de l'endroit où elle avait jeté sa pochette.

Cette diversion lui permettrait-elle de prendre la fuite ?

Tout dépendait de ce qu'ils voulaient…

Elle avait beau chercher dans sa mémoire, elle était incapable de se rappeler combien d'argent son portefeuille contenait. Elle n'avait jamais beaucoup d'espèces sur elle, il ne devait donc pas y avoir grand-chose.

Mon Dieu, faites que ça suffise…

Relevant à deux mains le bas de sa robe, elle se mit à courir de toutes ses forces vers la Jaguar de son frère. Le bruit de bottes de ses poursuivants, amplifié par le plafond bas, résonnait lourdement derrière elle. Son avance était insuffisante. Ils étaient en train de la rattraper.

Alors qu'elle approchait de la Jaguar, une silhouette sortit de l'ombre. Bifurquant à la dernière minute, Kelly renonça à rejoindre la voiture et se précipita vers l'extrémité du parking.

Elle avait beau courir de toutes ses forces, ce n'était pas suffisant.

Bientôt, une main se referma sur son bras, et des ongles s'enfoncèrent dans sa chair. Le jeune voyou la tira si fort en arrière qu'elle trébucha et s'abattit contre lui. D'un geste machinal, elle posa la main sur son torse pour retrouver l'équilibre. Aussitôt, une forte odeur de sueur et de tabac bon marché lui monta aux narines, écœurante.

Agrippant son épaule nue, il la plaqua contre lui. Et tandis que ses seins effleuraient son T-shirt sale et déchiré, la lumière se fit dans son esprit.

Ce n'était pas son argent qui les intéressait.

2

Mue par la panique autant que par la rage, Kelly enfonça son talon aiguille dans le pied de son agresseur. Une chance qu'il porte des tennis et non des bottes comme ses acolytes, songea-t-elle confusément.

Avec un juron, le jeune voyou desserra un peu les doigts. Cela lui permit de se libérer, et elle se remit à courir dans l'espoir d'atteindre l'étage supérieur.

Elle n'avait pas fait deux pas qu'un bruit de moteur retentit. Levant les yeux, elle vit deux phares apparaître en haut de la rampe. Elle agita les bras de façon à attirer l'attention du conducteur.

Il comprendrait sûrement la situation et s'arrêterait pour l'aider.

Et ensuite ?

A supposer qu'il s'agisse d'un homme, il serait un contre quatre. Deux contre quatre, corrigea-t-elle *in petto*, ridiculement satisfaite de la petite victoire qu'elle venait de remporter avec sa sandale.

En réalité, il était plus que probable que le conducteur l'ignore et parte sans demander son reste. Le cas échéant, il ne lui resterait plus qu'à espérer qu'il n'était pas totalement dénué de civisme et qu'il s'arrêterait quelque part pour appeler la police.

S'il s'agissait d'une femme, c'est sûrement ce qu'elle ferait.

Il se pouvait aussi que le conducteur ralentisse suffisamment pour qu'elle parvienne à sauter dans son véhicule...

Soudain, elle s'aperçut que la voiture s'était arrêtée. Ses phares éclairaient la scène qui se déroulait en contrebas, tel un plateau de cinéma.

Kelly sentit ses espoirs s'envoler.

Soit il s'agissait d'un complice qui arrivait avec la voiture pour l'enlever, soit le conducteur calculait ses chances de pouvoir atteindre la sortie sans être pris à partie.

Ne partez pas, pria-t-elle tout en continuant à remonter la rampe. *Je vous en supplie, ne me laissez pas seule avec eux.*

Le bruit d'une portière qui claquait mit fin à tous ses espoirs.

Qui sortirait de voiture pour venir à son aide ? Personne. Le conducteur avait le choix entre redémarrer à toute allure, ou faire demi-tour pour changer de niveau et se garer dans l'obscurité en espérant ne pas être repéré. Voilà ce que ferait une personne normale.

Sortir de la voiture était de la folie, étant donné les circonstances.

Tandis qu'elle continuait à courir, elle entendit les pas du conducteur venir à sa rencontre. Lents, presque calculés. Le seul son perceptible à ce niveau du parking.

Se détournant un instant de la lumière aveuglante

des phares, elle regarda derrière elle. Ses poursuivants s'étaient arrêtés et semblaient guetter le claquement des semelles sur le béton.

Donc, ce n'était pas un complice. Et son arrivée était totalement imprévue.

Elle se remit à courir, en proie à un fol espoir. N'ayant pas assez de force pour appeler à l'aide, elle n'avait plus qu'à espérer que l'automobiliste avait compris la situation.

— Que se passe-t-il ?

Sa voix était profonde et incroyablement calme.

Trop calme.

Peut-être n'avait-il pas compris. Peut-être pensait-il que quelqu'un avait eu un accident ou un malaise.

L'homme avait atteint le milieu de la rampe, et elle pouvait à présent distinguer sa silhouette imposante qui se découpait sur le faisceau des phares.

Grand et large d'épaules, il semblait parfaitement capable de se défendre dans une bagarre.

— Aidez-moi, s'il vous plaît, balbutia-t-elle en le rejoignant.

— Vous êtes blessée ?

— Non.

Il gardait les yeux fixés sur les voyous.

— Montez dans la voiture.

C'était un ordre, et le ton sur lequel il l'avait prononcé ne souffrait aucune protestation. Elle n'y songea même pas.

Alors qu'elle s'apprêtait à ouvrir la portière passager du 4x4, elle jeta un coup d'œil en contrebas.

Apparemment, les quatre voyous s'étaient remis de leur

surprise. Ils avaient dû se rendre compte qu'il n'y avait qu'une seule personne dans la voiture et que l'homme n'était ni policier ni agent de sécurité.

Ils avançaient.

Une barre métallique dans les mains de l'un d'eux.

Elle supposa qu'il s'agissait d'un démonte-pneu. Celui qui le tenait — le plus menaçant des quatre, bien sûr — le faisait rebondir dans sa paume, comme un jouet. Elle aurait ri devant cette mauvaise imitation de *West Side Story* si seulement la situation n'avait pas été aussi dramatique.

— Venez, lança-t-elle à l'homme, immobile dans la lumière des phares. Allons-nous-en !

Il n'y eut pas de réponse.

— Je vous en prie, insista-t-elle, la peur montant en elle. On peut verrouiller les portières et forcer le passage.

Toujours pas de réponse.

Si ce type n'avait pas compris, c'est qu'il avait un sérieux problème !

Soudain, l'adolescent qui tenait la barre la brandit au-dessus de sa tête, et il chargea, accompagné de ses acolytes.

Malade d'angoisse, Kelly les regarda se rapprocher de l'inconnu, toujours posté devant le capot de la voiture. Relâchant la poignée de la portière, elle fit le tour du 4x4. Elle n'avait aucune idée de ce qu'elle pouvait faire, mais il n'était pas question qu'elle le laisse affronter seul cet assaut.

— Je vous ai dit de monter dans la voiture, répéta-t-il d'une voix égale.

Tout à coup, les voyous furent devant eux.

Kelly vit la barre de fer entamer sa descente vers sa cible. Trop horrifiée pour détourner les yeux, elle la regarda s'abaisser… et s'arrêter à mi-course.

L'adolescent recula en titubant, puis se saisit l'entrejambe à deux mains avec un cri d'agonie.

Les yeux écarquillés, Kelly s'aperçut que la barre métallique avait changé de propriétaire. Elle était maintenant dans les mains de l'inconnu.

La lumière des phares donnait à la scène des allures de film muet. Les images tremblotaient. Malgré tout, Kelly parvenait à suivre les mouvements de son sauveur, et elle le vit assener un violent coup dans les côtes d'un deuxième adolescent.

Le temps qu'il se débarrasse des premiers, les deux autres s'étaient concertés et fondaient sur lui. Sous le choc, l'homme s'abattit sur le capot. Kelly tressaillit en entendant l'impact.

A partir de là, elle ne vit plus ce qui se passait, la scène lui étant cachée par la voiture. La seule chose qu'elle savait, c'était que les deux premiers gisaient à terre, tandis que les deux autres s'étaient engagés dans une rude bagarre avec le conducteur du 4x4 pour récupérer l'arme qu'il leur avait prise.

Cela signifiait que personne ne faisait plus attention à elle, comprit-elle avec un temps de retard.

Elle tourna les yeux vers l'ascenseur. C'était le moment idéal pour se sortir de ce guet-apens.

Le fracas provoqué par la chute de la barre métallique ramena son attention sur les silhouettes qui se contorsionnaient sur le capot. Elle ne pouvait décemment pas s'enfuir sans chercher à venir en aide à l'homme qui s'était arrêté pour la secourir.

Obéissant à une impulsion, elle se pencha, ôta une de ses sandales, puis se redressa, munie de son arme de fortune. Les trois hommes s'étaient relevés et continuaient à échanger des coups.

Rassemblant le peu de courage qu'il lui restait — et consciente de ce que son geste avait de ridicule —, elle leva sa sandale au-dessus de sa tête et s'élança vers eux. Avant qu'elle les ait atteints, les deux voyous, malmenés par une série de figures d'art martial parfaitement maîtrisé, avaient fui sans demandé leur reste.

Ayant résolu ce problème, l'inconnu se dirigea vers ceux mis à terre en premier. Celui qu'il avait frappé à l'entrejambe gémissait encore. Se relevant péniblement, il descendit la rampe à reculons sans quitter des yeux son adversaire. Son complice le suivit, les bras serrés autour de la taille, sans doute victime de côtes cassées.

En quelques secondes, le parking se vida, laissant Kelly seule avec le conducteur du 4x4.

— Vous allez bien ? s'enquit-elle.

Il se tourna vers elle, le souffle encore court.

— Qu'est-ce que c'est que ça ? Votre chaussure ?

A sa grande consternation, elle s'aperçut qu'elle brandissait toujours sa sandale, le talon en avant.

— Qu'aviez-vous l'intention de faire avec ça ?

— En frapper un.

Embarrassée, elle abaissa le bras. Alors seulement elle se rendit compte de ce à quoi elle venait d'échapper. Les jambes flageolantes, elle prit appui contre le capot de la voiture et ferma les yeux pour retenir ses larmes.

Tout va bien, se répéta-t-elle avec une grande inspiration. *Ce n'est pas le moment de craquer.*

— Ça ne va pas ?

Ouvrant les yeux, elle vit qu'il se penchait vers elle.

Elle ne distinguait pas son visage, mais sa silhouette athlétique avait quelque chose de rassurant, tout comme sa voix grave et veloutée.

— Ils sont partis ?

— Oui, rassurez-vous. Et ils ne reviendront pas. C'est le genre qui aime…

— Les proies faciles ? suggéra-t-elle en le voyant hésiter. Si c'est le cas, ils ne se sont pas trompés. Sans vous, je ne sais pas ce que je serais devenue. Merci. Il n'y a pas beaucoup de gens qui auraient pris le risque d'intervenir.

— C'est une de mes faiblesses.

— D'aider votre prochain ?

— Je ne peux pas résister à une femme en détresse.

— Oh…

— Si nous sortions d'ici ?

Il avait utilisé le pluriel, et elle se demanda un instant s'il avait voulu dire « chacun de son côté » ou « ensemble ». Comme il ne semblait pas faire mine de lui ouvrir la portière, elle opta pour la première hypothèse.

Il observa longuement la rampe, puis se dirigea vers le côté conducteur. Ce faisant, il passa dans la lumière des phares.

— Vous étiez à la soirée, remarqua-t-elle en avisant son smoking.

— Je suis désolé, je n'ai rien acheté.

Il se pencha afin de ramasser la barre métallique, et elle dut tendre l'oreille pour comprendre la suite.

— C'était un peu au-dessus de mes moyens.

Les invités ayant été choisis à cause de leur fortune, elle se demanda s'il plaisantait. Elle avait été présentée à la plupart des participants, mais ne se souvenait pas de lui.

S'agissait-il d'un serveur ? Peu probable, vu le luxueux 4x4 qu'il conduisait.

Mais alors, qui était-il ?

Il ouvrit le coffre, y jeta la barre métallique. Puis, se redressant, il observa Kelly par-dessus le toit du véhicule.

Bien que son visage soit toujours dans l'ombre, elle avait l'impression qu'il lui était familier. Peut-être avaient-ils été présentés, après tout. Il y avait tellement de monde à cette soirée…

— Je suis Kelly Lockett.

La perche qu'elle lui tendait était un peu grosse. S'il avait assisté à la vente aux enchères, il savait forcément qui elle était. Vêtue de sa robe bustier rouge, elle avait paradé au milieu des invités comme un chien de concours toute la soirée.

— De la Fondation Lockett, je sais.

Le sarcasme qu'elle perçut dans sa voix la vexa. Elle s'était toujours efforcée d'ignorer la notoriété que la fortune de sa famille lui procurait, et elle détestait qu'on le lui rappelle.

— Je vous connais ? demanda-t-elle sèchement.

— J'ai profité de l'invitation d'un ami. Il m'avait assuré que les mets seraient excellents.

— J'espère que vous n'avez pas été déçu, répliqua-t-elle, de plus en plus glaciale.

Cet homme lui avait sauvé la vie, et elle lui en était reconnaissante. Mais l'image de chevalier en brillante armure qu'elle s'était faite de lui commençait sérieusement à battre de l'aile.

— C'est vous qui avez conçu le menu ? demanda-t-il.

— Je faisais partie du comité d'organisation.

— Pourrais-je émettre une suggestion ?

— A propos du menu ?

Elle ne put s'empêcher de penser qu'il y avait quelque chose de surréaliste dans cette conversation, compte tenu de ce qu'ils venaient de vivre.

— Moins de tralala, plus de substance.

Malgré sa mauvaise humeur, elle éprouva un élan de sympathie à son égard. Pour un homme de sa taille, le dîner pouvait en effet sembler frugal.

— Vous auriez préféré un steak et des pommes de terre ?

— On se trompe rarement en proposant un bon steak.

— Je demanderai au comité d'y réfléchir, dit-elle en retenant un sourire.

Elle crut discerner un changement dans son expression, comme s'il comprenait qu'elle se moquait de lui, mais il n'en laissa rien paraître.

— Qu’est-il arrivé à votre châle ?

— C’est une étole, corrigea-t-elle automatiquement.

Elle tourna la tête vers la rampe, sans apercevoir le morceau d’étoffe rouge. Sa pochette se trouvait également quelque part en contrebas, se rappela-t-elle. Elle ne contenait rien d’irremplaçable, mais si elle pouvait s’éviter la corvée de faire refaire ses papiers et les clés de chez elle, ce serait aussi bien.

— Elle doit être en bas avec ma pochette, expliqua-t-elle.

— Ils vous ont pris votre sac ?

— Je le leur ai jeté en me disant que ça détournerait leur attention. Mais je ne crois pas qu’ils voulaient de l’argent.

— Peut-être qu’ils en avaient après votre collier.

Machinalement, elle porta la main à son cou.

— C’est un faux.

— Et vous pensez qu’ils le savaient ?

Il referma le coffre du 4x4 d’un geste sec et ajouta :

— Je vais chercher votre sac.

Alors qu’il commençait à descendre la rampe, elle prit subitement conscience qu’elle allait rester seule. Le souvenir des ongles du voyou plantés dans son bras s’imposa à elle, et elle ne put retenir un frisson.

— Je vais vous montrer de quel côté je l’ai jeté, déclara-t-elle en s’empressant de suivre son sauveur.

Elle avait fait deux pas pour le rattraper quand elle s’aperçut qu’elle tenait toujours sa sandale à la main. En équilibre sur un pied, elle ôta sa deuxième sandale tout en suivant l’inconnu des yeux.

La silhouette haute et élancée, il portait un smoking parfaitement coupé, dont l'étoffe brillait dans la lumière des phares. Sa démarche souple laissait deviner un corps musclé.

Détournant les yeux à regret, elle posa ses sandales sur le capot de la voiture, puis releva le bas de sa robe à deux mains et courut derrière lui.

Il ralentit pour ramasser l'étole et la lui tendit sans s'arrêter. Elle l'enroula autour de ses épaules tandis qu'il se dirigeait vers l'ascenseur, là où il y avait de la lumière.

Pendant qu'il ramassait les objets tombés de sa pochette et les rangeait à l'intérieur, elle jeta un coup d'œil nerveux vers la sortie, s'attendant à voir réapparaître ses agresseurs.

Personne.

Ils semblaient avoir bel et bien disparu.

Reportant son attention sur son sauveur, elle vit pour la première fois son visage.

Il avait la peau mate, ombrée d'une barbe naissante. Sur sa pommette, une marque de coup de poing bleuissait déjà. Et plus haut, barrant son sourcil droit, elle vit une entaille maculée de sang séché au-dessus de sa paupière gonflée.

Quand enfin elle croisa son regard, elle tressaillit en découvrant ses yeux noirs, à l'intensité troublante.

Les yeux de l'homme qu'elle avait remarqué pendant la soirée.

Les mêmes yeux.

Le même homme.

3

— Au fait, je m'appelle John Edmonds.

— Kelly Lockett.

— Vous me l'avez déjà dit.

A la fois séduit et amusé, John vit ses joues s'empourprer.

Que l'on ait choisi pour elle une robe d'Audrey Hepburn se comprenait au premier coup d'œil. Elle avait les mêmes cheveux sombres relevés en un élégant chignon, les mêmes yeux noirs en amande, les mêmes traits fins.

— Vous devriez vérifier s'il manque quelque chose, lui conseilla-t-il en lui tendant sa pochette.

Elle compta rapidement les billets dans son portefeuille.

— Tout y est.

— Ce n'était pas suffisant pour les intéresser ?

— C'est ce que j'ai pensé sur le moment, mais j'avais oublié que je venais d'encaisser un chèque. Il y a cinq cents dollars. C'est beaucoup plus que ce que j'ai sur moi habituellement.

Il fronça les sourcils, chiffonné par ce détail.

— Ils auraient dû prendre l'argent, même s'ils étaient persuadés que le collier était authentique.

Et même s'ils avaient autre chose en tête que le vol. Le montant était assez important pour qu'ils ne laissent pas passer cette occasion de se remplir les poches.

— En tout cas, ils sont partis maintenant, reprit-il, désireux de la rassurer. Vous voulez que je vous suive jusque chez vous ?

Il vit ses pupilles se dilater légèrement. Choc ? Ou anticipation ?

C'est cela, oui, songea-t-il aussitôt. Il pouvait toujours rêver !

Devant la suspicion qui avait envahi son regard, il comprit qu'elle se demandait si elle pouvait prendre le risque de lui dire où elle habitait. Elle ignorait, bien sûr, que son adresse n'était pas un secret pour lui. Ni rien de ce qui la concernait.

— Je suis quelqu'un de très comme il faut, remarqua-t-il sans cacher son amusement.

— Ce n'est pas ça… Vous m'avez sans doute sauvé la vie. Ou, au moins, épargné une expérience traumatisante. Comment pourrais-je ne pas avoir confiance en vous ?

Il haussa les épaules avec désinvolture.

— C'est très facile. Vous ne me connaissez pas. Vous ne savez rien de moi.

— Peut-être, mais je sais que peu de gens auraient pris le risque de m'aider. Vous avez eu de la chance qu'ils ne soient pas armés.

— Je n'ai pas eu le temps de me poser la question.

— En tout cas, je vous en suis reconnaissante. Et je

serais ravie que vous me raccompagniez. Je dois bien avoir des pansements quelque part dans un tiroir.

Parfois, il arrivait que les occasions vous soient livrées sur un plateau, songea-t-il en retenant un sourire. Et en bon professionnel qu'il était, il savait qu'il ne fallait pas les laisser passer.

— Auriez-vous raté votre vocation d'infirmière ?

— Je rêve d'être la nouvelle Florence Nightingale, répondit-elle sur le même ton de plaisanterie.

Il éprouva un curieux pincement au ventre devant son sourire lumineux.

— Je devrais peut-être vous donner quelques indications au cas où nous serions séparés, suggéra-t-elle.

— Nous ne serons pas séparés.

Il la suivit jusqu'à sa voiture, une Jaguar de collection devant laquelle il ne cacha pas son admiration.

— Jolie voiture.

— C'était celle de mon frère.

— Celui dont vous avez parlé ce soir ?

— Oui. Chad.

— Je suis désolé.

— Merci.

Elle inséra la clé dans la serrure et ouvrit la portière. Aussitôt, la lumière du plafonnier inonda l'habitacle, révélant une curieuse inclinaison de la carrosserie. John recula d'un pas et vérifia d'un coup d'œil l'état de la voiture. Comme il s'y attendait, il y avait deux pneus crevés.

Les agresseurs avaient tout prévu. Excepté une chose : qu'une tierce personne puisse intervenir.

Quant à lui, s'il ne l'avait pas surveillée toute la soirée, il ne se serait pas rendu compte qu'elle était partie.

— Il va falloir que vous appeliez un dépanneur et que vous la fassiez remorquer.

— Je m'en occupe.

Un genou posé sur le siège en cuir, elle se pencha pour prendre quelque chose dans la boîte à gants, et John ne put s'empêcher d'apprécier la façon dont le satin rouge moulait ses hanches.

Elle se redressa en brandissant un téléphone portable.

— Il ne rentrait pas dans ma pochette, expliqua-t-elle.

Elle s'écarta de quelques pas pour passer son appel. Après avoir raccroché, elle le rejoignit, visiblement désappointée.

— Ça va prendre un petit moment.

— Combien de temps ?

— Au moins une heure.

— Desserrez le frein à main, fermez la voiture et laissez-les se débrouiller. Je vous raccompagne.

Elle semblait ennuyée. Peut-être était-ce à l'idée de laisser la Jaguar entre les mains d'un dépanneur peu soigneux. Ou de monter en voiture avec un inconnu, après ce qu'elle venait de vivre.

— Je suis inoffensif, je vous assure.

Elle eut un sourire. Pas celui qui l'avait subjugué quelques minutes plus tôt, mais une mimique empreinte d'ironie.

— Je ne pense pas que les jeunes voyous que vous avez mis en fuite soient de cet avis.

Elle semblait épuisée — ce qui n'avait rien d'étonnant. Il était presque 3 heures du matin, et cela faisait plusieurs jours qu'elle préparait la vente aux enchères, se levant à l'aube et ne se couchant pas avant minuit.

Il était bien placé pour le savoir puisqu'il avait épié ses moindres faits et gestes depuis que Cabot lui avait confié cette mission.

Une mission qu'il avait trouvée extrêmement plaisante.

Un peu trop, même.

En outre, elle avait joué les hôtesses toute la soirée. Là encore, il l'avait observée, notant qu'elle n'était pas très à l'aise dans ce rôle. D'après ce qu'il avait appris à son sujet, elle n'avait jamais adopté le style de vie des Lockett, et seule la mort de son frère l'avait contrainte à apparaître sur le devant de la scène. Elle avait pris de l'assurance à mesure que la nuit avançait, mais il était évident que toutes ces mondanités lui avaient demandé des efforts considérables.

— Ecoutez, si vous voulez attendre…

— Non. Ce que je veux, c'est rentrer chez moi, enlever ma robe et me mettre au lit.

A ces mots — prononcés innocemment, il en était sûr —, il sentit son pouls accélérer brusquement et sa gorge s'assécher.

— Desserrez le frein à main et fermez la voiture, répéta-t-il d'une voix qu'il s'obligea à garder neutre.

— Je ne dois pas plutôt appeler la police ? Remplir une déposition, ou autre ?

— Seulement si vous tenez à perdre deux heures à répondre à des questions. Ces gamins sont loin, maintenant, et ce genre d'affaires ne fait pas partie des priorités de la police. Ils feront semblant de rechercher vos agresseurs à cause de votre nom, mais ils ne les arrêteront jamais.

D'accord, il n'était pas non plus dans son intérêt que les flics s'en mêlent, mais ce qu'il venait de dire était vrai. Remplir de la paperasse serait une perte de temps.

— Par ici, déclara Kelly en le précédant dans le vaste hall.

Des photographies tapissaient les murs. John, qui avait reconnu des visages célèbres, aurait voulu s'attarder pour les regarder, mais elle avait déjà ouvert une porte non loin de l'escalier et en franchissait le seuil. Il n'eut d'autre choix que de la suivre.

— Joli, commenta-t-il en balayant du regard la luxueuse salle de bains.

— C'était la maison de mon frère. Il m'a semblé plus simple de m'y installer le temps de mon séjour en ville.

Tout en parlant, elle avait ouvert un placard dissimulé derrière des miroirs et se mit à entasser à côté du lavabo des compresses, un flacon d'antiseptique, de la pommade cicatrisante, des pansements…

— C'est une coupure superficielle, remarqua-t-il tandis qu'elle continuait à vider le placard.

Elle se tourna vers lui, hésitante.

— Un pansement suffira, affirma-t-il.

— Il faut quand même désinfecter la plaie.

— D'accord pour le désinfectant, et un pansement.

— Et un peu de pommade cicatrisante.

— Comme vous voudrez.

Il ne parvenait toujours pas à croire qu'il était chez Kelly Lockett. Pour désagréable qu'ait été l'épisode du parking, et en dépit des courbatures qu'il aurait au matin, il avait eu une chance ahurissante.

Et il n'avait pas l'intention de la gâcher.

— La lumière est meilleure par ici.

Etant donné que l'on aurait pu tourner un film dans cette vaste pièce éclairée par des rangées de spots encastrés dans le plafond, il ne voyait pas ce que cela changerait. Pourtant, il se déplaça obligeamment vers l'endroit qu'elle lui indiquait.

Elle inclina le flacon d'antiseptique et humecta une boule de coton.

Une odeur âcre remplit l'air, dissimulant la délicate fragrance qui flottait dans la pièce, et John rejeta machinalement la tête en arrière pour éviter le contact.

— Ça ne pique pas, le rassura Kelly en avançant la main vers son visage.

Il ferma les paupières de façon à protéger ses yeux et attendit le contact du coton.

Rien ne se produisit.

Après quelques secondes, il entrouvrit prudemment un œil et constata que, bien que Kelly se soit rapprochée, la différence de taille l'empêchait d'atteindre son arcade sourcilière.

— Ce serait plus facile si vous vous asseyiez, avança-t-elle.

Il s'accota aux vasques en marbre noir, une jambe dans le vide, et l'autre au sol. Puis il ferma de nouveau les yeux et attendit.

Comme elle hésitait toujours, il s'impatienta.

— Qu'y a-t-il ?

Secouant la tête, elle s'avança et vint se placer entre ses jambes. Son parfum, qu'il avait déjà remarqué dans la voiture, lui monta aux narines. C'était une fragrance capiteuse, orientale, assurément coûteuse.

Et terriblement envoûtante.

Posant sa main libre sur son visage, elle glissa le pouce sous son menton afin de l'orienter vers la lumière, et il ferma les yeux pour éviter de plonger dans son décolleté. Il y avait à la lisière de son bustier, au creux de ses seins, une vallée de peau soyeuse où se dessinait une ombre qu'il rêvait d'explorer du bout de la langue. Il devinait déjà le goût de sa peau.

Le contact du coton sur sa coupure, froid et légèrement désagréable, lui fournit la diversion dont il avait besoin.

Avec une grimace, il s'écarta et libéra son menton des doigts délicats de Kelly.

— Désolée, fit-elle, son souffle lui caressant le visage comme une plume. Encore un petit peu.

— Ça va. C'était juste un peu froid.

Elle frotta la plaie un peu plus fort et ôta le sang séché. Puis elle se recula pour apprécier le résultat, lui donnant l'occasion de rouvrir les paupières.

— Ce n'est pas trop sérieux, déclara-t-elle en croisant son regard.

Il ignorait ce que révélaient ses yeux, mais ce qu'elle y vit parut la troubler. Ses lèvres s'entrouvrirent, et elle prit une profonde inspiration qui souleva ses seins, tandis que son pouls se mettait à battre follement au creux de son cou.

— Vous aurez sans doute besoin d'un ou deux points de suture, ajouta-t-elle, la voix légèrement tremblante.

Il leva la main vers la coupure afin d'en estimer la gravité, mais elle lui prit le poignet pour l'en empêcher.

— Vous allez la contaminer.

— Ecoutez, je ne crois pas que ma vie soit en danger…

Il n'avait pas eu l'intention de se moquer d'elle mais, en voyant son visage se fermer, il comprit qu'il l'avait vexée. Il s'efforça de tempérer son impatience.

— Mettez un peu de pommade et un pansement. Ça ira comme ça, je vous assure.

Elle hocha la tête mais, de toute évidence, elle était toujours blessée.

Bien joué, idiot, se morigéna-t-il. *On t'offre l'occasion du siècle, et il faut que tu gaffes.*

Elle recula et jeta le coton souillé à la poubelle, puis attrapa le tube de pommade cicatrisante.

Otant une compresse de son emballage en Cellophane, elle y déposa une couche généreuse de pommade, avant de reprendre position entre ses jambes.

Il croyait s'être mieux préparé à cette proximité, mais

lorsqu'elle se pencha, sa hanche prenant appui contre l'intérieur de sa cuisse, un désir brûlant l'envahit.

Elle étala doucement la pommade sur son arcade sourcilière, et tandis qu'elle se concentrait sur sa tâche, il en profita pour étudier ses yeux sombres, aux cils incroyablement longs, et sa peau sans défaut.

Au bout de quelques secondes, elle prit conscience qu'il l'observait, et sa main s'immobilisa.

Il attendit qu'elle rompe le contact.

Puis, comme elle ne bougeait pas, il suivit son instinct et se pencha jusqu'à ce que ses lèvres ne soient plus qu'à quelques millimètres des siennes.

Une fois encore, il attendit, lui laissant la possibilité de s'écarter. De poser la main sur son torse pour le repousser. De lui faire comprendre que ce n'était pas ce qu'elle souhaitait.

Elle ferma les yeux, ses longs cils dessinant des ombres sur ses joues délicates, et ses lèvres s'entrouvrirent.

Quel homme aurait pu résister à une occasion comme celle-ci ?

4

Ses lèvres étaient exactement comme il les avait imaginées.

Douces, tièdes et accueillantes.

Leur baiser n'avait rien de chaste ni d'hésitant. C'était une étreinte enfiévrée, presque brutale, dictée par un désir brûlant. L'ardeur que Kelly mettait à lui répondre ne tarda pas à dissiper la culpabilité qu'il éprouvait à abuser de la situation.

Peut-être avait-elle l'habitude de jeter son dévolu sur des inconnus et de les ramener chez elle ? Après tout, cela faisait longtemps que les femmes revendiquaient le droit à la même liberté sexuelle que les hommes.

D'un autre côté, il ne pouvait oublier la façon dont elle avait rougi, comme si elle n'avait pas l'habitude de flirter. Mais il pouvait tout aussi bien s'agir d'un rôle de composition. Si c'était le cas, ses talents de comédienne méritaient un oscar.

Quoi qu'il en soit, il ne lui en voulait pas. Certaines femmes éprouvaient le besoin de feindre l'innocence jusqu'à ce qu'elles soient prêtes à répondre. C'était pour elles une façon de se protéger, et il le respectait. En revanche, quand elles décidaient de…

Les bras noués autour de son cou, Kelly glissait les doigts dans ses cheveux et se pressait contre lui.

Rappelé à des préoccupations plus immédiates, il laissa descendre la main qu'il avait posée sur sa taille, ses sens exacerbés par la caresse du satin sous sa paume.

Inconsciemment, il s'attendait à ce qu'elle proteste, même par jeu, avant de l'autoriser à aller plus loin.

Rien.

Pas même quand ses doigts se refermèrent sur les courbes affolantes qu'il avait remarquées quand elle s'était penchée à l'intérieur de la Jaguar pour récupérer son portable.

Enhardi, il prit ses hanches à deux mains et la souleva légèrement, imprimant à son corps toute la force de son désir. Un gémissement de surprise, ou peut-être de plaisir, s'échappa de ses lèvres.

Puis, soudain, elle s'attaqua à son nœud papillon, le détachant avec hâte et dextérité. Elle jeta le ruban de tissu quelque part derrière elle et chercha avec impatience les boutons de sa chemise. En découvrant qu'il portait un T-shirt dessous, elle essaya de tirer les deux hors de la ceinture avant d'y renoncer.

Elle interrompit leur baiser et rejeta la tête en arrière pour le regarder.

Ses lèvres gonflées avaient quelque chose de très excitant. Ses yeux embrumés aussi, songea-t-il.

Passion ? Ou excès de champagne ?

A moins qu'il ne s'agisse tout simplement de fatigue après la journée qu'elle avait eue.

— Qu'est-ce qui m'arrive ? murmura-t-elle en posant les mains à plat sur son torse afin de l'empêcher de la ramener contre lui.

Ne comprenant pas ce qui avait provoqué son changement d'humeur, il hésita à la libérer. Le chemin qu'ils avaient pris était de ceux qui mènent tout droit dans un lit. Et cette perspective avait tout pour le séduire.

Or, s'ils laissaient une distance s'immiscer entre eux, même brièvement, l'un ou l'autre risquait de changer d'avis.

L'un ou l'autre ? se répéta-t-il avec ironie.

Encore aurait-il fallu qu'il soit capable de formuler une pensée cohérente.

— On va dans la chambre ? proposa-t-il en se levant.

Il vit l'ombre d'une hésitation passer dans son regard et s'empressa de poser les lèvres sur les siennes. Rassuré par la réponse qu'elle lui donnait, il se pencha de façon à glisser un bras sous ses genoux et la souleva avec aisance.

Quand il pivota sur ses talons pour sortir de la salle de bains, le mur de miroirs lui renvoya le reflet démultiplié du satin rouge sur le smoking noir.

La tête posée sur l'épaule de John, Kelly avait décidé de ne pas s'interroger sur ce qui allait avoir lieu. Elle savait qu'il s'agissait d'une forme de déni, mais elle n'avait pas envie de se torturer l'esprit.

Après tout ce qui s'était passé durant ces deux derniers mois, les bras de cet homme étaient comme une bouée de sauvetage au milieu d'une mer démontée.

Ce soir, elle l'avait vu mettre en fuite quatre voyous. Son corps portait les marques de cet affrontement. Dans ces conditions, comment ne pas se sentir en sécurité avec lui ?

Il lui avait laissé tout le temps de protester, de se dégager. Et c'était peut-être ce respect qui l'avait incitée à ne pas le faire.

S'il s'était montré impatient, s'il avait voulu la brusquer, son désir pour lui se serait évanoui. Mais, comme il n'avait rien tenté, c'était elle qui avait fait le premier pas.

Un rôle qu'elle n'avait jamais tenu jusqu'à aujourd'hui.

Elle n'avait pas envie qu'il s'en aille. Elle ne supporterait pas de se retrouver seule une fois de plus dans ce grand lit, de rester éveillée une partie de la nuit à penser aux responsabilités écrasantes qui lui incombaient depuis la mort de Chad.

Et elle n'avait pas non plus envie de penser à ce qui avait failli se passer ce soir dans le parking.

En fait, elle voulait ne penser à rien.

Pour l'instant, ce dont elle avait besoin, c'était s'ouvrir à ses émotions. Sentir les bras de quelqu'un autour d'elle. Quelqu'un de fort sur qui elle pourrait se reposer, en qui elle pourrait avoir confiance.

Elle avait eu confiance en John au premier regard et, jusqu'à présent, il ne l'avait pas déçue.

Autoriser un inconnu à passer la nuit avec elle n'était

pas dans ses habitudes. Mais quelque chose lui disait que c'était bien. Et juste. Il avait risqué sa vie pour la protéger, et il ne s'était pas ménagé.

Il y avait quelque chose de terriblement attirant dans son geste.

Quelque chose de noble et d'héroïque.

L'héroïsme était un concept qu'ignoraient la plupart des gens qu'elle avait rencontrés à Washington et qui jugeaient cela vain et démodé.

Cela l'était peut-être.

Mais elle avait accepté son aide comme nombre de femmes avant elle. Et si cela faisait d'elle quelqu'un de faible, eh bien, tant pis !

Demain, elle reprendrait le fardeau que lui avait imposé la mort de son frère.

Mais ce soir, pour les quelques heures qu'il lui restait avant le lever du jour, elle voulait seulement qu'un homme la serre dans ses bras. Lui fasse tout oublier et lui donne le sentiment d'être aimée.

John pencha la tête vers Kelly et posa les lèvres sur sa tempe moite.

Ils avaient fait l'amour une première fois avec une frénésie aveugle. Libérée du carcan des obligations, Kelly s'était livrée à lui sans retenue. Elle avait multiplié les initiatives et joué avec lui, passionnée et insatiable.

La seconde fois, il avait voulu prendre son temps, parsemant son corps de baisers tendres et langoureux, l'embrasant par de troublantes caresses.

La douceur de sa peau, ses frémissements incontrôlés, l'audace de ses gestes et de ce qu'elle lui autorisait l'avaient bouleversé. Ils étaient entrés ensemble dans un monde de sensations enivrantes où rien n'était interdit. Et pourtant, pour lui, il était clair que leur étreinte signifiait plus que le simple assouvissement d'un désir physique.

A ses yeux, ils avaient fait l'amour.

Il caressait son visage du bout des doigts tout en la regardant. Elle avait les yeux fermés — mais aucune larme accrochée à ses cils. Quand il avait vu des larmes perler à ses paupières après leur première étreinte, il avait cru pendant une seconde terrifiante qu'il lui avait fait mal.

Pourtant, c'était elle qui l'avait poussé à la prendre si furieusement.

Elle qui l'avait encouragé par des mots sans fard et par les mouvements de son corps.

Elle qui s'était montrée aussi insatiable.

Et l'expression de son plaisir avait été sauvage et sans retenue.

Pour lui aussi, l'expérience s'était révélée incroyable. Complètement irréelle. C'était dans un état second, ses bras le soutenant à peine, le corps secoué par les derniers spasmes du plaisir, qu'il avait vu ses larmes.

Elle avait secoué la tête en réponse à l'inquiétude qui se lisait dans ses yeux, mais n'avait pas protesté quand il avait roulé sur le dos en l'entraînant avec elle.

Longtemps, sans dire un mot, il l'avait tenue contre lui, guettant les signes d'apaisement dans le relâchement de son corps et de sa respiration.

La joue sur son torse, elle s'était bientôt calmée au point

qu'il l'avait crue endormie. Mais, lorsqu'il avait cherché une position plus confortable, elle s'était relevée sur un coude et l'avait longuement observé avant de se pencher pour l'embrasser.

Et ce baiser avait réveillé son désir.

Tour à tour tendre et ardent, il avait parcouru son corps inlassablement, à l'affût des points sensibles. Il l'avait adoré de sa bouche et de ses doigts, puis s'était perdu dans sa chaleur, savourant la soie chaude et vivante de sa peau.

L'esprit embrumé par la passion, il avait oublié qui elle était et pourquoi il était là.

Disparues, l'agence Phœnix et sa mission de surveillance. Il n'y avait plus qu'une femme dont les doigts s'étaient plantés dans son dos quand il l'avait possédée. Une femme qui avait crié son nom en succombant à la vague impérieuse du plaisir.

Ce n'est que bien plus tard qu'il prit conscience que rien ne serait plus jamais comme avant.

Kelly Lockett n'était plus simplement la sœur d'un homme sur qui il était chargé d'enquêter. Spectatrice innocente ou complice d'un malfaiteur, elle était aussi une femme avec qui il avait fait l'amour.

Et cela aurait forcément une influence sur les décisions qu'il devrait prendre au cours de sa mission.

5

Kelly se réveilla avec l'impression diffuse mais bien réelle que quelque chose n'allait pas. Un soleil éblouissant inondait la chambre, signe que la matinée était déjà bien avancée.

Elle referma les yeux, en proie à un mal de tête accablant. Trop peu de sommeil, pensa-t-elle, ce qui n'était pas inhabituel ces derniers temps.

Elle rouvrit brusquement les paupières tandis que le souvenir de la nuit qu'elle venait de vivre lui revenait à l'esprit, tel un mauvais rêve.

La tension engendrée par la vente aux enchères.

L'agression dans le parking.

Le secours inattendu…

Son sauveur.

Prenant appui sur les coudes, elle s'assit dans le lit. Et sentit aussitôt comme un poignard lui transpercer la tête. La place à côté d'elle était vide, mais les draps étaient froissés. Et l'oreiller portait encore l'empreinte d'une tête.

Ce n'était pas un rêve, mais plutôt un cauchemar.

Elle balaya la pièce du regard, cherchant à deviner

s'*il* était encore dans la maison. La robe qu'elle portait la veille n'était plus qu'un chiffon de satin rouge abandonné sur la moquette. Ses sandales gisaient, renversées au pied du lit.

Quant à ses sous-vêtements…

Si elle n'avait pas la moindre idée de l'endroit où ils se trouvaient, en revanche elle se rappelait avec une clarté effrayante la manière dont *on* les lui avait retirés.

La panique menaçait de l'envahir, et elle inspira profondément afin de rester calme.

Toute cette histoire paraissait surréaliste, depuis l'agression dans le parking souterrain jusqu'aux ébats qui avaient eu lieu dans cette chambre.

Que diable lui était-il passé par la tête ?

Qu'avait-elle *fait* ?

C'était la seule question qui comptait pour le moment. Immédiatement suivie de celle-ci : où était-il passé ?

Son regard fit de nouveau le tour de la pièce, repérant enfin ce qu'elle cherchait.

Le smoking avait été déposé avec soin sur un fauteuil. Le pantalon pendait sur l'un des bras, sa bande de satin brillant dans la lumière matinale, et la veste, d'une largeur impressionnante, était disposée sur le dossier.

Puisque ses vêtements étaient encore là, cela signifiait que…

S'efforçant de garder son calme, elle prit une profonde inspiration, puis expira lentement. Elle s'aperçut qu'elle tremblait.

Il y avait une éternité qu'elle n'avait pas fait l'amour. La nuit dernière, elle avait choisi de le faire avec un parfait inconnu. Et elle ne parvenait pas à s'expliquer pourquoi.

Le soulagement, peut-être, d'avoir mené à bien la vente aux enchères. L'impression, vraie ou fausse, d'avoir payé sa dette à la mémoire de Chad. Ou le sentiment qu'il était temps de penser un peu à elle. Si tel était le cas, elle avait eu une curieuse façon de commencer.

A moins que ce n'ait été tout simplement lié à la profonde gratitude qu'elle éprouvait à l'égard de son sauveur.

En dépit des regrets qu'elle ressentait maintenant, elle devait admettre qu'elle avait éprouvé dans ses bras un incroyable sentiment de sécurité. Et cela faisait bien longtemps que cela ne lui était pas arrivé.

Elle avait dormi comme un bébé après qu'ils avaient fait l'amour.

Faire l'amour.

Les gens employaient cette expression à tout bout de champ, comme si cela avait un sens. En l'occurrence, cela ne signifiait rien. Elle pouvait lui donner le nom qu'elle voulait. L'enrober des termes les plus présentables. Mais ce qui s'était passé entre eux n'avait rien à voir avec l'amour.

Et ils le savaient tous les deux.

Avec lassitude, elle passa les doigts dans ses cheveux. Ils étaient emmêlés et commençaient à retrouver leur nature bouclée et rebelle.

Utilisant ses deux mains, elle les rassembla sur la nuque et se mit à les torsader de façon à ce qu'ils ne retombent pas sur son visage. C'est au beau milieu de ce geste machinal qu'elle prit soudain conscience de sa nudité.

Elle laissa retomber ses cheveux sur ses épaules et écouta le silence presque inquiétant de la maison. En dépit des vêtements de John Edmonds devant ses yeux, elle avait l'impression d'être seule.

Elle se leva et, résistant à l'envie d'attraper le dessus-de-lit pour s'en couvrir, courut jusqu'au dressing, une pièce de belle taille entièrement occupée par des tiroirs, des étagères et des penderies. Les quelques effets qu'elle avait apportés du Connecticut occupaient un petit espace à l'extrémité d'une des tringles ainsi qu'un tiroir. Tout le reste était vide.

Ecartant frénétiquement les cintres, elle attrapa le premier vêtement susceptible de la couvrir des pieds à la tête. Il s'agissait d'un long kimono qu'elle mettait parfois après le travail. Après l'avoir enfilé, elle croisa les pans sur sa poitrine et noua la ceinture.

De retour dans la chambre, elle tendit l'oreille. Un bruit, qu'elle avait dû percevoir de façon subliminale quelques instants plus tôt, lui parvint depuis la salle de bains attenante. Et maintenant qu'elle y pensait, il n'y avait rien de surprenant à ce qu'il se trouve là.

Sans se laisser le temps de réfléchir, elle traversa la chambre et se dirigea vers la porte qui faisait face à celle du dressing. Plus elle s'approchait, plus son pouls s'accélérait et plus le sang battait dans ses tempes avec insistance.

Pourtant, elle n'avait aucune raison d'être nerveuse. Elle n'avait rien fait dont elle ait à rougir. Elle était majeure, célibataire. Et on était au XXIe siècle. Personne n'avait à juger la façon dont elle menait sa vie.

Sauf elle-même.

Elle avait toujours été sa pire critique.

Et elle n'avait pas encore trouvé d'explication satisfaisante à cette situation.

Poussant la porte de la salle de bains, elle le trouva exactement là où elle l'avait imaginé, dans le bain à remous, la tête posée sur le coussin fixé au rebord.

Etant donné qu'elle était pieds nus et que le système de balnéothérapie fonctionnait à plein régime, il était impossible qu'il l'entende arriver.

Ce qui signifiait qu'elle avait quelques secondes pour réfléchir à ce qu'elle allait dire.

— Bonjour.

La voix profonde qui lui avait ordonné la veille de monter dans sa voiture mit un terme à cette illusion.

Elle ne l'avait pas vu changer de position. Pourtant, il avait sûrement esquissé un mouvement pour capturer son reflet dans les miroirs aux reflets bronze qui tapissaient les murs et le plafond.

Levant les yeux, elle croisa son regard dans l'un des panneaux. La zone sous la coupure de son arcade sourcilière était noircie, et sa paupière, très enflée. Comme elle l'avait deviné, il avait un bleu sur la mâchoire et des traces de contusion sur le torse.

— J'espère que ça ne te dérange pas. Je ne voulais pas te réveiller pour te demander la permission.

Le bouillonnement de l'eau était assez puissant pour que rien ne soit visible en dessous de la ligne de ses pectoraux. Malgré cela, elle s'obligea à détacher les yeux de son reflet et se concentra sur sa nuque, en essayant de se rappeler qu'elle était venue lui demander de s'en aller rapidement.

Chassant de son esprit le souvenir de leur nuit, elle s'humecta les lèvres.

— Comment ça va ?

— Bien. Il n'y a rien de tel qu'un peu d'aspirine et un bain chaud pour se sentir comme neuf.

— Tant mieux.

Brillante conversation.

Mais que dire à un inconnu avec qui on venait de passer la nuit et à qui on s'était livrée sans retenue ?

C'était la première fois qu'elle se retrouvait dans ce genre de situation.

— Tu as faim ? demanda-t-il.

Elle sursauta.

— Pardon ?

— Je fais une omelette assez acceptable. Si tu as des œufs.

Elle ne savait pas trop ce qu'il y avait dans le réfrigérateur. Depuis son arrivée, elle n'avait pris quasiment aucun repas à la maison.

Non qu'elle eût beaucoup d'appétit, d'ailleurs. Pas plus qu'elle ne parvenait à trouver le sommeil.

Et pourtant, elle avait dormi la nuit dernière.

Calmement, sans cauchemars.

Et elle avait faim, remarqua-t-elle soudain avec étonnement. Une sensation qu'elle ne se rappelait pas avoir éprouvée depuis qu'elle s'était installée dans cette maison bien trop grande pour elle.

S'il n'y avait pas d'œufs dans le réfrigérateur, ils pourraient toujours en commander. Elle se souvenait d'avoir vu le numéro d'une épicerie sur un mémo dans la cuisine.

— Je ne sais pas, répondit-elle tout en essayant de prendre une décision.

Elle était entrée dans la salle de bains avec l'intention de le renvoyer chez lui aussi vite que possible. Elle se sentait gênée à propos de la nuit dernière. En colère contre elle-même de s'être laissé entraîner dans une telle situation. Et à présent, elle envisageait de l'autoriser à prendre le petit déjeuner avec elle.

Quel genre de pouvoir cet homme exerçait-il donc sur elle ?

Elle reporta son regard sur le plafond en miroirs.

Il l'observait, le visage impassible.

S'il n'y avait pas eu cet œil au beurre noir, ces marques sur son torse, sans doute n'aurait-elle pas cédé.

— Il y a une épicerie non loin d'ici qui fait des livraisons, s'entendit-elle répondre, comme si les mots sortaient d'eux-mêmes. Je dois avoir le numéro quelque part.

Il hocha la tête, les yeux rivés aux siens.

— Je te retrouve dans la cuisine.

Elle faisait griller des toasts, toujours vêtue de son kimono, quand il pénétra dans la cuisine, vêtu de son pantalon de smoking et de son T-shirt. Elle leva brièvement les yeux à son entrée, puis se remit à sa tâche.

Sur le plan de travail, à côté de la plaque de cuisson, étaient disposés divers aliments — une boîte d'œufs, des champignons frais, du fromage. Elle avait aussi sorti une râpe manuelle.

— J'ai bien peur qu'il n'y ait que ça, déclara-t-elle. Mais je peux appeler l'épicerie.

— Ça me va.

Il but rapidement son café, puis prit un couteau dans le bloc posé sur le comptoir et commença à émincer les champignons. Lorsqu'il eut râpé le fromage, il battit les œufs avant de mélanger tous les ingrédients. Il décrocha une poêle d'une barre en inox fixée au-dessus de la plaque de cuisson et y déposa un gros morceau de beurre. Il allait verser les œufs par-dessus quand la sonnette de la porte d'entrée retentit.

Il tourna la tête vers Kelly, un sourcil levé.

— Tu attends quelqu'un ?

Elle secoua la tête sans répondre et prit le temps d'ajuster les pans de son peignoir avant de disparaître dans le couloir.

Retenu par la cuisson de l'omelette, John tendit l'oreille. La voix était masculine.

Il inclina la poêle et souleva les bords de l'omelette. Une livraison ? se demanda-t-il, perplexe. Plutôt improbable, un dimanche matin. Mais il est vrai qu'avec de l'argent tout était possible.

Quand les voix se firent plus audibles, il comprit que celui qui avait sonné avait été invité à entrer. D'ailleurs, l'homme parlait un peu trop fort. Sa voix était trop enjouée, comme s'il jouait la comédie.

Quand Kelly revint dans la cuisine en compagnie de son visiteur, son visage laissait transparaître un certain agacement. Il crut deviner que ce n'était pas tant l'interruption qui la dérangeait que le fait d'être surprise avec un homme chez elle. D'autant que leurs tenues ne laissaient aucun doute quant à la nature de leurs relations.

— Elle a essayé de me mettre dehors, mais je n'ai pas pu résister à l'odeur du café !

Le nouveau venu avait à peu près le même âge que lui. Vêtu d'un polo bleu ciel rentré dans un pantalon gris, il était bien bâti et plutôt séduisant. Une ceinture en crocodile noire soulignait sa taille étroite. Ses cheveux noirs ondulés frôlaient son col, et sa peau avait ce genre de hâle profond que l'on n'acquiert qu'en plein air.

John posa la poêle et se tourna à demi pour prendre la main qu'on lui tendait. Il trouva sa paume étonnamment calleuse pour un homme de son milieu, et sa poignée de main ferme.

La voile, pensa-t-il. Ou peut-être le polo. En tout cas, une activité qui exigeait de passer du temps au soleil, ainsi qu'une excellente condition physique.

— Mark Daniels, un vieil ami, dit le visiteur.

John fit l'aller-retour entre son sourire chaleureux et le visage fermé de Kelly, avant de répondre.

— John Edmonds.

— Je ne crois pas vous avoir déjà rencontré.

Lâchant sa main, Daniels se dirigea vers la cafetière.

— Vous êtes de la région ?

La question, prononcée avec un léger accent du Sud, avait été négligemment posée. Si l'intonation exprimait une curiosité innocente, les yeux de son interlocuteur, d'un bleu très pâle, trahissaient un tout autre message.

— Pas à l'origine. Mais j'y vis depuis dix ans.

Il y eut un bref silence durant lequel Daniels se servit une tasse de café.

John en profita pour chercher le regard de Kelly, mais elle tourna la tête.

— Je me suis dit que vous étiez peut-être venu du Connecticut afin de rendre visite à Kelly. Je suis sûr que ses amis lui manquent depuis qu'elle est ici pour s'occuper des affaires de Chad. Vous connaissiez Chad, bien sûr ?

— Non, il ne le connaissait pas, intervint Kelly. Nous nous sommes rencontrés la nuit dernière.

— Pendant la vente aux enchères ? C'est curieux, je ne me rappelle pas avoir vu votre nom sur la liste des invités.

— Un ami m'a donné son carton. Il ne pouvait pas se libérer.

— Je vois, fit Daniels en portant sa tasse à ses lèvres. En tout cas, les enchères ont été féroces. Vous avez gagné ou perdu ?

John comprit qu'il parlait de son œil au beurre noir. La politesse aurait voulu qu'il fasse mine de ne rien remarquer, mais l'homme cherchait visiblement à en savoir plus.

— J'ai eu un problème en regagnant ma voiture, expliqua Kelly. John m'a… aidée.

— Quel genre de problème ?

Le sourire et le ton jovial avaient disparu.

— De jeunes voyous. Ils ont essayé de voler mon sac.

John ne fut pas surpris de la voir minimiser l'agression. Il avait tout de suite compris qu'elle n'était pas du genre à confier ses problèmes aux autres. Et sans doute ne supportait-elle pas la curiosité manifeste de Daniels.

— A quel endroit ?

— Dans le parking souterrain, répondit-il. J'étais en train de quitter le parking quand je les ai vus.

— Et vous avez volé à son secours, conclut Daniels d'un ton admiratif. Il semble que nous ayons une dette envers vous, monsieur... Edmonds, c'est bien cela ?

John ne fut pas dupe. Un instant plus tôt, l'homme était sûr de ne pas avoir vu son nom sur la liste des invités. Il semblait peu probable qu'il ait si vite oublié.

— Oui.

— Eh bien, monsieur Edmonds, nous avons eu de la chance que vous passiez par là.

Agacé par ce pluriel royal, très possessif, John reporta son attention sur l'omelette. Elle était cuite à point, et il la fit glisser sur une assiette.

Lorsqu'il se retourna, Daniels l'observait durement, toute trace de sourire effacée.

— Vous vous joignez à nous, je suppose ? demanda John d'un ton volontairement revêche.

— Merci, mais je n'ai vraiment pas le temps. J'avais seulement besoin de ma dose de caféine.

Il posa ostensiblement sa tasse sur le comptoir, puis se dirigea vers la porte.

— Je file. Ne me raccompagnez pas. Profitez du repas avant qu'il refroidisse.

Arrivé sur le seuil, il jeta un coup d'œil à Kelly.

— Il faut qu'on parle. Préviens-moi dès que tu auras un moment.

Sur ces mots, il disparut dans le couloir sans avoir pris la peine de saluer John.

Peut-être parce qu'il n'avait pas obtenu les réponses qu'il souhaitait.

Le silence gêné qui était retombé dans la cuisine se prolongea bien après que la porte d'entrée eut claqué. Si une certaine complicité, succédant à un malaise naturel, était née entre eux pendant la préparation du petit déjeuner, l'interruption de Daniels l'avait fait voler en éclats.

Et ils le savaient tous les deux.

— J'ai dit quelque chose de mal ? s'enquit John.

Kelly l'observa longuement avant de répondre.

— Mark se considère comme le successeur de Chad.

— A la tête de la fondation ?

— Vis-à-vis de moi. Chad était mon frère aîné, et Mark, son meilleur ami. Il se croit obligé d'endosser son rôle.

— Et d'après lui, Chad aurait désapprouvé ma présence ?

Peut-être s'était-il trompé en croyant qu'elle avait l'habitude des aventures d'un soir. Apparemment, c'était la première fois qu'elle ramenait un inconnu chez elle. En tout cas, depuis son arrivée à Washington.

— Ce qu'il ne comprend pas, c'est que Chad avait renoncé depuis longtemps à me dicter ma conduite. Je n'ai jamais accepté que mon frère me surveille, alors je ne vois pas pourquoi je l'accepterais d'un étranger à la famille.

— J'ai l'impression qu'il est du genre têtu.

Elle grimaça mais ne répondit pas. Il avait vu juste, elle avait horreur de partager ses problèmes avec autrui.

— Tu vas manger ça ? demanda-t-elle en montrant d'un signe de tête l'omelette qui refroidissait.

— Je n'aime pas gâcher la nourriture.

— Fais vite. J'ai un rendez-vous dans une heure.

— Avec Daniels ?

— Avec le comité d'organisation de la vente aux enchères.

— Ça nous laisse le temps de déjeuner.

— Je n'ai pas faim. Mais tu n'as qu'à manger pendant que je m'habille.

— Je te déposerai à ton rendez-vous.

Elle ouvrit la bouche, sans doute pour protester, puis la referma. Elle avait dû se rappeler qu'elle n'avait pas de voiture.

— Je vais aussi appeler le dépanneur pour voir où il en est, ajouta-t-il. Il pourra sans doute te ramener ta Jaguar aujourd'hui.

— Très bien. La réunion a lieu au même hôtel qu'hier. Tu n'as qu'à dire au dépanneur de confier la voiture au voiturier.

Elle s'adressait à lui comme à un domestique, à peine aimable, et il dut faire un effort pour ne pas s'en formaliser.

— Tu es sûre que tu ne veux rien prendre ? insista-t-il alors qu'elle se dirigeait vers la porte.

Elle lui jeta un coup d'œil par-dessus son épaule.

— Non, merci.

— Je peux te préparer un sandwich, si tu veux. Tu le mangeras dans ton bain.

— Je ne prends que des douches.

— C'est dommage, remarqua-t-il doucement.

Elle eut un mouvement d'impatience.

— Ecoute, je n'ai vraiment pas le temps de faire la conversation.

— On remet ça à plus tard ?

Elle parut hésiter.

— Et si on dînait ensemble ? proposa-t-il, s'engouffrant dans la brèche.

De toute évidence, elle regrettait ce qui s'était passé entre eux, et il devinait que la partie ne serait pas facile. Mais il avait toujours aimé relever les défis.

A sa grande surprise, elle répondit par l'affirmative, avant de disparaître dans le couloir.

6

John mangea son omelette debout devant la fenêtre baignée de lumière, avant d'appeler le dépanneur. Puis il se servit un autre café et réfléchit à ce qu'il avait accompli.

On lui avait confié une simple mission de surveillance, et il avait largement dépassé cette directive. Toutefois, personne ne pouvait nier, pas même Griff Cabot, qu'il se trouvait dans une bien meilleure position que la veille pour vérifier l'usage que la Fondation Lockett faisait des donations.

— Qu'a-t-il dit ?

Il s'arracha à sa contemplation du paysage et se tourna vers Kelly, debout sur le seuil de la cuisine.

La tête penchée sur la droite, elle achevait de fixer un anneau en or à son oreille. En dehors de ce détail, elle semblait prête à partir. Chaussée d'escarpins noirs, sans autre bijou que ses boucles d'oreilles, elle portait une robe, une de ces choses en maille à la simplicité trompeuse, qui avait probablement coûté des centaines de dollars. Sa couleur d'un rouge profond évoquait un bourgogne capiteux.

— Besoin d'aide ? proposa-t-il en montrant la boucle d'oreille.

— Non, je vais y arriver. Alors, qu'a dit le dépanneur ?

— La voiture sera déposée à l'hôtel vers 13 h 30.

Elle hocha la tête, l'anneau en or enfin accroché à son oreille.

— Merci. Merci pour tout. Sans ton intervention hier soir, je ne sais pas ce que je serais devenue.

— N'importe qui se serait arrêté.

Sa gratitude le mettait mal à l'aise. Car la raison pour laquelle il s'était arrêté n'était pas tout à fait innocente.

— Non, personne ne l'aurait fait. Je le sais, et toi aussi. Tu as une expérience dans la police ou dans la protection rapprochée ?

— L'armée.

Ce qui était vrai, même si l'histoire ne s'arrêtait pas là.

— Pour ce qui s'est passé ensuite, commença-t-elle avant de s'interrompre, rougissante.

— Oui ?

— Je ne voudrais pas que tu te méprennes. Ce n'était pas simplement par gratitude, ni parce que je me sentais seule à Washington, ou que j'avais besoin d'évacuer la pression après des semaines passées à préparer la vente aux enchères…

— Il s'agissait de quoi, alors ?

Cette question, un gentleman ne l'aurait pas posée. Il aurait dû accepter son explication, aussi embrouillée fût-elle, et passer à autre chose. D'ailleurs, c'était probablement ce qu'elle avait espéré. Pourtant, elle ne se déroba pas.

— C'est assez compliqué mais, pour résumer, je dirais que ça m'a semblé naturel.

Posant sa tasse sur le comptoir, il traversa la cuisine sous son regard inquiet et vint poser les mains sur ses épaules, dans l'intention de l'attirer contre lui. Elle ne fit aucun mouvement, excepté celui de lever les yeux vers lui.

Il attendit quelques secondes, puis voyant qu'elle ne bougeait toujours pas, se pencha et effleura ses lèvres d'un baiser.

— On dîne ensemble ?

— Pas ce soir. Je ne peux pas.

Il savait qu'elle mentait, mais il n'insista pas.

— Quand tu voudras.

Il retint son souffle jusqu'à ce qu'elle hoche la tête.

— J'ai laissé mon numéro sur le mémo.

Les seules cartes de visite qu'il possédait établissaient son lien avec l'agence Phœnix. Le nom ne dirait sûrement rien à Kelly, mais si elle s'avisait de faire quelques recherches, elle découvrirait plus qu'il n'était prêt à révéler pour le moment.

Elle hocha de nouveau la tête et se dégagea. Il laissa aussitôt retomber ses mains, comprenant son message.

— Je dois prendre ma mallette. Elle est dans le bureau.

— Je rassemble mes affaires, et je te retrouve dehors.

Il se promit de lui téléphoner si elle ne le faisait pas la

première. Il lui laisserait un jour ou deux avant de passer à l'action.

Bien sûr, il serait préférable, pour diverses raisons, que ce soit elle qui l'appelle.

Les volets étant encore baissés, le bureau baignait dans une semi-obscurité. Sans allumer, Kelly se dirigea vers la fenêtre et actionna la commande électrique. Aussitôt, des rais de lumière vinrent caresser le plateau en palissandre du bureau.

C'était ici qu'elle se sentait le plus proche de Chad. Sans doute parce qu'il s'agissait du cœur même de l'empire caritatif que son frère avait créé et dirigé jusqu'à sa mort. Une entreprise bâtie sur la philosophie de leur grand-père : « De ceux qui ont beaucoup reçu, on attend beaucoup. »

L'avant-veille, à son retour, elle avait abandonné sa mallette au pied du bureau, à même la moquette. Elle la posa sur le plateau et l'ouvrit afin de vérifier qu'elle n'avait rien oublié.

La version imprimée du contrat ainsi que divers documents qu'elle avait eus à traiter au cours des deux derniers mois étaient classés dans des dossiers dûment étiquetés. Tout cela était si nouveau qu'il lui avait fallu une organisation quasi militaire pour parvenir à tout mener de front.

Refermant sa mallette, elle la prit par la poignée et balaya machinalement des yeux la surface du bureau.

Elle était presque arrivée à la porte quand son cerveau enregistra l'anomalie.

Revenant sur ses pas, elle attrapa une boîte de CD informatiques multicolores et l'ouvrit.

Chad conservait une multitude d'informations sur son ordinateur, et elle avait dû parcourir chacun de ses dossiers avant de comprendre le fonctionnement de la fondation. Bien qu'on lui ait fourni tous les livres comptables, c'était grâce à la version synthétique de Chad qu'elle avait compris d'où venait l'argent et comment il était distribué.

Afin de se simplifier la tâche, elle avait attribué un CD de couleur différente à chaque œuvre bénéficiaire, et y avait copié toutes les informations qu'elle avait pu trouver dans les dossiers de son frère. Très vite, il lui était apparu que l'un de ces organismes avait fait l'objet d'une subvention importante, la dernière année de la vie de Chad.

La dernière fois qu'elle avait travaillé dans cette pièce, il y avait dans la boîte de CD deux disques rouges attribués à l'Alliance.

Il n'en restait plus qu'un.

Elle essaya de se rappeler si elle avait utilisé l'ordinateur dernièrement, mais c'était peu probable. Ces derniers jours, elle avait été entièrement accaparée par les préparatifs de la vente aux enchères. Tout le reste avait été laissé en suspens, y compris son étude des finances de la fondation.

Par précaution, elle appuya sur la touche « eject » de l'unité centrale de l'ordinateur. Le compartiment s'ouvrit avec un claquement sec.

Il était vide.

Et si elle n'avait pas sorti le disque de sa boîte, cela signifiait que quelqu'un d'autre l'avait fait.

S'exhortant au calme, elle ouvrit un à un tous les tiroirs du bureau, qui n'étaient jamais verrouillés. Rien ne semblait avoir été dérangé, mais le disque manquant ne s'y trouvait pas. A cette constatation, elle sentit la nausée lui monter à la gorge.

Consciente du temps qui s'était écoulé depuis qu'elle était entrée dans le bureau, elle referma le dernier tiroir. Chad lui avait toujours dit qu'elle était trop confiante, et apparemment il ne s'était pas trompé.

A présent, elle allait devoir donner le change afin que John Edwards — ou quel que soit son maudit nom — ne se doute pas de ce qu'elle avait découvert sur lui.

Elle prit une profonde inspiration afin de maîtriser sa colère et sa déception, puis reprit sa mallette et quitta le bureau.

Son aventure d'un soir se révélait une erreur bien plus grande encore qu'elle ne l'avait imaginé. Mais elle était bien décidée à la retourner en sa faveur.

— Une fois les dépenses payées, cette soirée nous aura rapporté huit millions de dollars, annonça fièrement Hugh Donaldson aux membres du conseil d'administration.

Les applaudissements autour de la table de conférence se révélèrent plus ou moins enthousiastes.

En étudiant discrètement la réaction des participants, Kelly ne fut pas surprise. Elle savait depuis le début qui serait ravi des résultats et qui ne parviendrait pas à s'en féliciter. Lors de la première réunion qu'elle avait présidée après la mort de Chad, la désapprobation avait été très nette, et deux clans s'étaient formés.

A cette époque, elle participait aux assemblées avec réticence, prisonnière de son deuil et indifférente à ce qui se passait autour d'elle. Mais, maintenant qu'elle avait pris en charge les affaires de la fondation, elle avait l'impression de tout savoir sur tout le monde.

— Merci, Hugh, intervint une dame d'une cinquantaine d'années.

Figure incontournable des milieux politiques, Catherine Suttle avait la réputation de connaître toutes les personnalités importantes de la capitale. Cela lui donnait le droit d'appeler par son prénom le président du prestigieux groupe financier Donaldson.

Cela, Kelly ne l'aurait pas fait, même si Chad avait été en très bons termes avec Donaldson — ou avec n'importe quel autre membre du conseil. Leur loyauté s'exprimait d'abord envers l'homme qui avait créé la fondation. Elle ne s'étendait malheureusement pas à son héritière.

La seule exception avait été Catherine.

A la tête du comité d'organisation de la vente aux enchères, elle s'était montrée une source précieuse d'informations. Volontaire comme tous les autres membres, elle avait exercé différentes fonctions au sein de la fondation depuis sa création.

A plusieurs reprises, Kelly lui avait posé des questions qu'elle ne voulait pas aborder en réunion. Jamais Catherine n'avait paru surprise de voir l'étendue de son ignorance concernant les affaires de sa famille.

— Passons au point suivant, reprit-elle quand les applaudissements eurent cessé. La redistribution des fonds.

— Je pense que c'est à Kelly de prendre cette décision, déclara Trevor Holcomb en adressant un sourire chaleureux à l'intéressée. Après tout, elle représente les intérêts de la famille Lockett.

— Mais elle a clairement laissé entendre depuis le début qu'elle n'était pas intéressée par la gestion quotidienne de la fondation. N'est-ce pas, Kelly ?

Elle reporta son attention sur l'homme qui venait de parler, Léon Clément, dont les ancêtres avaient tout bonnement fondé l'Etat du Maryland. Les Clément étaient les descendants d'aristocrates français, mais leur immense fortune s'était depuis longtemps évanouie.

Selon certains, le penchant de Léon pour l'alcool et ses mauvais investissements n'avaient pas arrangé la situation, mais elle ignorait si la rumeur était fondée. Une chose était sûre, en tout cas : Chad avait beaucoup insisté pour faire entrer Léon au conseil.

— Je pense qu'il faut savoir déléguer, commença-t-elle prudemment. D'autant que notre personnel s'est toujours montré très compétent.

Elle avait perçu le regain d'attention causé par la question de Léon. Même si tous s'en étaient toujours remis aveuglément à Chad, certains avaient des velléités de commandement et ne voyaient en elle qu'une figurante. Et il est vrai qu'au début elle s'était contentée de rester en retrait.

Mais les choses allaient changer.

— Toutefois, poursuivit-elle en élevant la voix, j'éprouve un intérêt particulier pour la redistribution des fonds.

— C'est bien naturel, ma chère.

Vieille amie de son frère et travailleuse infatigable, Bertha Reynolds devait davantage sa place à ces qualités qu'aux appuis financiers dont elle pouvait se prévaloir. En réalité, elle vivait d'un petit héritage et de la gentillesse d'amis tels que Chad, ce dernier s'étant toujours arrangé pour qu'elle soit invitée à tous les événements mondains.

Comme Catherine, elle s'était montrée une alliée précieuse pendant les premières semaines.

— Dans ce cas, vous aurez sans doute l'amabilité de nous faire connaître vos priorités, suggéra Léon d'un ton sarcastique.

— Je vais y venir mais, auparavant, j'ai quelques questions à vous poser. J'apprécie votre patience devant un apprentissage qui doit vous sembler un peu laborieux. Comme vous le savez, je laissais bien volontiers ces décisions à mon frère.

Des murmures de sympathie s'élevèrent autour de la table. Elle les laissa s'éteindre avant de reprendre la parole.

— Je suis maintenant dans l'obligation d'assumer la responsabilité de la Fondation Lockett, et j'aimerais comprendre comment les choses se sont déroulées par le passé avant de prendre une quelconque décision pour cette année.

— Je vous en prie, fit Catherine. Et si nous ne connaissons pas les réponses, nous nous renseignerons pour vous.

Quelques personnes acquiescèrent d'un signe de tête.

— En étudiant les dossiers des cinq dernières années, j'ai découvert que la méthode de distribution avait beaucoup changé. Au début, les fonds récoltés étaient répartis équitablement entre les cinq organismes caritatifs initialement sélectionnés par mon frère. L'année dernière, la plus grande partie de l'argent collecté a été attribuée à une seule association, laquelle est venue s'ajouter aux autres récemment. J'aimerais connaître la raison de ce changement.

Il y eut un long silence pendant lequel elle scruta les visages un à un. Certains évitèrent son regard. D'autres se mirent à feuilleter rapidement leurs dossiers, cherchant sans doute une confirmation à ce qu'elle venait de révéler. Catherine, elle, lança un coup d'œil surpris à Trevor Holcomb, avant de reporter son attention sur elle.

— Cette décision appartenait entièrement à votre frère, expliqua Léon. Nous n'étions pas dans le secret de ses pensées.

— Et personne ne s'est jamais interrogé sur ce changement ?

Il haussa les épaules.

— Comme je vous l'ai dit, il était seul maître à bord.

— Ce qui ne nous a pas empêchés de recevoir des plaintes, observa Bertha.

Ses yeux, derrière les verres épais de ses lunettes à la monture démodée, étaient brillants et vifs. Elle avait beau être un des membres les plus âgés du conseil, elle était la seule qui semblait avoir conscience de ce qui se passait.

— Des plaintes ? répéta Kelly, intriguée.

— De la part des autres associations qui recevaient des subventions moins importantes qu'avant. J'ai reçu beaucoup d'appels en ce sens, mais je ne savais pas quoi leur dire.

– Et vous en avez parlé à Chad ?

— J'ai essayé, mais il n'a rien voulu savoir.

— Je lui en ai également parlé, intervint Donaldson. Il a répondu qu'il avait de très bonnes raisons.

— Les a-t-il partagées avec vous ?

— Non, et je ne l'ai pas interrogé. Après tout, Chad était à l'origine de ce projet, et il n'appréciait pas qu'on interfère dans ses décisions.

Le projet de Chad. La fondation de Chad…

Bien qu'elle eût préféré avoir une autre explication, Kelly était bien obligée d'admettre que l'utilisation des fonds relevait de la seule responsabilité de son frère.

— J'ai l'adresse et le numéro de téléphone de l'organisme dont nous avons parlé.

Kelly prit la feuille pliée en deux que Catherine lui tendait. Cette dernière avait attendu que la salle se soit vidée avant de l'aborder.

— Vous êtes sûre qu'on peut leur faire confiance ? demanda Kelly.

— Absolument certaine.

— Merci.

Son hésitation devait être perceptible, car Catherine ajouta :

— Vous vouliez me parler d'autre chose, ma chère ?

La tentation de se confier à elle était grande, d'autant plus qu'elle commençait à douter de sa capacité à évaluer la situation. Elle aurait éprouvé un immense soulagement à s'en remettre à quelqu'un qui avait connu Chad. Mais quelque chose la retenait.

— Peut-être plus tard.

— Quand vous voudrez. Et je le pense vraiment. Vous pouvez m'appeler à n'importe quelle heure. Votre frère était un très grand ami, et je lui dois beaucoup.

Catherine se pencha pour effleurer sa joue d'un baiser, l'enveloppant brièvement d'un nuage de Giorgio. Cette manifestation d'amitié inattendue fit monter les larmes aux yeux de Kelly. Catherine se redressa, puis lui prit les deux mains qu'elle serra avec une poigne étonnante.

— Vous avez fait un travail merveilleux ces dernières semaines. Il aurait été très fier de vous. Naturellement, il l'était déjà. Il disait que vous aviez plus de bon sens que toute votre famille réunie.

Avec un sourire, Kelly serra ses mains ornées de diamants, avant de se libérer pour rassembler ses dossiers et les ranger dans sa mallette.

Les paroles de Catherine lui allaient droit au cœur. C'était un peu comme si Chad lui parlait depuis la tombe.

Voilà qu'elle sombrait dans le mélodrame, songea-t-elle en faisant claquer les serrures de la mallette.

Connaissant son aversion pour les affaires, son frère n'avait jamais envisagé de lui remettre une telle charge. Les circonstances avaient voulu qu'elle soit obligée d'assurer l'intérim, mais, dès qu'elle aurait trouvé une personne de confiance, elle n'hésiterait pas à lui confier la gestion de la fondation…

Chaque chose en son temps, se rappela-t-elle. Grâce à cette devise, elle avait réussi à tenir bon depuis qu'elle avait appris la nouvelle qui avait changé le cours de sa vie.

Et à présent, elle s'apprêtait à passer un appel qui risquait d'apporter de nouveaux bouleversements.

Malheureusement, elle n'avait pas le choix.

7

— Merci de me recevoir, déclara Kelly en prenant place dans le fauteuil en cuir qu'on lui indiquait.

Il lui avait fallu trois jours pour obtenir un rendez-vous avec le directeur de l'agence Phœnix, et ce à une heure particulièrement tardive.

— Tout le plaisir est pour moi, répondit Griff Cabot en allant s'asseoir derrière le bureau de bois massif qui les séparait. Verriez-vous un inconvénient à ce que je vous demande comment vous avez entendu parler de notre agence ? Nous avons pour principe de ne pas faire de publicité, et je suis toujours curieux de savoir comment nos clients ont connaissance de nos services.

— J'ai interrogé quelques personnes de confiance. Le nom de l'agence Phœnix est revenu plusieurs fois, avec une réputation d'excellence et de discrétion.

— J'en suis flatté. Et j'aimerais d'ailleurs remercier les personnes qui m'ont recommandé.

Cet interrogatoire déguisé ne la surprenait pas. L'information que sollicitait Cabot n'avait rien à voir avec un quelconque désir de remerciement. D'après ce qu'elle avait appris au sujet de cet ancien membre de la CIA, il cherchait probablement à l'évaluer en fonction des appuis qu'elle possédait à Washington.

Dommage pour lui, elle n'avait aucune envie de dévoiler ses sources.

Jusqu'à présent, elle reconnaissait avoir manifesté une certaine naïveté, mais sa rencontre fortuite avec John Edmonds l'avait aguerrie. D'ailleurs, il y avait quelque chose chez Cabot qui lui faisait penser à lui.

Le directeur de l'agence Phœnix était plus jeune que ce qu'elle avait imaginé. Et beaucoup plus séduisant.

Evidemment, avec une femme comme la sienne, le contraire eût été étonnant.

— Je ne citerai pas de nom, mais je peux vous dire que l'une de ces personnes est une amie de votre femme, répondit-elle en guettant sa réaction.

Claire Heywood — Mme Cabot à la ville — dirigeait un prestigieux cabinet d'avocats sous son nom de jeune fille. Catherine la connaissait, et c'était elle qui avait appris à Kelly tout ce qu'il y avait à savoir au sujet de son mari. Parce que Cabot avait pris sa retraite de directeur adjoint de la CIA, elle avait cru qu'il s'agissait d'un vieux fonctionnaire aux allures compassées, quelqu'un qui traiterait avec la plus grande discrétion l'affaire qui l'avait conduite à lui. La réalité était tout autre.

— Eh bien, je remercierai Claire. Et maintenant, si vous me disiez en quoi je puis vous être utile, mademoiselle Lockett ?

— Il y a deux mois, mon frère Chad a trouvé la mort alors qu'il était aux commandes de son jet privé, au-dessus de Cape Cod. Vous vous en souvenez peut-être. L'accident avait quelque peu retenu l'intérêt des médias.

C'était un euphémisme.

Les recherches après la disparition du Citation avaient occupé la presse nationale pendant plus d'une semaine. Non seulement Chad était l'héritier d'une grande famille, mais il venait d'être élu célibataire de l'année, de quoi attiser les curiosités.

— Puis-je vous offrir mes condoléances pour cette perte ?

Bien qu'il semble sincère, elle choisit d'ignorer son expression de sympathie et s'obligea à poursuivre.

— L'enquête de la police n'est pas encore achevée, mais je sais qu'elle s'oriente vers une erreur de pilotage. Principalement en raison des médicaments que mon frère prenait.

La presse à scandale avait fait des gorges chaudes de ce détail. Effectivement, les doses d'antihistaminique que le médecin légiste avait trouvé dans le corps de Chad étaient largement supérieures aux prescriptions habituelles, mais ce médicament était utilisé par des millions de gens chaque jour. Et les effets secondaires dont avaient parlé les médias n'avaient jamais été constatés scientifiquement.

— Même les bons pilotes commettent des erreurs, remarqua Cabot. J'ai moi-même assez d'heures de vol pour l'attester.

— Je n'en doute pas, mais dans ce cas précis…

Elle marqua une hésitation, sachant qu'elle allait passer subitement à ses yeux de la sœur éprouvée par son deuil à la catégorie des maniaques du complot. Elle espérait, si jamais il refusait de prendre cette affaire en main, qu'il garderait le silence sur ce qu'elle s'apprêtait à lui révéler.

— Chad n'était pas un bon pilote, monsieur Cabot. Il était excellent. Il ne prenait jamais de risques inconsidérés. Tous ceux qui ont volé avec lui pourraient vous le dire. Cette nuit-là, le temps, sans être idéal, ne posait pas de problème. Les instruments étaient fiables. L'avion venait d'être inspecté. Il n'y avait aucune raison pour qu'il s'écrase. En tout cas, il ne peut pas s'agir d'une erreur de pilotage.

— Vous pensez donc que l'accident est dû à autre chose ?

Rien dans son expression ni dans son intonation n'indiquait qu'il la considérait comme une folle. Cela dit, une telle attitude aurait été mauvaise pour ses affaires, surtout compte tenu du type de clientèle qu'il recevait.

— En effet.

— Et vous attendez de nous que nous découvrions ce qui s'est passé ?

— Je sais ce qui s'est passé, monsieur Cabot, martela-t-elle, la bouche sèche à la pensée des mots qu'elle allait prononcer. Quelqu'un a assassiné mon frère. Et je veux que vous découvriez de qui il s'agit.

Elle commençait à expliquer comment elle en était arrivée à cette conclusion quand la porte s'ouvrit derrière elle. Supposant qu'il s'agissait de la secrétaire, elle hésita à poursuivre.

Cabot leva les yeux et fixa un point au-dessus de son épaule.

— C'est bon, entrez.

L'épaisse moquette étouffant le bruit des pas, elle continua de croire que c'était sa secrétaire qu'il avait invitée à entrer.

— Mademoiselle Lockett, reprit Cabot avec un signe de la main vers l'arrivant, voici John Edmonds, l'un de mes équipiers.

Rien ne l'avait préparée à un tel choc. Ebahie, elle considéra le nouveau venu sans rien dire et n'éprouva qu'un piètre réconfort en constatant qu'il était aussi surpris qu'elle.

Dès qu'elle avait découvert la disparition du disque, elle s'était persuadée qu'Edmonds était impliqué dans la mort de Chad. Elle avait même cru que l'agression dans le parking était une mise en scène, afin de lui permettre de passer pour un héros et de s'introduire chez elle afin de voler des dossiers.

Mais tout ce qu'elle croyait savoir en entrant dans le bureau de Cabot n'avait plus aucun sens, maintenant qu'elle savait qui était vraiment John Edmonds.

Compte tenu de la réputation de l'agence, il était impossible qu'il soit impliqué dans la mort de Chad. Alors, pourquoi Edmonds, apparemment sur ordre de son chef, avait-il cherché à entrer en contact avec elle ?

— Mademoiselle Lockett, la salua-t-il avec un signe de tête courtois mais réservé.

Il y avait dans son regard une mise en garde qui l'incita à se demander si Cabot était au courant de leur liaison.

Même si son amour-propre s'en satisfaisait, cela en disait long sur les relations qu'Edmonds entretenait avec son employeur.

Ce qui l'amena à revoir une fois de plus son jugement. Etait-il possible qu'il fasse cavalier seul ? Qu'il travaille en réalité pour ceux qui avaient commandité la mort de son frère ?

— C'est une plaisanterie ? lança-t-elle sèchement à Cabot.

— Une simple coïncidence, corrigea John.

Au son de sa voix, elle sentit son corps réagir. Le souvenir fugitif du sentiment de sécurité qu'elle avait éprouvé dans ses bras ? Ou bien quelque chose de plus primitif ?

Elle rejeta aussitôt l'idée que sa réaction puisse être liée au fait qu'elle se retrouve confrontée à l'homme qui lui avait fait l'amour avec autant de passion.

Faire l'amour.

Une fois encore, ces mots, venus spontanément à son esprit, démentaient son souhait de minimiser la signification de leurs ébats.

— Une coïncidence, répéta-t-elle, sarcastique. Vous m'avez piégée pour entrer dans la maison de mon frère et voler des données informatiques. Je ne vois pas ce que le hasard vient faire là-dedans.

Elle eut la satisfaction de le voir blêmir sous l'accusation. Apparemment, il ne s'attendait pas à ce qu'elle découvre le vol.

— Je n'ai pas la moindre idée de ce dont vous parlez, répliqua-t-il, adoptant comme elle un vouvoiement distant.

— Vous niez avoir passé la nuit de samedi avec moi ?

Après quelques secondes d'hésitation, il s'avoua vaincu.

— Bien sûr que non. Mais si des informations ont été volées, je n'y suis pour rien.

— Vous admettez avoir été présent, mais vous affirmez ne pas avoir pris de CD sur le bureau de mon frère, ni copié des fichiers ?

— C'est ce que je viens de dire. Si quelqu'un…

— Il n'y avait personne d'autre, le coupa-t-elle. Et vous le savez.

Le silence retomba dans la pièce, jusqu'à ce que Cabot reprenne la parole.

— Mlle Lockett est venue solliciter notre aide, car elle croit que son frère a été assassiné.

— Assassiné ?

Edmonds parut sincèrement choqué par cette idée. Malheureusement, elle avait perdu toute confiance en lui. Elle ne pouvait pas davantage se fier à l'agence Phœnix dès lors qu'il travaillait pour cet organisme.

Furieuse d'être allée se jeter elle-même dans la gueule du loup, elle attrapa son sac et se leva, aussitôt imitée par Cabot.

— Si je vous dois quelque chose pour cet entretien, envoyez-moi votre facture, déclara-t-elle froidement. M. Edmonds connaît mon adresse.

Son regard se posa avec dédain sur John, puis elle tourna les talons et se dirigea d'un pas décidé vers la porte.

La voix de Cabot l'arrêta à mi-chemin.

— Nous avons reçu des informations selon lesquelles votre frère aurait été impliqué dans le financement d'activités criminelles.

Elle fit volte-face, scandalisée.

— Qu'est-ce que cela signifie ?

— Et si vous veniez vous rasseoir, mademoiselle Lockett, afin que nous vous exposions ce que nous savons.

— Votre théorie est intéressante, commenta Kelly après avoir patiemment écouté les explications de Cabot. Mais tous ceux qui connaissaient Chad vous diraient que c'est impossible.

— Votre frère était peut-être manipulé. Ou bien il n'avait pas conscience de ce qui se passait.

Sa confiance en Chad et la certitude de son innocence étaient telles qu'elle n'eut aucune hésitation à reconnaître qu'il était le seul maître à bord.

— Mon frère n'ignorait rien de ce qui concernait la fondation. C'est lui qui l'avait créée, et il la dirigeait personnellement. Avec beaucoup d'efficacité, devrais-je ajouter. Les charges de fonctionnement étaient minimes, et il était très fier des sommes directement versées aux bonnes œuvres.

— Il pensait peut-être que les associations à qui il faisait des dons étaient honnêtes et légitimes.

Elle songea à ce nouvel organisme qui bénéficiait de la subvention de la fondation.

— Je suppose que c'est possible, admit-elle. Mais je vous assure que l'argent n'était pas distribué à la légère.

Les projets étaient étudiés avec soin et, chaque année, le conseil établissait un bilan des actions réalisées, avant d'accorder de nouvelles subventions.

— Il existe une autre hypothèse selon laquelle votre frère aurait découvert les malversations, et qu'on aurait voulu le faire taire.

Etait-ce possible ? En tout cas, cela aurait été un mobile puissant pour quiconque aurait voulu écarter Chad.

— S'il avait découvert quelque chose, il aurait immédiatement prévenu la police.

Depuis le début de la conversation, John se tenait à l'écart, en appui contre un meuble situé légèrement en retrait de Cabot. Son attitude n'était pas sans rappeler la scène de la salle de bains, au grand dam de Kelly. Il choisit ce moment pour reprendre la parole.

— Si vous ne croyez pas à cette théorie, qu'est-ce qui vous fait croire qu'il a été assassiné ?

Elle qui était entrée dans ce bureau avec des certitudes ne savait plus quoi penser. Dès le départ, elle avait refusé de croire Chad responsable de l'accident. Ainsi qu'elle l'avait dit à Cabot, ses qualités de pilote étaient incontestables. Elle ne croyait pas non plus à la thèse d'une surdose de médicaments. Rien de tout cela ne correspondait à ce qu'elle savait de son frère.

Puis elle avait découvert des changements dans l'attribution des donations, affronté l'animosité du conseil face à ses questions. Et découvert le vol d'un disque de données informatiques.

Maintenant, elle comprenait quel était le travail d'Edmonds. Il ne s'agissait pas d'espionnage industriel, mais d'une enquête destinée à établir les liens de Chad avec une organisation criminelle.

— Ce que je crois ne vous concerne en rien, rétorqua-t-elle froidement.

A quoi bon se justifier puisqu'ils ne la croyaient pas !

— J'étais venue vous demander d'enquêter sur la mort de Chad, mais je sais à présent qu'il y aurait conflit d'intérêts. Vous semblez convaincus que mon frère était malhonnête.

— Nous n'en sommes pas encore arrivés à de telles conclusions, objecta Cabot.

— Peu importe ! Et je tiens à vous prévenir que je vais porter plainte pour vol d'informations, bien que je ne doute pas que vous ayez de bons amis dans la police qui vous tiennent au courant de tout ce qui vous concerne.

— Merci, fit Cabot sans le moindre sarcasme.

Tout en sachant qu'elle allait le regretter, elle ne put s'empêcher de lancer un dernier regard à l'homme à qui elle avait si stupidement accordé sa confiance. Ses paupières étaient baissées, et il semblait étudier ses mains croisées sur sa cuisse.

A la vue de ces longs doigts avec lesquels il lui avait prodigué des caresses si enivrantes — un souvenir particulièrement mal venu —, elle ne put retenir un frisson.

Reprenant son sac, elle se leva et se dirigea vers la porte. Cette fois, personne n'essaya de la retenir. Elle fit une sortie passablement digne, réussissant même à dissimuler son émotion.

Une fois dans le couloir, elle referma la porte derrière

elle et s'y adossa le temps de reprendre son souffle. Dans le bureau, la voix de Cabot s'éleva, en colère :

— Je pensais que nous étions d'accord sur les méthodes à employer. Cette fois encore, vous avez dépassé les bornes !

— Oh, ma pauvre petite !

Kelly leva les yeux. La secrétaire de Cabot, une dame d'une soixantaine d'années aux cheveux grisonnants, faisait précipitamment le tour de son bureau pour la rejoindre.

— Quelque chose ne va pas ? Vous êtes livide.

Kelly s'écarta à regret de la porte. Apparemment, Edmonds était sur le point de se faire tancer vertement, et elle aurait adoré entendre la suite.

— Ça va, dit-elle avec un sourire. La journée a été longue.

— Attendez d'avoir mon âge, et vous trouverez que toutes les journées sont longues ! répliqua la secrétaire. Si vous voulez un bon conseil, prenez un bon bain chaud et une tasse de thé. Il n'y a rien de tel pour oublier ses soucis.

— C'est tentant, en effet.

— Surtout si vous ajoutez une larme de bourbon dans le thé, ajouta-t-elle sur le ton de la confidence.

Les vrais conspirateurs étaient de l'autre côté de la porte, songea Kelly avec amertume. Et ils s'apprêtaient à traîner une fois de plus le nom de son frère dans la boue.

Malheureusement, il n'y avait rien qu'elle puisse faire pour les en empêcher.

C'est en arrivant à sa voiture qu'elle s'aperçut qu'elle tremblait. De colère face aux accusations de Cabot ou de ressentiment vis-à-vis d'Edmonds ? Sans doute une combinaison des deux.

Après avoir refermé la portière, elle resta immobile un long moment à se demander vers qui elle allait se tourner à présent. Seulement, il n'y avait personne à Washington à qui elle puisse faire confiance. C'était d'ailleurs pour cette raison qu'elle s'était adressée à l'agence Phœnix. Confier l'enquête sur la mort de son frère à des professionnels lui avait paru une bonne idée.

Et voilà que ses espoirs s'étaient envolés…

Un coup frappé à la vitre la fit sursauter, l'interrompant dans ses pensées. Elle tourna vivement la tête et découvrit John, debout à côté de la portière.

Posant les mains sur le toit, il se pencha pour la voir.

— Baisse la vitre.

En guise de réponse, elle tourna la clé dans le contact et fit ronronner le moteur, un son qu'elle n'avait jamais autant apprécié qu'à ce moment précis.

— Fichez le camp, gronda-t-elle en enclenchant la marche arrière.

— Il faut qu'on parle.

— Nous nous sommes déjà tout dit.

— Tu n'as jamais pensé que celui qui a tué ton frère pourrait s'en prendre à toi ?

Le premier instant de surprise passée, elle coupa le moteur et baissa la vitre. La suite de la conversation avait tout à gagner à se faire à volume réduit.

— Que voulez-vous dire ?

— Rappelle-toi l'agression dans le parking. Tu as trouvé étrange que ces jeunes ne prennent pas l'argent.

Et moi aussi. Ça n'avait aucun sens — à moins qu'on leur ait promis beaucoup plus.

— Et vous croyez que quelqu'un les avait engagés pour me tuer ?

Il fit mine de ne pas remarquer qu'elle s'entêtait à le vouvoyer.

— Je crois qu'il n'y avait rien de logique dans la façon dont ça s'est déroulé.

— Oh si, c'était parfaitement logique si l'on considère que ce n'était qu'une mise en scène, répliqua-t-elle avec une ironie mordante.

— Quoi ?

— Quelqu'un — vous — a engagé ces jeunes voyous afin de se faire passer pour un héros. C'était très réussi, félicitations ! Je me croyais trop vieille pour croire aux contes de fées, mais vous m'avez bien eue. Dommage pour vous, j'ai découvert vos manigances.

Il secoua la tête avec impatience.

— Je t'ai dit que je n'étais pour rien dans le vol du disque de données.

— Personne d'autre n'aurait pu le faire, rétorqua-t-elle sèchement.

Elle tourna la clé dans le contact, et le bruit du moteur couvrit la voix de John.

— Je n'ai pas engagé ces voyous, si c'est ce que tu sous-entends ! cria-t-il afin qu'elle l'entende.

— Eh bien, quand M. Cabot et vous aurez découvert qui l'a fait, soyez assez aimables pour m'en informer.

Passant la marche arrière, elle enfonça la pédale d'accélérateur, et la Jaguar recula brusquement. John dut s'écarter pendant qu'elle manœuvrait, mais il la suivit et se pencha de façon à lui parler par la vitre toujours baissée.

— Fais attention à toi, dit-il.

Elle ne lui accorda pas un regard et quitta le parking en trombe, éprouvant une satisfaction ridicule à laisser un peu de gomme sur la chaussée.

Et, bien qu'elle eût parfaitement entendu ses paroles, elle ne voulut y voir qu'une autre de ses tentatives de manipulation.

8

John ouvrit la porte de son appartement tout en ruminant. Une semaine atroce, voilà ce que ç'avait été.

Dès qu'il avait feuilleté le dossier de sa nouvelle mission, il avait été intrigué par la femme dont la photographie était épinglée sur la première page.

Kelly Lockett.

Une femme qui n'avait pas voulu le laisser affronter seul quatre voyous et avait tenté de l'aider avec pour seule arme une sandale. Une femme avec qui il avait fait l'amour. Une femme qui avait même accepté de le revoir, malgré les doutes qu'elle éprouvait à son égard.

Et cet après-midi, cette même femme était entrée dans une rage folle en l'accusant de vol et de trahison.

La dernière accusation était recevable, admit-il. Pas comme elle le pensait, mais dans la nature fondamentale de leur relation. Il lui avait délibérément caché qu'il enquêtait sur son frère et, désormais, elle était persuadée qu'il l'avait séduite dans le but d'obtenir des informations.

Ce n'était pas la seule chose qui le contrariait, mais

c'était assurément celle qui engendrait chez lui le plus de culpabilité.

Il se versa un verre de whisky et le but d'un trait. Il envisagea de se resservir, mais il savait que l'alcool ne ferait qu'aggraver son sentiment d'échec.

Professionnellement, c'était une catastrophe.

Après tout ce temps passé à ronger son frein, on lui avait enfin confié une mission intéressante. Une enquête sur laquelle il pourrait se faire les dents, et qui semblait marquer la fin des hostilités avec Cabot.

Cet après-midi, il avait tout perdu. Sa mission, mais aussi son emploi à l'agence Phœnix. Cabot l'avait sévèrement réprimandé. John lui avait tenu tête, sans doute à tort, et il avait finalement été prié de prendre la porte.

Pour le moment, il ne comprenait pas très bien ce que représentait pour lui la perte de cet emploi. Tout ce qui le préoccupait, c'était la conversation qui s'était tenue dans le bureau de son supérieur.

S'il existait la moindre possibilité que Chad ait été assassiné — et il n'en était pas encore tout à fait convaincu —, cela signifiait que Kelly était en danger.

Et même s'il n'était plus chargé officiellement de la surveiller, rien ne l'empêchait de veiller discrètement à sa sécurité.

Kelly avait roulé au hasard pendant presque une heure en ressassant sa conversation avec Griff Cabot et la phrase qu'elle avait surprise à travers la porte.

Quelle était la raison du désaccord entre John Edmonds

et lui ? La mise en scène ? Le vol des données ? Le fait qu'il l'ait séduite ?

Renonçant à essayer de comprendre, elle finit par prendre le chemin du retour sous une pluie battante. Elle rentra la Jaguar dans le garage, déconnecta l'alarme et déverrouilla la porte qui communiquait avec la maison. Elle la referma avec soin derrière elle, puis tapa le code de sécurité afin de placer de nouveau la maison sous surveillance électronique.

A présent, elle était à l'abri dans la forteresse de Chad.

Dans ce cas, pourquoi se sentait-elle en danger ?

Elle prit le couloir qui menait dans la cuisine. John lui avait recommandé d'être prudente. Elle ne l'avait pas fait le soir de la vente aux enchères, et voilà où cela l'avait menée. A pactiser avec l'ennemi.

Mais… était-il vraiment son ennemi ? Il avait récusé toutes les accusations qu'elle avait formulées.

Bien sûr ! Le contraire aurait été étonnant. Surtout après qu'elle avait annoncé sa décision de porter plainte. Ce dont elle n'avait pas encore eu le temps de s'occuper, d'ailleurs.

Changeant de trajectoire, elle se dirigea vers le téléphone le plus proche, qui se trouvait dans le bureau de Chad. Là, un détail lui revint. C'était John qui avait insisté pour qu'elle ne prévienne pas la police après l'agression dont elle avait été victime. N'était-ce pas la preuve qu'il y était mêlé ?

Et dire qu'elle avait cru tout ce qu'il lui avait dit…

Dégoûtée d'elle-même, elle alluma le plafonnier, puis

ouvrit l'un des tiroirs du bureau dans lequel se trouvait un répertoire téléphonique. Elle chercha le numéro de la ligne directe du poste de police pour ne pas avoir à passer par la plate-forme d'appel.

Elle soulevait le combiné du téléphone quand elle s'aperçut qu'elle n'avait aucune idée de ce qu'elle allait dire.

J'ai laissé un inconnu entrer dans ma maison et dans mon lit. Après avoir couché avec moi, il a volé un disque de données informatiques. Je veux que vous l'arrêtiez.

Elle savait déjà ce qu'on lui répondrait : elle s'était montrée imprudente, et elle avait de la chance qu'il ne lui ait pas tranché la gorge. Et le pire, c'est qu'elle en était parfaitement consciente.

Comment avait-elle pu se montrer aussi confiante, naïve, stupide ?

C'était sans doute ce qui était le plus douloureux. La croix à porter pour son erreur de jugement. Elle lui avait fait confiance. Complètement. De manière instinctive.

Et elle s'était trompée.

Alors, comment pouvait-elle être sûre de ne pas se tromper sur la personne à qui confier ses doutes au sujet de la fondation ?

Elle raccrocha le téléphone, puis porta machinalement la main vers la boîte de CD. Elle savait très bien ce que dirait la police. Qu'elle avait sans doute utilisé le disque manquant dans la semaine et l'avait égaré. Ou bien qu'il n'y avait toujours eu qu'un seul disque.

De toute façon, quoi qu'elle leur dise, John nierait tout en bloc. Il se pourrait même qu'ils le croient. Cet après-midi, dans le bureau de Griff Cabot, ses dénégations avaient semblé absolument sincères. Tout comme ce qu'il lui avait dit cette nuit-là. Apparemment, paraître sincère faisait partie de ses techniques de travail. Et de séduction. En tout cas, il avait élevé sa pratique au rang d'un art.

Elle éteignit la lumière du bureau et se dirigea vers la chambre, bien décidée à suivre le conseil de la secrétaire de Cabot. Elle redoutait cette nouvelle nuit solitaire et sans sommeil.

« Il n'y a rien de tel pour oublier ses soucis qu'un bon bain chaud et une tasse de thé. »

Si seulement c'était aussi facile…

La recommandation de la secrétaire ne s'arrêtait pas là. Kelly n'avait jamais essayé le bourbon comme remède contre l'insomnie.

Le moment était peut-être venu de commencer.

Dehors, un vent violent s'était levé, et la pluie crépitait avec violence sur les vitres. Mais, à la lumière chatoyante des bougies, la salle de bains était devenue un monde à part, où elle retrouvait peu à peu son calme.

Son corps, massé par le jet, commençait à se détendre, et elle sentait la tension qui nouait ses muscles se relâcher.

Elle tendit la main pour prendre le verre posé sur le rebord de la baignoire, le porta à ses lèvres et en but une gorgée. Le goût la fit grimacer, mais la brûlure qu'elle ressentit tandis que l'alcool circulait jusque dans son estomac lui parut étrangement réconfortante.

Alors qu'elle reposait le verre, il y eut un son étouffé

quelque part à l'arrière de la maison, comme un bruit de verre cassé.

Une vitre, peut-être ?

Elle s'immobilisa et tendit l'oreille, osant à peine respirer.

Rien. Pas d'autre bruit. A part le crépitement continu de la pluie.

Alors ce n'était que le fruit de son imagination débordante. Ou quelque chose de parfaitement logique. Un objet renversé par le vent. La poubelle d'un voisin, par exemple.

Sauf que les éboueurs ne passaient pas aujourd'hui.

Se souvenant de la mise en garde de John, elle sortit de la baignoire et attrapa une serviette, dont elle s'enveloppa à la manière d'un sarong. Puis elle alla pieds nus jusqu'à la porte qui ouvrait sur le couloir, laissant des marques humides sur le sol en marbre noir.

Le silence qui régnait dans la maison semblait presque palpable.

Et terrifiant.

Elle eut la chair de poule sur les bras, comme lors de cette horrible nuit dans le parking.

Si le bruit avait été provoqué par quelqu'un qui essayait de s'introduire dans la maison après avoir cassé une vitre, pourquoi le système d'alarme ne s'était-il pas déclenché ? A moins que l'alarme ne soit directement reliée au poste de police ou à une agence de sécurité…

A sa grande honte, elle ne savait rien de son fonctionnement. Il est vrai que, depuis son arrivée à Washington, elle avait eu autre chose à faire que de lire le mode d'emploi de tous les gadgets que son frère collectionnait.

Le plus raisonnable était d'appeler la police, décida-t-elle. Et tant pis si on la prenait pour une folle. De toute façon, ils devaient être habitués à être dérangés par des hystériques.

Le téléphone le plus proche se trouvait dans la chambre de Chad. Entrouvrant la porte, elle passa la tête dans le couloir. Il y faisait noir, en dehors d'une faible lueur côté façade, qu'elle identifia comme la lumière d'un réverbère.

Le téléphone.

Elle courut jusqu'au bout du couloir, le bruit de ses pas étouffé par l'épaisse moquette, et entra dans la chambre. S'approchant de la table de chevet, elle prit le combiné sans fil et se tourna aussitôt vers la porte, le cœur battant. Elle se laissa glisser contre le mur, jusqu'à ce que l'obscurité la dissimule entièrement.

Elle composa le 911 d'une main tremblante et porta l'appareil à son oreille. Il lui fallut une seconde ou deux pour enregistrer qu'il n'y avait pas de tonalité. Sans doute l'orage avait-il endommagé les lignes.

Elle ne voulait pas envisager qu'il puisse s'agir d'un acte délibéré, que quelqu'un ait coupé la ligne afin qu'elle ne puisse pas être secourue.

Edmonds avait-il quelque chose à voir là-dedans ? Avait-il organisé cette mise en scène pour pouvoir de nouveau jouer les héros ? Ou pour qu'elle prenne au sérieux sa mise en garde ?

A moins qu'il ne s'agisse d'une nouvelle tentative de

l'agence Phœnix, déterminée à rassembler des preuves contre son frère…

La bouche sèche, elle reposa le combiné sur son support en prenant garde à ne pas faire de bruit. Elle ignorait si le système d'alarme fonctionnait en cas de coupure du téléphone. Et elle ne se rappelait pas où elle avait laissé son portable.

Elle essaya de visualiser ses déplacements dans la maison. Une chose était sûre, elle n'avait pas son téléphone quand elle s'était servi un verre.

A ce moment-là, elle revit ses gestes avec une clarté fulgurante. Elle avait posé le bouchon de la carafe sur le bar… et l'y avait oublié.

Etait-ce cela qu'elle avait entendu ? Le son du bouchon en cristal s'écrasant sur le parquet ?

Mais en admettant qu'il ait roulé tout seul du bar, se serait-il brisé, étant donné son épaisseur ? Le bruit aurait-il été assez fort pour qu'elle l'entende ?

Elle s'agrippa au rebord de la table de chevet et se redressa, consciente de n'être vêtue que d'une serviette de toilette. Malheureusement, il n'y avait rien dans la chambre qu'elle puisse enfiler.

Elle avait débarrassé la pièce des affaires de Chad peu après son arrivée. Une nuit où elle ne trouvait pas le sommeil, elle s'était attelée à cette tâche, mue par une rage folle à l'idée qu'un être aussi merveilleux s'en soit allé. Qu'il ne puisse plus jamais porter ces vêtements magnifiques et coûteux. Qu'il ne puisse plus vivre dans cette maison qu'il adorait.

Refoulant ce souvenir, elle se dirigea vers la porte, plus

confiante à chaque pas. Elle était fatiguée, un peu troublée par l'alcool qu'elle n'avait pas l'habitude de boire, et elle avait réagi de façon excessive à un bruit inoffensif.

De retour dans sa chambre, elle se dirigea vers la salle de bains. Le verre était toujours sur le rebord de la baignoire, là où elle l'avait laissé. Les bougies brûlaient encore, donnant au marbre noir un reflet presque spectral.

Machinalement, elle leva les yeux vers le plafond en miroirs où se reflétaient les flammes vacillantes. Elle avançait déjà le pied quand elle se rendit compte que quelque chose clochait.

Il y avait dans la cabine de douche une masse sombre qui ne s'y trouvait pas avant.

Alors qu'elle essayait de comprendre de quoi il s'agissait, la forme se mit à bouger, et une silhouette masculine, vêtue de noir et portant une cagoule, se dessina clairement derrière le verre poli.

9

Ce qu'il faisait ce soir, songea John avec ironie, correspondait sûrement davantage à l'idée que Cabot avait d'une mission de surveillance. S'il n'avait pas plu autant, il aurait même eu une excellente vue de la maison.

Se laissant aller contre le dossier de son siège, il étira les muscles douloureux de son dos. Les courbatures dues aux coups qu'il avait pris samedi soir ne s'étaient pas encore estompées, et l'aspirine qu'il avait avalée un peu plus tôt avait cessé d'opérer.

Après un coup d'œil à sa montre, il essaya d'imaginer ce que faisait Kelly. En la voyant revenir, il s'était demandé ce qu'elle avait pu faire entre le moment où elle avait quitté l'agence Phœnix et son retour chez elle.

En réalité, il n'avait pas eu le temps de bien la voir, car elle avait rentré la Jaguar directement dans le garage et regagné la maison par une porte intérieure. Malgré tout, il s'était senti soulagé.

Le dimanche matin, il avait vérifié l'alarme, par curiosité, certes, mais aussi parce que les systèmes de sécurité faisaient partie de ses domaines de compétence. Celui-ci était particulièrement élaboré, ce qui n'était pas étonnant de la part de quelqu'un comme Chad Lockett.

Cela signifiait que rester à attendre sous cette pluie battante ne servait pas à grand-chose. Il était presque 23 heures, et Kelly était rentrée saine et sauve. La voiture était dans le garage, donc elle n'avait pas l'intention de ressortir. Et, la maison étant plongée dans l'obscurité, il se pouvait même qu'elle soit allée se coucher.

Bref, il n'avait aucune raison d'être là.

Lutter ou s'enfuir.

Une fois encore, le choix était réduit. Mais elle avait un avantage. Elle connaissait la maison.

Mue par une poussée d'adrénaline, Kelly s'élança, sachant qu'elle n'avait que quelques secondes avant que l'homme masqué ouvre la porte de la douche et se lance à sa poursuite.

Cette coupure d'électricité était une bénédiction. La maison qu'elle traversait en courant, suivie par l'inconnu, était totalement plongée dans l'obscurité. Elle agissait à l'instinct, mais il ne lâchait pas prise. De temps à autre, elle apercevait même le faisceau de sa lampe torche.

Grâce à cela, elle s'était rendu compte qu'il s'arrêtait pour vérifier chaque pièce devant laquelle elle passait, ce qui lui laissait un peu d'avance.

D'abord la cuisine, puis le cellier et le garage, décida-t-elle sans s'arrêter. Là, une porte ouvrait sur le jardin situé à l'arrière de la maison. Et derrière, il y avait les bois.

La végétation était dense en cette période de l'année.

Le rideau de pluie dissimulerait ses mouvements. Si toutefois elle parvenait à sortir de la maison avant qu'il la rattrape…

Quand elle traversa la cuisine, elle heurta la poubelle en métal, l'envoyant glisser sur le sol en tomettes.

Elle poursuivit son chemin malgré la douleur.

En passant devant le comptoir où se trouvaient les couteaux de cuisine, elle songea un instant à en attraper un, puis se ravisa. Trop dangereux. Elle n'avait pas la moindre idée de la façon dont il fallait s'en servir, et l'idée que l'homme s'en empare pour le retourner contre elle lui donnait des sueurs froides.

La porte du cellier était maintenant devant elle.

De la main droite, elle tourna le verrou, tandis que de sa main gauche, elle essayait de dégager la chaîne. Ses doigts tremblaient, et elle ne parvenait pas à faire sortir du rail la partie arrondie de la targette.

Les bruits de pas se rapprochaient.

Prenant conscience de sa respiration haletante, elle se mordit la lèvre inférieure pour garder le silence.

Enfin, la targette glissa hors de son support. Dans sa précipitation, Kelly lâcha la chaîne qui alla rebondir contre la porte. Tout en priant pour que l'homme ne soit pas assez près pour avoir entendu, elle sortit et referma soigneusement le battant derrière elle.

Elle longea la machine à laver, le sèche-linge et le congélateur, avant d'atteindre la porte qui communiquait avec le garage. Celle-ci comportait une serrure trois points, et il suffisait de tourner la clé. Dieu merci.

Là encore, elle prit le temps de refermer la porte derrière

elle. Puis elle s'arrêta pour tendre l'oreille. Elle n'entendit rien d'autre que sa propre respiration, aussi retentissante qu'une soufflerie

Soit le cellier l'isolait des bruits de son poursuivant, soit elle avait réussi à le distancer. Peut-être cherchait-il dans la mauvaise direction, dans la salle de billard ou du côté de la piscine. Finalement, peu importait l'endroit où il se trouvait, pourvu que ce ne soit pas derrière elle.

Elle descendit la marche, surprise par la fraîcheur du ciment, et se précipita vers l'autre extrémité du garage. Ce faisant, elle resserra plus étroitement la serviette de toilette autour d'elle.

La porte de service donnant sur le jardin était vitrée en son centre. Plaquant le front contre le verre, elle essaya de distinguer quelque chose à l'extérieur. On n'y voyait rien, excepté un rideau de pluie qui tambourinait avec une intensité renouvelée sur le toit du garage.

Sa main droite se ferma sur la poignée tandis que la gauche ouvrait le verrou. Elle tira le battant à elle dans un grincement. Puis, soudain, elle se retrouva dehors, sous le déluge.

Aveuglée par la pluie, elle s'avança jusqu'à l'angle de la maison et observa la rue. Quelques voitures étaient garées le long du trottoir, mais aucune lumière ne brillait dans les maisons d'en face.

Essuyant d'un revers de main les gouttes d'eau qui lui tombaient dans les yeux, elle se demanda quelle direction prendre. Ne valait-il pas mieux aller vers les bois, où elle pourrait se dissimuler, que de traverser la rue à découvert ?

Sans compter qu'elle n'était pas sûre de trouver de l'aide chez ses voisins…

Un bruit derrière elle la fit sursauter.

Une porte que l'on ouvrait ?

Un objet renversé ?

Il n'en fallut pas plus pour qu'elle se décide. S'élançant en avant, elle se précipita vers la haie qui se dressait au bout de la pelouse, telle une haute sentinelle, et se fraya un passage dans le feuillage. Les branchages griffaient ses jambes et ses bras nus, mais elle ne s'arrêta pas avant d'être arrivée de l'autre côté.

Là, elle s'immobilisa le temps d'évaluer la distance à parcourir. L'idée de courir à travers bois pieds nus et à peine couverte ne la tentait guère.

Mais avait-elle le choix ?

Elle s'apprêtait à repartir quand il y eut juste derrière elle un bruit de branches cassées. Avec un hurlement de terreur, elle essaya de fuir, mais une main se referma sur son poignet. Elle eut beau se débattre et se contorsionner, impossible de se libérer.

Elle leva l'autre main et, le poing serré, visa la tête de l'homme. Rapide, il se détourna de façon à éviter son coup. Elle le toucha à l'épaule et sentit les os de ses doigts craquer contre ses muscles puissants.

— Bon sang, mais qu'est-ce que tu fiches dehors ? s'écria-t-il.

Cette voix, c'était bien celle de John, ainsi qu'elle s'en doutait depuis le début. Mais ces paroles…

Les mots qui venaient de franchir le voile de peur ayant

paralysé son cerveau n'étaient pas les mots d'un homme animé de mauvaises intentions.

Elle cilla afin de distinguer son visage à travers le rideau de pluie. Tout ce qu'elle voyait de lui, c'était sa chemise blanche, devenue transparente. La silhouette qui se cachait dans la douche, bien qu'elle ne l'ait vue que brièvement, était entièrement noire. Cagoule noire. Pantalon et blouson noirs.

Etait-il possible que…

Il secoua la tête avec impatience.

— Qu'est-ce que tu fuis comme ça ?

Sous le coup d'une intuition, elle décida qu'il n'était pas l'homme qu'elle fuyait.

— Un homme, répondit-elle d'une voix hachée. Il se cachait dans la douche.

Malgré la haie qui lui bloquait la vue, il tourna la tête vers la maison.

— Tu es sûre ?

— Je l'ai vu dans les miroirs du plafond.

— Viens, ordonna-t-il.

— Où ?

— Dans ma voiture.

Les doigts toujours sur son poignet, il passa le premier dans la brèche de la haie et l'entraîna sur l'allée qui longeait la maison.

— Et lui ? demanda-t-elle, hésitante.

— Tu as appelé la police ?

— Il n'y a plus ni électricité ni téléphone.

— On va appeler de la voiture et les attendre.

Bizarrement, elle s'était attendue à ce qu'il se précipite

dans la maison pour débusquer son agresseur. Ce qui aurait été tout à fait stupide. Et, apparemment, il l'avait compris tout de suite.

L'homme était peut-être armé. Il n'était peut-être pas seul. Et elle n'avait pas la moindre idée de l'endroit où il se trouvait. Peut-être n'était-il plus à l'intérieur depuis longtemps.

En tout cas, John avait raison : cela concernait la police, maintenant.

Ouvrant la porte du 4x4, il la poussa derrière le volant, puis entra à sa suite dans l'habitacle. Il s'assit par mégarde sur un coin de la serviette couvrant la jeune femme. Occupée à se glisser de l'autre côté, elle ne s'en rendit pas compte, jusqu'à ce que la serviette se détache, révélant ses seins.

John s'était penché au-dessus d'elle et ouvrait la boîte à gants. Sa main disparut à l'intérieur avant de réapparaître avec un revolver. Utilisant le volant pour se redresser, il tourna la tête vers la maison plongée dans l'obscurité, puis fit passer son arme dans sa main gauche afin de tâtonner de l'autre. Son portable, normalement posé sur la colonne centrale, semblait avoir disparu. John tourna la tête pour le chercher du regard. Ses yeux effleurèrent alors les seins de Kelly, avant de remonter vers son visage.

Ils se dévisagèrent longuement, puis John rompit le contact et se souleva légèrement de façon à libérer la serviette. Kelly s'en couvrit rapidement et finit de s'installer sur le siège du passager.

Evitant son regard, il composa rapidement un numéro.

Le souffle court, elle l'écouta expliquer la situation et donner l'adresse de la maison au standard.

Lorsqu'il eut terminé, elle prit conscience qu'elle se sentait moins vulnérable. Plus en sécurité. Et elle était obligée d'admettre que c'était grâce à lui.

Il replaça le téléphone sur son support.

— La police arrive.

Elle hocha la tête, ne sachant que lui dire. Soit il lui avait sauvé la vie par deux fois, soit il était le plus grand manipulateur que la terre ait jamais porté.

— Ton arcade sourcilière saigne, remarqua-t-elle.

Il effleura son sourcil du bout des doigts et les tendit devant lui, comme pour vérifier qu'elle ne mentait pas.

— Ce n'est rien.

— Tu aurais dû te faire recoudre.

Cette remarque fut suivie d'un silence embarrassé.

— Je suis désolée, ajouta-t-elle à mi-voix. J'ai cru…

— Tu as cru que j'étais ton agresseur.

Il semblait ne pas avoir compris que sa méprise ne datait pas du moment où il l'avait rattrapée derrière la haie. Elle avait pensé qu'il préparait une nouvelle mise en scène à la seconde où elle avait entendu du verre se briser. Mais mieux valait ne pas le détromper.

Tandis qu'ils attendaient la police, elle eut tout le loisir de ressasser ses doutes. Finalement, elle en arriva à la conclusion qu'elle s'était trompée. Comment pouvait-elle se montrer aussi ingrate et méfiante à l'égard d'un homme qui était venu deux fois à son secours, alors que sa vie était en danger ?

Et puis, peu importait l'opinion qu'il avait de son frère. Elle avait une dette envers lui. Une énorme dette.

— Merci, murmura-t-elle avec un frisson de froid et d'horreur rétrospective.

Se tournant vers la banquette arrière, John attrapa la veste qu'il portait un peu plus tôt dans la soirée.

Elle faillit refuser, mais elle était incapable d'arrêter ses tremblements. Elle avait froid, elle avait peur. Et pour la première fois de sa vie, elle ne savait plus du tout où elle en était.

Sans lâcher la serviette, elle tendit sa main libre vers la veste. John regarda ses doigts tremblants se refermer dessus, mais ne lui abandonna pas le vêtement. Elle leva les yeux vers lui sans comprendre. Il lui reprit la veste puis la tint à deux mains, malgré le handicap que constituait son arme.

— Viens ici.

Il avait parlé gentiment, mais ce n'en était pas moins un ordre. Elle hésita, le temps d'un battement de cœur, avant de succomber au réconfort qu'il lui offrait. Se décollant du dossier, elle le laissa passer la veste autour de ses épaules. Et quand il l'attira contre lui, elle ne protesta pas.

La tête nichée au creux de son épaule, se réchauffant à sa chaleur, elle se laissa griser par son odeur désormais familière.

Savon ou shampooing, il sentait le propre. Et en même temps, il se dégageait de lui quelque chose de typiquement masculin. Et qui évoquait un peu trop à son goût la nuit qu'ils avaient passée ensemble. Cette nuit-là, il l'avait serrée longtemps dans ses bras, alors qu'elle se laissait enfin aller aux larmes. Elle pleurait pour Chad. Pour elle-même aussi, sans doute.

Pour tout un tas de raisons.

Il ne lui avait pas posé de questions. Il l'avait simplement serrée contre lui et enveloppée d'un extraordinaire sentiment de sécurité.

Comme en ce moment.

10

Les policiers n'avaient fait qu'un passage éclair. En jetant un œil à la maison, leurs lampes torches à la main, ils n'avaient trouvé aucune trace d'intrusion. Pas de porte fracturée, rien qui puisse expliquer le bruit de verre brisé. C'était comme si elle avait tout imaginé. Et devant leur scepticisme, elle en était presque arrivée à croire que tel était le cas.

Ils auraient dû au moins trouver des traces de pas boueux à l'intérieur de la maison. A deux reprises, elle leur avait demandé s'ils avaient vu quelque chose, et on lui avait assuré que non. Il n'y avait rien dans la maison qui permette d'affirmer que quelqu'un y était entré ce soir.

Lors de l'interrogatoire, elle avait indiqué l'endroit où elle avait vu l'homme en noir, puis les avait accompagnés sur les lieux. Tandis qu'elle se tenait sur le seuil de la salle de bains, les policiers observant la scène par-dessus son épaule, elle s'était aperçu que les bougies brûlaient toujours. Même ses vêtements étaient là où elle les avait laissés. Rien n'avait bougé depuis qu'elle avait quitté la pièce.

John était resté silencieux pendant l'interrogatoire,

bien qu'il eût probablement accordé plus d'attention à son histoire que les policiers. Ces derniers avaient eu du mal à suivre la progression des événements, même après qu'elle eut refait pour eux les mêmes gestes et le même parcours. La trace humide laissée sur la moquette, à côté de la table de chevet, dans la chambre de son frère, était toujours visible, mais les policiers avaient semblé plus intéressés par la décoration et les gadgets électroniques.

Le prix de la célébrité, sans doute.

Lors des recherches effectuées pour retrouver l'avion de Chad, les journalistes campaient devant la maison, et l'adresse était désormais connue de tous.

Après qu'ils eurent eu épuisé leurs questions, ils lui avaient donné une carte avec le numéro direct du poste de police, en lui recommandant d'appeler si elle se rappelait quoi que ce soit d'autre. En moins d'une heure, l'affaire avait été expédiée, et elle s'était retrouvée seule avec John — l'homme qu'elle avait tout d'abord soupçonné d'avoir manigancé cette nouvelle agression.

— Je n'ai pas rêvé, lui dit-elle, mue par le besoin de se justifier.

— Je ne l'ai jamais pensé.

— Mais eux, oui.

— La police ne juge que par les faits. Il leur faut des preuves.

— Et dans ce cas précis, il n'y en a aucune.

Elle avait quand même beaucoup de mal à croire que quelqu'un ait pu entrer chez elle sans laisser aucune trace de son passage.

— Mais nous, nous pouvons travailler à partir d'hypothèses, ajouta-t-il. Tu as bel et bien été attaquée après la vente aux enchères. Comme ils n'ont pas obtenu ce qu'ils voulaient, on peut supposer qu'ils ont essayé de recommencer.

Elle ne répondit pas, trop occupée à essayer de faire cadrer l'intérêt mêlé d'inquiétude qu'il lui portait avec la colère qu'elle avait éprouvée à son égard toute la soirée. Apparemment, il comprenait sa répugnance à lui faire de nouveau confiance.

A moins qu'il ne s'agisse davantage de culpabilité que d'intuition.

— Et je te jure que je n'ai pas engagé ces voyous.

— Tu ne m'as pas dit non plus que tu travaillais pour l'agence Phœnix.

— Parce que ça n'avait rien à voir.

— Le fait que tu mènes une enquête sur mon frère et que tu le considères comme un malfaiteur n'avait rien à voir avec moi ? Comment peux-tu dire une chose pareille ?

— Parce que ce qui s'est passé entre nous…

Il s'interrompit.

Comme le silence s'éternisait, elle insista :

— Je t'écoute.

— Ce qui s'est passé entre nous n'avait rien à voir avec ton frère ou l'enquête.

Elle sentit son pouls s'accélérer.

— Et… de quoi s'agissait-il, exactement ?

— Tu le sais aussi bien que moi.

— De passion ? ironisa-t-elle.

— C'est une définition qui en vaut une autre.

— Mais moins adaptée peut-être que le terme de « duperie ».

— Seulement en ce qui concerne l'enquête. Et c'était une omission plutôt qu'une duperie.

— Tu peux appeler ça comme tu veux, le résultat est le même.

— C'est-à-dire ?

Des souvenirs dont je n'ai pas envie. Et la méfiance envers quelqu'un en qui je croyais.

C'était là l'origine de sa colère. Elle s'était imaginé qu'il était quelqu'un de spécial. Quelqu'un capable de prendre des risques pour une inconnue.

— Une trahison, répondit-elle.

Il hocha la tête comme s'il comprenait. Comme s'il acceptait sa condamnation.

— Tu ne peux pas rester ici cette nuit.

Elle leva les sourcils, surprise par ce brusque changement de sujet. Apparemment, il pensait que tout était réglé, que, maintenant qu'il avait reconnu avoir trahi sa confiance, il était temps de passer à autre chose.

— Pardon ?

— Pour commencer, il n'y a pas d'électricité. Et l'alarme ne fonctionne pas.

— A ton avis, c'est dû à quoi ? A la coupure de courant ?

— Ça n'aurait pas affecté le système de sécurité.

— Alors, pourquoi l'alarme n'a-t-elle pas fonctionné ?

— Parce qu'elle a été désactivée.

— Elle était branchée quand je suis rentrée.

— Alors, quelqu'un l'a coupée.

Cette pensée était aussi terrifiante que le souvenir de la silhouette masquée. Pour désactiver le système, il fallait connaître les codes…

Elle secoua la tête, refusant de toutes ses forces cette hypothèse.

— Tu as changé les codes depuis ton emménagement ? demanda John.

— Non.

A vrai dire, elle n'y avait même pas pensé.

— Et les serrures ?

— Je n'avais aucune raison de le faire.

— Est-ce que tu sais qui a un double des clés, ainsi que des informations concernant les alarmes ?

— Eh bien, non… Mais Chad était très prudent pour ce genre de choses.

— Ça ne l'a pas empêché de mourir.

Il s'était montré brutal, mais elle savait qu'il avait raison. Si une personne en qui Chad avait confiance avait été capable de le tuer, elle pouvait très bien recommencer, soit pour les mêmes raisons, soit pour ne pas être démasquée.

— Après tout, reprit John, nous savons que quelqu'un est entré dans la maison et a volé un disque de données.

De cela aussi, elle l'avait accusé. Et pour le moment, elle ignorait encore si elle devait croire à ses protestations d'innocence.

— N'est-ce pas ? insista-t-il.

— Oui.

— Les dossiers originaux sont toujours dans l'ordinateur ?

Elle poussa un profond soupir.

— Je n'en sais rien, avoua-t-elle.

— Dans ce cas, nous ferions bien de vérifier.

— Qu'est-ce que ton frère gardait dans son ordinateur ? demanda John en s'installant devant l'écran.

— Un peu de tout. Son agenda. Ses comptes personnels. Ceux de la fondation.

— Tu parles des livres comptables officiels ?

Il venait de faire apparaître la liste complète des dossiers contenus dans l'ordinateur avec l'aisance que conférait l'habitude. Naturellement, elle n'aurait pas dû en être surprise. Tout le monde utilisait des ordinateurs de nos jours. Même les détectives privés.

— Non, ils sont au siège de la fondation. Mais, dans les documents de Chad, on trouve le détail des dons et leur redistribution, et ce depuis la création de la fondation.

— Il gardait des copies de sauvegarde ?

— Si c'était le cas, je ne les ai jamais trouvées.

Elle comprit avec un temps de retard ce que signifiait sa question.

— Les dossiers n'y sont plus ?

— A priori, il n'y a rien qui ressemble à des archives comptables. Et sans sauvegarde…

— Je me demande si ça a un rapport avec la nouvelle répartition des fonds…

— Que veux-tu dire ?

— Quand la fondation a été créée, Chad a choisi cinq organisations caritatives à qui seraient redistribués tous les dons récoltés. Jusqu'à récemment, l'argent était réparti équitablement entre elles.

— Que s'est-il passé ?

— Un nouvel organisme est entré en jeu et s'est vu accorder la part du lion.

— De qui s'agit-il ?

Elle eut une hésitation, envahie par la même sensation que lorsqu'elle avait dû annoncer à Griff Cabot que Chad avait été assassiné. C'était comme si elle allait commettre un acte irrévocable.

— Ils sont basés à Washington. Tu en as peut-être entendu parler. Il s'agit de l'Alliance.

Se détournant de l'écran, John lui adressa un regard abasourdi.

— Tu connais leur mission ?

Au départ, elle ignorait tout de cette association. Mais elle avait fait quelques recherches après avoir découvert le nouveau découpage financier.

Les rares informations qui existaient sur les membres de l'Alliance n'avaient pas été faciles à trouver et se résumaient pour la plupart à de vagues rumeurs. Il n'y avait pas de couverture médiatique de leurs activités, car ils avaient choisi de travailler dans l'ombre. Ce qui ne signifiait pas qu'ils manquaient d'influence. Quiconque travaillant à Washington depuis longtemps savait à quel point ils étaient puissants.

— Je sais que les rumeurs sont nombreuses, mais ça tient sans doute à leur excès de discrétion. Moins les gens en savent, plus leur imagination s'emballe. Jusqu'à preuve du contraire, c'est une association comme les autres, qui agit dans le domaine de l'éducation et de la santé.

— En utilisant des méthodes très controversées, précisa John. Certains pensent d'ailleurs qu'il s'agirait d'une société secrète chargée d'infiltrer les milieux politiques pour promouvoir ses théories.

— Si tel était le cas, Chad ne leur aurait jamais apporté son soutien. J'en suis absolument sûre.

— Et maintenant qu'il n'est plus là, comment ça va se passer ?

— C'est à moi de décider ce qu'il convient de faire avec les dons. En suivant les recommandations du conseil d'administration.

— Ils en ont fait ?

— En quantité, et toutes contradictoires. Ils ont chacun leur préférence parmi les cinq associations d'origine. La plupart d'entre eux étaient déjà impliqués avant que Chad les nomme au conseil. Certains se sont montrés très insistants pour que je change la formule usuelle.

— Donc, tu as parlé à chacun d'entre eux individuellement ?

— En quelque sorte, oui.

— Est-ce que tu as mentionné ce que tu as dit à Griff cet après-midi ?

Il lui fallut une seconde pour comprendre à quoi il faisait allusion.

— Tu veux parler de mes soupçons sur la mort de Chad ?

Il hocha la tête.

— Je n'avais aucune preuve. Seulement une vague intuition…

Elle hésita, craignant qu'il ne fasse pas grand cas de son intuition.

— Chad et moi étions très proches. Nous nous parlions toutes les semaines. Ce qu'on m'a raconté après sa mort, que ce soit la police, ses amis ou même les membres du conseil, ne cadre pas avec ce que je savais de lui. Il m'est impossible de croire qu'il détruisait petit à petit la fondation en changeant les règles de redistribution. Ou bien qu'il ait avalé trop de médicaments avant de décoller. Il était trop prudent et trop bon pilote pour ça.

— Tu es sûre que tu n'as fait part de tes soupçons à personne ? A Daniels, par exemple.

Bien sûr qu'elle avait discuté avec Mark de la mort de Chad, surtout pour constater combien il était difficile de croire qu'il n'était plus là, et pour se réconforter l'un l'autre. Il était possible qu'elle ait dit, à un moment ou à un autre, qu'elle ne croyait pas à l'erreur de pilotage.

Cela étant, on était loin d'une accusation de meurtre.

— Pas de façon explicite, répondit-elle. En revanche, j'ai dit à Catherine que j'avais besoin d'un détective privé.

— Catherine ?

— Catherine Suttle. Elle fait partie du conseil d'administration. Elle connaît tout le monde en ville, et c'est elle qui m'a donné le nom de Cabot.

— Lui as-tu expliqué pourquoi tu avais besoin d'un détective privé ?

— Je crois lui avoir dit que je voulais des réponses sur la mort de Chad, puisque la police ne rendra pas ses conclusions avant plusieurs semaines. Je ne pensais pas que ce serait dangereux d'enquêter sur ce prétendu accident. Et même si je l'avais pensé…

— Tu ne te serais pas méfiée d'elle.

— Elle était amie avec Chad depuis des années.

— Et les autres membres du conseil ?

— Ils étaient tous ses amis. Tout au moins à une certaine époque.

— A partir de quand leurs relations se sont-elles modifiées ?

— Je ne sais pas.

Sauf qu'elle le savait parfaitement. Et elle finit par l'admettre.

— Quand la redistribution des fonds a été modifiée.

— Tu veux dire, quand ton frère s'est pris de passion pour le programme défendu par l'Alliance ?

— Eh bien, en fait, je ne pense pas que ça se soit passé comme ça. Je n'ai trouvé aucune preuve en ce sens. Et crois-moi, j'ai cherché.

— Et si quelqu'un dans son entourage l'avait influencé ?

— C'est difficile à dire dans la mesure où il est impossible de consulter la liste des adhérents.

John se radossa à son siège.

— C'est incroyable que de nos jours, et à Washington de surcroît, une association puisse conserver une telle opacité sur son mode de fonctionnement et ses membres. Rien d'étonnant à ce qu'on parle de société secrète, voire de secte.

— Jamais Chad n'aurait apporté son soutien à ce genre d'organismes ! protesta-t-elle.

Elle en avait la certitude au plus profond de son cœur. Son frère était un homme d'une intégrité irréprochable.

John riva ses yeux aux siens.

— Alors, nous devons découvrir ce qui l'a poussé à déroger à ses principes.

— Ça n'a rien à voir avec l'endroit où vivait ton frère, s'excusa John en ouvrant la porte de son appartement.

La maison de Chad était largement au-dessus de ses moyens, et, en temps normal, il ne s'en serait pas soucié. Pas une seule fois avant aujourd'hui, il ne s'était demandé ce que les autres pouvaient penser de l'endroit où il habitait, ni de sa manière de vivre.

Situé dans un immeuble plus que centenaire, son appartement avait un charme fou. Hauts plafonds ceints de moulures en stuc, parquet dans toutes les pièces, boiseries et cheminées en état de marche. Mais, en essayant de le voir à travers les yeux de Kelly, il songea que l'ensemble devait lui paraître bien vieillot comparé aux équipements high-tech de Chad.

— C'est superbe ! s'exclama-t-elle en regardant autour d'elle. Je ne m'attendais pas du tout à ça.

— Pourquoi ?

— Je croyais que les célibataires aimaient l'acier, le verre et les décors monochromes.

— C'est à ça que ça ressemble, chez toi ?

Elle se tourna vers lui, l'air surpris.

— Pas du tout. J'habite dans une ferme restaurée. C'est très simple.

— Tu vis dans une ferme ?

— Ça semble t'étonner.

— Un peu, oui. Je m'attendais à autre chose de la part d'une riche héritière.

— Comme quoi il ne faut pas se fier aux apparences.

Elle s'empressa de changer de sujet avant que la conversation devienne trop personnelle.

— Bon, je m'installe où ?

Les options étaient pour le moins réduites. Elle prendrait la chambre — la seule, puisqu'il avait transformé l'autre en bureau, et qu'elle était dotée d'une porte —, tandis que lui s'installerait sur le canapé du salon.

Il lui avait déconseillé de rester seule dans la maison de son frère, parce qu'il n'y avait aucun moyen de savoir qui en possédait les clés et les codes de sécurité. Pour la même raison, et parce qu'il ne pouvait pas assurer sa sécurité dans ces conditions, il n'avait pas proposé de rester avec elle. Kelly avait évoqué la possibilité de prendre une suite dans un hôtel, mais il préférait être en terrain connu.

Ils n'avaient pas été suivis sur le trajet, il s'en était assuré.

Restait un détail à régler : la gêne de Kelly par rapport à leur intimité passée. Sauf qu'il n'était pas en mesure d'y changer quoi que ce soit.

— La chambre est par ici, déclara-t-il en prenant son sac de voyage.

Elle le suivit dans le couloir, visiblement hésitante,

et resta immobile lorsqu'il poussa la porte et s'effaça de façon à la laisser entrer la première. Balayant la pièce du regard, il tenta de comprendre ce qui la retenait. La femme de ménage était passée dans la matinée, et tout était propre et rangé. Il n'y avait rien qui puisse la gêner, à part peut-être le lit et les souvenirs qu'il évoquait.

— Il y a une clé, précisa-t-il.

Elle leva les yeux vers lui.

— Merci.

Il la suivit à l'intérieur, puis la dépassa pour poser le sac sur la banquette en bout de lit.

— Je n'ai qu'une salle de bains.

Elle ne le regarda pas. Son attention semblait attirée par la fenêtre.

— Il y a un escalier extérieur, expliqua-t-il en devinant qu'elle pensait aux issues de secours. Rassure-toi, les fenêtres sont verrouillées.

— Tu dois me prendre pour une froussarde, mais… Je n'arrête pas de penser à cet homme dans la cabine de douche. Si au moins je savais de qui il s'agit, et pourquoi…

— Je comprends très bien ce que tu ressens.

Elle hocha la tête, et un silence gêné s'installa.

— La salle de bains est au fond du couloir à droite, dit John avant de tourner les talons.

Il s'apprêtait à quitter la chambre quand la question de Kelly l'arrêta.

— Je boirais bien quelque chose de fort. Tu n'aurais pas du bourbon, par hasard ?

11

John se réveilla en sursaut, sans être tout à fait sûr de ce qu'il avait entendu. En tout cas, il s'agissait d'un bruit suffisamment insolite, au milieu des craquements familiers du vieil immeuble, pour le sortir d'un sommeil profond.

Avant de se redresser, il referma les doigts sur la crosse du Glock qu'il avait glissé sous son oreiller.

Balayant le salon d'un rapide coup d'œil, il ne vit rien d'alarmant. Il se tourna pour vérifier la chaîne de sécurité sur la porte d'entrée. Elle était toujours en place.

Son arme tendue devant lui, sa main gauche soutenant la droite, il se leva du canapé et marcha jusqu'au couloir, pieds nus sur le parquet.

Marquant une pause dans le couloir, il tendit l'oreille afin de repérer le bruit qui l'avait réveillé, puis il se dirigea vers la chambre où dormait Kelly. Le battant était entrebâillé. Machinalement, il tourna les yeux vers la salle de bains, dont la porte ouverte laissait voir une pièce vide et plongée dans l'obscurité.

Impossible, songea-t-il tout en continuant à avancer,

le dos plaqué au mur. Il n'existait aucun moyen pour quiconque de s'introduire dans l'appartement.

Quand il arriva devant l'entrée de la chambre, il attendit encore quelques secondes, tous les sens aux aguets. Puis il bondit et ouvrit la porte d'un grand coup de pied.

En position d'attaque, le sang battant violemment dans ses tempes, il observa les lieux. Un rayon de lune filtrait à travers les persiennes, éclairant un lit vide aux draps froissés.

John pivota lentement afin d'examiner chaque recoin de la pièce. Personne.

Il restait encore à vérifier la penderie. Traversant la chambre, son arme dans la main droite, il ouvrit la porte de la pièce minuscule et constata immédiatement que Kelly ne s'y trouvait pas.

Où diable se cachait-elle ?

Si tout allait bien, elle aurait déjà signalé sa présence. Après tout, elle avait dû l'entendre donner un coup de pied dans la porte.

Avançant dans le couloir, il vérifia la salle de bains. Vide, elle aussi.

Il ne restait, de ce côté-ci de l'appartement, que l'autre chambre, transformée en bureau. Il devait y jeter un œil, simplement par précaution, avant de fouiller le reste. Et avant de céder à la panique qu'il sentait monter en lui.

La porte du bureau était fermée, ainsi qu'il avait l'habitude de la laisser. Il pressa l'oreille contre le panneau, la main gauche crispée sur la poignée.

Pas de bruit.

Il entrebâilla la porte. Il avait dû oublier de baisser

les stores, car la lune éclairait la pièce comme en plein jour.

Il plissa les yeux jusqu'à ce que sa vision s'ajuste. Une forme insolite se dessina soudain dans un coin de la pièce. Il avait déjà brandi son arme, prêt à tirer, quand il s'aperçut qu'il s'agissait de Kelly.

Recroquevillée contre le mur, elle essayait de se rendre invisible. Peut-être en réaction à l'arme pointée sur elle, comprit-il avec un temps de retard.

— Que se passe-t-il ? demanda-t-il en glissant le Glock dans la ceinture de son jean.

Elle ne répondit pas.

— Kelly, parle-moi.

Il avança lentement, conscient du regard apeuré qui suivait ses mouvements, puis s'accroupit devant elle.

— Quelque chose ne va pas ? Tu veux en parler ?

Tandis qu'elle secouait faiblement la tête, il découvrit des traces humides de larmes sur ses joues.

— Rien ne va t'arriver ici, je te le promets.

— Je sais, murmura-t-elle.

— Tu as fait un cauchemar ?

Une question idiote, après tout ce qu'elle avait vécu. Les deux agressions, mais aussi les deux mois qui venaient de s'écouler depuis la mort de son frère avaient dû être un vrai cauchemar.

— Je déteste pleurer, marmonna-t-elle.

Elle renifla et se passa le revers de la main sous le nez, ce qui eut pour effet de l'attendrir un peu plus. Ce geste la faisait paraître incroyablement vulnérable. Plus humaine.

Soumise aux peurs et aux doutes comme tout un chacun, en dépit de sa fortune.

— Il faut que tu retournes te coucher, déclara-t-il en lui tendant la main. Tu as besoin de dormir.

Au lieu de prendre sa main, elle tourna la tête vers la fenêtre. Son profil éclairé par la lune se détachait sur le mur couleur ivoire derrière elle. Après quelques secondes, ses lèvres s'écartèrent, et elle prit une brève inspiration.

— Tu peux me laisser. Je vais bien. Vraiment.

Il la considéra un instant, puis se laissa glisser le long du mur afin de prendre place à côté d'elle. Il s'étira les jambes et les croisa. Une chance qu'il ait choisi de garder son jean pour dormir, mû par une pudeur inexpliquée.

Le silence s'abattit sur la pièce, à peine troublé par la respiration encore un peu haletante de Kelly, après ce qui avait dû être une énorme crise de larmes.

— Je n'avais plus personne à part Chad, commença-t-elle quand elle eut recouvré son calme. Mes parents sont morts dans une avalanche, alors qu'ils étaient partis faire de l'escalade en Europe. Une expédition ridicule pour les parents de deux jeunes enfants. Ils étaient trop jeunes et trop beaux pour mourir. Je crois que je ne leur ai jamais pardonné.

— Quel âge avais-tu ?

— Huit ans, et Chad quatorze. C'était bien trop jeune pour devenir adulte.

— Tu veux dire qu'il t'a élevée ?

— En tout cas, il a essayé. Il avait toujours à cœur de faire ce qu'il fallait.

— Eh bien, ça a marché.

Elle tourna vers lui un regard interrogateur.

— Il t'a bien élevée.

— Comment le saurais-tu ?

— Parce que j'ai un vrai talent pour juger les gens, répondit-il avec un sourire.

Comme elle ne le lui rendait pas, il énuméra tout ce qu'il avait appris sur elle durant les dernières vingt-quatre heures, et qui ne figurait pas dans le dossier qu'on lui avait remis.

— Je sais que tu ne fuis pas les responsabilités. Par exemple, tu aurais pu laisser le conseil d'administration et les avocats s'occuper de la fondation, mais tu ne l'as pas fait. Je sais aussi que tu es intelligente et que tu as plus de cran que la plupart des hommes que je connais. Et si tu dois t'effondrer, tu attends qu'il n'y ait plus de danger. Et tu le fais quand tu es seule.

Elle ne dit rien.

— Quand on te laisse faire, ajouta-t-il avec un autre sourire.

Elle le regardait gravement.

— Qu'est-ce qui te fait dire que j'ai du cran ?

Le ton était sérieux. Intéressé.

— Ce que tu as fait ce soir t'a probablement sauvé la vie. Il fallait de l'intelligence et du courage.

— Et une bonne dose de panique, acheva-t-elle. Il n'y a pas de quoi me féliciter.

— Et quand tu es venue à mon secours armée seulement d'une sandale ?

Cette fois, elle sourit, et il se sentit soudain beaucoup mieux.

— C'était stupide.

— Je trouve ça plutôt créatif. Tu ferais une excellente coéquipière.

Elle haussa les épaules.

— Je ne pouvais pas rester là sans rien faire.

— Bien sûr que si. C'est ce qu'auraient fait la plupart des gens.

— Et la plupart des gens auraient déguerpi en voyant ce qui se passait.

Il ne répondit pas, sachant qu'elle était trop intelligente pour ne pas faire le lien. Elle ne le déçut pas.

— Sauf que tu ne pouvais pas t'en aller. Tu n'étais pas là par hasard.

— Je t'ai vue quitter la réception.

— Et tu m'as suivie.

Le ton était incontestablement accusateur.

— Disons que je suis parti en même temps.

— Parce que j'étais la raison de ta présence à la vente aux enchères.

Une trace d'amertume teintait cette conclusion.

— Griff m'a donné l'invitation en même temps que mon ordre de mission, expliqua-t-il en sachant qu'il était inutile de nier l'évidence. J'étais supposé te surveiller de loin.

— C'était de ça qu'il parlait, tout à l'heure ?

— Comment ça ?

— Je vous ai entendus, alors que j'étais derrière la porte. Ce que tu as fait allait « au-delà de la surveillance ». Tu devais « rester en retrait ».

— Griff n'aurait pas voulu que je fasse comme si de rien n'était dans le parking.

— Mais tu n'étais pas obligé de passer la nuit chez moi.

— Ce qui s'est passé entre nous n'avait rien à voir avec ma mission.

— Ne me dis pas que tu n'as pas pensé, au moins une fois, qu'être proche de la sœur de l'homme sur qui tu enquêtais pourrait t'aider.

— Ça m'a traversé l'esprit, admit-il.

C'était vrai, mais cela n'avait rien à voir avec les raisons pour lesquelles il lui avait fait l'amour. Et, à bien y réfléchir, elle était tout aussi responsable que lui de ce qui s'était passé. Mais, de toute évidence, ce n'était pas le moment de le lui rappeler.

Elle eut un rire forcé.

— Je n'en doute pas.

— Ce n'est pas pour ça que je suis resté.

— C'est juste, j'avais oublié. C'était une histoire de *passion*, n'est-ce pas ?

— Tu n'étais pas contre.

Aussitôt, il vit son visage changer, comme s'il l'avait giflée. Bon sang, pourquoi ne s'était-il pas tu, comme il en avait l'intention ? Certes, ce n'était pas facile d'entendre quelqu'un contester vos motivations, mais ce n'était pas une raison pour rendre les coups.

Surtout quand on avait en face de soi quelqu'un d'émotionnellement fragile.

— Je suis désolé, s'excusa-t-il. C'était déplacé.

Il y eut un long silence.

— Tu prétends que coucher avec moi ne faisait pas partie du plan ? demanda-t-elle enfin.

— Non.

Jamais il n'aurait pu imaginer ce rebondissement même dans ses rêves les plus fous.

— Griff n'aurait jamais ordonné quelque chose de ce genre.

— C'était donc spontané ?

Combustion spontanée… Oui, l'expression était bien adaptée à leur cas.

— Je n'étais pas supposé établir un contact.

— Etablir un contact, répéta-t-elle, ironique. C'est ce que tu as dit à Griff ?

— C'est toi qui le lui as dit.

— Pas du tout.

— Suffisamment.

— Tu sembles y avoir survécu.

C'était l'occasion idéale pour lui annoncer qu'il ne faisait plus partie de l'agence Phœnix. Seulement, il ne savait pas comment elle allait réagir.

— N'est-ce pas ? insista-t-elle.

Une forme d'inquiétude semblait se dissimuler derrière la question. Ou bien l'imaginait-il ?

— Je survis toujours.

— C'est la CIA qui t'a appris ça ?

— Je n'en ai jamais fait partie.

— Je croyais pourtant que tous les employés de Cabot étaient d'anciens agents secrets.

— Qui t'a dit ça ? Catherine Suttle ?

Un léger pli se dessina entre ses sourcils, tandis qu'elle réfléchissait à sa question.

— Je suppose. Apparemment, elle se trompait.

— En fait, je suis la seule exception.

— Et ils t'ont quand même accepté parmi eux ?

— J'ai su me montrer persuasif.

— C'était pour gagner des points auprès de Cabot que tu m'as fait ton numéro de charme ?

— Combien de fois faudra-t-il te le répéter ? Ce qui s'est passé entre nous n'avait rien à voir avec ma mission.

— Et ce soir ?

— Quoi, ce soir ?

— Venir ici. T'asseoir à côté de moi. Me parler. Ton inquiétude… C'est Cabot qui t'a dit de le faire ?

— Cabot n'a plus d'ordre à me donner.

— Pourquoi ?

— Tu l'as entendu. Il n'a pas aimé ma façon de mener ma mission.

— Es-tu en train de me dire… qu'il t'a renvoyé ?

— Il m'avait déjà dans le collimateur. Il n'attendait qu'un faux pas pour me virer.

— Qu'as-tu fait ? Pour être mal vu, je veux dire ?

— La même chose que cette fois-ci. J'ai pris des initiatives en contradiction avec ce qui m'avait été demandé.

— Mais si tu ne travailles plus pour l'agence Phœnix, pourquoi surveillais-tu la maison, ce soir ?

— Parce que je n'ai jamais cru que l'agression dans le parking était due au hasard.

— Donc, tu faisais le guet…

— Afin de m'assurer que personne n'essaierait de s'en prendre à toi de nouveau.

— Et quelqu'un l'a fait.

Une fois de plus, elle tourna les yeux vers la fenêtre.

— Tu as essayé de me prévenir, et je ne t'ai pas cru.

— Si ça peut te réconforter, je ne pensais pas qu'ils recommenceraient si vite. Ils sont en train de paniquer.

— Pas autant que moi.

— Je ne permettrai pas qu'il t'arrive quoi que ce soit.

Faire ce genre de promesses était facile, mais il savait qu'elle avait besoin d'être rassurée. Elle avait vécu assez de traumatismes pour le moment. En outre, il le pensait vraiment.

— Si tu ne travailles plus pour Cabot, tu pourrais peut-être travailler pour moi, proposa-t-elle après un court silence.

Il n'avait aucune raison d'être offensé par son offre, et pourtant, il l'était. Il ne lui avait pas demandé d'argent. Jamais il ne l'aurait fait. Il ne voulait pas que cela entache leur relation.

Et il ne pouvait s'imaginer dans le rôle de son employé. Peut-être s'agissait-il de fierté mal placée, mais c'était ainsi.

— Je ne connais rien aux œuvres de charité, répliqua-t-il en espérant qu'elle comprendrait le sous-entendu.

— Je ne parlais pas de travailler pour la fondation, mais pour moi personnellement.

Personnellement.

C'était devenu personnel depuis la nuit de samedi. Et

ça l'était encore. Ce qui voulait dire qu'il n'accepterait pas de salaire de sa part. Par chance, il avait quelques économies, et il s'en sortirait très bien en attendant que cette affaire soit résolue.

— En tant que quoi ? demanda-t-il en s'efforçant de rester impassible.

— Sécurité rapprochée, garde du corps… Appelle ça comme tu veux.

— Je n'ai pas envie de lui donner un nom. C'est une mauvaise idée.

— Pourquoi ?

— Je ne le fais pas parce que j'ai besoin d'un emploi, répondit-il en se levant.

Elle chercha son regard.

— Alors, pourquoi le fais-tu ?

Il lui tendit la main et, cette fois, elle accepta l'aide qu'il lui offrait.

— Je te l'ai dit, répliqua-t-il quand elle fut face à lui. J'ai un faible pour les femmes en détresse.

— C'est tout à ton honneur, mais ça ne signifie pas que tu ne doives pas en être récompensé.

Pour logique que fût ce commentaire, quelque chose dans cette idée le hérissait. Peut-être n'avait-il pas envie de penser au gouffre financier qui les séparait.

— Quel genre de récompense ? demanda-t-il sans pouvoir s'en empêcher.

— Tu dois connaître mieux que moi les salaires qui se pratiquent dans ce domaine.

— Tu veux dire que je n'ai qu'à fixer mon prix ?

Elle poussa un soupir.

— Je pourrais me renseigner, évidemment. Mais je tiens à te payer ce que tu estimes être juste.

— Pour assurer ta protection ?

— J'ai conscience que ça comporte des risques pour toi…

— Ce n'est pas ça qui m'inquiète.

— De quoi s'agit-il, alors ? De toute évidence, quelque chose te dérange dans cet arrangement.

Il soutint son regard, puis la saisit par les épaules et l'attira vers lui. Aussitôt, elle posa les mains à plat contre son torse, afin de maintenir une distance entre eux.

— Ce n'est pas à ce genre de compensation que je pensais, remarqua-t-elle.

— Je ne l'ai jamais cru.

— Mais alors…

— Je ferai ce que j'ai dit. Je prendrai soin de toi. Mais je ne suis pas à louer.

— Ça n'a aucun sens, voyons.

— Peut-être pas, mais ce sont mes conditions.

— Pourquoi ?

— Parce que je ne veux pas que tu te croies obligée de me renvoyer quand je ferai ça…

Il se pencha vers elle et approcha lentement ses lèvres des siennes. Mais elle leva la main pour l'empêcher d'aller plus loin.

— Arrête, fit-elle avant de reculer et de croiser les bras sur sa poitrine en un geste de protection. Ça ne se reproduira plus.

— Parce que ça ne t'a pas plu ?

Il connaissait parfaitement la réponse. Elle ne lui avait

laissé aucun doute sur ce qu'elle avait ressenti dans ses bras.

— La nuit dernière était… une aberration.

Il éclata de rire.

— D'où je viens, on n'appelle pas ça comme ça.

— Ça l'était pour moi. Je ne fais jamais ce genre de choses.

— Je ne l'aurais pas deviné.

Sa remarque pouvait paraître cruelle mais, pour le moment, c'était le cadet de ses soucis. La colère que lui inspirait ce rejet était trop forte pour qu'il songe à faire preuve de tact.

— Je ne crois pas qu'il soit prudent d'être trop intimes et que tu fasses ce dont tu viens de parler.

— Pourquoi ?

Il était évident qu'elle n'avait pas la réponse à cette question.

— Ce qui s'est passé entre nous n'aurait pas dû arriver, expliqua-t-elle après un temps de réflexion. Que tu le croies ou non, je n'ai pas l'habitude de me laisser aller comme ça.

— Tu veux dire, de faire l'amour avec un inconnu ? demanda-t-il avec un sarcasme délibéré.

— Oui.

— Tu as fait une exception pour moi ?

— Je t'ai expliqué pourquoi c'était arrivé.

— La solitude ? Le soulagement ? La gratitude ?

— Entre autres choses.

En dépit de sa colère et de sa déception, il comprenait ses arguments. Elle était trop bouleversée pour y voir clair.

Et il ne la voulait pas dans son lit si elle ne cherchait qu'à régler sa dette envers lui.

— Tiens-moi au courant, lâcha-t-il en se dirigeant vers la porte.

— Au courant de quoi ?

— Quand il ne sera plus question de gratitude ou de solitude. Je serai dans les parages.

Sur ces mots, il quitta la pièce en espérant secrètement qu'elle le retiendrait. Elle n'en fit rien, et il résolut d'en prendre son parti. Elle l'ignorait sans doute, mais elle n'était pas la seule à avoir des principes.

Elle ne couchait peut-être pas avec des inconnus, mais lui n'avait jamais supplié une femme pour qu'elle le rejoigne au lit.

Et il n'allait pas commencer avec elle.

Même s'il en mourait d'envie.

12

Ce furent le soleil et le silence qui réveillèrent Kelly. Il lui fallut quelques secondes pour se rappeler où elle se trouvait, et pourquoi. Et quelques secondes encore pour se remémorer la soirée de la veille, aussi bien l'intrusion dans la maison de Chad que sa confrontation avec John.

Toutefois, ce réveil s'avéra moins désagréable qu'au lendemain de la nuit qu'elle avait passée avec lui. Au moins, cette fois, elle n'avait pas de regrets à affronter. En tout cas, pas du même genre.

Il devait la prendre pour la plus grande hypocrite du monde. Quelques jours plus tôt, elle lui avait permis les caresses les plus audacieuses et, hier, elle avait refusé qu'il l'embrasse. Le pire, c'est qu'elle aurait adorer y succomber.

Refusant d'y penser davantage, elle repoussa les draps et se leva. Elle se rendit dans la salle de bains et enfila rapidement le jean et le sweat-shirt qu'elle avait emportés. Puis, dédaignant le maquillage, elle se brossa les dents et se coiffa.

Quand elle ouvrit la porte, le silence régnait dans

l'appartement, mais une alléchante odeur de café flottait dans l'air.

Ce qui signifiait que John était déjà levé.

Cette pensée la soulagea. Au moins, elle ne risquait pas de le trouver endormi sur le canapé.

Il n'était pas dans la cuisine, nota-t-elle en entrant dans la pièce. Après avoir ouvert quelques placards, elle trouva tout ce qu'il lui fallait pour le petit déjeuner. Apparemment, John se contentait d'un café noir, le matin. Et à en juger par le niveau de la cafetière, il en avait déjà bu plusieurs tasses.

Peut-être était-il sorti, songea-t-elle en revenant dans le salon. Le canapé avait été replié, et toute trace indiquant que son hôte y avait passé la nuit avait disparu.

Il devait être dans son bureau, occupé à travailler sur les dossiers informatiques de Chad. Elle alla frapper à la porte en se préparant à affronter un moment de gêne après leur discussion nocturne.

Après avoir obtenu la permission d'entrer, elle poussa le battant et découvrit John devant un ordinateur dernier cri.

— Le serrurier passera à 10 heures changer les serrures chez ton frère, annonça-t-il.

Sans la regarder, il tendit une feuille de papier dans sa direction.

— Les codes de sécurité ont déjà été changés.

— Merci.

Elle prit le papier et le posa sur le bureau. Curieuse de savoir sur quoi il travaillait, elle jeta un coup d'œil à l'écran. Comme elle s'y attendait, il s'agissait des documents comptables sur lesquels elle-même avait passé des heures sans rien y comprendre.

— Je voudrais rencontrer ton conseil d'administration, déclara-t-il sans paraître noter sa distraction. Tu peux m'arranger ça ?

— Je n'aime pas penser à eux comme étant *mon* conseil.

Cette remarque lui fit enfin relever la tête.

— Ça se passe aussi mal que ça ?

— Disons que tout le monde n'a pas apprécié ma nomination. Remarque, je ne devrais pas leur en vouloir. Ils ne font que défendre ce en quoi ils croient. Seulement, à force de les entendre critiquer la répartition des fonds, je finis par…

… douter de Chad.

Les mots lui brûlaient la langue, sans même qu'elle ait eu conscience de les avoir pensés. Jusqu'à présent, elle n'avait jamais admis consciemment qu'elle pouvait avoir des doutes sur l'innocence de son frère.

Elle cilla et détourna le regard de la colonne de chiffres qui s'affichaient à l'écran. Ce n'est qu'à ce moment-là qu'elle nota le regard curieux que John posait sur elle.

— Tu finis par quoi ? reprit-il.

— Rien. Ça m'agace, c'est tout.

— Certains d'entre eux font du lobbying pour le compte de l'Alliance ?

— Non. Ils ont tous leur œuvre de prédilection. Je suppose que ça veut dire qu'ils sont contre l'Alliance.

— Donc, ils n'ont pas pu influencer Chad ?

— Selon eux, mon frère a toujours pris ses décisions seul.

— Tu as des raisons d'en douter ?

Seulement son refus de croire que son frère ait pu faire quelque chose de malhonnête.

Bien sûr, que Chad ait choisi de privilégier une association plutôt qu'une autre ne signifiait pas qu'il ait agi de façon déshonorante. Aucun des membres du conseil ne l'avait d'ailleurs suggéré. Les seuls qui le soupçonnaient d'activités criminelles étaient Griff Cabot et l'agence Phœnix.

— Que se passera-t-il si tu trouves quelque chose ? s'enquit-elle.

— C'est-à-dire ?

— Quelque chose qui corrobore les dires de Cabot. Ce qu'il t'a envoyé chercher.

— Je lui en ferai part.

— Tu ne travailles plus pour lui.

Le visage de John resta de marbre.

— Est-ce pour cette raison que tu ne veux pas travailler pour moi ? Parce que tes objectifs n'ont pas changé ?

— Je n'ai qu'un seul but, et effectivement il n'a pas changé. Pour y parvenir, je dois comprendre pourquoi on s'en prend à toi.

Il lui avait dit qu'il la protégerait, et elle savait qu'il en était capable. Mais elle n'était pas sûre d'avoir envie qu'il continue à enquêter, au risque de détruire la réputation de son frère, ainsi que tout ce qu'il avait créé.

— Où en es-tu de tes investigations ? Tu as des pistes ?

— Pas vraiment, mais j'ai une théorie.

— Je t'écoute.

— Si on admet que la mort de ton frère est liée aux opérations de la fondation — et je suis enclin à le croire puisque les attaques se sont maintenant portées sur toi —, il n'y a que deux mobiles possibles.

— Lesquels ?

— Soit on était persuadé que Chad allait donner une fois de plus la quasi-totalité des fonds à l'Alliance, soit on croyait exactement le contraire.

Elle penchait pour la première hypothèse, au vu de l'amertume et de la colère des membres du conseil devant le manque de moyens financiers accordés aux autres associations.

— Tu veux dire que si quelqu'un l'a tué, c'était pour empêcher que l'argent aille à l'Alliance…

— Ou bien quelqu'un au sein de l'Alliance a découvert que Chad avait changé d'avis.

Une organisation au mode de fonctionnement pour le moins opaque, qui communiquait peu, gardait secrète la liste de ses membres et collectait d'importantes sommes d'argent pour ainsi dire intraçables… Ses membres n'avaient pas demandé à bénéficier d'un statut d'exonération de charges. Dès lors, ils n'étaient pas tenus de fournir une comptabilité détaillée. Ce qui signifiait qu'ils pouvaient faire à peu près tout ce qu'ils voulaient.

Si Chad avait eu tout à coup des soupçons quant à leurs motivations et parlé à la mauvaise personne de son intention de leur couper les vivres, alors le scénario de John devenait plausible.

Avec un frisson, elle comprit qu'elle ne pouvait pas s'opposer plus longtemps à l'enquête. Elle avait besoin que toute la lumière soit faite sur la mort de son frère.

Et ce, quoi qu'il lui en coûte.

— Qu'attendons-nous pour nous mettre au travail ? lança-t-elle.

— Tiens, c'est curieux, lâcha soudain John.

— Quoi ?

Perchée sur un tabouret qu'il avait apporté de la cuisine, elle regardait ses doigts courir sur le clavier, et observait tout à loisir son profil. L'arête de son nez était légèrement busquée, comme si elle avait été brisée — peut-être lors de son passé militaire. Bien sûr, il pouvait tout aussi bien s'agir d'une blessure sportive. Les muscles qu'elle avait sentis sous ses paumes durant leur étreinte, ainsi que la largeur de ses épaules, indiquaient une pratique régulière du sport.

— Hugh Donaldson, répondit-il. Sa société assure la comptabilité de la fondation, bien qu'il soit membre du conseil d'administration.

— Et ce n'est pas normal ?

— En principe, non.

— Je n'y ai jamais prêté attention. Ça me semblait… Je ne sais pas. Pratique. Intéressant financièrement. Pourquoi la fondation ne profiterait-elle pas de ses compétences ?

— A cause du conflit d'intérêts.

— Hugh ne bénéficie aucunement des fonds que collecte la fondation. Il ne se fait même pas rétribuer pour les services que sa société nous fournit. Il dit que c'est sa contribution aux bonnes œuvres.

— Mais il doit le déduire de ses impôts.

Bien sûr ! Elle se sentait stupide de ne pas y avoir pensé elle-même.

— Alors, quel est son dada ?

— Pardon ?

— L'association qu'il soutient.

— Ça s'appelle Le Renouveau. C'est une structure qui apporte un soutien aux jeunes ayant eu des problèmes avec la justice.

— Et en quoi est-ce que ça concerne un homme comme Donaldson ?

Elle essaya de se rappeler ce que Chad lui avait dit au fil des années. Malheureusement, elle s'était très vite aperçu en prenant ses fonctions qu'elle ne l'avait pas assez écouté.

— Je crois qu'il a un passé de délinquant, avança-t-elle, hésitante. Ecoute, je ne suis pas sûre de pouvoir te dire pourquoi chaque personne s'est investie dans le projet qu'elle soutient. Si c'est important…

— Ce n'est pas grave. Donne-moi seulement tes impressions, nous pourrons vérifier plus tard. Mais il faut bien commencer par quelque chose. Quelle est l'attitude de Donaldson par rapport à l'Alliance ?

Une nouvelle fois, elle fit un effort de mémoire, mais rien ne lui vint. Hugh s'était très peu exprimé au sujet de la distribution des fonds.

— Je ne sais pas du tout ce qu'il en pense. Il a simplement essayé de me convaincre d'accorder plus d'argent au Renouveau.

— Quelqu'un s'est-il montré ouvertement critique ?

— Léon Clément. Il semblait très en colère.

— Contre Chad ?

— Contre le fait que mon frère se soit laissé influencer. Mais parler de colère est peut-être un peu exagéré. Il s'est montré… caustique à propos de la façon dont les choses ont été faites.

— Qui d'autre a eu une attitude agressive ?

— Personne. En tout cas, pas ouvertement. Pas devant moi.

— Et Catherine Suttle ?

Elle ouvrit des yeux ronds.

— Tu ne penses quand même pas sérieusement que Catherine Suttle ait pu faire quoi que ce soit de malhonnête ?

Ou qu'elle ait quelque chose à voir avec le meurtre de Chad ? Cette idée était ridicule.

— Les criminels ne portent pas leurs actes sur leur visage, tu sais, remarqua-t-il patiemment. Ce sont des gens comme toi et moi.

— Ne me fais pas la leçon.

Malgré ce qu'il avait l'air de croire, elle n'était pas aussi naïve que cela. Ni totalement stupide.

— Et toi, ne décide pas arbitrairement qui est impliqué et qui ne l'est pas. Contente-toi de me dire ce que tu sais sur eux.

Réprimant son agacement, elle souffla en l'air afin de repousser une mèche de cheveux sur son front.

— Catherine Suttle appartient à la scène politique depuis toujours, commença-t-elle lentement, comme si elle parlait à un enfant. Elle connaît tout le monde, depuis les trois ou quatre derniers présidents jusqu'aux divers sénateurs qu'elle a contribué à faire élire. Elle est née et a grandi à Washington, et sa famille est très estimée.

— Oui, c'est la fille de ce cher sénateur Elijah Suttle.

Il avait employé le même ton sarcastique pour lui rappeler les implications fiscales des largesses de Donaldson. Dans ce cas, son ironie était pleinement justifiée.

Elijah Suttle était le type même du « politicien carriériste ». L'expression avait même dû être inventée pour lui. Il avait travaillé pour des quantités de présidents, n'hésitant pas à changer de camp en cours de carrière, et s'était montré une des voix les plus influentes du Sénat pendant quarante ans.

Cet héritage, allié au charme et au talent de Catherine, avait fait d'elle une figure incontournable. Quelle que soit la réputation de son père, personne ne semblait la critiquer, elle.

— C'est une femme très respectée, commenta Kelly.

— Et une amie très proche de ton frère.

— Elle s'est aussi montrée très sympathique avec moi. En fait, c'est à peu près la seule qui m'ait aidée au conseil.

— Compte tenu de son influence et de ses contacts, elle doit connaître à peu près tous les membres de l'Alliance.

— Sans doute, mais elle ne les a jamais soutenus ouvertement.

— Qui soutient-elle, alors ?

— Elle a sa propre fondation, qui aide les jeunes artistes. Son fils unique était peintre. Il est mort jeune — d'une maladie, je pense, même si elle n'en parle jamais. J'imagine que c'est pour ça qu'elle s'intéresse à l'art. Et aussi à cause de son éducation.

— Et malgré les restrictions imposées par Chad, elle a continué à le soutenir ?

— Elle était responsable de la vente aux enchères, cette année. Je pense que ça en dit suffisamment sur son degré d'implication.

— Si je comprends bien, elle était aussi chargée de la sécurité.

— En principe. Mais ce genre de détails est généralement délégué à un membre des sous-comités. Il faudra lui demander pourquoi il n'y avait pas de gardien dans le parking.

— Parce que son contrat précisait que ses fonctions prenaient fin à minuit. Ainsi que ceux des agents de sécurité.

Elle planta ses yeux dans les siens.

— Tu as déjà vérifié ?

— Ça m'a paru important.

Evidemment ! Mais cela ne signifiait pas pour autant qu'il fallait soupçonner Catherine.

— Y avait-il un coresponsable pour cette vente ? demanda-t-il sans s'appesantir sur le sujet.

— Trevor Holcomb. Il est avocat. Mais je ne me souviens plus du nom de son cabinet.

— Silverberg, Holcomb et Sloan.

Elle écarquilla les yeux.

— Décidément, tu es bien renseigné.

— Malheureusement pas assez. C'est quelqu'un de fiable, ce Holcomb ?

— Je ne sais pas, répéta-t-elle avec le sentiment qu'elle aurait précisément dû le savoir.

— A-t-il une cause de prédilection ?

— Si c'est le cas, il ne l'a pas beaucoup manifesté.

— Bien. Il reste encore quelqu'un ?

— Bertha Reynolds. Un franc-parler comme seules peuvent se le permettre les personnes âgées. Et c'est d'autant plus surprenant qu'elle ressemble à un petit oiseau fragile.

— Sur quoi s'est-elle exprimée ?

— Elle a un avis sur tout mais, au dernier conseil, elle a surtout évoqué la redistribution des fonds. Elle aurait reçu des plaintes de personnes comptant sur des subventions qu'elles n'auraient pas reçues.

Ce fut au tour de John d'être surpris.

— Les associations n'ont pas été prévenues ?

— Il semblerait que non. Elles ont pris contact avec certains membres du conseil, qui se sont à leur tour adressés à Chad.

— Et que leur a-t-il répondu ?

— Que sa décision était sans appel. Et d'après Hugh Donaldson, qui dit avoir reçu également des plaintes, Chad avait de très bonnes raisons.

— Il ne les lui a pas données ?

— Non. Chad a toujours aimé prendre les décisions seul.

— Je comprends, mais il aurait au moins pu expliquer à ses amis pourquoi il remettait tout à coup en question une organisation qu'il avait lui-même établie.

— Je sais. Mais il ne l'a pas fait.

— Que pensent les membres du conseil de ce changement ?

— Léon Clément croit que Chad aurait subi des pressions.

— De la part de quelqu'un du conseil ?

Fronçant les sourcils, elle se repassa mentalement ses paroles exactes.

— Je ne pense pas que ça se limitait au conseil. Léon a simplement dit que quelqu'un avait lourdement insisté pour que Chad révise sa politique de redistribution.

— Donc, ça peut être n'importe qui. Quelqu'un du conseil ou quelqu'un de l'autre bord.

— Tu veux dire de l'Alliance ?

John hocha la tête.

— Le problème, c'est que nous n'avons aucune idée de qui il s'agit.

13

Bien qu'il fasse jour et que John se trouve juste derrière elle, Kelly dut prendre sur elle pour ouvrir la porte de la maison de Chad. Le souvenir de ce qui s'était passé la veille se dressait devant elle telle une barrière et l'empêchait d'entrer.

Elle éprouva un incroyable soulagement quand elle actionna l'interrupteur situé à côté de la porte, faisant jaillir la lumière dans le hall. Certes, elle savait que son agresseur avait quitté la maison depuis longtemps, mais ce fut ce simple geste qui lui redonna confiance et lui permit de franchir le seuil.

— Les nouveaux codes fonctionnent, déclara John derrière elle.

Tournant la tête, elle le vit étudier la réponse du système de sécurité. De nouvelles serrures, de nouveaux codes… Alors, pourquoi n'arrivait-elle pas à se sentir en sécurité ?

— Parfait, lâcha-t-elle, surprise qu'un son puisse sortir de sa gorge nouée.

— Je vais jeter un coup d'œil dans la maison.

Elle lui emboîta aussitôt le pas, peu encline à rester seule. Il se dirigea tout droit vers la salle de bains, ainsi qu'elle l'avait deviné.

Les policiers ayant inspecté la pièce à la lueur des torches, il était compréhensible qu'ils n'aient trouvé aucune trace de l'intrus. Pourtant, il y avait bien quelqu'un, se répéta-t-elle, tandis que John examinait l'intérieur de la cabine de douche.

Elle était restée sur le seuil, incapable de se résoudre à entrer dans la pièce. Au bout d'un moment, elle eut le courage de lever les yeux vers le plafond en miroirs et y vit le reflet de la silhouette familière de John. Il semblait toujours être là quand elle avait besoin de lui.

A cette pensée, sa gorge se serra un peu plus, et elle sentit ses yeux la piquer. Elle refoula ses larmes, en proie à la même émotion qui l'avait fait se jeter dans ses bras la nuit de la vente aux enchères.

— J'étais sûr que je trouverais quelque chose ! s'exclama soudain John.

A quatre pattes dans la cabine, la tête inclinée, presque parallèle au sol, il scrutait le marbre noir.

— Qu'est-ce que c'est ? demanda-t-elle, le cœur battant.

— Des empreintes de pas.

Elle haussa les sourcils, étonnée. Les policiers avaient affirmé qu'il n'y avait aucune trace de pas nulle part, et ce malgré la pluie qui tombait dehors.

— Comment peut-il y avoir des traces dans la cabine et pas ailleurs ?

Il se releva et lui céda la place.

— Penche-toi et regarde à la surface.

Elle obtempéra tout en se sentant un peu ridicule, et vit en effet des marques dans la lumière des spots. Bien qu'il ne s'agisse pas d'empreintes au sens conventionnel du terme, il y avait des traces d'allées et venues.

— Tu as fait venir un réparateur récemment ? s'enquit John.

— Non.

— Et j'imagine que tu ne prends pas ta douche avec des chaussures, ajouta-t-il, l'air amusé.

— Tu crois que ce sont vraiment des empreintes de pas ?

— En tout cas, ça y ressemble. Et si ça ne suffit pas devant un tribunal…

— On sait au moins qu'il y avait bien quelqu'un, acheva-t-elle.

— Je n'en ai jamais douté.

Mais la police, si. Et ils ne s'étaient pas montrés particulièrement délicats pour le lui faire comprendre.

— Ton frère a un appareil photo ?

— Numérique. Ce qui se fait de mieux.

Comme tout ce qu'il possédait. Mais, pour une fois, elle ne pouvait que se réjouir de sa passion des gadgets.

Elle s'apprêtait à rejoindre John dans la salle de bains avec l'appareil photo quand le téléphone sonna. Son premier mouvement fut de laisser le répondeur s'enclencher, mais, puisqu'elle était tout près de l'appareil, elle se pencha au-dessus du bureau pour le prendre.

— Où étais-tu passée, bon sang ? lança une voix dès qu'elle eut décroché.

La colère et l'inquiétude semblaient motiver à parts égales la question de Mark Daniels. Encore un effet du « complexe du grand frère » dont il souffrait.

— Comment vas-tu, Mark ? demanda-t-elle sans cacher son ironie. Je suis contente de t'entendre.

— J'ai essayé de te joindre toute la nuit, Kelly. Excuse-moi de m'être fait un sang d'encre.

Son sarcasme valait le sien, mais elle s'en voulut soudain de l'avoir laissé sans nouvelles. Elle aurait dû savoir qu'il appellerait. Il le faisait presque tous les soirs.

— Je suis désolée. Il y a eu une coupure d'électricité. Je ne voulais pas rester ici dans le noir.

— Tu aurais pu m'appeler. Je serais venu te chercher et tu aurais passé la nuit chez moi.

— Je me suis débrouillée.

Levant les yeux, elle découvrit John sur le seuil, l'air inquiet.

Posant la main sur le combiné, elle articula en silence « Mark ». Il hocha la tête de façon à lui montrer qu'il avait compris, mais ne bougea pas.

— Tout est rentré dans l'ordre ? demanda Mark dans le combiné.

— Il semblerait.

Une fois encore, elle tenta de lui donner le moins d'informations possibles.

— Tu devais m'appeler pour me dire quand on pourrait se voir.

Seigneur, elle avait complètement oublié… Sa demande, faite dimanche matin, lui semblait tellement loin.

— Je suis désolée, s'excusa-t-elle avec une confusion feinte. J'ai beaucoup de travail, en ce moment.

— Comment s'est passée la réunion du conseil ?

— Plutôt bien. La vente aux enchères a été un vrai succès.

— Ils t'ont mené la vie dure pour l'attribution des fonds ?

— Ils n'en ont pas eu l'occasion. Je n'ai pas encore pris ma décision à ce sujet.

— Ne te laisse pas faire. C'est à toi que Chad a confié les rênes. Si tu veux que je t'assiste au prochain conseil…

— J'apprécie beaucoup ta proposition mais, comme tu viens de le dire, c'est à moi que Chad a confié les rênes.

— Je voulais seulement t'aider, ma chérie. En tant qu'ami de Chad…

— Je sais. Ecoute, Mark, je peux te rappeler plus tard ? J'attends quelqu'un.

— J'espère que ce n'est pas cet… Edmonds.

Machinalement, elle leva les yeux vers John. Adossé au chambranle, les bras croisés dans une attitude flegmatique, il semblait occuper tout l'espace.

— Non, mais c'est curieux que tu parles de lui.

— Il n'est pas celui qu'il semble être.

— Vraiment ?

— Ne t'implique pas avec lui.

— J'aimerais bien savoir pourquoi tu dis ça.

— J'ai fait quelques recherches hier, en sortant de chez toi. D'abord, c'est un détective privé. Et cette information m'a fait voir d'un autre œil ton agression dans le parking. Si ça se trouve, c'était une mise en scène destinée à faciliter les présentations entre vous.

— Pourquoi aurait-il fait une chose pareille ?

— Je ne sais pas encore. Peut-être seulement pour te rencontrer. Après tout, tu es une riche héritière, et les coureurs de dot se montrent de plus en plus inventifs. Mais il peut avoir des desseins beaucoup moins avouables. En attendant d'en savoir plus à son sujet, je te conseille de te tenir à l'écart.

— Sois sûr que j'apprécie ce conseil à sa juste valeur.

Elle estimait ne pas avoir d'ordre à recevoir de sa part, mais elle n'avait pas envie de se disputer avec lui ce matin. Toutefois, son agacement avait dû se percevoir dans la façon dont elle lui avait répondu, car il répliqua :

— Inutile de monter sur tes grands chevaux, Kelly. Je fais ce que Chad aurait attendu de moi.

— Je te rappelle que tu n'es pas mon frère.

— Et je n'ai pas envie que tu me voies comme tel, crois-moi.

— Dans ce cas, arrête de te montrer aussi protecteur avec moi. Je trouve ça oppressant et déplacé.

Il y eut un court silence à l'autre bout de la ligne.

— Franchement, j'ai du mal à ne pas m'inquiéter, en ce moment. Je m'inquiète de ta relation avec un homme dont tu ne sais rien.

— Je suis majeure, et je vois qui je veux.

— Eh bien, j'avais espéré que nous deux…

Elle l'entendit soupirer à l'autre bout du fil.

— Tu dois bien te douter de ce que je ressens pour toi, reprit-il. Je voulais te laisser le temps de surmonter la mort de Chad avant de t'en parler. Imagine ma surprise dimanche matin, quand j'ai découvert que tu avais passé la nuit avec un inconnu !

Elle savait depuis longtemps que l'intérêt de Mark à son égard n'était pas purement platonique, mais elle avait toujours espéré éviter cette discussion. Et devant témoin, qui plus est, songea-t-elle en levant les yeux vers John.

A en juger par la lueur malicieuse qui pétillait dans ses yeux, il semblait trouver la situation très amusante. Heureusement qu'il n'entendait qu'une partie de la conversation.

— Ça ne te regarde pas, répliqua-t-elle sèchement à l'adresse de Mark.

— J'avais espéré qu'avec le temps nous pourrions…

— Ecoute, je ne veux pas me montrer grossière, mais c'est absolument impossible.

— Il est là, n'est-ce pas ?

Le temps qu'elle mit à lui répondre la trahit.

— Il écoute tout ce que je dis, conclut-il avec amertume. J'espère que ça le fait bien rire.

— Je t'assure que ce n'est pas le cas.

Il y eut un autre silence que Mark finit par rompre en modulant sa voix pour ne pas laisser transparaître sa colère.

— Ecoute, je tiens vraiment à toi. A défaut d'autre chose, accepte au moins mon amitié. En souvenir de ton frère. Tu sais qu'il me manque énormément.

— Oui, je sais, répondit-elle, touchée malgré elle par l'émotion qu'elle percevait chez lui.

— Et rappelle-toi que tu es une femme très riche. Au pire, Edmonds est un opportuniste. Je suis persuadé que votre rencontre n'avait rien d'une coïncidence.

Il ne croyait pas si bien dire. Pourtant, même en le sachant et en ayant conscience que John n'hésiterait pas à rendre public ce qu'il découvrirait au sujet de Chad, elle avait accepté de se placer sous sa protection.

Peut-être avait-elle vraiment perdu tout bon sens.

— Je m'en souviendrai, assura-t-elle. Maintenant, je dois vraiment te laisser, Mark.

— Quand pourrai-je te voir ? Je vais continuer à chercher des informations sur ce type.

— Ce n'est pas la peine, je t'assure.

— Appelle-moi.

Au lieu de le lui promettre, elle pressa du doigt le bouton « off » et croisa le regard de John.

— C'était Mark. J'avais oublié de l'appeler.

Il hocha la tête en silence et tendit la main pour prendre l'appareil photo. Elle s'avança vers lui, avec l'intention de déposer l'appareil dans sa paume ouverte. Pas un instant le regard de John ne quitta le sien, même après qu'elle se fut arrêtée devant lui.

— Il savait que j'étais là, avança-t-il.

— Il l'a deviné.

— Ça n'avait pas l'air de lui plaire.

— Il sait que tu es détective privé, et il pense que l'incident du parking a été arrangé pour que nous nous rencontrions.

— Il est impossible qu'il ait pu découvrir ce que je fais. L'agence Phœnix est d'une discrétion absolue sur les missions qu'elle mène et sur ses enquêteurs.

Elle prit soudain conscience qu'elle ne s'était même pas posé la question. Tout comme Catherine Suttle, Mark avait beaucoup de relations en ville et les moyens d'obtenir toutes les informations qu'il souhaitait.

— Je ne fais que te répéter ce qu'il m'a dit.

— Et qu'a-t-il dit à propos du conseil ?

— Que je ne devais pas les laisser me marcher sur les pieds.

— Il parlait de la répartition des fonds ? Comment est-il au courant ?

Elle avait parlé de la controverse à Mark. Ce dernier connaissait tout le monde, et il était généralement de bon conseil. Curieusement, il ne lui avait rien dit de spécial à propos des fonds. Simplement qu'elle était la seule à prendre les décisions, maintenant.

— Il savait que le conseil n'était pas satisfait de l'orientation prise par Chad l'année dernière.

— Ils en avaient parlé ensemble ?

— Je suppose. Quand je lui ai raconté que le conseil était mécontent, il n'a pas paru surpris. En fait, il n'a pas non plus semblé très intéressé. Il s'est contenté de dire que je ne devais pas me laisser faire. C'est le genre de choses que mon frère aurait dit également. Que je devais assumer mes responsabilités, faire entendre ma voix… Je pense que Mark essayait de l'imiter.

— J'ai pourtant eu l'impression qu'il en avait assez de jouer les grands frères.

Elle ne fut pas réellement surprise par sa remarque. John était fin psychologue, et il en avait sûrement assez entendu pour deviner la confession inattendue de Mark.

— Mais tu le savais peut-être avant aujourd'hui ?

— Il n'a jamais rien dit, mais… oui, je m'en doutais. J'espérais seulement qu'il n'en parlerait pas.

John soutint encore quelques instants son regard, puis il prit l'appareil photo et disparut dans le couloir.

Pendant que John prenait en photo les empreintes sur le marbre de la salle de bains, Kelly décida de mener ses propres recherches. Après tout, elle était mieux placée que la police pour voir si quelque chose avait été déplacé. Et elle avait l'avantage de pouvoir le faire en plein jour.

Elle commença par l'arrière de la maison, puisque c'était là qu'elle avait cru entendre le bruit de verre brisé. Elle chercha du côté de la piscine et de la terrasse, pensant y trouver quelque chose qui aurait pu être balayé par le vent.

Il n'y avait rien. Toutes les vitres étaient intactes. Evidemment, si John avait raison à propos des codes, celui qui était entré dans la maison n'avait pas eu à le faire par effraction.

Elle vérifia ensuite le grand salon et la salle à manger où tout lui parut normal. Elle ne se rappelait pas être entrée une seule fois dans ces pièces depuis qu'elle s'était installée chez Chad.

Passant ensuite dans la cuisine, elle la trouva accueillante et bien rangée dans la lumière du matin, rien à voir avec ce qui lui avait paru un vrai terrain de course d'obstacles dans le noir.

— Tu as trouvé quelque chose ? lança une voix derrière elle.

Tournant la tête, elle découvrit John sur le seuil.

— Non, admit-elle sans parvenir à masquer sa frustration. Il n'y a pas de vitre brisée, pas de serrure forcée. Pourtant, j'ai vraiment entendu du verre se casser.

— Peut-être qu'il était déjà dans la maison quand tu es arrivée, et qu'il a cassé quelque chose pour te faire sortir de la salle de bains.

Elle ne put réprimer un frisson à cette idée.

— En admettant qu'il ait cassé quelque chose dans la maison, il devrait y avoir des débris. A moins que…

Sans terminer sa phrase, elle se dirigea vers la poubelle métallique qu'elle avait bousculée la veille dans sa course folle et souleva le couvercle. Il n'y avait presque rien à l'intérieur, Kelly n'ayant pas mangé à la maison depuis plusieurs jours. Seulement une boule de serviettes en papier, au fond, sur un vieux journal.

Elle tendit le bras mais, avant qu'elle ait eu le temps de l'attraper, les doigts de John se refermèrent sur son poignet.

— N'y touche pas, ordonna-t-il. Il nous faut une pince ou un autre instrument pour la prendre.

Elle savait qu'il n'y aurait pas d'empreintes sur les serviettes en papier — en tout cas, aucune qui soit exploitable —, mais il était possible d'en trouver sur l'objet qu'elles renfermaient.

Sans répondre, elle se dirigea vers un tiroir et en sortit

des couverts à salade qu'elle tendit à John. Avec précaution, il retira l'objet de la poubelle et le déposa sur le comptoir. Elle se rapprocha alors qu'il écartait les serviettes, révélant bientôt les morceaux d'un verre à whisky.

— Il a dû le briser sur le comptoir, suggéra-t-il.

— Je ne comprends pas. Pourquoi voulait-il m'attirer dans la cuisine ?

Il ne répondit pas tout de suite.

— Il voulait sans doute qu'on ne puisse pas établir de rapprochement avec la mort de ton frère.

— Comment ça ?

Sa question était purement rhétorique. Car elle avait déjà compris ce qu'il tentait de lui dire avec tact : l'intrus avait voulu l'attirer à l'arrière de la maison pour la tuer.

— Cette fois, il fallait que ça ait l'air d'un suicide, répondit John d'un ton grave.

Elle sentit un frisson glacé courir le long de sa colonne vertébrale. Sa première réaction fut de montrer ce que cette idée avait de ridicule, mais les mots refusèrent de sortir de sa bouche. Elle savait que nombre de personnes auraient accepté cette théorie sans broncher pour des raisons évidentes : elle n'avait pas surmonté le décès de son frère, les responsabilités étaient trop lourdes à porter…

Oui, c'était un scénario plausible. Tout comme l'aurait été sa mort suite à une agression dans un parking désert.

— Qu'est-ce que j'étais supposée faire ? Me mettre la tête dans le four ? lança-t-elle en tentant vainement de plaisanter.

— Je ne sais pas. Il voulait peut-être profiter de la

diversion pour droguer ton verre, puis te noyer dans la baignoire.

— C'est un peu tiré par les cheveux, non ?

John riva ses yeux aux siens.

— C'est bien ce que je disais. Il est en train de céder à la panique.

14

— Tu es sûre de vouloir faire ça ? demanda John en tenant à Kelly la portière du 4x4.

— Non, mais je ne crois pas que nous ayons le choix.

— Nous pourrions commencer par quelqu'un d'autre.

Ils auraient pu, bien sûr, mais rencontrer Catherine Suttle en premier avait ses avantages, dont ils avaient déjà discuté. Non seulement cette dernière était proche des autres membres du conseil et probablement au courant de ce qu'ils racontaient dans le dos de Kelly, mais elle était aussi une source potentielle d'informations sur la mystérieuse organisation que Chad s'était tout à coup mis dans la tête de soutenir.

Un soutien qui lui avait peut-être coûté la vie.

— Si quelqu'un peut rassembler les pièces du puzzle, c'est bien Catherine, déclara Kelly en descendant du 4x4.

— Et tu as suffisamment confiance en elle pour tout lui raconter ? Après tout, elle pourrait faire partie du complot.

— On voit que tu ne la connais pas.

Elle contempla la maison devant laquelle ils s'étaient garés. Entourée d'un jardin parfaitement entretenu, l'imposante bâtisse de style géorgien était l'écrin idéal pour Catherine, songea-t-elle avec admiration.

John lui prit le bras afin de remonter l'allée vers la porte principale.

— Rappelle-toi ce que je t'ai dit, murmura-t-il. Les criminels ne portent pas d'étiquette sur le front.

Elle retint un soupir. Ce serait tellement plus simple si c'était le cas…

Aucune des personnes qu'elle avait rencontrées à Washington, que ce soient les membres du conseil d'administration de la fondation, ou les amis de Chad qui lui avaient offert leur soutien durant ces semaines difficiles, ne semblaient du genre à se compromettre dans des histoires sordides.

— Je vois que cette chère Claire ne m'a pas tout dit, remarqua Catherine en les invitant à entrer dans un salon baigné de lumière.

— Claire ? répéta Kelly sans comprendre.

— Claire Cabot. Je suppose que votre ami fait partie de l'équipe de Griff.

Comme ni l'un ni l'autre ne répondait, le sourire de Catherine s'élargit.

— Si vous me le dites, vous serez ensuite obligé de m'éliminer, c'est ça ?

— Je ne travaille pas pour Cabot, répondit John.

Il était inutile d'en préciser la raison, et il espérait que la pétulante quinquagénaire en resterait là.

— Mais vous savez qui il est. C'est bien ce que je pensais. Vous avez tous le même genre.

Il ne demanda pas quel genre. Il savait.

— J'ai peut-être aussi d'excellentes sources, suggéra-t-il, le ton plein de sous-entendus.

— Je n'en doute pas. Et je suppose que vous vous intéressez à mes relations.

— J'ai dit à John que vous connaissiez tout le monde à Washington, intervint Kelly.

— J'en suis flattée, mais je crains de vous avoir dit tout ce que je sais sur l'agence que dirige Griff. Discrétion et excellence sont leurs maîtres mots. Leurs services sont également hors de prix, mais ça ne doit pas être un problème pour vous, ma chère.

— Ce n'est pas pour parler de l'agence Phœnix que nous sommes venus vous voir.

Leur hôtesse leva ses sourcils parfaitement épilés.

— Vraiment ? Et si nous prenions une tasse de thé, avant de jouer à « qui connaît qui » ? A moins que vous ne préfériez quelque chose de plus fort ? Nous ne nous soucions guère de l'étiquette dans cette maison. J'ai toujours pensé que si l'on avait besoin d'un scotch, quelle que soit l'heure de la journée, on devait le prendre.

— Rien pour moi, répondit Kelly.

— Et vous ? s'enquit Catherine en se tournant vers John.

— Je suis bien comme ça.

— Oui, en effet, vous l'êtes.

L'air déconcerté de John à son commentaire parut beaucoup lui plaire, et une lueur amusée passa dans son regard bleu pâle. Heureusement, elle n'insista pas.

Après leur avoir désigné un canapé recouvert de lin blanc, elle-même choisit un fauteuil et s'y assit très droite, les jambes gracieusement alignées sur le côté, comme si elle était encore pensionnaire de l'école pour jeunes filles de Mlle Porter.

— Je vous écoute, reprit-elle lorsqu'ils se furent installés. Que puis-je faire pour vous ?

— Nous aimerions que vous nous disiez ce que vous savez à propos de l'Alliance, déclara John sans ambages.

Elle cilla imperceptiblement. Son regard se déplaça quelques secondes vers Kelly, avant de revenir sur lui.

— Je sais que l'adhésion en tant que membre est entourée du plus grand secret, et que cette organisation tente d'influencer le gouvernement, en prônant certaines valeurs que d'aucuns considèrent comme obscurantistes. Evidemment, cette mission n'est inscrite nulle part.

— Pourquoi ?

— Ses objectifs ne sont pas très clairs. Si vous êtes approché pour rejoindre ses membres, cela se fait dans la plus grande discrétion. Généralement par le biais d'un ami. Il n'y a pas de documentation, pas de publicité.

— Avez-vous été approchée ? demanda Kelly.

— Si c'était le cas, je ne pourrais pas vous le dire, répondit Catherine avec un sourire mystérieux.

— Mais vous connaissez sans doute certains de ses dirigeants ? insista John.

Il se demandait si cette entrevue les mènerait quelque

part. De toute évidence, Catherine se voyait comme la dépositaire de certains secrets et comme une personnalité influente de la scène politique. Pourtant, elle ne leur avait rien dit qui ne soit déjà de notoriété publique.

— Quelques-uns, admit-elle. Mais pourquoi vous intéressez-vous autant à l'Alliance ?

Kelly chercha le regard de John, quémandant une permission. Il ne la lui donna pas. A elle de décider si elle pouvait vraiment faire confiance à Catherine Suttle.

Il devinait que cette dernière ne leur donnerait pas d'informations sans quelque chose en retour. A l'instar de tous ceux qui se croient dans le secret des dieux, elle considérait l'information comme une monnaie d'échange. Cela dit, il ne parvenait pas à décider si cela faisait d'elle quelqu'un de dangereux ou de trop curieux.

— Vous savez que je me suis interrogée sur le changement apporté à la redistribution des fonds collectés, commença Kelly prudemment.

— Les gens de l'Alliance ont peut-être un mode de fonctionnement mystérieux et des idées jugées démodées, mais ils ont mené beaucoup de bonnes actions dans cette ville. Remettez-vous en question la décision de votre frère de les accueillir au sein de la fondation ?

— J'essaie de comprendre comment Chad en est arrivé à prendre cette décision.

— Parce qu'il pensait que c'était justifié, j'imagine.

— Et vous êtes d'accord ?

— Pas forcément. Mais Chad n'en a toujours fait qu'à sa tête.

— Pourquoi choisir cette association ?

— Pourquoi ? Pour la même raison que l'on choisit un parti politique ou une équipe de football. Parce qu'à un moment de votre vie il y a quelque chose qui vous attire dans cette direction.

— Et vous n'étiez pas contrariée que ses largesses envers l'Alliance vous privent de moyens pour vos propres projets ?

— Pourquoi aurais-je été contrariée ? Ce n'était pas mon argent. Les donateurs signaient des chèques en sachant que Chad en ferait bon usage. De toute façon, selon les statuts de la fondation, votre frère avait le droit d'utiliser les fonds comme il le voulait. Je ne vois pas pourquoi cela vous chagrine autant.

— Parce que je crois que quelqu'un l'a assassiné, lâcha Kelly.

John ne quitta pas Catherine des yeux tandis que les secondes s'égrenaient. En dehors d'un léger embarras lorsqu'ils avaient mentionné l'Alliance, elle ne montra cette fois aucune réaction.

Et il trouvait cela plus qu'étrange.

— C'est ridicule, dit-elle finalement.

— Chad n'était pas négligent. Ni intrépide. Il n'aurait jamais mis sa vie en danger. Et son avion venait d'être révisé.

— Les accidents arrivent, commenta Catherine, l'air presque détaché. Je comprends que la mort d'un proche soit encore plus difficile à accepter quand il s'agit d'une personne jeune et pleine de dynamisme. Et croyez-moi, je sais de quoi je parle…

— Et les agressions à mon encontre se sont multipliées,

poursuivit Kelly comme si son hôtesse n'avait pas pris la parole.

— Quelles agressions ?

L'expression choquée de Catherine offrait un contraste saisissant avec le calme dont elle venait de faire preuve. Seulement, John n'était pas sûr que ce soit sincère.

— La première a eu lieu dans le parking, après la vente aux enchères. C'est comme ça que j'ai rencontré John. Il est venu à mon secours.

Le regard bleu pâle de Catherine se posa brièvement sur lui, et il eut le temps de voir qu'elle conservait tout son sang-froid.

— Où diable était passée la sécurité ? s'exclama-t-elle en reportant son attention sur Kelly. Dieu sait que nous payons royalement ces bons à rien !

— On leur a dit qu'ils pouvaient partir à minuit.

Catherine pinça les lèvres, révélant de fines rides sur leur pourtour soigneusement dessiné.

— Les imbéciles !

— J'en déduis que l'ordre ne venait pas de vous ? avança John.

— S'il y a bien une chose dont on ne peut m'accuser, jeune homme, c'est de manquer de bon sens. Il doit encore s'agir d'une de ces économies de bout de chandelle pratiquées par Hugh. Mais je peux vous assurer que cela ne se reproduira plus. Si nous ne pouvons garantir à nos invités qu'ils peuvent aller et venir sans être molestés…

Elle s'interrompit brusquement.

— Seigneur, Kelly, vous ne pensez quand même pas qu'un membre de la fondation a volontairement supprimé la sécurité pour faciliter une agression à votre encontre ? C'est aussi ridicule que cette idée selon laquelle Chad aurait été assassiné.

— Quelqu'un s'est introduit dans la maison, hier soir, expliqua Kelly, avec un calme surprenant compte tenu de la peur qu'elle avait eue. Il portait une cagoule noire et s'était caché dans la cabine de douche. Si on additionne les deux faits…

Elle se tut. Suivit un long silence pendant lequel Catherine l'étudia avec sévérité.

— Je trouverai, lâcha-t-elle enfin.

— Le nom de celui qui se cachait dans la maison ? demanda John innocemment.

La question de John lui fit tourner la tête dans sa direction.

— Bien sûr que non ! répliqua-t-elle, son intonation le rangeant dans la même catégorie que « les imbéciles » qui supprimaient la sécurité avant le départ du dernier invité. Même mes sources ne sont pas aussi douées. Je parlais de l'Alliance. Vous voulez savoir qui sont ses principaux dirigeants. Donnez-moi quelques jours. Je vous appellerai.

Kelly se redressa pour protester.

— Non, Catherine. Je ne peux pas vous laisser poser des questions qui risqueraient de vous mettre en danger.

— Vous ne pouvez pas m'en empêcher. De toute façon, ils n'oseront pas s'en prendre à moi.

— Vous parlez des gens de l'Alliance ou des membres du conseil ? intervint John une nouvelle fois.

Il se moquait de paraître stupide, du moment qu'il pouvait obtenir des informations.

— Je ne crains ni les uns ni les autres.

— Vous devriez peut-être.

— Tout d'abord, je ne crois pas qu'il y ait quoi que ce soit d'anormal dans la mort de Chad. A mon avis, c'est le chagrin de Kelly qui s'exprime. Et croyez-moi, je sais ce que c'est que de vivre un deuil. Ensuite, ce n'est pas parce qu'il y a eu un cafouillage dans l'organisation de la sécurité que cela cache forcément un complot. Pourquoi quelqu'un voudrait-il s'en prendre à Kelly ?

— De crainte qu'elle ne change les règles d'attribution des subventions, suggéra-t-il.

— Si c'était le cas, pourquoi aurait-on tué Chad ? Ce n'est pas logique. Soit ils veulent que rien ne change, soit ils veulent au contraire que cela change.

Se tournant vers Kelly, elle ajouta :

— Vous n'avez pas caché votre inquiétude à propos des transformations instaurées par Chad. Si vous croyez qu'on l'a tué pour l'empêcher de continuer à subventionner l'Alliance, pourquoi s'en prendrait-on maintenant à vous, alors que vous n'avez pas fait mystère de votre envie de tout changer ?

— C'est l'impression qu'elle vous a donnée ? s'enquit John.

— Evidemment. Surtout dimanche, avec toutes ces questions à propos des motivations de Chad. Nous avons tous compris que vous alliez modifier tout cela.

— La première attaque a eu lieu avant le conseil, lui rappela Kelly.

— Dans un parking non gardé, le soir d'une vente de charité qui avait bénéficié d'une large publicité, et dans un quartier peu sûr. A ce propos, il faut absolument changer de lieu l'année prochaine. Mettez cela à l'ordre du jour du prochain conseil, voulez-vous ? En attendant, je vais m'occuper de ce micmac avec la sécurité. Et je sais par où commencer.

— N'en faites rien, s'il vous plaît, Catherine. Je préfère que nous en parlions à la prochaine réunion. Je crois que je me suis un peu emballée et que je n'étais pas du tout visée. Il s'agit sûrement d'une erreur ou d'une négligence. Je m'en occuperai.

John savait qu'elle n'en pensait pas un mot. Elle essayait simplement d'éviter des problèmes à son amie. Ou d'éviter qu'elle n'en crée.

— Il vaudrait mieux se garder de parler de tout ça jusqu'à ce que nous sachions de quoi il retourne, acquiesça-t-il.

Catherine arbora une moue songeuse.

— Vous avez peut-être raison. Je m'en remets à vous, à condition que vous me teniez informée des avancées de votre enquête.

Voyant qu'il ne répondait pas, elle prit un air sévère.

— Et ce n'est pas la peine de me regarder comme ça. Je vous ai dit que je ne me laissais pas duper facilement. Kelly n'est pas avec vous pour votre physique — quoi qu'il soit assez spectaculaire, je l'avoue. Vous êtes impliqué jusqu'au cou. Et même si j'ai quelques doutes sur la raison de votre présence dans le parking, je dois admettre que je suis soulagée. J'ai tendance à me fier à mon intuition à propos des personnes que je rencontre, et je sens que vous êtes quelqu'un de bien. Toutefois, je vous mets en garde. J'ai une mémoire d'éléphant quand on fait du mal à mes amis.

— Moi aussi, répliqua-t-il en soutenant son regard.

Son défi la fit éclater de rire. Rejetant la tête en arrière, Catherine se mit à bramer d'une manière que l'on ne pouvait guère qualifier d'élégante. Quand elle retrouva son sérieux, elle ne parut pas le moins du monde gênée par son éclat.

Elle posa un regard pétillant sur Kelly.

— Celui-là, je vous conseille de le garder, mon petit. J'aime les hommes de caractère. Cela change de tous ces mollassons dont la ville regorge. Tant qu'il peut assurer, évidemment.

Se tournant vers John, elle lui demanda tout à trac :

— En êtes-vous capable ?

— Je m'y efforce, en tout cas.

15

— Chez toi ou chez moi ? demanda-t-il.

Kelly n'avait pas quitté le pare-brise du regard depuis qu'ils avaient quitté la résidence de Catherine Suttle. Du coin de l'œil, il vit que sa question lui avait fait lever la tête, mais il garda son attention sur la route.

— Je préfère que nous allions chez toi. Enfin, si ça ne te dérange pas.

— C'est sans doute plus prudent, acquiesça-t-il d'un air détaché, en dépit du léger pincement qu'il ressentit à l'estomac. Notre relation ne restera pas secrète très longtemps mais, pour le moment, mon appartement n'est pas aussi connu que la maison de ton frère.

Notre relation.

Il était à présent lié à elle par tant de choses qu'il était difficile de séparer les aspects personnels et professionnels. Bien qu'il ait été renvoyé de l'agence Phœnix, il avait toujours envie de savoir pourquoi le nom de la fondation était apparu au cours de l'enquête que menait son collègue Ethan Snow dans une affaire de financement douteux.

Même si cela se révélait finalement être sans lien avec les attaques que Kelly avait subies.

Etait-ce parce qu'il voulait voir triompher la justice ? Ou parce qu'il éprouvait le besoin de prouver à Griff qu'il s'était trompé sur lui ?

En tout cas, rien n'était plus important à ses yeux que d'assurer la protection de Kelly. Et ça, c'était définitivement personnel.

— Elle se trompe, tu sais, lâcha-t-elle soudain.

— A propos de quoi ?

— Je n'avais pas encore pris ma décision sur l'attribution des fonds. En fait, j'avais presque envie de tout laisser en l'état. Je me disais que c'était la volonté de Chad. Et s'il a été tué pour provoquer un changement, je ne voulais pas leur faire ce plaisir.

— Catherine semblait pourtant sûre d'elle.

— Je sais, et c'est bien ce qui m'ennuie. Je me demande si c'est sa propre conclusion, ou si on l'a aidée.

— Comment ça ?

— Peut-être que quelqu'un lui a suggéré que j'allais faire des changements. Ensuite, quand elle m'a entendue poser des questions, elle a déduit le contraire de ce que je pensais.

— Tu aurais dû lui poser la question.

— J'aimerais bien avoir l'opinion de quelqu'un d'autre…

— Sur la façon dont tes commentaires ont été reçus ?

— Exactement. J'ai besoin de savoir si j'ai vraiment

donné à tout le monde l'impression que je voulais tout changer. Dans ce cas, la question sera réglée.

— Et sinon ?

— Sinon, il faudra découvrir qui a influencé Catherine.

— Pas en ce qui me concerne, répondit Bertha Reynolds à la question de Kelly. Je n'ai jamais pensé que votre décision était prise.

La vieille dame afficha une petite moue désolée.

— Je me doutais que vous seriez chagrinée par la controverse. J'aurais dû vous dire que cela se passait toujours de cette façon. Nous parlons trop, et trop fort, mais cela ne veut rien dire du tout. En tout cas, je n'ai jamais pensé que vous alliez tout changer. Au contraire, il m'a semblé que vous aviez l'intention de continuer dans le même sens que ce pauvre Chad. Afin d'honorer sa mémoire. Comme si c'était sa dernière volonté pour la fondation.

— Donc, vous n'avez pas interprété mes questions comme des marques de mécontentement au sujet de la répartition des fonds ?

— Il ne m'a pas semblé que vous aviez une préférence pour une association plutôt qu'une autre. Pour moi, vous cherchiez simplement à comprendre pourquoi Chad avait apporté ces modifications.

— Et vous ne savez vraiment pas pourquoi, Bertha ? Ça pourrait être important.

— Je crois que Léon a vu juste. Quelqu'un a influencé

Chad. Et, étant donné l'importance qu'il a toujours accordée à la fondation, il doit s'agir d'une personne en qui il avait toute confiance.

— Que savez-vous au sujet de l'Alliance, madame Reynolds ? intervint John.

— J'ai entendu dire qu'ils faisaient du bon travail, mais je ne partage pas leur vision de la société. J'ai beau ne plus faire partie de la jeunesse, je me targue d'avoir des idées un peu plus modernes que les leurs.

— Connaissez-vous quelques-uns de leurs adhérents ?

Bertha posa sur lui son regard sombre, amplifié par d'épais verres correcteurs.

— Vous voulez dire, des membres du conseil d'administration ?

— N'importe qui.

— Je ne crois pas, non. Je me suis toujours demandé comment Chad avait été amené à les intégrer à la fondation. C'est un organisme tellement différent des autres.

— Mais ça ne vous a pas gênée qu'ils bénéficient d'une aussi grosse subvention ?

— Pas du tout. De toute façon, Chad était le seul maître à bord. La seule chose qui m'ennuyait, c'était que les autres associations n'aient pas été prévenues. Cela me semblait peu professionnel, presque grossier de les traiter de cette façon.

Et son frère n'était ni l'un ni l'autre, songea Kelly.

A croire que quelqu'un d'autre que Chad avait pris cette décision.

— Et maintenant, que fait-on ? demanda John alors qu'ils quittaient le parking.

Le contraste était saisissant entre l'impression de pauvreté qui émanait de l'immeuble de Bertha et l'opulence de la résidence Suttle. De même qu'entre le ton hésitant de la vieille dame et celui tranché et confiant de Catherine.

Toutes les deux avaient des avis différents à propos de la position de Kelly lors de la dernière réunion du conseil. John espérait que cette dernière n'avait pas l'intention de réclamer un troisième avis.

— On rentre à la maison, je suppose, répondit-elle.

A la maison.

Il n'avait pas manqué de remarquer l'expression qu'elle avait utilisée inconsciemment, et il s'efforça d'en ignorer les implications. Comment croire qu'en une nuit seulement elle en était venue à considérer son appartement comme son propre foyer ? Il prit la direction de son quartier, sans attendre plus de précisions.

— Je ne vois pas qui pourrait avoir ce genre d'influence sur Chad, avoua-t-elle.

Il comprit qu'elle pensait à leur entretien avec Bertha.

— Toi, suggéra-t-il.

— Je n'en suis même pas sûre. De toute façon, quand il a créé la fondation, je lui ai dit de faire ce qu'il pensait être le mieux, et il ne m'a jamais consultée avant de prendre une décision.

— Une petite amie ?

— Aucune de ses relations n'avait ce genre d'influence.

— Tu n'étais pas forcément au courant de tout.

— Je l'aurais été si ç'avait été important pour lui.

— Et tu n'as pas eu cette impression pendant la dernière année de sa vie ?

— Pas plus qu'en cinq ans.

— Il ne te présentait pas ses amies ?

— Rarement. Mon frère adorait sa vie de célibataire. Collectionner les conquêtes était même son passe-temps favori. Il a eu une seule relation stable pendant environ six mois. Celle-là, je l'ai rencontrée, ce qui était rarissime.

— Et Daniels ? Tu m'as dit que c'était son meilleur ami.

— Ils se sont connus à l'université. Ils ont même vécu en colocation pendant quelques années. Ils jouaient au polo ensemble. Mais je ne suis pas sûre que cela ait été suffisant pour que Chad lui permette de prendre des décisions concernant la fondation. S'il a consulté Mark, ni l'un ni l'autre ne m'en ont parlé.

— Il avait d'autres amis proches ?

— Proches ? C'est relatif, je suppose. Chad avait des centaines d'amis, et il se servait d'eux sans vergogne pour soutenir ses projets.

Elle haussa les épaules.

— On pourrait dire que tous les membres du conseil d'administration étaient ses amis. De même que la plupart des invités présents à la vente aux enchères.

— Alors, il va falloir envisager une autre approche, conclut John d'un ton apaisant.

Il percevait la frustration grandissante de Kelly devant

une enquête qui semblait ne mener nulle part, et il n'était pas loin de la partager. Ils n'avaient même pas la certitude que le changement d'affectation des fonds était bien au cœur du problème. Et puis, il se pouvait aussi qu'elle se fasse des idées sur l'accident de Chad.

— Je devrais peut-être lui demander.

Il revint brusquement à la réalité. *Lui ?* Elle ne parlait pas de Daniels, quand même ?

— Il n'arrête pas de me dire qu'on doit se parler, poursuivit-elle. Et il sait que je dois prendre une décision pour les subventions dans les jours qui viennent. Je n'avais pas fait le lien, mais… je suppose que c'est possible. Et même si ce n'est pas de ça qu'il veut me parler, je pourrais lui demander si Chad lui a fait des confidences.

— Tu veux aller le voir maintenant ?

Cette rencontre ne lui disait rien qui vaille. En dépit de la prétendue indifférence de la jeune femme à son égard, Daniels était un homme séduisant, et il était épris de Kelly. En outre, il le voyait désormais comme un rival.

— Pas forcément. Je ne sais pas si c'est une bonne idée que tu m'accompagnes.

— S'il veut te parler, il faudra bien qu'il supporte ma présence.

— Ça ne lui plaira pas.

— Je m'en contrefiche. Quelqu'un essaie de te tuer, et tant que nous ne saurons pas de qui il s'agit, fini les conversations privées. Avec qui que ce soit.

— Tu pourrais monter la garde devant la porte avec ton revolver.

Quelque chose dans le ton de sa voix lui fit tourner la

tête. Bien qu'elle soit de profil, il vit qu'elle souriait et s'en réjouit.

Elle était entourée de personnes en qui elle avait cru et dont elle devait à présent se méfier. Quelqu'un avait essayé par deux fois d'attenter à sa vie, et la même personne était probablement responsable de la mort de son frère. Mais au plus profond d'elle-même se cachaient des trésors de force et de courage.

— Qu'est-ce qui te fait croire que je serais d'accord pour attendre à la porte ? Je pensais plutôt m'asseoir en face de lui, le canon pointé dans sa direction, répliqua-t-il en plaisantant, lui aussi.

— Je ne peux pas croire que Mark ait quelque chose à voir avec ça. Il avait vraiment de l'affection pour Chad. Et puis…

Elle s'interrompit brusquement et tourna la tête vers lui. Il continua à fixer la route.

— Et puis il prétend être amoureux de toi, acheva-t-il à sa place. Je sais. Ça ne le rend que plus dangereux.

— Dangereux ?

— L'amour et l'argent. Les deux mobiles les plus vieux du monde.

Ils n'étaient pas rentrés depuis cinq minutes que la sonnette de la porte d'entrée retentit. Tout en ôtant son arme du holster qu'il avait porté sous sa veste toute la journée, John jeta un coup d'œil dans le couloir. Si Kelly avait entendu sonner, elle avait sagement décidé de ne pas se montrer.

Il alla jusqu'à la porte et fit pivoter l'œilleton du judas. L'homme qui se trouvait sur le palier était la dernière personne qu'il s'attendait à voir là. Pourtant, vu la façon dont il avait quitté l'agence Phœnix, il n'aurait pas dû être surpris par sa visite.

Se servant de sa main gauche, il fit tourner le verrou, puis ouvrit la porte. Dans la droite, il tenait toujours son arme, le canon vers le ciel.

— Salut, Ethan, dit-il en reculant pour laisser passer son ancien collègue.

Ethan Snow montra son arme avec un sourire amusé.

— Tu t'apprêtes à soutenir un siège ?

— C'est à peu près ça, répondit John en verrouillant la porte.

— Griff m'a raconté ce qui s'était passé. Mais j'imagine que l'histoire ne s'arrête pas là. Il se montre toujours avare de détails.

— En réalité, il n'y a pas grand-chose à dire. Il croit que j'ai franchi la ligne dans l'affaire Lockett.

— Et ce n'est pas le cas ?

— La ligne était très étroite, répliqua John, sarcastique.

— Comme toujours. J'en ai moi-même franchi beaucoup. Nous le faisons tous à un moment ou à un autre. Même Griff. En tout cas, je suis désolé qu'il t'ait renvoyé. Ta place est parmi nous, et je le lui ai dit.

— Ce n'est quand même pas lui qui t'envoie ici ?

— Non. Je voulais te prévenir qu'il m'a confié l'affaire Lockett. Tu as peut-être des informations à me donner ?

— Je n'y vois pas d'inconvénient, mais ça fonctionne dans les deux sens.

Les paupières d'Ethan s'étrécirent sur ses prunelles gris acier.

— Attends, ne me dis pas que tu continues l'enquête pour ton compte ?

— Plutôt pour le mien, intervint Kelly en apparaissant sur le seuil.

Ethan inclina la tête.

— Mademoiselle Lockett.

— Je peux savoir qui vous êtes ?

Pour la première fois, John détecta la condescendance qu'il s'attendait à trouver chez l'héritière de la fortune Lockett avant de la rencontrer.

— Ethan Snow.

— Vous travaillez pour M. Cabot ?

— Avant même que l'agence Phœnix voie le jour, précisa John. Ethan est l'un des membres de la division secrète de la CIA créée et entraînée par Griff.

Elle eut un regard glacial vis-à-vis du nouveau venu. De toute évidence, ses états de service ne l'impressionnaient nullement.

— J'ai dit à M. Cabot que je n'étais pas intéressée par ses services, remarqua-t-elle sèchement. Nous avons un conflit d'intérêts évident.

— Pardon ?

— Vous pensez que mon frère était le complice de criminels. Moi, pas.

— Le nom de la fondation de votre frère est apparu lors de transmissions de fonds entre des institutions connues pour financer entre autres des groupes extrémistes.

— Et ces fameuses institutions ne gèrent que des comptes sujets à controverse ?

Ethan grimaça.

— Non, bien sûr.

— Voilà qui explique sûrement pourquoi le nom de la fondation s'y est trouvé mêlé. Je ne crois pas que nous ayons autre chose à nous dire, monsieur Snow.

— Et ces deux tentatives d'agression dont vous avez été victime ?

John le considéra. Kelly avait parlé à Cabot de l'agression qu'elle avait subie dans le parking, mais pas de celle qui avait eu lieu chez elle la veille. L'information figurait sans doute dans un rapport de police. Ethan avait bien fait son travail.

— Je pense qu'elles ont été commanditées par la personne responsable de la mort de mon frère. Chad avait dû faire les mêmes découvertes que vous. D'après les informations que nous avons trouvées dans son ordinateur, il avait passé beaucoup de temps avant sa mort à étudier les rapports financiers de l'année dernière. Peut-être procédait-il toujours de cette façon avant de prendre de nouvelles décisions. Ou peut-être que quelque chose lui avait mis la puce à l'oreille.

— Si ça se trouve, il ne savait pas vraiment où allait l'argent, avança Ethan. Et quand il l'a découvert…

— On l'a tué pour l'empêcher d'y mettre un terme.

— Seriez-vous d'accord pour nous confier les documents comptables de la fondation ?

— Pourquoi ferais-je une chose pareille ?

— J'imagine que vous préférerez que l'enquête soit menée par l'agence plutôt que par les services publics.

La menace était évidente, et John savait qu'elle n'était pas faite à la légère.

— Quelqu'un a vidé l'ordinateur de Chad, expliqua-t-il. Mais je peux te montrer la distribution autorisée par Chad et les justificatifs fournis par les associations caritatives sur la façon dont les dons ont été employés. Je n'ai pas encore eu le temps de vérifier si tout était conforme.

Ethan se tourna vers Kelly.

— Vous y voyez une objection, mademoiselle Lockett ?

— Qu'est-ce que je gagnerais à refuser ?

— Un peu de temps. Mais pour finir, quelqu'un devra éplucher votre comptabilité. Si nous nous en occupons et que nous ne trouvons rien qui permette d'établir un lien entre votre frère, ou les associations qu'il soutenait, et dcs groupes extrémistes, cela lèvera tous les soupçons qui pèsent sur lui.

Elle laissa passer un silence, puis poussa un profond soupir.

— Très bien. Je vais appeler Hugh et lui demander de vous fournir tous les documents comptables.

John fut soulagé par cette décision. L'agence Phœnix possédait des moyens d'investigation qu'il n'avait pas, notamment grâce à ses liens avec la CIA, et il n'était pas mécontent de se débarrasser de cette lourde tâche.

A présent, il allait pouvoir se consacrer à ce qu'il considérait comme sa priorité : protéger Kelly contre ceux qui avaient essayé par deux fois de la tuer.

16

— Tu n'as pas vraiment été surpris, remarqua Kelly en regardant John émincer des poivrons.

Pendant qu'il s'assurait que les fenêtres et la porte de l'appartement étaient bien verrouillées, elle avait téléphoné à Hugh Donaldson, ainsi qu'elle l'avait promis à Snow.

— Que l'agence Phœnix continue à enquêter ? Non, pas vraiment. En revanche, je ne m'attendais pas à ce que mon successeur prenne contact avec moi. Connaissant Ethan, il a dû décider ça tout seul.

— Tu l'aimes bien, on dirait.

— Je le respecte. Je les respecte tous. C'est pour ça que je voulais intégrer l'équipe.

— Sans moi, tu en ferais encore partie.

Il s'interrompit dans sa tâche et leva les yeux vers elle.

— Tu crois que c'est ta faute ? Comment t'es-tu mis ça dans la tête ?

— Si nous n'étions pas devenus… proches, cette nuit-là, tu n'aurais pas été renvoyé.

— Tu veux dire : si nous n'avions pas couché ensemble ?

Elle avait délibérément évité une terminologie plus directe. La rapidité avec laquelle ils s'étaient retrouvés dans les bras l'un de l'autre l'embarrassait encore.

Elle ne regrettait pas de lui avoir fait confiance — du moins, plus maintenant. Mais cela compliquait une relation qui, aussi bien pour sa propre sécurité que pour le succès de la mission de John, aurait dû rester strictement professionnelle.

— C'est ça qui a motivé la décision de Cabot de te renvoyer, non ?

Il ajouta les poivrons émincés aux légumes qui mijotaient dans la poêle.

— C'est vrai que ça ne lui a pas plus, mais il n'y avait pas que ça. Après mon intervention dans le parking, j'aurais dû disparaître et demander à être relevé de mes fonctions. Comme tu le sais, je n'ai fait ni l'un ni l'autre.

— Pourquoi ? Tu devais bien te douter que ça risquait de te coûter ton emploi.

— Je pensais qu'il n'en saurait rien. Et je voulais garder cette mission.

— Et même si tu ne travailles plus pour lui, tu continues à respecter ses règles.

— Question d'honneur.

Elle le vit esquisser un sourire, mais elle devinait à quel point la décision de Cabot l'avait blessé. Jusqu'à ce qu'elle le voie ce soir avec Ethan Snow, elle n'avait pas compris à quel point il avait sa place dans l'équipe de l'agence Phœnix.

— L'honneur… il me semblait que c'était un concept démodé.

— Je suis un garçon démodé.

— « Le défenseur des femmes en détresse. »

Il rit.

— Sans doute. Les deux fois où j'ai eu des ennuis avec Griff, c'était à cause d'une femme.

Une autre femme.

Elle ressentit un pincement au cœur à l'idée qu'il ait pu avoir avec quelqu'un d'autre une relation similaire à celle qu'ils avaient partagée. Pourtant, elle le connaissait depuis peu de temps, et c'était elle qui avait insisté pour que leur relation reste strictement professionnelle. Son brusque accès de jalousie était inexplicable.

— Une autre demoiselle à secourir ? lança-t-elle d'un ton léger.

— L'homme qu'elle aimait était en danger. Griff avait promis que l'agence ne s'en mêlerait pas et qu'il garantirait sa sécurité, même s'il fallait pour cela la maintenir prisonnière. Elle se moquait de sa propre sécurité. Tout ce qu'elle voulait, c'était sauver cet homme.

— Et tu l'as laissée partir.

— Je lui ai aussi donné mon arme et ma voiture.

Il y avait une trace de fierté dans sa voix tandis qu'il évoquait ce souvenir, même si cela lui avait coûté cher sur le plan professionnel. Ainsi, le despotique chef de l'agence Phœnix s'était fait doubler…

— Ça ne m'étonne pas que Cabot se soit mis en colère, remarqua-t-elle, amusée.

— Griff ne se met pas en colère. Il le fait payer.

L'odeur des légumes sautés commençait à envahir la cuisine. Attrapant la bouteille de merlot, John remplit leurs verres, puis leva le sien vers Kelly. Elle fit de même, avant de le regarder goûter le vin avec des gestes de connaisseur.

— Et comment te l'a-t-il fait payer ? demanda-t-elle.

Elle ne s'intéressait pas vraiment à ses déboires avec Cabot, mais elle voulait continuer à le faire parler. Depuis qu'ils s'étaient rencontrés, c'était la première fois qu'ils avaient une vraie conversation.

— En me confiant des missions dignes d'un débutant. Comme de la surveillance. Il ne me faisait confiance que pour des choses sans importance.

— Comme dans mon cas ?

Elle n'avait pas réussi à dissimuler complètement son amertume dans sa question. Pourtant, elle ne pouvait pas en vouloir à Cabot de son manque d'intérêt. Elle-même n'avait pas voulu de ses services parce qu'elle tenait à résoudre le problème toute seule, à protéger la réputation de Chad et celle de la fondation. Elle aurait probablement dû être soulagée que Cabot ne prenne pas réellement au sérieux l'implication de son frère dans des activités criminelles. En tout cas, pas au début.

— Tu ne fais pas partie de cette catégorie, protesta John. Je m'étais plaint de la monotonie de mon travail, et Cabot avait accepté de me donner une nouvelle chance. Apparemment, il ne s'attendait pas à tous ces rebondissements.

— Une fois que tu auras résolu ton enquête, il reviendra peut-être sur sa décision.

— Même s'il le faisait, je ne supporterais pas de passer un an de plus à faire de la surveillance.

Une nouvelle fois, elle sentit la culpabilité l'envahir.

— Tu sais, je pourrais sûrement te trouver un poste à la fondation.

Elle regretta ses paroles dès qu'elle les eut prononcées. Il lui avait dit qu'il ne voulait pas travailler pour elle. Or, maintenant que Chad n'était plus là, toutes les personnes employées par la fondation étaient sous ses ordres à elle. L'idée qu'elle en était désormais le maître n'avait pas encore fait son chemin dans son esprit.

— Comme quoi ? En tant que chef de la sécurité du parking ?

Elle ne perçut aucune amertume dans sa voix, mais de l'amusement.

— Le poste est toujours à pourvoir, répliqua-t-elle avec sérieux. Mais ce n'est pas ce que j'avais en tête.

— Ne t'inquiète pas, je trouverai quelque chose. J'ai toujours eu de la chance.

C'était une façon de lui faire comprendre que le sujet était clos. Mais elle ne voulait pas en rester là.

— Je ne te propose pas ça par gratitude, si c'est ce que tu crois.

— Laisse tomber, Kelly.

— Tu as le droit de te faire virer à cause de moi, de risquer ta vie pour moi, mais je ne peux pas te proposer un emploi ?

— C'est exact, confirma-t-il tout en soulevant le couvercle pour surveiller la cuisson du riz.

— Et que dirais-tu d'une autre forme de compensation ?

Le menton fièrement levé, elle eut la satisfaction de voir sa main hésiter à mi-course, avant qu'il repose soigneusement le couvercle et se tourne vers elle.

— Du genre ? demanda-t-il d'une voix parfaitement contrôlée.

Elle sentit son pouls s'accélérer.

— Je t'ai dit que tu pouvais fixer ton prix. La proposition tient toujours.

Elle sentit ses jambes flageoler en voyant une lueur dangereuse s'allumer dans son regard. Elle savait que ce n'était pas une bonne idée, mais sa résistance à son charme dévastateur avait atteint ses limites.

Toutes les raisons pour lesquelles elle s'était jetée le premier soir dans les bras de cet homme exerçaient encore sur elle une forte influence : l'attirance physique immédiate, la solitude, le deuil et l'impression d'être submergée par les circonstances. A cela s'ajoutait maintenant une forte alchimie sexuelle.

Elle savait quel genre d'homme il était. Fort, déterminé et intègre, capable d'affronter la vie sans jamais reculer devant l'adversité, ignorant jusqu'à la signification du verbe « fuir ». Elle savait aussi quel genre d'amant il était. Expérimenté et attentionné. Patient et demandeur. Terriblement excitant.

Et elle savait qu'il avait envie d'elle. Il ne l'avait pas caché la nuit précédente.

Elle se rappelait encore ses mots : « Tiens-moi au

courant quand il ne sera plus question de gratitude ou de solitude. Je serai dans les parages. »

— Tu es sûre ? demanda-t-il.

Tout comme Cabot, il aimait aller droit au but. Et elle ne pouvait pas l'en blâmer.

— Ce dont je suis sûre, c'est qu'il ne s'agit pas de gratitude.

Il soutint longuement son regard, cherchant à déchiffrer ses attentes et ses désirs. Puis il tendit la main derrière lui pour éteindre la plaque de cuisson. Les yeux dans les siens, il franchit les quelques mètres qui les séparaient. Elle ne le quittait pas du regard, le corps soudain embrasé par l'anticipation.

Quand les lèvres de John touchèrent les siennes, toutes les émotions qu'elle avait ressenties la nuit où ils avaient fait l'amour déferlèrent en elle comme une immense vague. Son baiser s'intensifia, se fit presque brutal, lui communiquant un désir aussi intense que le sien.

Ses doigts légèrement calleux se glissèrent sous son sweat-shirt, et elle sentit sur leur passage sa peau la picoter avec délices. Montant lentement le long de son ventre, sa main se referma sur le globe durci de son sein.

Les sens embrasés par le désir, elle ne put retenir un gémissement. Pourquoi diable l'avait-elle repoussé quand il l'avait embrassée ? Après tout, ils étaient tous les deux adultes. Et ils étaient d'accord pour ne pas s'engager dans une relation durable …

Sauf que la situation n'était pas aussi simple.

Les circonstances qui les avaient mis en présence l'un

de l'autre lui échappaient complètement. La rendaient dépendante de cet homme pour sa sécurité.

Préviens-moi quand il ne sera plus question de gratitude.

C'était pourtant le cas. Elle lui était reconnaissante. Et elle avait des raisons de l'être.

Mais cela — ces mains qui couraient le long de sa peau, ce baiser qui lui coupait non seulement le souffle mais brisait aussi sa volonté, le souvenir du bonheur d'être enlacée avec force, d'éprouver au plus profond d'elle-même les assauts redoublés d'un corps puissant et luisant de sueur, de s'ouvrir à lui, réceptive et consentante… Cela, c'était plus fort que tout.

Alors que ces images troublantes l'envahissaient, la sonnerie de son téléphone portable retentit.

Elle songea d'abord qu'elle aurait dû s'assurer qu'il était éteint. Ensuite, que l'appel pouvait provenir d'une des personnes à qui elle avait parlé dans l'après-midi et qu'il s'agissait peut-être d'une information importante.

— Je dois répondre, souffla-t-elle en s'arrachant à son étreinte.

— Pourquoi ?

Sa main était toujours glissée sous son sweat-shirt, mais il avait interrompu ses caresses.

— C'est peut-être Catherine.

Cette dernière était la seule à avoir promis d'appeler, sans dire que cela pourrait être aujourd'hui. Peut-être avait-elle eu de la chance. Peut-être avaient-*ils* de la chance.

Sans attendre l'approbation de John, Kelly se dirigea

vers la table où elle avait déposé son sac à main avec les courses qu'ils avaient faites sur le chemin du retour.

Le temps qu'elle fouille dans son sac, l'appareil sonna trois fois. Encore une sonnerie, et la messagerie allait s'enclencher.

Attrapant son téléphone, elle décrocha en hâte.

— Allô ?

— Dieu merci, je vous ai trouvée ! s'exclama Catherine à l'autre bout de la ligne. Je commençais à croire que vous étiez trop occupée avec votre beau ténébreux pour répondre.

— Non, je suis là.

Ce n'est qu'après avoir répondu que Kelly prit conscience de la stupidité de sa réponse.

— Bien. J'ai quelque chose d'important à vous dire, déclara son interlocutrice d'un ton sans réplique. Allez chercher votre chien de garde, et venez immédiatement.

— Ce soir ?

— Ça ne peut pas attendre. Je crois que ça va vous intéresser tous les deux.

— C'est à propos de notre conversation de cet après-midi ?

— Evidemment.

— Au sujet de…

Elle marqua délibérément une hésitation, espérant que Catherine enchaînerait. Elle ne le fit pas.

— Je me méfie du téléphone. On a eu suffisamment d'exemples de gens qui se sont fait coincer ainsi. Même des personnalités de premier plan.

Catherine dut s'apercevoir qu'elle s'égarait, car elle reprit d'une voix plus sèche :

— Si vous voulez les informations que je détiens, venez. Sinon…

— Nous serons chez vous dans une demi-heure.

Tout en parlant, Kelly avait levé les yeux vers l'homme qui, une minute plus tôt, s'apprêtait à la conduire dans son lit et à lui faire l'amour.

— C'était Catherine, expliqua-t-elle en raccrochant.

— Et elle veut que nous allions la voir.

Kelly eut une mimique désolée et écarta les mains, les paumes levées vers le ciel.

— Elle a dit de quoi il s'agissait ? s'enquit-il.

— Seulement que ç'avait un rapport avec notre conversation.

Il poussa un profond soupir.

— Dans ce cas, qu'est-ce que nous attendons ?

17

— Tu es sûre qu'elle t'a donné rendez-vous chez elle ? demanda John en s'arrêtant devant la résidence Suttle.

Kelly commençait à se poser la même question. Il n'y avait aucune lumière dans le jardin, ni dans l'immense maison. Peut-être était-ce voulu pour leur sécurité. Si Catherine avait trouvé quelque chose d'important, comme elle l'avait laissé entendre au téléphone, il valait sans doute mieux que personne n'ait connaissance de leur entrevue.

— Oui. Elle a dû donner congé à ses employés en sachant qu'on arrivait.

— On parie combien que ce qu'elle a à dire n'a rien d'aussi phénoménal qu'elle te l'a laissé entendre ? Je ne vois pas comment elle aurait pu trouver des informations capitales en l'espace de quelques heures.

— Tu peux penser ce que tu veux de Catherine, mais elle a des relations.

— C'est ce qu'elle prétend.

Le scepticisme de John était sans doute plus sain que la brutale montée d'adrénaline qu'elle avait ressentie en entendant la voix de Catherine au téléphone. Il avait raison, la brillante femme du monde aimait se voir en figure incontournable de la scène politique.

— Ça lui ressemblerait bien d'appeler pour nous demander de venir sur-le-champ, dans le but de nous répéter un ragot qu'elle a entendu au sujet d'un membre du conseil, ajouta-t-il.

Elle n'était pas loin de partager cet avis, et elle se rendait compte maintenant que leurs chances de retirer quelque chose de cette visite étaient à peu près nulles.

Malgré tout, elle posa la main sur la poignée de sa portière.

— Allons-y quand même.

— Je passe le premier, décréta John. Reste derrière moi.

Intriguée par cet ordre, elle posa sur lui un regard scrutateur. Il observait la maison plongée dans l'obscurité, un rayon de lune éclairant son profil parfait à travers la vitre de la voiture.

— Tu ne penses quand même pas…

— Je pense qu'il ne faut pas prendre de risques. On n'invite pas quelqu'un en pleine nuit pour le recevoir dans une maison plongée dans les ténèbres.

— Sauf si elle pense que c'est mieux ainsi.

— Ou s'il s'agit d'un piège. De toute façon, je passe devant, et tu me suis. *De près.* Je veux pouvoir tendre la main derrière moi et te toucher.

Bien qu'il n'y ait rien de suggestif dans son intonation ni dans la situation, elle sentit tout son corps réagir à ces mots. Sans doute était-ce dû à l'interruption causée par l'appel de Catherine.

John ouvrit sa portière et posa le pied par terre. Il attendit un moment en balayant le parc du regard. Ce qu'il vit — ou ne vit pas — dut le rassurer, car il fit alors le tour du 4x4 et ouvrit la portière de Kelly. Il attendit qu'elle soit descendue pour repousser doucement sa porte, sans l'enclencher. Il avait agi de même avec la sienne, afin de faire le moins de bruit possible.

Elle le vit sortir son arme de son holster et la tenir à deux mains. Elle le suivit tandis qu'il ouvrait la marche jusqu'à la porte d'entrée en restant dans l'ombre projetée par la maison.

Obéissante, elle marchait sur ses talons, si près qu'elle aurait pu le toucher. Pas une fois il ne se retourna pour s'assurer de sa présence, persuadé qu'elle suivrait ses ordres à la lettre.

Quand ils eurent atteint le perron, il se servit de sa main gauche afin de plaquer la jeune femme contre le mur, derrière lui. Il tendit l'oreille un moment, puis leva la main pour appuyer sur la sonnette. Son geste se suspendit à mi-course.

Elle se pencha de façon à voir ce qui n'allait pas. Il tourna la tête vers elle, un sourcil levé dans une mimique interrogative.

Elle comprit ce qu'il voulait dire. S'il se passait quelque chose d'anormal dans la maison, il n'était probablement pas très malin de sonner. Catherine les attendait, elle comprendrait leur démarche.

Kelly acquiesça d'un signe de tête.

Les doigts de John se refermèrent sur la poignée en laiton qu'il abaissa lentement. La porte s'ouvrit sans un bruit.

Kelly retenait son souffle, écoutant l'étrange silence qui régnait à l'intérieur de la maison. Elle sentait la fraîcheur de l'air conditionné s'enrouler autour d'eux dans la moiteur de la nuit.

John leva la main gauche, lui faisant signe de le suivre. Puis il franchit le seuil et s'enfonça dans les ténèbres de la demeure.

Kelly prit une profonde inspiration pour se calmer. Cela ne servit à rien. Elle avait le même pressentiment funeste que le soir où, dans son bain, elle avait entendu du verre se briser quelque part dans la maison de son frère.

Il se passait quelque chose d'anormal.

La seule façon de s'en assurer était d'entrer dans la maison glaciale et silencieuse. Et c'était la dernière chose dont elle avait envie.

Malheureusement, elle n'avait pas le choix. John l'attendait à l'intérieur.

Elle s'obligea à poser un pied puis l'autre sur le seuil et à avancer sans bruit dans le hall. Il lui fallut une ou deux secondes pour que ses yeux s'habituent à l'obscurité. Quand ce fut fait, une silhouette apparut à quelques pas d'elle.

John progressait dans le vaste hall, son arme pointée devant lui. Elle se hâta de le rattraper le plus silencieusement possible.

Elle avait l'intention de le toucher pour lui signaler qu'elle était derrière lui, mais, avant que ses doigts entrent en contact avec son épaule, elle s'aperçut que ce n'était pas une bonne idée. Serrant les poings, elle s'efforça d'en contrôler les tremblements.

Ses yeux étaient maintenant suffisamment habitués à la pénombre pour qu'elle parvienne à distinguer la forme des meubles dans les pièces qu'ils longeaient.

A gauche se trouvaient les trois salons en enfilade où Catherine donnait ses réceptions. A droite, il y avait la non moins gigantesque salle à manger d'apparat, où de somptueux buffets étaient régulièrement organisés pour les invités.

John les ignora afin de se diriger vers l'arrière de la maison. Il comptait sans doute gagner le jardin d'hiver où Catherine les avait reçus quelques heures plus tôt.

Ils avaient à présent atteint l'imposant escalier en marbre qui desservait deux étages. John s'y arrêta et leva la tête. Kelly l'imita, mais ne distingua absolument rien sur le palier. La suite de Catherine se tenait à droite. De toute évidence, elle ne s'y trouvait pas. Un profond silence leur parvenait d'en haut.

Après quelques secondes, John reprit sa marche silencieuse et se dirigea vers le fond du hall où se trouvait le jardin d'hiver, maintenant plongé dans l'obscurité. Apparemment, songea Kelly, il était arrivé à la même conclusion qu'elle. Si Catherine les attendait, cela ne pouvait être que là.

Si Catherine les attendait …

Cette idée était si étrange qu'elle continua à y penser tout en suivant John. Catherine l'avait appelée pour leur demander de venir. Elle lui avait dit que c'était important…

Alors, pourquoi n'était-elle pas là pour les accueillir ?

Kelly n'avait pas vu que John s'était arrêté, et elle lui rentra dedans. Aussitôt, il tendit le bras derrière lui afin de la soutenir.

Ils écoutèrent ensemble, et, cette fois, elle entendit ce qui l'avait poussé à s'arrêter.

Des bruits étouffés venaient du salon d'hiver.

Tournant la tête afin de la regarder par-dessus son épaule, John posa un doigt sur ses lèvres, puis leva sa paume face à elle.

Ne pas bouger, comprit-elle.

Elle hocha la tête. Presque aussitôt, il disparut dans l'obscurité. Le dos au mur, elle attendit en tendant l'oreille afin d'essayer de discerner un son qui lui permettrait de comprendre ce qui se passait.

Cela ne servit à rien. Non seulement elle ne pouvait pas suivre la progression de John, mais les faibles bruits qui l'avaient attiré dans le jardin d'hiver avaient cessé.

Les secondes s'égrenaient, interminables. Kelly n'avait aucune idée du temps qui s'était écoulé depuis que John l'avait laissée seule. Tout ce qu'elle savait, c'est que cela faisait longtemps.

Trop longtemps, même.

Elle n'avait pas entendu le moindre bruit, ni vu la moindre chose. Rien ne s'était passé.

Le jardin d'hiver était relativement petit. Si John l'avait simplement fouillé, il serait déjà revenu.

Gardant le dos au mur, elle fit un pas sur le côté, puis un autre. Quand elle aurait atteint la porte du jardin d'hiver, peut-être apercevrait-elle John. En tout cas, elle ne pouvait pas rester plus longtemps à attendre sans savoir où il était.

Elle poursuivit sa progression. Encore un pas, et elle pourrait voir à l'intérieur de la pièce. Déjà, elle apercevait une certaine clarté grâce aux portes-fenêtres qui laissaient filtrer la lumière de la lune.

Il n'y avait toujours aucun bruit. Rien qui indique ce qui se passait au-delà du seuil.

Rassemblant son courage, Kelly fit un autre pas et se retrouva sous l'arcade qui marquait le passage entre le couloir et le jardin d'hiver. Son regard fut d'abord attiré par le canapé blanc, puis elle passa en revue les différents objets dans la pièce.

Des objets, pas des personnes.

De toute évidence, John ne se trouvait pas là.

Bon sang, où pouvait-il bien être ?

Elle tourna la tête vers l'endroit où il lui avait demandé d'attendre. Comparé au jardin d'hiver, le hall semblait encore plus sombre que lorsqu'elle s'y trouvait. Pas question qu'elle revienne sur ses pas et retourne dans ce qui était maintenant devenu l'inconnu. Mieux valait rester dans la lumière.

Elle regarda une dernière fois dans le couloir, espérant voir apparaître John. Puis, sans prendre le temps de réfléchir davantage, elle pénétra dans la pièce où Catherine les avait reçus quelques heures auparavant.

Elle regarda autour d'elle. Le jardin, derrière les portes-fenêtres à petits carreaux, était noyé dans des ombres profondes. Rien ne semblait bouger à l'extérieur. Tournant la tête, elle s'aperçut que la porte étroite qui, d'après ce qu'elle savait, menait aux anciennes cuisines et aux quartiers des domestiques, était ouverte.

Alors qu'elle s'en approchait, quelque chose attira son attention. Entre le canapé et le fauteuil où Catherine s'était assise dans l'après-midi, une forme se dessinait sur le sol clair.

John ?

Son pouls s'accéléra.

Non. La silhouette était trop petite. Trop mince. D'ailleurs, elle l'avait identifiée bien avant que son esprit parvienne à l'accepter.

Vêtue d'un peignoir de soie, Catherine Suttle gisait sur son précieux tapis en laine, ses yeux bleu pâle fixant la rosace en plâtre au milieu du plafond.

Catherine, son amie et seule confidente depuis son arrivée à Washington…

Kelly s'approcha d'elle, les jambes tremblantes. S'agenouillant à son côté, elle effleura ses mains élégantes et sans vie. Les diamants qui les ornaient encore brillaient dans le clair de lune.

Il n'y avait pas trace d'une quelconque blessure. Pas de sang, non plus. Si elle n'avait pas eu les yeux grands ouverts, on aurait pu croire qu'elle dormait. Avait-elle été victime d'une crise cardiaque ?

En dépit des agressions dont elle avait été la cible, Kelly eut besoin d'un moment pour comprendre que Catherine avait été assassinée. Alors seulement, elle prit conscience que la femme qui lui avait demandé de venir la voir d'urgence, la femme qui affirmait détenir une information primordiale, était morte.

Et que John avait disparu.

Bien que John ne se soit pas arrêté plus de deux secondes auprès du cadavre de Catherine, la silhouette qu'il avait aperçue furtivement en pénétrant dans le salon d'hiver semblait s'être volatilisée.

L'étroit couloir à travers lequel il l'avait suivie débouchait sur un petit escalier qui menait au sous-sol. Là, il avait découvert un labyrinthe de petits corridors et de pièces aveugles, sans doute les quartiers des domestiques comme il y en avait dans les grandes demeures jusqu'à la fin du XIXe siècle. Sa progression avait été ralentie par la nécessité d'inspecter toutes ces pièces, lui laissant l'impression d'être pris dans une souricière.

Chaque seconde qu'il passait à scruter les ténèbres, dans l'espoir de retrouver le fuyard, il avait conscience que Kelly était seule. La nuit où elle avait vu quelqu'un dans la douche, il avait décidé de ne pas poursuivre l'intrus afin de la protéger.

Cette fois, c'était différent. Il ne s'était pas inquiété de laisser Kelly seule dans le couloir puisque la silhouette se déplaçait devant lui. Sauf que, maintenant, il s'enfonçait de plus en plus dans la partie inhabitée de la maison. Et Kelly était livrée à elle-même depuis trop longtemps.

Il était possible aussi qu'il se soit trompé au sujet de Catherine. Peut-être qu'elle n'était pas morte et qu'il lui fallait une assistance médicale immédiate.

Et il devenait évident, à mesure que les secondes passaient, qu'il n'avait plus aucune chance de retrouver celui qu'il poursuivait.

Furieux que l'assassin ait réussi une fois de plus à s'échapper, il revint rapidement sur ses pas. Quand il entra dans le jardin d'hiver, son regard se posa immédiatement sur Catherine. Il s'avança vers elle et s'accroupit pour vérifier son pouls. Deux doigts posés sur la carotide, il attendit quelques secondes, mais il n'y avait pas d'erreur possible.

Catherine Suttle s'était trompée. Ils avaient osé s'en prendre à elle.

Avant de se relever, il lui ferma les paupières. Elle semblait plus paisible, maintenant. Comme si elle s'était endormie au clair de lune.

Il se tourna vers le couloir où il avait laissé Kelly. Compte tenu du temps qui s'était écoulé depuis son départ, il avait cru qu'elle finirait par entrer dans le jardin d'hiver. Apparemment, il avait tort.

Tandis qu'il passait sous l'arcade, l'obscurité qui régnait dans le hall le frappa de plein fouet. Ses yeux mirent quelques secondes à s'y habituer. Quand enfin il parvint à discerner les formes qui l'entouraient, il sentit son cœur manquer un battement.

Kelly avait disparu.

18

La main qui s'était posée brutalement sur sa bouche était couverte d'un fin gant en cuir. Elle pouvait sentir l'odeur si particulière de la peau tannée.

Elle sentait aussi l'odeur de l'homme qui la retenait prisonnière. La note acide de sueur induite par le stress était partiellement masquée par une eau de toilette délicatement boisée. Une fragrance raffinée et chère. Et en dépit de sa frayeur, elle avait tout de suite compris ce que cela signifiait.

La première fois, son ravisseur avait engagé quelqu'un pour faire le sale boulot. Les jeunes voyous du parking empestaient le tabac bon marché, les vêtements sales et les cheveux gras. Là, il s'agissait de l'odeur de Wall Street un jour de panique à la Bourse.

Cela ne rendait pas la situation moins terrifiante.

Troublée par la découverte du cadavre de Catherine, elle n'avait pas fait assez attention. Sa première pensée avait été qu'elle devait essayer de trouver John. Mais étant donné la taille de la maison et l'obscurité qui y régnait, elle avait vite compris que ce serait de la folie.

Elle ne savait pas que le pire l'attendait sur place.

Au lieu de franchir la porte ouverte, elle s'était dirigée vers le couloir où John lui avait demandé d'attendre. Elle pensait alors retourner à la voiture et appeler la police depuis son portable.

Elle n'avait pas eu le temps d'aller aussi loin.

L'homme se cachait près de l'arcade. Le coup qu'elle avait reçu à l'arrière de la tête ne lui avait pas fait perdre conscience. Du moins, elle ne le pensait pas. Mais elle avait perdu l'équilibre, et elle était tombée à terre.

Alors qu'elle gisait au sol, impuissante, un mouchoir humide lui avait été appliqué sous le nez. La substance dont il était imprégné lui avait brûlé les narines et engourdi l'esprit. Aussi, bien qu'elle ait eu conscience qu'on lui attachait les poignets dans le dos, elle ne s'était même pas défendue.

Il l'avait remise sur pied après avoir glissé les mains sous ses aisselles. Avant qu'elle ait eu le temps de recouvrer ses esprits, une main gantée s'était posée sur ses lèvres, et le canon dur et froid d'une arme avait été pressé sur sa nuque.

— Un seul bruit, et tu es morte, avait-il murmuré à son oreille.

Rendue obéissante par la peur et les effets du produit, elle avait titubé dans la direction qu'il lui indiquait. Une question tournoyait dans sa tête, tel un leitmotiv : pourquoi ne la tuait-il pas tout de suite ?

Il lui fallut longtemps pour comprendre qu'il ne pouvait pas le faire sans attirer l'attention. Et plus longtemps encore pour saisir ce que cela signifiait.

John était encore en vie.

Le soulagement qui l'envahit alors lui fit réaliser combien elle avait eu peur qu'il ait déjà été tué. S'il était en vie, il viendrait la chercher. Elle en était absolument sûre. De même qu'il avait réussi à se débarrasser de cette bande de voyous le premier soir, il trouverait le moyen de neutraliser l'homme qui la retenait prisonnière dans le renfoncement sous l'escalier.

Ils attendaient, le souffle suspendu, à l'affût du moindre bruit venant de John.

Les paupières closes, elle fit une prière silencieuse pour qu'il ne tombe pas dans l'embuscade. Au moins parvenait-elle de nouveau à penser. La douleur qui l'avait laissée sans réaction et au bord de la nausée commençait à s'apaiser, se transformant en un mal de tête supportable. Les effets de l'anesthésiant s'estompaient eux aussi, et sa vision redevenait normale.

De leur cachette sous l'escalier, elle voyait parfaitement l'entrée du jardin d'hiver. D'un moment à l'autre…

Soudain, elle se rendit compte qu'au moment où John apparaîtrait l'homme l'abattrait.

Puis il finirait le travail en la tuant.

Il n'y avait aucune raison pour que cela ne se passe pas de cette façon. Et elle savait qu'il ne servirait à rien d'essayer de discuter ou de négocier.

Elle commença à se débattre, essayant de libérer sa bouche de la main gantée afin de pouvoir prévenir John. En vain. La poigne de l'homme était ferme et brutale. Tandis qu'elle se débattait, il resserra cruellement les doigts, lui couvrant les narines afin d'obtenir sa soumission.

Le manque d'air la conforta dans sa conviction qu'il s'agissait de sa dernière chance. Elle *devait* se manifester. Même s'il ne s'agissait que d'un grommellement inarticulé. Au moins, John comprendrait qu'il se passait quelque chose d'anormal.

Elle se mit à gémir, le son montant du plus profond de sa gorge, tout en continuant à essayer de tourner la tête. Si seulement elle pouvait se libérer une fraction de seconde pour crier…

— Arrête ça immédiatement, siffla l'homme à son oreille, son haleine brûlante effleurant sa joue. Encore un bruit, et je te fais exploser la cervelle. Tu peux être sûre que ça le fera venir.

Afin de prouver qu'il ne plaisantait pas, il déplaça son arme vers le haut et enfonça brutalement le canon dans sa tempe.

Peut-être Kelly était-elle retournée à la voiture. En quittant l'appartement, elle avait mis son portable dans son sac qu'elle avait laissé sur le siège du 4x4. Si elle était entrée dans le jardin d'hiver et avait vu le corps…

Il ne saurait jamais ce qui le fit hésiter. L'instinct. L'expérience. Un vague bruit ou un mouvement à peine perceptible dans le renfoncement sous l'escalier.

En tout cas, cela lui sauva la vie.

La balle s'enfonça dans le mur à côté de lui, à l'endroit exact où il se serait trouvé s'il ne s'était pas arrêté.

Avant que l'écho du coup de feu se soit éteint, il était passé de l'autre côté de l'arcade pour s'abriter, mais il lui était impossible de riposter tant qu'il ne savait pas où se trouvait Kelly.

— Kelly ? appela-t-il, espérant contre toute logique qu'elle serait en mesure de lui répondre.

Au lieu de quoi un autre coup partit et déchiqueta l'encadrement de l'arcade. Fermant les yeux, John leva un bras afin de protéger son visage des éclats de bois.

— Posez votre arme, ordonna une voix féminine sur sa droite.

Il voulut se tourner vers elle, mais la mise en garde qu'elle lui lança ensuite le stoppa net.

— Vous mort, elle n'aura plus aucune chance, et vous le savez. Posez votre arme.

Ils étaient deux. Et il était pris en sandwich entre eux. Dans ces conditions, il n'avait pas beaucoup de marge de manœuvre.

Les gestes lents et contrôlés, il plia les genoux et posa son arme au sol. Puis il se redressa, les mains levées en signe de reddition. Son estomac se révulsait, attendant l'impact d'une balle.

— Faites glisser votre revolver dans le hall, ordonna la femme.

Il hésita une fraction de seconde, soupesant ses chances. Puis il donna un coup de pied dans le Glock et l'envoya dans le hall.

— C'est bon ! cria-t-elle à son complice, avant de baisser la voix pour s'adresser de nouveau à John. Allez vous asseoir sur le canapé. Et laissez vos mains bien en vue.

Il venait de reconnaître la voix.

De toute évidence, Bertha Reynolds avait regardé trop de films de gangsters. Ceux où les criminels pérorent tout en pointant une arme sur leurs victimes. Cela présentait un avantage. Tant qu'elle continuerait à parler, il ne lui arriverait rien.

— Comme c'est aimable à vous de nous rejoindre, déclara la vieille dame, tournée vers l'entrée du jardin d'hiver.

Quittant des yeux le canon de l'imposant Walther qu'elle tenait à deux mains, John découvrit Kelly que l'on poussait sans ménagement dans la pièce. En dépit de l'obscurité, son ravisseur avait gardé sa cagoule.

A voir l'arme posée sur la tempe de Kelly et l'apparence menaçante de l'homme, John se rappela que, en dépit de l'âge et de l'air inoffensif de Bertha, il y avait déjà eu deux morts.

— Sur le canapé, indiqua Bertha à son complice.

Ce n'était pas Daniels. La taille, la carrure de l'inconnu ne ressemblaient pas à celles de l'amoureux transi de Kelly. Il poussa Kelly si fort qu'elle tituba jusqu'au canapé. Croisant son regard, John secoua la tête pour lui faire comprendre qu'il ne fallait rien tenter.

— Détachez-la.

La question que soulevait cet ordre ne pouvait donner lieu qu'à une seule réponse : ce qu'ils allaient demander à Kelly impliquait qu'elle ait l'usage de ses mains. Cela expliquait aussi qu'ils soient encore en vie.

— Pourquoi faites-vous ça ? demanda Kelly tandis que l'homme détachait le ruban qui lui nouait les poignets.

Etrange choix pour des liens, songea John. Mais peut-être avaient-ils agi dans la précipitation, avec les moyens du bord.

— Pour l'argent, ma chère, répondit Bertha. Une somme colossale, dont nous ferons bien meilleur usage que vous ou Chad.

L'homme mit le ruban dans sa poche et poussa de nouveau Kelly en avant.

La vieille dame se déplaça latéralement, son arme toujours braquée sur John. Elle se pencha au-dessus d'un des fauteuils et fit apparaître un sac à main surdimensionné.

Elle avait dû rendre visite à Catherine ouvertement, puis, avec l'aide de son complice, avait pris la pauvre femme par surprise. Peut-être était-ce même elle qui avait fourni à Catherine l'information que celle-ci avait tellement hâte de partager. Si c'était le cas, le traquenard avait fonctionné.

Bertha prit un dossier dans son sac et, toujours sans quitter John des yeux, vint le déposer sur la table basse en face de Kelly. Ensuite, elle se redressa et recula précautionneusement, avec la vigilance dont elle avait fait preuve depuis le début.

— Vous devez signer à deux endroits, expliqua-t-elle. Vous ne pouvez pas vous tromper, il y a une croix. C'est un peu comme une chasse au trésor.

— Le trésor étant, bien sûr, la fondation, intervint John avec une pointe d'ironie.

Bertha avait envie de parler, cela se voyait. Peut-être pourrait-il s'en servir pour gagner du temps. Dans ces films en noir et blanc dont elle s'était visiblement inspirée, les méchants parlaient toujours trop.

— Le potentiel de départ n'est pas mauvais, pérora-t-elle. Mais avec un management plus avisé, les profits pourraient être bien plus importants.

— Et naturellement, vous êtes la personne qu'il faut pour diriger la fondation, commenta Kelly, non sans sarcasme. Ne pouviez-vous simplement convaincre Chad de faire ce que vous vouliez ?

— Il avait l'affligeante manie de vouloir toujours avoir le dernier mot. Et il avait tendance à poser des questions gênantes. Je crains de déceler les mêmes travers chez vous, ma chère. Nous n'avions pas envie de replonger dans les mêmes problèmes.

— Quand vous dites « nous », c'est l'Alliance ? demanda John. Ou simplement vous deux ?

La vieille dame parut ne pas entendre sa question.

— Nous avions réussi à détourner un beau petit pactole, mais Chad a commencé à faire des difficultés.

— Et vous l'avez tué ! l'accusa Kelly.

— Mais pas du tout ! C'était une erreur de pilotage, causée par un surdosage de médicaments. Ne vous l'a-t-on pas déjà expliqué ? D'ailleurs, c'est ce que la police va conclure, si jamais vous posez la question.

— Comment le savez-vous ?

— Figurez-vous que nous avons des relations. D'ailleurs, si Cabot s'entête à enquêter sur nous, il pourrait bien découvrir qu'il s'est attaqué à un trop gros poisson.

— Ne le sous-estimez pas, conseilla John.

S'il leur arrivait quoi que ce soit, il trouvait réconfortant de penser que l'agence Phœnix irait jusqu'au bout de son enquête.

— Sous-estimer les gens est une erreur que je commets rarement, répliqua-t-elle avant de se tourner vers Kelly. Sauf dans votre cas, ma chère. Félicitations, vous avez bien trompé votre monde ! J'étais tellement sûre que vous seriez telle que Chad vous avait dépeinte.

— C'est-à-dire ?

— Quelqu'un qui ne porte aucun intérêt à la fortune familiale, et encore moins à la vie à Washington. Nous pensions que vous feriez un passage éclair à la fondation après la mort de Chad, puis que vous céderiez les rênes au conseil.

— Désolée de vous avoir déçue.

— Oh, tout se passera finalement comme nous l'avions souhaité. Vous allez signer les papiers pour nous remettre tous les pouvoirs, et nous pourrons continuer tranquillement nos petites opérations.

— A votre place, je n'y compterais pas trop, intervint John.

— Vous pensez à Cabot ? Mais quand Kelly ne sera plus là pour le payer, il n'aura plus aucune raison de poursuivre son enquête.

— C'est là que vous faites erreur. L'intérêt de l'agence Phœnix sur les rapports qu'entretient la fondation Lockett avec l'Alliance a commencé bien avant que Kelly prenne contact avec elle.

En voyant Bertha marquer une hésitation, il sut ce qu'il voulait savoir. Elle ignorait que l'implication de Cabot précédait la visite de Kelly à son bureau. Apparemment, l'Alliance n'était pas aussi bien informée qu'elle se plaisait à le croire.

Le regard de Bertha se tourna vers son complice. Les muscles tendus, John se préparait à l'action quand elle reporta prestement son attention sur lui.

Bien qu'elle ne l'ait quitté des yeux qu'un trop bref instant, il s'en voulut de ne pas avoir tenté quelque chose. Il n'aurait peut-être pas d'autre occasion de prendre l'avantage.

La vieille dame semblait avoir perdu l'envie de fanfaronner, et la suite des événements risquait de s'accélérer. Perturbée par ses révélations au sujet de Griff et de l'agence, elle était maintenant pressée d'en finir.

Si Kelly signait ces documents, elle signerait aussi son arrêt de mort.

— Bon, fit doctement la vieille dame. A chaque jour suffit sa peine. Nous nous occuperons aussi de Cabot. Aussi malin qu'il se croie, il n'a aucune chance.

— Bertha, fermez-la !

Pour la première fois depuis qu'ils s'étaient tous réunis dans le jardin d'hiver, l'homme à la cagoule avait parlé.

— Hugh ? Hugh, c'est vous ? s'exclama Kelly, le ton de sa voix montrant à quel point elle était choquée par cette découverte.

En tant que responsable de la comptabilité de la fondation, Donaldson était le mieux placé pour détourner de l'argent et falsifier les comptes. John comprit brusquement que l'Alliance n'était sans doute qu'une association fictive créée dans le but de récupérer les dons collectés par la fondation Lockett. Ce qu'il ne savait pas, en revanche, c'était l'usage qui était fait de cet argent. S'agissait-il d'une escroquerie pure et simple, ou d'un moyen de financer des activités criminelles, ainsi que Cabot semblait le croire ?

La question de Kelly n'obtint aucune réponse, mais l'homme qu'elle avait identifié comme étant Hugh Donaldson parut déstabilisé. Il tourna les yeux vers sa complice. John se demanda s'il devait en profiter pour lancer une attaque. Malheureusement, avant qu'il ait eu le temps d'entrer en action, l'arme de Donaldson était revenue sur eux.

— Et quand Kelly vous aura donné le contrôle de la fondation, que ferez-vous ? demanda John en essayant de provoquer un autre moment d'inattention ou de colère. Les morts commencent à s'accumuler. D'abord Chad, puis Catherine…

Il baissa délibérément les yeux vers le cadavre qui gisait presque à ses pieds.

— Bientôt, ce sera notre tour… Vous ne pensez pas que quelqu'un va finir par se poser des questions ?

— Pourquoi ? fit Bertha. Chad est mort à cause d'une erreur de pilotage. La pauvre Catherine a succombé à un malheureux coma diabétique, l'ironie du sort ayant voulu qu'elle donne congé à ses employés ce soir-là. Et notre pauvre chère Kelly…

Elle eut une moue affligée avant de poursuivre d'un ton onctueux :

— Incapable de surmonter la mort de son frère, la malheureuse enfant a mis fin à ses jours.

C'était le scénario qu'il avait flairé. Cela expliquait même le ruban utilisé pour lier les poignets de Kelly, moins susceptible de laisser des marques qui auraient pu éveiller des doutes chez le médecin légiste.

— Désolée de vous décevoir une fois encore, Bertha, intervint Kelly, mais je ne signerai pas ces papiers. Vous devez avoir perdu l'esprit pour croire que je vous faciliterais la tâche. Puisque, de toute façon, vous allez me tuer…

— Et que faites-vous de lui ? demanda Bertha en abaissant son arme vers les jambes de John. Signeriez-vous s'il vous suppliait de le faire ? Nous pourrions commencer par la rotule. J'ai entendu dire que la douleur était épouvantable.

— Comment expliquerez-vous les taches de sang sur le tapis de Catherine ?

En dépit de son attitude bravache, John sentait son estomac se nouer un peu plus.

Kelly avait raison. Bertha Reynolds était folle. Ils devaient l'être tous les deux pour penser qu'ils allaient s'en sortir impunément.

— Il s'agit de son arme, expliqua Bertha. Au besoin, nous la lui mettrons dans la main et inventerons…

Elle ne termina pas sa phrase, interrompue par le son mélodieux d'un carillon.

Quelqu'un venait de sonner à la porte d'entrée.

19

C'était l'occasion qu'il attendait.

John plongea en avant et essaya d'arracher l'arme des mains de Bertha avant qu'elle ait eu le temps de tirer. Comme il s'y attendait, elle appuya sur la détente dès qu'elle comprit ce qu'il avait en tête. Il parvint à détourner le canon, assez loin pour que la balle aille frapper la vitre derrière lui, la faisant voler en éclats.

Ce geste, violent, le projeta contre la vieille dame, qui tomba à terre. L'arme lui échappa et s'en alla glisser quelque part dans l'obscurité.

Alors qu'il rampait au-dessus de Bertha, cherchant le revolver à tâtons, Donaldson réagit enfin. Malgré le manque de lumière dans la pièce, il visait bien. Si John n'avait pas été couché au sol, la balle l'aurait frappé dans le dos. Au lieu de quoi elle atteignit Bertha, qu'il bloquait toujours avec ses jambes.

Il l'entendit hoqueter sous le choc puis laisser échapper un gémissement.

Dans le même temps, ses doigts s'étaient refermés sur

la masse froide et métallique du revolver. Tout en attrapant la crosse à deux mains, il bascula sur le dos.

Une troisième balle ricocha sur le sol, à côté de lui, le manquant de quelques centimètres.

En se redressant, il vit que Kelly avait quitté le canapé. Elle s'accrochait au bras de Donaldson afin d'essayer de l'empêcher de tirer de nouveau. L'homme tenta de la repousser, mais elle tint bon. Ils luttaient, leurs silhouettes gesticulant dans tous les sens. L'écart entre eux était trop réduit pour que John se risque à tirer.

Soudain, Donaldson repoussa violemment Kelly sur le côté. Elle perdit l'équilibre et alla percuter le guéridon installé à côté du canapé. Le canon de l'arme que tenait Donaldson commença à suivre sa progression.

Sans doute croyait-il, puisque John n'avait pas riposté, qu'il était blessé et dans l'incapacité de faire feu. Ou qu'il n'avait pas trouvé l'arme de Bertha.

Ce fut sa dernière erreur.

Maintenant que Kelly n'était plus sur sa trajectoire, John pouvait appuyer sur la détente.

Donaldson vacilla. Il battit l'air de ses bras, puis recula de quelques pas avant de s'effondrer.

Sans attendre que son adversaire ait touché le sol, John bondit sur ses pieds. Après s'être assuré que Bertha ne représentait plus une menace, il rejoignit Kelly et plaça une main sous son coude de façon à l'aider à se relever. Elle se redressa péniblement.

Il passa le bras autour de sa taille et l'entraîna vers le

couloir. Ils devaient la vie à celle ou celui qui avait sonné, mais, en dépit de la surprise de leurs ravisseurs, rien ne prouvait que ce visiteur tardif soit un ami.

John s'arrêta à la hauteur de l'arcade en prenant soin de laisser Kelly derrière lui.

La silhouette d'un homme armé se découpait dans le rectangle de lumière dessiné par la porte ouverte.

— John ?

Ethan Snow !

Sa présence en ces lieux s'expliquait aisément, songea John tandis que le soulagement le submergeait tel un raz-de-marée. Il avait repris l'enquête et suivi les ordres de Cabot à la lettre, à savoir assurer la sécurité de Kelly.

Dieu merci, Ethan n'avait pas failli à sa mission.

— C'est fini, lui dit John. Tout va bien.

— Alors, c'étaient eux, les dangereux escrocs ? demanda Ethan après que John lui eut apporté quelques éclaircissements.

La police scientifique était arrivée sur les lieux et expertisait maintenant le jardin d'hiver sous la lumière de leurs puissants projecteurs.

On leur avait demandé à tous trois de rester dans la maison, jusqu'à ce que les premières constatations aient été faites. Ethan avait aussitôt appelé Cabot, mais le chef de l'agence Phoenix n'était pas encore apparu.

Ils avaient décidé d'attendre dans la cuisine de Catherine. Kelly avait trouvé des bougies, créant un îlot de lumière autour du comptoir où ils s'étaient installés.

— Je sais que ça paraît incroyable, admit John en hochant la tête. Qui aurait pu croire qu'une gentille grand-mère et un homme d'affaires respecté se soient lancés dans un tel détournement de fonds ? La seule chose que nous ignorons encore, c'est ce qu'ils comptaient faire de tout cet argent. Comme tu le sais, l'Alliance n'est pas une société écran. Elle réalise bel et bien certaines actions dans le domaine caritatif. Etant donné la personnalité un peu illuminée de Bertha, je me demande si elle n'avait pas un autre but en tête que celui de s'enrichir.

— Je vois à quoi tu penses. Cela dit, elle n'avait pas la carrure d'un gourou ou d'un prédicateur. Moi, je me demande quel rôle jouait Donaldson.

— En tout cas, ils n'hésitaient pas à éliminer tous ceux qui se mettaient en travers de leur chemin.

Et sans le courage de John, ils seraient arrivés à leurs fins, songea Kelly. D'abord Chad, puis cette pauvre Catherine… Ils n'auraient pas hésité à la tuer elle aussi, même si elle avait refusé de signer les papiers.

La menace qu'ils avaient employée pour lui forcer la main avait fonctionné. Jamais elle n'aurait pu les laisser torturer John. Le pire moment de sa vie, avec la nouvelle de la mort de Chad, avait été quand Hugh avait tiré alors que John tentait de récupérer l'arme de Bertha.

— Dommage qu'aucun des deux n'ait survécu pour nous fournir des réponses, conclut Ethan.

— Les interroger n'était pas vraiment notre priorité, remarqua John.

Tournant la tête, Kelly s'aperçut qu'il la contemplait. Avec tendresse et une insistance qui lui fit chaud au cœur.

La menace que Donaldson représentait pour sa vie était réelle, et John n'avait pas hésité à agir, tout en sachant que l'homme qu'il visait était un témoin important dans l'enquête que menait l'agence Phœnix.

Rompant le contact, John se tourna vers son ancien collègue.

— Je ne sais pas si je t'ai remercié. La sonnette les a surpris, et ça m'a donné l'occasion que j'attendais désespérément.

— Je me suis dit que quelque chose clochait. La maison était plongée dans l'obscurité, et vous étiez à l'intérieur depuis trop longtemps.

— Je suis ravi qu'on t'ait chargé de nous surveiller.

— J'aimerais également vous remercier, intervint Kelly. J'imagine qu'à présent M. Cabot va pouvoir continuer son enquête sur la fondation sans avoir à m'espionner.

— Nous verrons ça, lança une voix grave dans son dos.

D'un même mouvement, tous les trois tournèrent la tête vers la porte. Griff Cabot s'avançait dans la cuisine, escorté par un policier en uniforme. Son regard sombre avait l'acuité d'un oiseau de proie, même dans la lueur des bougies. Il s'attarda plus longuement sur le visage de John que sur celui des deux autres, et Kelly se demanda s'il était en train de réviser son jugement sur son ancien équipier.

— Je constate que personne n'est blessé, déclara-t-il froidement.

— Grâce à John, précisa-t-elle.

Cabot pencha la tête sur le côté, comme s'il évaluait ce commentaire.

— Une chance que vous l'ayez engagé comme garde du corps.

— Il ne travaille pas pour moi. Mais il est vrai que je le lui ai proposé.

John toussota.

— En réalité, si Ethan n'était pas arrivé…

— Je vois que vous n'êtes pas en reste d'admiration les uns pour les autres, le coupa Cabot. Bien. Je suis heureux que personne ne soit mort.

— Sauf Reynolds et Donaldson, observa Ethan.

Cabot se tourna vers John, un sourcil levé.

— Vous les avez abattus tous les deux ?

— Seulement Donaldson. C'est lui qui a tiré sur sa complice en essayant de m'atteindre. Kelly l'a détourné de sa cible.

— Peut-être devrais-je envisager d'engager Mlle Lockett.

— Je suis sûre que vous le regretteriez vite, assura-t-elle. Comme John, j'ai tendance à prendre des initiatives. Ça s'appelle le « libre arbitre ».

— Puisque cela semble vous intéresser, le renvoi de John n'était pas motivé uniquement par sa tendance exagérée à n'en faire qu'à sa tête.

Malgré la remarque narquoise de Kelly, Cabot semblait plus amusé que fâché. Elle se rappela qu'il n'avait pas non plus paru furieux quand elle l'avait menacé de prévenir la police, alors qu'elle croyait que John avait dérobé un CD de données dans le bureau de Chad. Et qu'il n'avait pas bronché quand elle lui avait ordonné de lever la surveillance qu'il exerçait sur elle.

Peut-être pouvait-elle se risquer à lui dire la vérité.

— Vous faites allusion à la nuit qu'il a passée avec moi ?

Il hocha la tête, une lueur d'amusement dans les yeux.

— Ça changerait quelque chose si je vous disais que c'était à mon instigation ?

— J'attends de mes agents qu'ils résistent à la tentation, mademoiselle Lockett. Même si, dans votre cas, la tentation est grande, ajouta-t-il avec un franc sourire.

Bien que flattée, elle n'en laissa rien paraître.

— En réalité, je ne lui ai pas laissé le choix. Je portais une robe bustier rouge qui ne demandait qu'à se détacher toute seule, expliqua-t-elle en évitant soigneusement le regard de John.

Il avait affirmé qu'il ne pouvait pas retourner à l'agence Phœnix, mais Ethan avait raison. En le voyant en action ce soir, elle avait compris que sa place était parmi eux. Il était fait pour aider les autres.

Luttant contre le fou rire, Griff contempla le bout de ses mocassins. Quand il releva la tête, son visage avait retrouvé sa sévérité coutumière.

— Je vois que vous avez une fervente supportrice, commenta-t-il à l'attention de John.

Ce dernier planta son regard dans celui de son ancien patron.

— Son jugement est sans doute faussé.

— Pas après ce que tu as fait pour moi ce soir ! protesta-t-elle. Tu m'as sauvé la vie !

Elle se tourna vers Cabot.

— Et ce n'était pas la première fois, comme vous le savez. Reconnaître leurs erreurs est la marque des grands hommes.

— Ethan ?

L'interpellation de Cabot semblait hors contexte, mais Snow n'eut apparemment aucun mal à comprendre.

— J'ai toujours pensé que John avait sa place parmi nous.

— Donc, vous croyez que je me suis trompé.

L'intonation de Cabot laissait entendre qu'il ne s'agissait pas d'une question. Ethan y répondit néanmoins.

— Votre souci est la cohésion de l'équipe. En tant qu'agent de terrain, le mien est de savoir qui assure mes arrières en cas de danger. Et John est quelqu'un sur qui on peut compter.

— Tout dépend de ce que vous attendez des personnes qui travaillent pour vous, intervint Kelly. Une obéissance aveugle, ou la capacité d'évaluer une situation et de prendre une décision.

— Ce n'est pas aussi simple, protesta John.

Elle se tourna vers lui.

— Peut-être. Surtout s'*il* est plus intéressé par la complaisance de ses subalternes que par les résultats.

— Ou peut-être a-t-*il* sous-estimé votre détermination, répliqua Cabot, moqueur, en continuant d'employer la troisième personne. Je vous présente mes excuses, mademoiselle Lockett. Je n'avais pas compris à quel point vous pouviez être persuasive. Même sans votre robe rouge.

— Si vous avez l'intention de le remettre à la surveillance, ça ne l'intéresse pas.

Elle devinait qu'elle avait gagné. Ou plutôt, c'était John qui avait gagné.

Et maintenant qu'elle avait atteint son objectif, elle en éprouvait un inexplicable regret. Après avoir vu les risques que John était susceptible d'affronter en travaillant sous les ordres de Cabot, elle se demandait s'il n'aurait pas mieux valu qu'elle n'intervienne pas. Il aurait pu trouver un emploi moins dangereux. Elle aurait peut-être même réussi à le convaincre de travailler pour la fondation.

Evidemment, cela supposait deux choses : qu'elle continue à gérer la fondation, et qu'elle ait ce genre d'influence sur lui.

Or, rien n'était moins sûr. Après tout, elle n'avait même pas été capable de le convaincre d'accepter un salaire pour assurer sa protection !

— C'est vrai ? demanda Cabot.

Elle retint son souffle, le temps que John réponde. Une part d'elle-même voulait qu'il refuse sa réintégration. L'autre, moins égoïste, espérait que Cabot se montrerait magnanime.

— Je comprendrais très bien que vous ne vouliez pas me confier le genre de mission que j'avais au début, commença John gravement. J'ai conscience que je dois regagner votre confiance. Mais j'ai très envie de revenir parmi vous. Et je ferai tout ce qu'il faut pour ça.

— Je crois que vous l'avez déjà fait, commenta Cabot.

Il lui tendit la main, et John la serra. Une certaine émotion se perçut entre les deux hommes, même si ni l'un ni l'autre n'en laissa rien paraître.

Quand ils mirent fin à leur poignée de main, Cabot se tourna vers Kelly.

— Je ne vais malheureusement pas pouvoir accéder à votre requête pour le moment.

Elle fronça les sourcils, sans comprendre. Elle croyait pourtant que tout était arrangé.

— Ma requête ?

— Tant que nous ne saurons pas si d'autres personnes sont impliquées dans cette opération de détournement de fonds, j'ai l'intention de maintenir la surveillance. Pour votre protection, bien sûr. Et puisque John vient d'accepter de reprendre ce genre de mission…

— Vous voulez l'assigner à ma protection ?

— Comme ça, il recevra une rémunération.

Cette fois, c'est elle qui dut dissimuler son sourire. Et elle les fit attendre quelques secondes avant de donner sa réponse, au grand étonnement de John.

— Oh ! fit-elle comme si elle venait seulement de comprendre. Vous voulez parler d'argent ?

— Les autres avantages liés à cette mission ne me concernent pas, répliqua Cabot, pince-sans-rire. Entre-temps, nous allons poursuivre notre enquête sur l'Alliance. John est libre de nous apporter son concours si ça l'intéresse, mais sa priorité consiste à veiller sur vous. Vous avez l'intention de rester à Washington, je suppose ?

Elle se rappela sa vie d'avant, si paisible.

Et si solitaire.

— J'ai des engagements dans le Connecticut, mais je n'ai pas l'intention d'y retourner tant que le nom de mon frère n'aura pas été blanchi et que je n'aurai pas la certitude que la fondation se trouve entre de bonnes mains.

Cabot hocha la tête, comme s'il n'en attendait pas moins d'elle. Puis il se tourna vers John.

— Je suppose que cette mission vous convient ?

— Je ne pourrais en espérer de plus agréable, répondit-il en rivant les yeux sur elle.

— Fatiguée ? s'enquit John en utilisant sa clé pour ouvrir la porte de la maison de Chad.

Oui, elle était fatiguée. Epuisée, même. Depuis le coup de téléphone qui lui avait appris la disparition de l'avion de Chad, elle n'avait pas eu un instant de répit. Sauf durant les quelques heures où elle avait dormi dans les bras de John.

D'une certaine façon, elle avait su dès le premier regard qu'elle pouvait avoir confiance en lui.

Son intuition ne l'avait pas trompée. Simplement, il avait fallu un peu de temps à son intellect pour enregistrer l'information.

— Fatiguée et soulagée, admit-elle en le regardant taper le code de l'alarme. Je sais ce que pense Cabot, mais je suis persuadée que personne d'autre au conseil n'est impliqué dans cette machination. Nous savons déjà que Catherine ne l'était pas. Et je ne vois pas les autres faire ce genre de choses.

Cela dit, elle ne s'en était pas douté non plus pour Bertha et Hugh. Ils avaient bien caché leur jeu, allant jusqu'à prétendre qu'ils s'étaient opposés à Chad quand celui-ci avait pris la décision de revoir sa politique de redistribution des fonds.

En tout cas, elle ne pouvait pas croire que son frère n'était pas au courant de ce qui se passait.

Chad avait fini par découvrir les détournements, son acharnement à étudier les livres comptables dans les dernières semaines de sa vie le prouvait. Il s'en était ouvert à Hugh, et les deux criminels avaient agi en conséquence…

— L'agence Phœnix fera toute la lumière sur cette affaire, la rassura John en la suivant dans le bureau de Chad. Si Reynolds et Donaldson avaient des complices, ils les trouveront. Crois-moi, personne n'est mieux placé que Cabot pour ce genre d'enquêtes. Ses liens avec la CIA sont encore très forts, et il peut obtenir toutes les faveurs qu'il veut.

— La pensée que l'argent collecté par Chad était détourné à des fins criminelles m'attriste. C'était tellement contraire à sa façon de vivre. Mon frère ne voulait faire que le bien.

— Tu sais que c'est fini, maintenant.

— Justement, j'y pensais. Quand je suis arrivée à Washington, ma seule idée était de me débarrasser au plus vite de ces responsabilités dont je ne voulais pas.

Elle marqua une pause en songeant à l'engagement qu'elle s'apprêtait à prendre.

— Et maintenant ?

— Je réalise à quel point le monde est corrompu. Des quantités de gens seraient prêts à utiliser les rêves de Chad et la fondation pour servir leurs propres intérêts. Je ne suis pas sûre de pouvoir compter sur quelqu'un d'autre pour continuer son œuvre.

— A part toi, tu veux dire ?

La voix de John n'exprimait aucune surprise.

— Le problème, c'est que je ne connais rien à la façon dont fonctionne un organisme tel que celui-ci.

— Tu en sais plus qu'il y a deux mois. Le plus dur est derrière toi. Ça devrait marcher tout seul, maintenant.

— A supposer que personne d'autre n'essaie de me tuer, dit-elle dans une tentative de plaisanterie.

— Et si tu me laissais m'occuper de ça ?

Elle le regarda avec un sourire.

— Est-ce une façon polie de me dire : « Ne te casse pas la tête, poupée, laisse faire les hommes » ?

— Tu ne me traiterais pas de macho, par hasard ?

— Possible. Mais je n'ai jamais dit que j'avais quoi que ce soit contre les machos.

— Donc, j'ai le droit de répéter : je ne permettrai pas qu'il t'arrive malheur.

— Ça m'arrange, figure-toi. Parce que j'ai prévu de faire encore beaucoup de choses dans ma vie.

— Comme de remettre la fondation sur ses rails ?

— Entre autres.

— Et t'occuper de ma carrière ?

— Ça, c'était facile. Il était évident que Cabot regrettait sa décision.

— Je crois que le coup de la robe rouge l'a convaincu.

— Ça t'a convaincu aussi, non ?

— Dans mon cas, je pense que c'était la sandale.

Elle éclata de rire.

— Je suis contente que tu n'aies pas vraiment eu besoin de mon aide. J'aurais été d'un piètre secours.

— Ce soir, tu t'es montrée à la hauteur en détournant le tir de Donaldson, remarqua-t-il en reprenant son sérieux. En fait, tu serais une parfaite coéquipière.

C'était une réflexion stupide, et ils le savaient tous les deux. Cela n'empêcha pas Kelly d'en avoir les larmes aux yeux.

Il s'en aperçut et leva la main pour essuyer sa joue. Gênée, elle voulut tourner la tête, mais il lui prit le menton et l'obligea à le regarder. Il lui souriait. Mais il y avait aussi autre chose dans son regard. Et ce quelque chose la réchauffait comme un feu de cheminée au cœur de l'hiver.

Elle se blottit dans ses bras, naturellement, comme si elle avait fait cela toute sa vie. Et c'était l'impression qu'elle avait.

Il plongea les yeux dans les siens, et elle sentit ses lèvres s'entrouvrir instinctivement. Quand la bouche de John se posa sur la sienne, elle éprouva de nouveau le sentiment que c'était ainsi qu'il fallait que ce soit. Qu'elle avait trouvé en lui ce qu'elle cherchait depuis toujours.

Plaquant la main au creux de son dos, il la pressa contre

ses hanches afin de lui faire éprouver toute la force de son désir. Elle ne comprenait pas pourquoi elle s'était si longtemps opposée à leurs retrouvailles physiques.

Ce soir, il n'y avait plus d'hésitation.

Plus de doutes.

Sa place était dans les bras de John.

Et elle avait l'impression que son cœur l'avait compris dès leur première rencontre.

— On va dans la chambre ? murmura-t-il.

Prenant son silence pour un assentiment, il la souleva dans ses bras comme il l'avait fait le soir de la vente aux enchères.

Il n'y avait pas de précipitation, cette fois.

Elle se sentait simplement emplie de joie et d'amour. Apaisée, comme si elle rentrait à la maison après un long voyage.

Épilogue

La fièvre qui avait enflammé ses sens s'apaisa, et son esprit, incapable de formuler une pensée cohérente un instant plus tôt, revint à la réalité.

Du plat de la main, elle caressa le dos moite de sueur de John. Il eut un frisson. Etait-ce en réponse à sa caresse, ou les derniers soubresauts du plaisir partagé qui l'agitaient encore ?

Il roula sur le côté et se hissa sur un coude afin de la regarder. Heureuse et épuisée, elle leva la main pour passer les doigts dans ses cheveux, dont la fraîcheur contrastait avec sa peau brûlante.

— Tu as pleuré la première fois que nous avons fait l'amour, remarqua-t-il avec tendresse.

— Vraiment ?

Elle laissa glisser la main jusqu'à sa joue.

— Je ne m'en souviens pas.

— Je pensais que je t'avais fait mal. Ou que tu regrettais de m'avoir autorisé à rester.

— Je ne le regrettais pas, mais je me posais des questions.

— Et maintenant ?

— Ça n'a rien à voir. La situation n'est pas la même. Ce soir-là, je voulais ne plus penser à rien.

Jusqu'à ce qu'il lui parle de ses larmes, elle avait oublié dans quel état d'esprit elle se trouvait à ce moment-là. Maintenant, elle comprenait ce qui l'avait poussée à se jeter à sa tête alors qu'elle ne le connaissait pas. Elle cherchait tout simplement un moyen d'oublier, d'anesthésier sa douleur. Plus que tout, elle ne voulait pas être seule.

Et, à part ce bref moment de doute où elle avait cédé aux larmes, il lui avait apporté ce dont elle avait besoin.

Comme ce soir.

Bien sûr, les émotions qui l'avaient poussée à faire l'amour avec lui la première fois n'avaient rien à voir avec ce qui venait de se passer entre eux. Cette fois, il ne s'agissait pas de solitude ou de tristesse ; il s'agissait vraiment d'eux.

John était entré dans sa vie à une époque de grande instabilité. Mais il l'avait sortie de la douleur dans laquelle elle sombrait peu à peu, pour lui offrir un havre de sécurité entre ses bras.

Pour cette raison, et quoi qu'il lui demande, elle savait qu'elle pourrait toujours lui faire confiance.

— Ça a marché ? demanda-t-il.

Elle sourit.

— Jusqu'au lendemain matin.

Son sourire s'éteignit quand elle avisa son regard sérieux — trop sérieux même. Un frisson d'inquiétude la traversa.

— Quelque chose ne va pas ?

Tout s'était arrangé pour eux, non ? Alors, pourquoi ne partageait-il pas son euphorie ?

— Je me demandais seulement ce qui se serait passé si tout ça ne t'était pas tombé dessus.

— Quoi ? fit-elle, réellement intriguée.

— La responsabilité de la fondation, le meurtre de Chad… Moi.

— Je ne te suis pas.

— Si nous nous étions rencontrés dans des conditions différentes, serions-nous ici aujourd'hui ?

C'était une question légitime. Et elle n'était pas capable d'y répondre. Elle n'avait jamais cherché une relation à long terme. Même avec lui. Et ainsi qu'il l'avait remarqué, leur histoire avait commencé pour de mauvaises raisons.

— Je ne sais pas. Est-ce que c'est important ?

— Tout dépend de ce que nous voulons faire après.

— Après ? répéta-t-elle prudemment.

— Je suppose que tu finiras par retourner dans le Connecticut.

Quelques jours auparavant, c'était ce qu'elle désirait le plus au monde. Mais elle n'en était plus aussi sûre, à présent. Et John n'était pas pour rien dans son revirement.

— Je ne partirai pas tant que je n'aurai pas la certitude que la fondation est entre de bonnes mains.

— Je croyais que tu voulais t'en occuper toi-même.

— Oh, je ne sais pas si je suis la mieux placée. Et puis… je crois que je n'y arriverais pas sans toi.

Quand les mots eurent franchi ses lèvres, elle comprit combien cela résonnait comme un appel à l'aide, voire autre chose. Un engagement dont il n'avait pas forcément envie.

— Ce ne sera pas le cas.

— Cabot ne sera peut-être pas disposé à te maintenir aussi longtemps sur cette mission.

— Je ne parlais pas de mission.

Il se pencha et déposa un baiser sur le bout de son nez.

— Alors… de quoi parlais-tu ?

— De nous.

Elle crut que son cœur s'arrêtait de battre. Avant de repartir à une vitesse folle.

Nous.

Avait-elle bien compris ?

— Nous ?

— Je sais qu'il y a des détails à régler, mais en dépit de nos différences…

— Quelles différences ?

— Je suis le genre de type qui mange des steaks, tu te souviens ? Et je ne possède même pas de smoking.

— Ce n'est pas obligatoire dans une relation amoureuse, répliqua-t-elle en retrouvant un peu de son assurance.

— Pas même dans une relation avec Kelly Lockett ?

— Tu as déjà accompli le plus gros du travail. Tout ce qu'il te reste à faire…

… c'est me dire que tu m'aimes.

Les mots lui brûlaient les lèvres. Pourtant, elle ne put se résoudre à les prononcer. Il n'avait rien laissé entendre en ce sens, et elle ne voulait pas lui forcer la main.

— Tout ce qu'il me reste à faire ? insista-t-il au bout d'un moment.

Elle hésitait toujours. Il lui avait prouvé qu'il tenait à elle. Il avait risqué sa vie pour elle. Mais c'était son travail, se rappela-t-elle.

— Kelly ?

Elle n'osait pas le regarder, craignant de se ridiculiser.

— J'aime ce que tu as dit avant, murmura-t-elle.

— C'est-à-dire ?

— « Nous. » J'aime ce concept.

Il éclata de rire.

— Ce concept ? Voyez-vous ça !

— Tu te moques de moi.

— Pas du tout. Moi aussi, j'aime ce concept. Je n'étais simplement pas sûr de trouver ma place dans ton monde.

— Depuis des années, mon monde se résume à vivre comme une sauvageonne dans une vieille ferme isolée. Tout ça, poursuivit-elle en balayant du regard la chambre luxueuse de son frère, c'était le monde de Chad. Je ne fais qu'y passer brièvement.

— Et tu penses qu'il y a une place pour moi dans cette maison ?

— Avant que tu arrives, c'était l'endroit le plus triste et le plus solitaire que je connaisse.

— Justement, c'est ce qui m'inquiète.

— Que je recherche ta compagnie pour combler un vide ?

— C'est le cas ?

— Ce n'est ni de la gratitude ni de la solitude, assura-t-elle avant d'effleurer ses lèvres d'un baiser. Je veux que tu vives avec moi parce que tu me plais. Parce que j'ai vraiment envie que nous soyons ensemble. Et j'espère que tu ressens la même chose.

Pendant un moment, le visage de John n'exprima rien. Puis une lueur moqueuse passa dans ses yeux.

— Le programme me plaît. Pour le reste, je suppose que nous verrons plus tard.

— Le reste ?

— Tu sais bien, le côté « ils vécurent heureux jusqu'à la fin de leur vie ».

— Tu crois à ça ?

— Pas toi ?

Elle n'était pas sûre d'y avoir jamais cru avant. Mais il est vrai qu'elle n'avait encore jamais rencontré quelqu'un comme lui.

— Je crois que je commence à y croire.

— Parfait, fit-il comme si la question était réglée.

Et peut-être était-ce le cas, en effet. Peut-être n'en fallait-il pas plus. Il suffisait d'y croire.

Et alors qu'il lui donnait un baiser impatient, elle comprit que cela ne lui demanderait pas de trop gros efforts.

Le 1er août

Black Rose n°94

Protection rapprochée - Marilyn Pappano
Au bureau, tard un soir, Tess Marlowe assiste, horrifiée, au meurtre d'un homme. Dès lors, elle sait qu'elle se trouve en danger et accepte sans hésiter la protection que lui offre le gouvernement. Pourtant, quand elle se retrouve enfermée avec Deke Ramsey, elle se demande si elle a fait le bon choix. Car cet homme fait naître en elle des émotions qu'elle se sent incapable de maîtriser...

Une promesse dans la nuit - Beth Andrews
Alors qu'elle vient d'arriver à Serenity Springs pour y retrouver son frère, Kelsey Reagan est abasourdie lorsque celui-ci se fait arrêter, accusé de meurtre. Persuadée qu'il est innocent, elle décide de prouver à Jack Marton, le chef de la police locale, qu'il se trompe et doit reprendre son enquête de zéro...

Black Rose n°95

Brûlants secrets - Marie Ferrarella
Le jour où Dylan McMorrow se présente chez elle, Lucy Alvarez est bouleversée. En effet, Dylan l'a quittée neuf mois plus tôt, sans une explication. Va-t-il comprendre qu'il est le père de l'enfant qu'elle porte ? Mais il ne semble guère se préoccuper de son état : il est venu lui annoncer que son frère a été assassiné...

Mariés sur contrat - Merline Lovelace
Tout juste embauchée en tant qu'agent secret, Gillian Ridgeway est envoyée en Chine pour y démanteler un réseau de criminels. Un travail qui n'aurait pas été pour lui déplaire si on ne lui avait assigné Mike Callahan comme coéquipier. Un homme qu'elle aime en secret depuis des années...

Black Rose n°96

Un mystérieux voisin - Carla Cassidy
Après les funérailles de Lainie, sa sœur adorée, retrouvée assassinée dans son appartement, Melody Thompson décide de mener sa propre enquête pour retrouver son assassin. Mais elle ne tarde pas à s'apercevoir qu'elle dérange. Dès lors, elle se résout à accepter l'aide de Hank Tyler, le voisin de Lainie, un homme bien trop séduisant pour ne pas être dangereux...

Le prix de la vérité - Elizabeth Sinclair
Enceinte de trois mois et demi, Karen Ellis est effondrée quand elle apprend la mort de Paul, son petit ami, dans un incendie. Désireuse d'informer la famille de celui-ci de sa grossesse, elle décide donc de contacter Jesse Kingtson, son meilleur ami. Quelle n'est donc pas sa stupeur quand il lui dit non seulement que Paul ne lui avait jamais parlé d'elle, mais aussi que sa mort est des plus suspectes...

BLACK ROSE

www.harlequin.fr

BestSellers

A paraître ce mois-ci

Best-Sellers n°382 • thriller

Collection macabre - Erica Spindler

A La Nouvelle-Orléans, la découverte d'un squelette de femme à la main coupée relance une affaire restée sans suite deux ans plus tôt : après avoir retrouvé plusieurs mains de femmes coupées, la police n'avait pas réussi à arrêter celui que la presse avait surnommé « le collectionneur». Chargée de l'enquête, l'inspecteur Patty O' Shay est sous le choc quand elle apprend que le badge de police de son mari, assassiné deux ans plus tôt, est retrouvé avec le squelette. Dès lors, elle n'a plus qu'une idée en tête : retrouver « le collectionneur ». Quel qu'en soit le prix...

Best-Sellers n°383 • roman

L'enfant du scandale - Barbara Delinsky

Hugh et Dana forment un couple harmonieux malgré leurs différences. Si Dana vient d'un milieu modeste et n'a jamais connu son père, Hugh, issu de la bourgeoisie bostonienne, a dû lutter pour faire accepter son épouse dans sa famille. Alors que l'arrivée d'un enfant semble apaiser les passions, c'est un véritable scandale que déclenche la naissance de la petite fille. Car, contre toute attente, le bébé a la peau sombre. Abasourdis, déchirés entre la joie et la soif de réponses, les jeunes parents décident d'explorer leurs racines, au risque de déterrer les secrets du passé...

Best-Sellers n°384 • suspense

Un danger dans la nuit - Lisa Jackson

Je sais ce que tu as fait, confesse tes péchés...

En écoutant ce message sur son répondeur, la psychologue Samantha Leeds plonge en plein cauchemar. Car l'appel lui rappelle le drame qui a marqué sa vie : le suicide d'Annie, une jeune auditrice perturbée qu'elle n'a pas pu sauver. Terrifiée, Samantha l'est d'autant plus que le harceleur est devenu un tueur qui viole et étrangle ses victimes en écoutant son émission. Tandis que les inspecteurs Bentz et Montoya pistent le meurtrier, Samantha se réfugie auprès de Ty Wheeler, son nouveau voisin, le seul homme auquel, croit-elle, elle peut encore faire confiance...

Best-Sellers n°385 • thriller

Tu tueras pour moi - Andrea Ellison

Dix jeunes femmes au teint d'albâtre et aux cheveux de jais, aux lèvres maquillées de rouge sang…Une série de crimes qu'à Nashville, personne n'a oubliés. Vingt ans plus tard, la ville est de nouveau plongée dans la peur tandis que quatre nouvelles victimes sont découvertes, tuées selon le même rituel. Mais pour les enquêteurs, pas de doute : ces crimes portent la signature sanglante du tueur. Pour Taylor Jackson, le lieutenant chargé de l'enquête, l'affaire prend une tournure personnelle : car un détail dans le profil de l'assassin a réveillé des souvenirs enfouis au plus profond d'elle-même…

Best-Sellers n°386 • thriller

La forêt de la peur - Michelle Gagnon

Dans les Appalaches, un terrifiant ossuaire est découvert. Pour l'agent Kelly Jones, du FBI, cette enquête tombe vraiment mal : elle espérait trouver dans les bras de Jake, ex flic reconverti dans la protection rapprochée, la force de surmonter le choc que lui a causé la mort tragique de son coéquipier. Mais d'autres corps sont retrouvés, portant la trace d'horribles sévices. Dès lors, Kelly ne peut s'empêcher de s'impliquer. Elle découvre qu'il n'y a pas un, mais deux tueurs. Deux assassins rivaux, lancés dans une atroce surenchère…

Best-Sellers n°387 • historique

La tentation de lady Blanche - Brenda Joyce

Londres et la Cornouailles, 1822

Sous des airs frivoles de riche héritière, Blanche Harrington cache une nature tourmentée, hantée par un drame de son enfance. Depuis, elle s'est juré de ne jamais se montrer vulnérable. Et de ne jamais accorder sa confiance à un homme. Mais sa rencontre fortuite avec sir Rex de Warenne, qu'elle surprend dans les bras d'une servante, va ébranler ses certitudes. A la fois choquée et fascinée par tant d'impudeur, Blanche ne peut s'empêcher de ressentir pour cet homme une attirance inavouable…

Best-Sellers n°388 • roman

Les amants de l'été - Susan Wiggs

Rosa Capoletti a de quoi être fière : orpheline de mère, elle s'est construite seule et fait carrière dans la restauration de luxe. Mais elle est toujours célibataire car elle ne peut oublier son premier amour : Alex Montgomery, le fils des riches voisins qui séjournaient chaque été sur la côte. Rosa n'a pas oublié leurs premiers baisers, et l'abandon, lâche et inexplicable, d'Alex, sorti de sa vie en entrant à l'université. Obsédée par ce douloureux souvenir, Rosa est pourtant décidée à rompre avec son passé. Mais voilà que, dix ans après son départ, Alex est de retour…

BestSellers

Best-Sellers n°389 • thriller

Le tueur d'anges - Erica Spindler

Il y a cinq ans, trois meurtres de petites filles ont semé la panique à Rockford, Illinois. Kitt Lundgren, chargée de l'enquête, a fait de la traque du tueur une obsession — mais elle a laissé le coupable lui échapper. Sa vie en a été marquée à jamais. Et voilà qu'après cinq ans de silence, le tueur d'anges recommence à frapper. Cette fois, Kitt est décidée à le retrouver, mais l'enquête est confiée à l'inspecteur Riggio, une jeune femme ambitieuse qui ne pardonne pas à Kitt ses erreurs du passé...

Best-Sellers n°390 • roman

Un été au Maryland - Nora Roberts

A Antietam, dans le Maryland, un été va bouleverser à jamais l'existence de plusieurs êtres meurtris par la vie. Cassie Connor se sent en effet revivre. Elle qui a subi des années durant les violences de son mari n'a-t-elle pas trouvé enfin le courage de porter plainte contre lui ? A présent que Joe est en prison, elle savoure sa liberté toute neuve. Et accepte d'être courtisée par Devin MacKade, l'un des célibataires les plus en vue de la région. Mais on ne se libère pas si facilement du passé...

Best-Sellers n°391 • roman

Le passé meurtri - Karen Young

Ecrivain reconnu, Elizabeth Walker s'efforce d'oublier les drames qui ont jalonné sa vie : la mort tragique de ses parents, la perte de ses deux petites sœurs, qu'elle n'a jamais revues depuis leur adoption, et son enfance à elle, ballottée au gré des familles d'accueil. Elle vit en solitaire jusqu'au jour où sa meilleure amie Gina se voit menacée de perdre la garde de sa fille. Cette fois, Elizabeth se battra. Pour Gina. Pour la petite Jesse, sa filleule adorée. Et pour se donner enfin une chance de prendre son destin en main.

www.harlequin.fr

ABONNEMENT...ABONNEMENT...ABONNEMENT...

ABONNEZ-VOUS!

2 romans gratuits*
+ 1 bijou
+ 1 cadeau surprise

Choisissez parmi les collections suivantes

AZUR : La force d'une rencontre, l'intensité de la passion.
6 romans de 160 pages par mois. 24,06 € le colis, frais de port inclus.

BLANCHE : Passions et ambitions dans l'univers médical.
3 volumes doubles de 320 pages par mois. 19,65 € le colis, frais de port inclus.

LES HISTORIQUES : Le tourbillon de l'Histoire, le souffle de la passion.
3 romans de 352 pages par mois. 19,65 € le colis, frais de port inclus.

AUDACE : Sexy, impertinent, osé.
2 romans de 224 pages par mois. 11,82 € le colis, frais de port inclus.

HORIZON : La magie du rêve et de l'amour.
4 romans en gros caractères de 224 pages par mois. 17,34 € le colis, frais de port inclus.

PRELUD' : Tout le romanesque des grandes histoires d'amour.
4 romans de 352 pages par mois. 22,26 € le colis, frais de port inclus.

PASSIONS : Jeux d'amour et de séduction.
3 volumes doubles de 480 pages par mois. 20,22 € le colis, frais de port inclus.

BLACK ROSE : Des histoires palpitantes où énigme, mystère et amour s'entremêlent.
3 romans de 384 et 512 pages par mois. 19,27 € le colis, frais de port inclus.

BEST-SELLERS : Des romans à grand succès, riches en action, émotion et suspense.
3 romans de plus de 350 pages par mois. 22,08 € le colis, frais de port inclus.

AND FORMAT

MIRA : Une sélection des meilleurs titres du suspense.
2 romans grand format de plus de 400 pages par mois. 24,56 € le colis, frais de port inclus.

JADE : Une collection féminine et élégante. Laissez-vous emporter !
2 romans grand format de plus de 400 pages par mois. 24,56 € le colis, frais de port inclus.
Attention: certains titres Mira et Jade sont déjà parus dans la collection Best-Sellers.

VOS AVANTAGES EXCLUSIFS

1.Une totale liberté
Vous n'avez aucune obligation d'achat. Vous avez 10 jours pour consulter les livres et décider ensuite de les garder ou de nous les retourner.

2.Une économie de 5%
Vous bénéficiez d'une remise systématique de 5% sur le prix de vente public.

3.Les livres en avant-première
Les romans que nous vous envoyons, dès le premier colis payant, sont des inédits de la collection choisie. Nous vous les expédions avant même leur sortie dans le commerce.

ABONNEMENT...ABONNEMENT...ABONNEMENT...

Oui, je désire profiter de votre offre exceptionnelle. J'ai bien noté que je recevrai d'abord gratuitement un colis de 2 romans* ainsi que 2 cadeaux. Ensuite, je recevrai un colis payant de romans inédits régulièrement.

Je choisis la collection que je souhaite recevoir :

(☑ cochez la case de votre choix)

- ❑ **AZUR** : ZZ9F56
- ❑ **BLANCHE** : BZ9F53
- ❑ **LES HISTORIQUES** : HZ9F53
- ❑ **AUDACE** : UZ9F52
- ❑ **HORIZON** : OZ9F54
- ❑ **PRELUD'** : AZ9F54
- ❑ **PASSIONS** : RZ9F53
- ❑ **BLACK ROSE** : IZ9F53
- ❑ **BEST-SELLERS** : EZ9F53
- ❑ **MIRA** : MZ9F52
- ❑ **JADE** : JZ9F52

*sauf pour les collections Jade, Mira et Audace = 1 livre gratuit.

Renvoyez ce bon à : Service Lectrices HARLEQUIN
BP 20008- 59718 LILLE CEDEX 9.

N° d'abonnée Harlequin (si vous en avez un) ⎣_⎦⎣_⎦⎣_⎦⎣_⎦⎣_⎦⎣_⎦⎣_⎦⎣_⎦

Mme❑ Mlle ❑ NOM ______________________

Prénom ______________________

Adresse ______________________

Code Postal ⎣_⎦⎣_⎦⎣_⎦⎣_⎦⎣_⎦ Ville ______________________

Tél. : ⎣_⎦⎣_⎦⎣_⎦⎣_⎦⎣_⎦⎣_⎦⎣_⎦⎣_⎦⎣_⎦⎣_⎦ E-mail : ______________________

Le Service Lectrices est à votre écoute au 01.45.82.44.26
du lundi au jeudi de 9h à 17h et le vendredi de 9h à 15h.

Prix susceptibles de modification. Conformément à la loi Informatique et Libertés du 6 janvier 1978, vous disposez d'un droit d'accès et de rectification aux données personnelles vous concernant. Vos réponses sont indispensables pour mieux vous servir.
Je ne souhaite pas recevoir les offres spéciales des éditions Harlequin ❑ Y
Je ne souhaite pas recevoir les offres des partenaires sélectionnés par les éditions Harlequin ❑ O
Vous recevrez votre commande environ 20 jours après réception de ce bon. Date limite : 31 juillet 2009.

Offre réservée à la France métropolitaine, soumise à acceptation et limitée à 2 collections par foyer.

Composé et édité par les
éditions Harlequin
Achevé d'imprimer en France (Malesherbes)
par Maury-Imprimeur
en juin 2009

Dépôt légal en juillet 2009
N° d'imprimeur : 147072 — N° d'éditeur : 14385

ABONNEMENT...ABONNEMENT...ABONNEMENT...

Découvrez GRATUITEMENT la collection

MIRA

J'ai bien noté que je recevrai d'abord GRATUITEMENT un colis composé d'1 roman grand format MIRA, ainsi qu'un bijou et un cadeau surprise. Ensuite, je recevrai, tous les mois, 2 romans grand format MIRA au prix exceptionnel de 10,93€ (au lieu de 11,50€) le volume, auxquels s'ajoutent 2,70€ de participation aux frais de port par colis. Je suis libre d'interrompre les envois à tout moment. Dans tous les cas, je conserverai mes cadeaux.

MG9FØ1

À noter : certains romans sont **INÉDITS** en France.
D'autres sont des **RÉÉDITIONS** de la collection Best-Sellers.

Renvoyez ce bon à :

Service Lectrices HARLEQUIN
BP 20008
59718 LILLE CEDEX 9

N° abonnée (si vous en avez un) |_| |_|_|_|_|_|_|_|

Mme ❒ Mlle ❒ NOM ______________________

Prénom ______________________

Adresse ______________________

Code Postal |_|_|_|_|_| Ville ______________________

Tél. : |_|_|_|_|_|_|_|_|_|_| Date d'anniversaire |_|_|_|_|_|_|_|_|

Le ***Service Lectrices*** est à votre écoute au ***01.45.82.47.47*** du lundi au jeudi de 9h à 17h et le vendredi de 9h à 15h.

Retrouvez plus de romans sur www.harlequin.fr

Conformément à la loi Informatique et Libertés du 6 janvier 1978, vous disposez d'un droit d'accès et de rectification aux données personnelles vous concernant. Vos réponses sont indispensables pour mieux vous servir. Par notre intermédiaire, vous pouvez être amené à recevoir des propositions d'autres entreprises. Si vous ne le souhaitez pas, il vous suffit de nous écrire en nous indiquant vos nom, prénom, adresse et si possible votre référence client. Vous recevrez votre commande environ 20 jours après réception de ce bon. Date limite : 31 janvier 2010.

Offre réservée aux personnes de 18 ans et plus résidant en France métropolitaine, limitée à 2 collections par foyer et soumise à acceptation. Prix susceptibles de changements.